El santo

TERCIOPELO

El santo

Madeline Hunter

Traducción de Denise Despeyroux

TERCIOPELO

Título original: *The Saint*
Copyright © 2003, by Madeline Hunter
All rights reserved
Esta edición está publicada por acuerdo con
The Bantam Dell Publishing Group, un sello de Random House, Inc.

Primera edición: marzo de 2009

© de la traducción: Denise Despeyroux
© de esta edición: Libros del Atril S.L.
Marquès de l'Argentera, 17. Pral.
08003 Barcelona
info@terciopelo.net
www.terciopelo.net

Impreso por Litografía Roses, S.A.
Energía 11-27
08850 Gavá (Barcelona)

ISBN: 978-84-92617-13-5
Depósito legal: B. 933-2009

Para mi hermana Julie,
la «sargento» con un corazón
tan grande como el cielo.

Capítulo uno

El aria de Jane Ormond, que Vergil apreciaba a regañadientes, no apaciguó su ira ni siquiera un poco. Lamentaba terriblemente no haberla podido arrojar a la prisión de Newgate, a la que pertenecía.

Iba vestida como una reina francesa del siglo pasado, pero no parecía cómoda con su papel. Se movía con rigidez, como si temiera que la alta peluca blanca se le cayera o que el miriñaque del vestido se le ladease. La confianza de su voz contrastaba con su torpeza física. Y su pose de profesional llena de seguridad desentonaba durante los breves momentos de vulnerabilidad.

Él no se sentía encandilado con sus estudiados encantos. Con sus ojos grandes, sus labios carnosos y su insinuada fragilidad, aparentaba el tipo más peligroso de inocencia, ese que impulsaría a un hombre a sacrificar su vida con tal de protegerla, pero que a la vez podría despertar otra parte oscura, y conseguir que ese mismo hombre se imaginara arrancándole la ropa y destruyendo esa inocencia.

Se movió en dirección a él, levantando la cabeza para cantar las notas más altas en una exhibición vocal. Su mirada se encontró con la suya. Por un momento se atisbó en su rostro un destello de curiosidad, como si percibiese que él no estaría allí si no fuera porque se lo requería el deber.

Él sabía que no había nada en su apariencia que pudiera revelarle eso. Aquella sala de juegos incluía espectáculos para atender a los gustos de los hombres de su clase. Ellos podían descansar de sus apuestas para comer en aquel salón y disfrutar de un concierto de ópera, o, más tarde, disfrutar de formas de entretenimiento mucho más bajas.

Ella le dedicó una mirada más larga de lo debido, en respuesta a la inspección a la que se sentía sometida. Él se sorprendió ante la inquietante combinación de protección y erotismo que aquellos grandes ojos convocaban, y se concentró en todos los problemas que ella le había ocasionado durante las últimas dos semanas.

Morton se dejó caer en la otra silla de la mesa. Parecía fuera de lugar, con su pinta de oso y su barba fuera de moda.

—La chica está aquí —dijo—. En una habitación trasera. La señorita Ormond la trae aquí cada noche, para que la espere mientras ella canta. He hablado con el hombre de la puerta y él las ha visto entrar juntas esta noche.

Vergil se levantó.

—La señorita Ormond cantará otra canción después del aria. Lo haremos ahora. Tenemos que sacar fuera a la chica antes de que acabe. —La señorita Ormond, sin sospechar nada, continuaba con sus trinos—. Si es lista, nos perseguirá por la costa cuando se dé cuenta de que sus planes han fracasado. En cuanto a la chica, la llevaremos al campo para que se recupere, y nadie se enterará de nada.

Estaba dando por supuesto, naturalmente, que la señorita Jane Ormond todavía no había vendido a la chica al mejor postor. Concentró su atención en el rostro aparentemente ingenuo bajo la altísima peluca blanca. Podía verse un rasgo de inteligencia en aquellos ojos. No, esa mujer no se habría arriesgado tanto por un premio tan pequeño como el dinero que podía obtener de vender una virgen. Quizá habría planeado pedir un rescate, pero lo más probable era que tuviera intenciones de vender a la chica en matrimonio. Ella, sin duda, tendría noticias de su herencia desde que le servía de criada y habían partido juntas desde América.

Todo aquello podía haberse evitado si Dante hubiera estado más atento. La culpa era en realidad suya, por haber enviado a su hermano a recibir el barco, pero quién iba a pensar que una criada que no era más que una muchachita se atrevería a hacer semejante cosa.

El pasillo de mala muerte contrastaba con la opulencia del salón-comedor. Morton señaló hacia una puerta escondida bajo una escalera. Vergil giró el picaporte.

Había visitado antes camerinos de cantantes, y normalmente eran un auténtico desastre en cuanto se refiere al orden. Sin embargo, aquel diminuto espacio había sido arreglado cuidadosamente. Había un par de velas sobre una mesa, en la que también podía verse un espejo y un recipiente con pinturas. Disfraces y ropas de día colgaban de una fila de perchas colocadas en la pared. A la derecha de la mesa había una silla entre las sombras, donde una mujer joven permanecía sentada con una aguja haciendo arreglos en una tela que sostenía cerca de las llamas.

—¿Señorita Bianca Kenwood?

Ella levantó la mirada sorprendida y él inmediatamente comenzó a calcular cuánto tendría que incrementar el soborno que pensaba hacerle a Dante. Sin duda podría tratarse de una chica dulce, pero Dante juzgaba a las mujeres por su aspecto físico, no por el carácter, y el de ella no impresionaba demasiado. Los mechones de pelo castaño que se escapaban de su gorro parecían más crespados que rizados. Su nariz era respingona, lo cual podría haber resultado encantador en el caso de que no fuera tan ancha.

—Señorita Kenwood, soy Laclere.

—¡Oh!

—Éste es Morton, mi ayuda de cámara. Tengo un coche aparcado detrás del edificio y la llevaremos allí inmediatamente. Su terrible experiencia ha terminado y le aseguro que nadie tendrá jamás noticia de este desafortunado incidente.

—¡Oh! Oh, Dios…

—Por favor, es necesario que nos vayamos enseguida. Hablaré con la señorita Ormond más tarde. Por el momento, lo mejor será que la saquemos de aquí.

—Oh, no creo que… esto es… —Se echó hacia atrás, haciendo gestos de resistencia y confusión. Él se inclinó hacia ella y le sonrió para transmitirle confianza. Se percató de que su vestido era de lo más corriente, un sencillo vestido ancho y gris. Era evidente que no tenía ninguna noción de lo que era vestir a la moda.

—Vamos, querida. Será mejor que salgamos antes de que…

—¿Quién es usted? —La indignada voz que hacía la pregunta era femenina, melodiosa y joven.

Vergil se dio la vuelta para ver a Maria Antonieta ante la

11

puerta, con los brazos en jarras y las manos apoyadas sobre su delgado talle. El vestido de anchas caderas ocupaba todo el umbral.

—¿Y bien? ¿Quién es usted, señor, y qué está haciendo aquí?

La señorita Kenwood se levantó de un salto y se precipitó hacia la señorita Ormond, que la abrazó de manera protectora. O sea, que así es como había ocurrido. Naturalmente, ella había entablado amistad con la chica. De otra forma no habría funcionado.

—¿Su concierto ha terminado? —preguntó él.

—Los *lieder* son piezas breves. Ahora, hágame el favor de salir. Mi hermana y yo…

—Señorita Ormond, esa joven no es su hermana. No son de ningún modo parientes. Debe de haberla convencido de venir con usted, pero su acción no ha sido otra cosa más que un secuestro y deberá ser examinada ante un juez.

La señorita Ormond apartó suavemente a la chica y después apretó su vestido para conseguir entrar en la habitación. La anchura de la ridícula falda obligó a Morton a arrimarse contra la pared.

Ella se cruzó de brazos. El gesto hizo que Vergil se fijara en la forma en que sus pechos asomaban, aplastados, bajo el rígido corpiño.

—¿Quién es usted?

—Vergilius Duclairc, el vizconde Laclere. La señorita Kenwood es mi pupila, como usted ya sabe.

Ella bajó lentamente la mirada, y luego volvió a alzarla.

—Yo no sé nada de eso.

El aplomo que demostraba, a pesar de haber sido sorprendida en fragrante delito, acabó con la paciencia de Vergil.

—No trate de jugar conmigo, jovencita. La forma en que ha traicionado la confianza de su compañera de viaje es sencillamente abominable. El peligro y el posible escándalo al que ha sometido a esta muchacha durante las últimas semanas son inexcusables. A partir de ahora no toleraré ninguna intromisión. Si se da usted prisa, podrá estar de camino de vuelta a América antes de que amanezca, pero únicamente estoy dispuesto a hacer esta concesión por deferencia a la señorita Kenwood.

Ella ni siquiera pestañeó. Avanzó unos pasos hacia delante

hasta que los volantes de su falda rozaron la pierna de él y levantó la vista para mirarlo de una forma curiosa.

—Así que es usted uno de ésos.

Él la miró fijamente. De haberse tratado de un hombre le habría propinado una buena zurra.

Ella dirigió la vista hacia la perturbada chica, encogida con miedo contra el vano de la puerta.

—Por lo visto parece que todo ha terminado. Es una lástima, realmente creí que lo conseguiría. —Hizo un gesto y la señorita Kenwood se unió a ella para ayudarla a descolgar y doblar las prendas que había colgadas en las perchas.

Él se colocó entre ellas, cogió un vestido de las manos de su pupila y lo arrojó hacia un lado.

—Nos iremos ahora mismo. Si la señorita Kenwood tiene pertenencias aquí o en el lugar donde se aloja, enviaré a buscarlas.

La señorita Ormond sonrió de una forma muy insolente.

—Oh, definitivamente es usted uno de ésos. Muy seguro de sí mismo. Un hombre que decide qué rumbo seguir y que está siempre seguro de qué es lo correcto. Me advirtieron que en este país había muchos hombres como usted, hombres que están convencidos de que jamás cometen errores.

Él sintió que se ruborizaba ante la sucia afirmación de esa paloma presuntuosa. Ya había sido suficiente. Agarró con su mano la ancha manga de tela gris de su pupila.

La señorita Ormond cambió de posición y obstruyó su retirada con la anchura de su vestido. Con una mano, suave y cálida, agarró la mano de él y con delicadeza hizo que sus dedos se abrieran y la tela ancha y gris se deslizara de ellos.

Unos ojos azules lo miraron con burlón deleite.

—Bien, esta vez ha cometido un error, Vergilius Duclairc, vizconde Laclere. De hecho, está usted completamente equivocado. Ella no es Bianca Kenwood. Soy yo.

Él tuvo un momento de confusión hasta que el significado de aquellas palabras lo golpeó. Insinuaciones de problemas se atropellaron en su mente, una luminosa nieve de premoniciones que sugería que algo que parecía bastante sencillo de resolver acababa de volverse peligrosamente complicado. Dirigió su mirada hacia el tímido pajarillo gris que se retorcía las manos, y después hacia aquel ave del paraíso, pintarrajeada y llena de confianza en sí misma, y se preguntó cómo habría reaccionado Dante ante ese escandaloso acontecimiento.

Zas. Zas. Zas.

El látigo de montar golpeaba contra las altas botas del vizconde Laclere mientras caminaba arriba y abajo frente a la chimenea.

En el diván, Bianca abrazaba a Jane, y le daba palmaditas en el hombro. En la otra punta del salón, medio adormilada, la condesa de Glasbury, hermana del vizconde, parpadeaba con consternación, vestida con una bata verde de estilo oriental.

Bianca se dijo que había sido de muy mala educación por parte de Vergil Duclairc arrastrarlas a Jane y a ella hasta la casa de la condesa e interrumpir su sueño. Si él dejara de darle vueltas al asunto y de caminar de un lado a otro, ella podría aclarar las cosas en un santiamén y podrían marcharse.

Zas. Zas.

—No estará planeando usar eso, ¿verdad? —preguntó Bianca. Su voz rompió el tenso silencio que se había hecho después de que él explicara a la condesa dónde había encontrado a su pupila desaparecida tras dos largas semanas de búsqueda.

Él detuvo en seco una de sus idas y venidas para darse la vuelta y mirarla. Era un hombre alto, delgado y robusto de unos veinticinco años, con sorprendentes ojos azules y el pelo ondulado y oscuro un poco despeinado, como marcaba la moda. Atractivo, de hecho. Quizá incluso guapo si dejara de poner esa cara malhumorada, de momento ella no podía saberlo.

—El látigo —insistió—. ¿No pretenderá usarlo? Debo decirle que tengo veinte años, y Jane tiene veintidós, lo que significa que ya se nos ha pasado la edad para estas cosas. Aunque mi tía tenía una criada que fue cortejada por un caballero inglés que le dijo que hay bastantes hombres que usan el látigo con sus mujeres aquí en Inglaterra, lo cual me pareció bastante curioso, y que hay otros que de hecho quieren mujeres para darles latigazos, lo cual para mí no tiene ningún sentido.

La condesa se quedó boquiabierta. De repente parecía completamente despierta.

Vergil se volvió hacia su hermana con una paciencia llena de tensión, y señaló hacia el diván como queriendo decir «¿lo ves?».

—Le aseguro, señorita Kenwood —dijo la condesa con una sonrisa vacilante— que, sin duda, mi hermano no tiene ninguna intención de… de…

Vergil bajó los párpados como si no hubiera ninguna razón de usar el «sin duda». Entrecruzó las manos detrás de la espalda y estudió a la muchacha con severidad.

—Mi hermano fue a esperar su barco a Liverpool. ¿Por qué no logró encontrarla?

Bianca consideró la posibilidad de usar la elaborada historia llena de peripecias que se había inventado por si las cosas se echaban a perder, tal como había ocurrido. Pero de pronto le pareció que era muy poco convincente.

Examinó los ojos azules que la escudriñaban. La tía Edith había dicho que los aristócratas ingleses eran gente indolente y decadente, un poco estúpidos, y Bianca había contado con que aquello sería cierto. Lamentablemente aquél parecía ser una excepción, al menos en relación al último punto. No parecía capaz de creerse confusas historias acerca de una muchacha inocente y desventurada.

—Había a bordo un marinero que nos ayudó a sacar nuestros baúles y a encontrar un coche de alquiler antes de que nadie viniera a recogernos.

—¿Te hiciste amiga de un marinero? —La condesa lanzó a su hermano una mirada oblicua y éste cerró por un momento los ojos.

—Señorita Kenwood, tal vez haya habido un malentendido. El procurador de su abuelo contactó con un abogado de Baltimore, el señor Williams, para manejar este asunto. Él habló con usted, ¿o acaso no lo hizo? ¿Es posible que haya sido mal informada?

—Desde luego que vino a hablar conmigo. Es un hombre muy agradable. De hecho consiguió nuestro pasaje para el barco.

—Me escribió diciendo que lo haría. ¿Le explicó que un miembro de nuestra familia iría a recogerla a Liverpool?

—Lo explicó con mucha claridad. Mi tía no me hubiera permitido venir de no haber estado convencida de que me recogerían.

—Entonces ¿admite usted que desembarcó por su propia cuenta sin esperar un acompañante y que no fue accidental que mi hermano no la encontrara?

—No fue accidental. Fue completamente deliberado.

Por alguna razón su franqueza lo dejó mudo. La miró como si fuera imposible comprenderla.

—Creo que será mejor que te sientes, Vergil, así ella se sentirá menos incómoda —dijo la condesa—. Podemos hablar las cosas con calma. Estoy segura de que la señorita Kenwood tendrá una explicación para todo.

Vergil se sentó en un pequeño banco, pero continuó atosigando a la muchacha con su actitud.

—¿Tiene usted alguna explicación?

—Por supuesto. —Jane se había dormido apoyada en su hombro y el peso muerto la distrajo. El abrazo había hecho que su peluca se desequilibrara y se torciera. Esos vestidos antiguos no estaban diseñados para sentarse y el relleno formaba una especie de plataforma a su alrededor. El corsé bajo el disfraz se le clavaba en un costado de la cintura.

Se sentía un poco ridícula y muy incómoda y lamentaba que aquel vizconde con aires de grandeza no le hubiera dejado tiempo para cambiarse y lavarse antes de arrastrarla hasta el coche.

—La explicación, señorita Kenwood. Me gustaría oírla.

—La verdad, señor Duclairc, es que no creo que le gustara.

Él entrecerró los ojos.

—Sea como sea vamos a probar.

Ella subió una pierna y la colocó bajo su trasero para levantarse un poco más. La condesa pestañeó. El vizconde alzó una ceja en actitud de censura. Al darse cuenta de que la pierna que colgaba estaba descubierta hasta la mitad de la pantorrilla, Bianca sonrió a modo de disculpa y tiró del borde de su falda hacia abajo.

—Señor Duclairc, fui informada acerca de los planes de mi visita aquí. Simplemente decidí hacer unos pequeños cambios. Si el señor Williams habló con usted acerca de mí, usted debe saber que yo vivía con mi tía abuela Edith más como una compañera que como una pupila. Viajé mucho cuando vivía mi madre, y aprendí a cuidar de mí misma. Soy considerada muy madura para mi edad.

—Él sólo me escribió diciendo que su tía era un baluarte de la sociedad de Baltimore y que usted era una joven bien educada. —Su tono daba a entender que el señor Williams le debía alguna explicación.

—Sé que mi abuelo le nombró mi protector en su testamento. Es un gesto encantador y conmovedor. Probablemente él quería cubrir la eventualidad de que yo necesitara realmente un protector, pero obviamente no es el caso. Por otro lado, soy americana, así que no puedo entender de qué modo un testamento inglés puede establecer algún tipo de autoridad sobre mí.

—Será un placer explicárselo más tarde.

Ella ya sabía la explicación. Simplemente no la aceptaba.

—Ante la insistencia del señor Williams, acepté venir aquí para estudiar asuntos referentes a mi herencia y arreglarlos personalmente. Sin embargo, nunca dije que fuera a quedarme con su familia. —Omitió el hecho insignificante de que tampoco había dicho nunca que no fuera a hacerlo y que cuando se había subido a bordo de ese barco tanto el agradable señor Williams como la vieja tía Edith daban por sentado que era exactamente eso lo que haría.

—¿A quién pensabas visitar, querida? —preguntó la condesa—. Ves, Vergil, te dije que habría una explicación. Ella esperaba que otros amigos fueran a recogerla y no se presentaron.

La expresión de él se hizo cautelosa.

—¿Es eso así, señorita Kenwood?

—No —admitió ella. Curiosamente, él pareció aliviado—. Mi intención es vivir por mi cuenta, con Jane como acompañante. Respecto a la oferta de alojamiento en su casa de campo… bueno, me sentiría como una intrusa, y además prefiero la vida de la ciudad. Y por supuesto, no querría que se retrasaran mis lecciones.

—¿Lecciones?

—Lecciones de canto. Ése es el motivo de que haya venido. Mis instructores en Baltimore me dijeron que me habían llevado tan lejos como habían podido y que a partir de ahora necesitaba maestros mejores. Mi plan es tomar lecciones en Londres hasta que el asunto de mi herencia esté resuelto, y después usar los ingresos para ir a Milán.

El vizconde suspiró, se levantó y empezó a caminar de nuevo frente a la chimenea. La condesa inclinó su cabeza de pelo negro confidencialmente.

—Creo que es maravilloso que sientas ese fervor hacia tu música. ¡Cuánto talento! Cuando vayamos a Londres por la temporada, estoy segura de que podremos encontrar un maestro de canto. Conozco bastante gente en los círculos de arte y de música.

—Gracias por tan amable ofrecimiento, pero no quiero esperar hasta la temporada, sea cuando sea. Las lecciones de canto han sido el auténtico propósito de mi viaje y pienso empezarlas enseguida.

Vergil frotó las superficiales arrugas que se formaban entre sus cejas.

—Señorita Kenwood, no quiero incomodarla, pero necesito saber cómo consiguió usted cantar en ese local.

—Vergil…

—No, Penelope, es mejor aclararlo ahora y saber exactamente a qué nos enfrentamos. ¿Señorita Kenwood?

—Bueno, alquilar ese coche para llegar a Londres resultó muy caro. Costó más del dinero que traía conmigo. Cuando llegamos a Londres encontré empleo cantando, para mantenernos hasta que pudiera obtener el dinero del patrimonio de mi abuelo.

—Qué inteligente y competente por tu parte —dijo Penelope.

Vergil tenía el aspecto de alguien que jamás hubiera admirado virtudes como la inteligencia o la competencia.

—¿Eres consciente de la reputación de ese lugar? ¿Sabes lo que ocurre en el escenario después de tus arias?

—Nunca nos hemos quedado. Me pareció una sala de música común.

—De lo más común. Nuestra única esperanza es que tu disfraz oscurezca tu identidad y que ninguna de las personas que te encuentres en el futuro te reconozca. Resulta escandaloso que una mujer cante en un escenario de cualquier tipo, pero en uno como ése, pintada y con esos volantes… —Hizo un gesto señalando su vestido, su cara, su peluca.

—Mi madre cantaba en un escenario, señor Duclairc, y éste es su vestuario.

—Estoy segura de que era una cantante encantadora —se apresuró a decir Penelope.

—Deja de seguirle la corriente, Pen. Tal vez eso sea aceptable en Estados Unidos, pero no en Inglaterra, señorita Kenwood.

—Puesto que no soy inglesa, eso no me preocupa. Creo que lo mejor será evitar cualquier contacto social para que usted no deba preocuparse por mis actuaciones, ¿no le parece? —Hizo una sonrisa forzada, como animándolo a aceptar la lógica aplastante de aquel razonamiento—. Ahora que ya ha cumplido con su deber asegurándose de que estoy a salvo, por favor llévenos a Jane y a mí a nuestro alojamiento.

—Se quedará usted aquí esta noche. Haré que le traigan sus pertenencias y que se informe al propietario de la sala de juegos que sus actuaciones han acabado.

—Debo declinar su oferta, señor Duclairc. No quiero abusar de la hospitalidad de su hermana, y tengo la intención de continuar con mi empleo. Como cantante, necesito experiencia con el público y...

Él la interrumpió con un gesto autoritario.

—No. Definitivamente no. No vivirá de forma independiente sin una carabina y tampoco va a pavonearse sobre un escenario. Mientras esté aquí yo soy responsable de usted y deberá comportarse como se espera de una dama joven.

Bianca devolvió la mirada a aquel intratable, alto e imponente vizconde. Que un viejo avaro, a quien nunca había conocido, pudiera haberle complicado la vida de esa manera con los garabatos de una pluma, le resultaba intolerable. No esperaba que el vizconde la encontrase tan pronto. No esperaba tener aquella conversación hasta estar preparada.

Vergil se cruzó de brazos. Aquella pose lo hacía parecer muy alto y poderoso. Era el tipo de postura que debía adoptar un rey cuando ordenaba ejecutar a alguien.

—Mañana mi hermana la acompañará a usted y a su criada hasta el campo —entonó, como expresando la voluntad de un juez—. No le hablará a nadie acerca de esta experiencia, ni siquiera a otros miembros de mi familia. En lo que concierne al mundo, usted fue recogida en el barco y ha estado bajo nuestra protección desde el principio.

—Si me saca usted de Londres, será contra mi propia voluntad. Como dijo usted antes, eso es un secuestro. Yo también puedo ir a quejarme ante el tribunal de Justicia.

Él la miró con frialdad.

—Es legalmente imposible para mí secuestrarla, señorita Kenwood. Soy su tutor. Hasta que cumpla usted veintiún años o se case permanecerá bajo mi custodia. Pen, pide al ama de llaves que les muestre a la señorita Kenwood y a la señorita Ormond sus habitaciones.

Despachada como una escolar traviesa, Bianca se halló a sí misma y a una soñolienta Jane guiadas por una mujer a través del pasillo. Enfadada por haber visto frustrado su plan, y desconcertada al ver a aquel extraño asumiendo una responsabilidad que seguramente desearía no tener que asumir, bajó la escalera guiada por aquella mujer.

Algo en el final que había tenido aquella confrontación la perturbaba. Fue al llegar al descansillo de la escalera cuando se percató de la importante omisión. «Hasta que cumpla usted veintiún años o se case permanecerá bajo mi custodia.»

O hasta que abandone Inglaterra, naturalmente. ¿Verdad?

—¿No crees que has sido demasiado duro con ella? —preguntó Penelope.

—En absoluto. —Vergil observaba a Bianca Kenwood mientras ésta subía la escalera tambaleándose con sus delicadas babuchas de seda. El chubasco de premoniciones se había convertido en una tormenta de nieve.

Qué desastre.

—Es una extranjera aquí, Vergil. Ignorante de nuestras costumbres. Sin duda, la gente en América se comporta de manera más informal.

—No lo creas, Pen. Ella sabía perfectamente lo que estaba haciendo. —Lo cual significaba que estaba haciendo exactamente lo que quería y presuponiendo que aquello lo induciría a él a lavarse las manos respecto a ella.

Se dio la vuelta, pensando en tomar un vaso de oporto antes de marcharse. Necesitaba hacer planes sobre cómo preparar a su hermano y cómo frenar a la señorita Kenwood para que aquel calavera no quedara impresionado por ella.

Penelope lo tomó del brazo, deteniéndolo.

—Ha sido muy amable por tu parte no decirle nada acerca de cómo debe dirigirse a ti. Has comprendido que era sólo su ingenuidad lo que le hacía llamarte todo el tiempo señor Duclairc. Ella se sentía avergonzada y tú has sido muy generoso. Se lo explicaré mañana.

¿Es eso lo que Penelope había visto en aquellos ojos azules? ¿Ingenuidad? ¿Vergüenza? Normalmente su hermana mayor se mostraba más astuta, a pesar de su naturaleza optimista.

—No será necesario dar explicaciones, Pen. Apostaría mil libras a que la señorita Kenwood sabe perfectamente cuál es la forma apropiada de dirigirse a un vizconde.

Capítulo dos

$\mathcal{V}$ergil lanzó a su ayuda de cámara su sombrero empapado y desató con violencia el nudo de su pañuelo.

—Whisky para los dos, Morton. Después de este viaje, lo necesito. Lleva a Hampton arriba cuando llegue.

Al cabo de diez minutos, Morton no sólo había servido las bebidas sino también queso y carne de ave fría, había encendido un pequeño fuego en la biblioteca y había conseguido que Vergil estuviera seco y arreglado. No es que hubiera nadie ante quien tuviera que estar arreglado. Sólo unas pocas habitaciones de la lujosa casa de Londres estaban abiertas y, aparte de Morton, había sólo otros dos criados.

Tampoco tenía por qué arreglarse para recibir a Julian Hampton. El abogado de la familia lo había visto en otras ocasiones vestido de manera muy informal. Sin embargo, la vida que llevaba en Londres requería que se respetaran las apariencias.

Se sentó junto al fuego, bebiendo a sorbos su whisky con dos grandes libros en sus rodillas. Ya sabía lo que mostraban esos documentos y lo que diría Hampton. Las finanzas de la familia Duclairc no atravesaban un periodo de prosperidad. Sólo la cuidadosa dirección de Vergil durante aquel último año había evitado el desastre total.

Últimamente, sin embargo, no había tenido mucho tiempo para dedicarse a esas cosas. Otros asuntos, más urgentes y también más interesantes, habían requerido su atención. Asuntos como el que acababa de atender en el norte.

Y ahora, por supuesto, necesitaba ocuparse de aquel nuevo asunto llamado Bianca Kenwood. Las posibles complicaciones que aquello podía representar le hicieron cerrar los ojos.

La imagen de ella destelló detrás de sus párpados, igual que le había ocurrido demasiado a menudo durante las últimas dos semanas. La vio sentada en la sala de estar de Pen con aquel absurdo vestido, su delgada pierna colgando desde el diván y la babucha de seda enarcando un poco su pequeño pie. Había estado de lo más impresentable. Además de incorregible e impertinente y maliciosa y fascinante...

¿Fascinante? Qué idea tan curiosa. ¿De dónde saldría?

—El señor Hampton —anunció Morton.

Julian Hampton entró, llevando puesta su cara de abogado. Siempre lo hacía cuando se encontraban por asuntos de negocios. Ya que se trataba de un viejo amigo probablemente era necesario, especialmente cuando se tenía que hablar de malas noticias. Vergil había visto aquella expresión muy a menudo durante el último año.

—¿Los has estudiado? —preguntó Hampton, señalando los tomos al tiempo que tomaba asiento y aceptaba el vaso que le ofrecía Morton.

—Espero que hayan cambiado un poco las cosas.

—Un poco. La solvencia nos hace señas. Si tu hermana viviera en Laclere Park...

—No puedo pedirle que sea tan dependiente.

—O si Dante viviera de acuerdo con sus medios...

—Jamás lo ha hecho, así que no hay ninguna esperanza.

—Podrías consolidar la granja y arrendar la tierra.

—Ésa es una vieja letanía, Hampton, y ya sabes mi respuesta. Mi padre y mi hermano no echaron a esas familias, y yo tampoco lo haré.

—Bueno, al menos no estáis al borde del abismo.

Estaban más cerca del abismo de lo que sabía Hampton y de lo que revelaban aquellos tomos. Sin embargo, Vergil tenía un plan para tratar de solucionarlo. Lamentablemente, una parte fundamental de ese plan podía causar problemas. La parte llamada Bianca Kenwood.

Hampton sonrió. Eso no era nunca una buena señal, especialmente en la cara de su abogado.

—Debes mejorar las cosas del modo más sencillo. El modo tradicional.

—Sí, supongo que el padre de Fleur será muy generoso.

Debería estar agradecido de que mi valor haya aumentado tanto tras la muerte de mi hermano. Con el tiempo, supongo que consentiré en casarme. De momento, sin embargo, otros enredos hacen que resulte imposible.

Hampton no era un hombre muy expresivo, así que el brillo de curiosidad y preocupación que relampagueó en sus ojos hizo saber a Vergil que había hablado demasiado.

—¿Puedo procurarte ayuda? Tengo experiencia en negociar para que mis clientes solucionen sus enredos. —Destacó la última palabra de una forma que parecía aludir a problemas de naturaleza romántica.

El enredo en el que Vergil se hallaba involucrado necesitaba algo más que la destreza de Hampton para llegar a desenmarañarse.

—Eres insuperable en eso, y aceptaría tu ayuda si creyera que podría servir de algo. No sé cómo lograste convencer al conde para que liberase a mi hermana.

—Todos los hombres tienen secretos que quieren esconder. El conde de Glasbury simplemente tiene más que la mayoría. ¿Cómo le va a la condesa?

—Está bastante contenta, y ha acabado por preferir aquellos círculos sociales que la aceptan.

—Su caída habría sido mucho peor si no fuera por ti.

Vergil lo sabía. Gracias a su fama de hombre íntegro y decente había conseguido aligerar el impacto social que había tenido el hecho de que Pen se separara del conde; también había logrado que se restara importancia a los diversos pecados de Dante e incluso que se rectificara en parte la fama que tenían los Duclairc por su comportamiento y sus ideas poco convencionales. A pesar de que su familia tirara hacia abajo, él había conseguido que se mantuvieran a flote. A duras penas.

—¿Hemos acabado? —preguntó Vergil, levantando los tomos.

—Por lo visto tú das por sentado que sí.

Vergil dejó caer los tomos al suelo.

—Puedes dejar para otro día los detalles tristes. Dime qué has estado haciendo, aparte de dar consejos a insensatos como yo.

—Si todos mis clientes fueran tan insensatos como tú, me moriría de hambre.

La gravedad de la expresión de Hampton se esfumó y volvió a ser el apreciado amigo de Vergil.

Resultó que había estado haciendo muy poco. Hampton no frecuentaba demasiado las reuniones sociales, y permanecía un poco al margen cuando acudía a ellas. Las mujeres lo hallaban melancólico y misterioso, mientras que los hombres lo consideraban orgulloso y aburrido. Con su pelo negro y sus rasgos perfectos y afilados, Hampton parecía una figura dibujada con tinta y pluma por un ilustrador. El problema para la mayoría de la gente era que la ilustración venía sin pie.

—Saint John ha vuelto a Londres —dijo Hampton—. Burchard y yo nos encontraremos con él en el Corbet mañana. Witherby y los demás probablemente vendrán también. Ahora que has regresado de donde sea que estuvieras, ¿por qué no te reúnes con nosotros? La Sociedad del Duelo estará completa otra vez.

Se estaba refiriendo al grupo de hombres jóvenes que se reunían en Hampstead en la academia de esgrima del Chevalier Corbet desde hacía cinco años. Vergil no practicaba con ellos desde hacía meses.

Su ausencia resultaba tanto más extraña porque él había sido el eje de la rueda en torno al cual se agrupaban los otros hombres. Conocía a Hampton desde la adolescencia, y se había hecho amigo de Cornell Witherby durante la época universitaria. A Adrian Burchard, el hijo de un conde, lo había conocido en los círculos de la nobleza. Incluso Daniel Saint John, el naviero, se había añadido a la Sociedad de Duelo a través de Vergil gracias a su amistad con Penelope.

—Ojalá pudiera, pero debo encontrarme con Dante y llevarlo a Laclere Park. Tenemos asuntos que atender allí.

—Burchard se llevará una decepción. Te ha estado buscando para discutir sobre algo que no quiere divulgar. Supongo que se tratará de política.

Si Adrian Burchard estaba buscando a alguien, pronto lo encontraría. Adrian era la última persona que Vergil desearía ver interesado en sus actividades.

—Le escribiré invitándolo a visitarme. Espero estar aquí durante varios días.

—¿Por qué no invitas también a Witherby? La prolongada ausencia de la condesa en Londres le ha vuelto melancólico.

—Quizá así se inspire para escribir otra oda. Witherby tendrá que esperar su turno. La señorita Kenwood ha llegado a Inglaterra, y Penelope la ha llevado al campo por una temporada.

—¿Hay algún problema?

No estaba claro si Hampton se refería a Bianca Kenwood o a la forma en que Cornell Witherby había estado cortejando a Penelope. Aunque la primera no prometía nada más que problemas, Vergil también preferiría librarse del segundo. Tener un buen amigo apasionado por una hermana mayor, especialmente cuando esa hermana se halla separada de su marido, sola y vulnerable, era el tipo de situación que podía arruinar una amistad.

—No hay ningún tipo de problema. La señorita Kenwood es encantadora. Estoy deseando que la conozcas.

Hasta ese punto se había enredado con sus líos. Le estaba mintiendo a un hombre que conocía desde hacía media vida.

Hampton desvió la conversación hacia asuntos de política. Mientras hablaban de liberales y conservadores, las manifestaciones violentas y los cambios ocurridos tras la muerte del último ministro de Asuntos Exteriores, la mente de Vergil se mantenía ocupada con las cuestiones privadas que lo esperaban en el campo.

Una y otra vez aparecía en su cabeza la imagen de una mujer joven vestida como una reina francesa, desafiándolo con una excesiva autosuficiencia, y una bonita pierna colgando por debajo de un dobladillo indecorosamente alto.

—Sigo sin entender tu impaciencia —dijo Dante. Echó la ceniza de su puro a través de la ventana del coche—. No veo la razón de que me hicieras volver de Escocia. Ella no alcanzará la mayoría de edad hasta dentro de un año.

Eso significaba una eternidad dada la forma en que Dante calculaba su calendario con las mujeres. Normalmente era capaz de cortejar, seducir, llevar a la cama y desechar a dos amantes al mismo tiempo. Vergil estudió el joven y bello rostro de su hermano, sus límpidos ojos y su pelo castaño oscuro. La historia de Dante con las mujeres había sido casi inevitable con unos rasgos como los suyos. Vergil había visto cómo damas de la más alta alcurnia se quedaban sin aliento cuando Dante se acercaba.

—Comienza la temporada mucho antes de su cumpleaños, y con el debut en sociedad de Charlotte no podemos exactamente dirigirnos todos a la ciudad, y dejar aquí a la señorita Kenwood. Ya tendréis que estar casados entonces, y no sólo prometidos.

—¿Por qué? ¿Crees que algún cazador de fortunas me quitará el sitio? —El tono de Dante dejaba ver que aquello era absurdo.

«No, creo que si ella está casada, podremos impedir que llegue ni a pisar Londres si es necesario», pensó Vergil. La sola idea de ver a Bianca Kenwood entre la sociedad educada, tratando a los duques y condes de señores y anunciando su pretensión de estudiar ópera era suficiente para dejar sus ánimos por el suelo aquel último día de agosto.

Pero la pregunta de Dante también aguzaba aquella premonición que había continuado obsesionándolo desde que abandonara la casa de Penelope aquella noche. Sería mejor que Dante acabara con aquello mientras el campo estuviera despejado.

Dante lo miró directamente a los ojos.

—Ya casi estamos llegando. ¿No crees que deberías decírmelo ya?

—¿Decirte qué?

—No me has dicho gran cosa acerca de la señorita Kenwood, con quien espero casarme. Lo encuentro un poco sospechoso. Después de todo, tú la has conocido. Ambos sabemos que no tengo otra elección más que aceptar, pero si debes hacerme alguna advertencia, se te está acabando el tiempo.

—Si no te la he descrito con detalle, es porque eso sería poco delicado hacerlo. No es uno de tus caballos de carreras.

—No la has descrito en absoluto.

—Muy bien. Es de complexión media y esbelta, con ojos azules.

—¿De qué color es su pelo?

Cómo diablos iba saberlo. ¿Qué color de pelo podía ocultarse bajo aquella ridícula peluca?

—¿Hasta qué punto es mala?

Vergil tenía toda la intención de advertir a Dante, pero no encontraba la forma apropiada de abordar el asunto. Un matiz de culpa coloreaba sus reflexiones cuando intentaba hacerlo. Al fin y al cabo, prácticamente había metido a su hermano en aquello a la fuerza. Aunque no es que Dante se hubiera resistido mucho al saber que en un año ella recibiría más de cinco mil libras.

—El problema no es su aspecto. Sus modales, sin embargo…

—¿Eso es todo? ¿Estás preocupado por unos pocos errores de etiqueta? ¿Qué esperabas? Es americana. Pen la preparará en poco tiempo.

Hablar de unos pocos errores de etiqueta no hacía justicia a Bianca Kenwood, pero lo dejó pasar.

—Por supuesto. Sin embargo, ella es… especial.

—¿Especial?

—Podría decirse incluso que es rara.

—¿Rara?

—Y quizá un poco… inacabada. Lo cual puede remediarse, naturalmente. Mientras sostenemos esta conversación Pen la tiene en sus manos.

A través de la ventanilla del coche, Dante miró malhumorado las vistas de la campiña de Sussex. Vergil no sabía si continuar, pero casi estaban llegando y apenas quedaba tiempo.

—Necesita mano dura. Es un poco independiente, por decirlo de algún modo. —La mirada de su hermano se deslizó hacia él—. Independiente… Tiene algunos caprichos. Es por su juventud, se le pasará.

—Sería de inmensa ayuda que pudieras completar tu descripción añadiendo alguna información respecto a su belleza.

Sin duda. El problema era que él no sabía si ella era bella. Sólo recordaba sus grandes ojos, con aquella interesante chispa de inteligencia y vitalidad que había en ellos.

¿Qué más podía añadir? Toda aquella pintura de teatro ocultaba su rostro. Era probable que su tez fuera preciosa, pero ¿quién podría estar seguro antes de ver su cara lavada? También su silueta parecía bonita, pero podía haber sido por el vestido. Y hacer algún comentario sobre ese trasfondo de sensualidad… no era demasiado apropiado tratándose de la futura novia de un hermano.

—Maldita sea, si es vulgar no estoy dispuesto a hacerlo, Vergil. Y tú no deberías desear que lo hiciera. Aparte del hecho de que ella repercutiría positivamente en mí y mi familia, puedo ignorarla prácticamente por completo una vez estemos casados, incluso podría irme a vivir a la ciudad y dejarla a ella aquí, que es de hecho lo que pretendo hacer. Y hasta que te cases con Fleur y establezcas tu propia descendencia, cosa que estás tardando demasiado en hacer, yo soy tu heredero y esa americana podría acabar convirtiéndose en la vizcondesa Laclere.

No hacía falta que Vergil le enunciara a su joven hermano los obstáculos que le esperaban en aquel camino. Abismos mucho más profundos y numerosos de lo que Dante imaginaba. Un panal de esos abismos. De haber podido pensar en alguna alternativa lo hubiese hecho, pero tras dos semanas considerando distintas opciones siempre terminaba llegando a la misma conclusión. Era necesario que Bianca Kenwood fuera atada a su familia con cadenas indestructibles.

Dante se mordió el labio inferior y volvió a mirar a través de la ventanilla con sus ojos de espesas pestañas.

—¿La renta de sus recursos será mía? Como depositario, ¿tú no interferirás? ¿Y mi asignación continuará hasta la boda, aumentando como habíamos acordado?

—Por supuesto. También te prometo continuar dirigiendo las inversiones financieras, como solicitaste. La renta de los recursos es segura, pero otros asuntos requieren ser supervisados, y yo sé que tú odias esas cosas.

Dante hizo un gesto de desdén.

—Son cosas sórdidas y molestas. Dudo que valga la pena preocuparse por ellas. Puedes venderlas o conservarlas, lo que te parezca mejor. Después de ver cómo te las arreglaste tras la muerte de Milton, sería un idiota si me atreviera a cuestionarte.

Viajaban silenciosamente a través de los bosques de robles y fresnos que había detrás de Laclere Park. Vergil prefería ese camino al ancho horizonte de paisaje que se abría desde la parte frontal, y siempre daba instrucciones a su cochero para que se acercara a la casa desde allí. Normalmente le servía como un espacio de transición, unos pocos kilómetros durante los cuales se preparaba para asumir su papel de vizconde Laclere y afrontar las responsabilidades que éste acarreaba.

Había hecho aquel camino por primera vez cuando le llegó la noticia de la muerte de Milton; escogió entonces aquella larga ruta para demorar su llegada, luchando contra emociones conflictivas y agudos resentimientos por los cambios que supondría en su vida la repentina muerte de su hermano.

Había sido en aquellos bosques donde había terminado aceptando aquella nueva realidad y sus correspondientes restricciones. No había llegado ni a intuir hasta qué punto complicaría su vida la muerte de su hermano. Restricciones, misterios y decepciones lo habían estado esperando al final de aquel viaje.

De repente Dante se inclinó sobre la ventana. Afiló la mirada.

—¿Qué diablos…?

—¿Algún problema? —Vergil apartó un poco la cabeza de Dante para poder asomar la suya a través de la ventana abierta.

—Allí, en el lago. Espera, hay árboles que nos tapan la vista. Ahora. ¿Ésa no es Charlotte?

Los árboles eran más delgados ahora que pasaban frente al lago. Dos mujeres se estaban bañando, riendo y salpicándose. Prácticamente desnudas, pues sus ropas se habían vuelto transparentes por el agua. Diablos, sí, era su hermana pequeña, Charlotte, con aquella criada, Jane Ormond.

Un tercer cuerpo femenino emergió de pronto del agua. La ropa empapada se adhería a su piel oscureciéndola un poco. Bonitos hombros… una espalda que se iba estrechando… una pequeña cintura… gráciles caderas… finalmente las cimas de sus encantadoramente redondeadas nalgas aparecieron a la vista. Una larga cabellera rubia se desplegó en un abanico sobre el agua para aferrarse después a aquel cuerpo en espesa caída desde una cabeza bien formada.

Sus esbeltos brazos comenzaron a golpear la superficie del agua, creando olas en la dirección de sus compañeras de juego. Las otras dos gritaron y emprendieron una masiva contra ofensa de salpicaduras, enviando chorros de agua alrededor de ella hasta que acabó pareciendo una imagen emergente en medio de un sueño de bruma.

Ella lanzó un chillido de jubilosa protesta. Riendo, se dio la vuelta para responder al ataque.

Vergil no podía estar seguro de si aquellos grandes ojos azules vieron pasar el coche con sus dos atónitos ocupantes. Pero lo cierto es que ella se detuvo, se tapó los pechos con un brazo y deslizó la otra mano hasta el triángulo de sombra que había justo entre sus muslos. Durante un breve instante antes de darse la vuelta y volver a hundirse en el agua, adoptó la pose de la Venus de Botticelli, una diosa de rostro adorable y formas lujuriosas, chorreando agua, todavía virginal y púdica pero ya madura y expectante. Aquella mezcla de instinto protector y deseos eróticos que Vergil había experimentado en la sala de juegos resurgió con fuerza.

Él y Dante se recuperaron al mismo tiempo. Se enderezaron y se hundieron en sus asientos.

Su hermano lo miró con suspicacia.

—¿Qué era eso?

—No estoy del todo seguro, pero creo que era la señorita Kenwood.

Dante cerró los ojos y apoyó la cabeza contra el respaldo del asiento.

—Déjame asegurarme de que he entendido mi posición, Vergil. ¿Tengo que casarme con eso? ¿He de sacrificarme en el altar por el dios de la estabilidad financiera y ser forzado a tener como compañera durante el resto de mi vida a esa hembra que acabamos de ver? ¿Una chica tan especial, rara e independiente que se baña casi desnuda delante de la carretera a plena luz del día e influye en nuestra hermana para hacer lo mismo? ¿Tú pretendías coaccionarme, era necesario, con la amenaza de retirarme mi asignación? ¿Ella es la novia que has escogido para mí?

—Sí. —Realmente no había nada que añadir.

Dante mantuvo su pose pensativa durante un largo momento. Sus ojos se abrieron. Una límpida simpatía brilló en ellos. Una sonrisa muy masculina apareció lentamente.

—Gracias.

—Muy bien, Pen. Muy bien.

Penelope se ruborizó con un tono rosado aún más intenso

que el que su piel había adquirido mientras él explicaba su historia.

—No me eches la culpa a mí. No podía imaginarme una cosa así. Ella ha sido un huésped de lo más cortés. Su comportamiento no ha resultado inapropiado en absoluto. Al menos hasta donde yo sé.

Acompañó esta última observación de una pequeña mueca. Penelope era lo suficientemente lista como para reconocer que la escapada de ese día era una muestra de que ella no conocía las actividades de la señorita Kenwood en todo su alcance. Vergil imaginó toda una serie de escandalosos episodios teniendo lugar bajo la nariz de la confiada Penelope.

—Durante su estancia aquí parecía sentirse como pez en el agua.

—Dadas las circunstancias, «como pez en el agua» no es la mejor expresión que puedas escoger, Pen.

Pen bajó la cabeza, avergonzada y sin fuerzas ante la acusación. Él le dio una palmada en el hombro para consolarla. Era simplemente incapaz de imaginarse lo peor, y era siempre demasiado comprensiva.

Bianca Kenwood probablemente se había dado cuenta enseguida de cómo era Penelope y había sacado ventaja de ello.

Lo que la señorita Kenwood necesitaba era una tía similar a una vieja arpía llena de carácter que no le permitiera desafiarla, capaz de hacer temblar a las muchachas jóvenes con su mirada de acero y cuyas estrictas advertencias provocaran una inmediata sumisión.

Desgraciadamente, esa tía no existía.

—Tal vez bañarse así sea normal en América.

—Por favor, Pen.

—Hablaré con ella, y le daré a Charlotte una buena reprimenda.

—No harás tal cosa.

—¿Pretendes hacerlo en mi lugar? Oh, Vergil, desearía que no lo hicieras. Su rostro adquiere una expresión muy peculiar cada vez que se menciona tu nombre. Sospecho que te ve como el guardián de una cárcel, y si es así, lo peor que puedes hacer al volver a verla es darle una lección de comportamiento…

—No diré una palabra sobre este asunto. Nadie lo hará. Y

tampoco a Charlotte. Mencionarlo sería admitir que Dante y yo hemos sido testigos de lo ocurrido. —No se atrevía siquiera a contemplar la idea de esa confrontación. Reconocer el hecho supondría tener que afrontar una embarazosa y difícil… intimidad—. No tenemos más remedio que ignorar lo que ha sucedido. Hablaré con Charlotte en términos generales para evitar que se deje influenciar.

Dante se unió a ellos, con aspecto de estar contento y sentirse más fresco al cambiarse de ropa. Llevaba un traje exquisito perfectamente planchado. Su rostro lucía lleno de expectación bajo sus cabellos cuidadosamente despeinados, un poco largos como marcaba la moda romántica.

—Es muy amable por tu parte reunirte con nosotros durante unos pocos días —dijo Penelope, levantándose para darle un beso.

—A veces uno extraña la familia, Pen. De hecho, es probable que me quede alrededor de una semana. Sí, me quedaré una semana. —El guiño que lanzó a Vergil hizo que Penelope frunciera el ceño con curiosidad.

Vergil le devolvió una mirada reprobatoria. Penelope no sabía nada acerca de los planes que ellos tenían respecto a la señorita Kenwood. Además, por alguna razón, la confianza en sí mimo que demostraba su hermano le irritaba.

—¿Una semana entera? Eso es maravilloso, Dante, y muy amable por tu parte. Sé cuánto odias el campo si no hay buen deporte.

—Bueno, Pen, hay deportes y luego hay deportes. Me dijeron que Verg ha comprado un nuevo caballo que necesita domar y me sentí obligado a ayudarlo, ya que tengo tan buena mano con los animales y es además un regalo para mí.

—¿Un caballo nuevo? Vergil, no me lo habías dicho.

—Llegará dentro de unos días —murmuró él. Qué inteligente por parte de Dante. Disfrutar de la metáfora y de paso salir ganando un caballo. No era una metáfora tan mala. La señorita Kenwood tenía un aire menos de inacabada que de indómita. Era típico de Dante que hubiera fichado a una mujer en pocos segundos a unos sesenta metros de distancia, y se deleitaba en el desafío que lo estaba esperando. No era asombroso que pareciera tan insoportablemente feliz.

La yegua en cuestión se unió a ellos al cabo de poco rato, llegando junto a Charlotte acompañada de un débil crujido de enaguas. Charlotte estaba tan encantadora como de costumbre, su elegancia de delgado sauce aún quedaba suavizada por su inocencia infantil. Junto al pelo negro, la tez blanca y el vestido rosa pálido de Charlotte, Bianca Kenwood tenía un aire de señorita de campo.

Su vestido azul era algo anticuado y poco atractivo. Su piel lucía un bronceado fuera de moda, pero la idea que se había hecho de su intachable belleza fue acertada. Su pelo rubio dorado estaba recogido en un sencillo moño que enfatizaba su femenina pero firme mandíbula destacando el contorno de la parte inferior de su rostro, con forma de corazón. Difícilmente se ajustaría a la definición de la belleza de moda, pero poseía una hermosura singular, rebosaba salud y se movía con una elegancia madura.

Dante la estudió con ojos calculadores durante un breve instante antes de que Penelope lo llamara para presentarlo. Ese examen hizo que Vergil se sintiera incómodo. De pronto se sentía sucio por aquel negocio. Ridículo. Semejantes arreglos se hacían todo el tiempo, y a menudo con menos sutileza.

Dante avanzó hacia su presa. Su éxito con las mujeres estribaba en el magnetismo más que en la persecución. Cierta dama le había confesado una vez a Vergil que cuando Dante miraba a una mujer a los ojos ésta se sentía como si él pudiera leer en su alma y sus atenciones la dejaban sin respiración.

Si así era, por lo visto el alma de Bianca Kenwood no era fácil de observar. Respondió al saludo de Dante con soltura y no pareció quedarse sin respiración en absoluto. Vergil no pudo dejar de admirar su aplomo, a pesar de que el plan había sido que ella cayera enamorada de Dante a primera vista.

—Y recuerdas a Vergil —añadió Penelope rápidamente, haciendo un gesto en su dirección.

—Difícilmente podría olvidar al señor Duclairc. Estoy encantada de volver a verle. Quizá antes de que se vaya podamos tener una conversación.

—Por supuesto, si así lo desea.

Oh, lo deseaba. Había estado guardando palabra tras palabra desde hacía dos semanas. Difícilmente podría haber enterrado su resentimiento ante la imperiosa intromisión que la había enviado hasta allí.

Se dio cuenta de que lo estaba mirando con rabia, y de que todo el mundo estaba observando que lo hacía.

—¿Está encontrando agradable su estadía aquí? —preguntó Dante, guiándola hacia el sofá.

—Muy agradable, gracias.

Se sentó al lado de ella, dedicándole toda su atención. Era un hombre guapo, pero un poco delicado en sus formas y en su rostro, como si Dios, al esculpir los huesos de su hermano mayor hubiera agotado sus mejores materiales y tuviera luego que apañarse con lo demás. Hermosos ojos marrones la contemplaban bajo unas pobladas pestañas. Una chispa de familiaridad un tanto inapropiada brillaba en ellos.

Sí, ellos las habían visto. Había estado discutiendo con Charlotte que no había nadie mirando en el coche que había pasado. En realidad, por un momento había creído ver unos rostros atisbándola, pero al comprobar que nadie les decía nada horas después de su regreso, sencillamente supuso…

—Así que llevas el nombre del poeta italiano —dijo, sintiéndose muy disconforme ante la idea de que Vergil Duclairc la hubiese visto prácticamente desnuda. Curiosamente, el hecho de que aquel hermano suyo también la hubiese visto no le importaba demasiado.

—Fue una desafortunada idea de mi padre. Se daba aires de poeta épico y puso a sus hijos los nombres de los mejores. Nuestro hermano mayor se llamaba Milton.

—Podía haber sido peor. Podía haber escogido los nombres de los héroes en lugar de los nombres de los autores.

Charlotte se rio.

—Habría sido horrible. Ulises, y Eneas y cosas así.

—O podría haberse motivado por las historias de Camelot que más tarde lo fascinaron tanto —añadió Dante—. Lancelot, Gawain y Galahad.

Jugaron con aquella idea durante un rato, y Penelope se unió a ellos. El hombre que permanecía junto a la ventana no lo hizo, pero Bianca notó que seguía las bromas con mayor interés del que sus miradas ocasionales parecían revelar.

Podía ver a su adversario claramente desde su posición. Tenía una figura refinada, era alto y delgado, pero sus hombros y su piernas sugerían más fuerza de la que era claramente visible. En aquel momento no tenía una mirada de disgusto, sí, era bastante guapo con sus huesos marcados, como cincelados con cierta aspereza. Sus ojos azules sorprendían, penetrantes bajo sus cejas oscuras.

Eran penetrantes ahora, que acababan de descubrirla mirándolo. Ella dirigió su atención a Dante, consiguiendo —o al menos así lo esperaba— no ruborizarse. Tenía la incómoda sensación de que durante aquella mirada el vizconde estaba recordando lo que había visto en el lago.

Dante acababa de decirle algo. Ella respondió con una pregunta, regresando incómoda a la charla banal típica de la casa.

—¿Y tú qué haces?

Se enfrentó a un silencio total.

—¿Hacer? —repitió Dante tras contar hasta diez.

—Tu hermano es un miembro del Parlamento, según tengo entendido. ¿Cuál es tu ocupación?

Charlotte se rio. La mandíbula de Vergil parecía más rígida que de costumbre, pero una chispa de brillo apareció en sus ojos cuando se dio la vuelta para prestar toda la atención a su hermano.

Dante sonrió.

—Soy un caballero.

—Jamás sugeriría lo contrario, pero ¿cuál es su empleo?

—Cuando mi hermano dice que es un caballero no está eludiendo su pregunta, señorita Kenwood. La está respondiendo —explicó Vergil.

En otras palabras, ser un caballero significa que uno no tiene un empleo remunerado. El refinado hombre que había a su lado de repente le pareció tan extraño como los indios que había tenido ocasión de ver cuando su madre recorría los pueblos cercanos a la frontera. Era otro ejemplo de lo que la tía Edith quería decir cuando le había advertido que encontraría aquel país familiar en ciertas cosas pero muy extraño en otras.

—Sin duda tendréis caballeros en Estados Unidos —dijo Penelope.

—Tenemos hombres de gran riqueza y posición. Hay haciendas tan grandes como ésta. Pero un hombre que no trabaja… en fin, es considerado como casi pecaminoso.

Inmediatamente deseó no haberlo expresado de esa forma, aunque pensaba que tanta indolencia era una evidencia de una seria falta de carácter. No deseaba insultar a aquellas personas, con tres de las cuales no había tenido ninguna discusión.

La única con quien sí había tenido una discusión rompió el incómodo silencio.

—Qué pintoresco. Pero a fin de cuentas, tu país es todavía joven.

Viniendo de cualquiera de los otros lo habría dejado pasar.

—La vieja Inglaterra está aprendiendo que hay fuerza en la juventud.

—Te refieres a nuestra última guerra. Una escaramuza menor. Habría acabado de modo distinto si Napoleón no nos hubiera tenido tan ocupados.

Por alguna razón, a duras penas, ella consiguió mantener un tono civilizado.

—Mi padre murió en esa escaramuza, señor Duclairc.

Se hizo otro silencio tenso. Penelope sonrió débilmente y se levantó.

—¿Por qué no entramos a comer?

Dante trató de acaparar la atención de Bianca durante la comida. El vizconde no habló demasiado. En varias ocasiones en que ella le echó un vistazo lo sorprendió escudriñándola, como si se estuviera preguntando qué era lo que tenía delante. Nada más que problemas, hubiera querido advertirle ella. Realmente deberías enviarme a paseo de una vez por todas.

Ella estaba decidida a arrinconarlo después de la comida para aclarar las cosas, pero Vergil se retiró, tras excusarse, tan pronto como volvieron a la sala de estar. Dante, sin embargo, se quedó, uniéndose a ellas para jugar a las cartas.

El muchacho elogió el juego de Bianca más de lo que su talento merecía. La familiaridad crecía con el pasar de las horas y las sonrisas de Dante comenzaron a adquirir una calidez perturbadora. Ella comenzó a sospechar que Vergil la estaba evitando y usaba a Dante a modo de distracción.

—¿Dónde está el vizconde? —acabó preguntando a Charlotte—. Tal vez le apetezca reemplazarme.

—Estará en la biblioteca, supongo. O en su estudio.

Bianca se levantó.

—Disculpadme. Le invitaré a unirse a nosotros.

No esperó a que le dieran permiso; atravesó la sala de estar y se encaminó por el pasillo hacia la biblioteca.

Él estaba allí, sentado ante el escritorio y examinando unos papeles. Levantó la vista al oírla entrar y se puso de pie.

—Parece sorprendido de verme. ¿He cometido un error? ¿Se supone que debía haber pedido una audiencia? —preguntó.

—Por supuesto que no. Supuse que mi hermano y mis hermanas la mantendrían entretenida toda la tarde, eso es todo.

—Las cartas no me divierten mucho rato si se me regalan todas las manos. Si estuviéramos jugando por dinero, a estas alturas ya habría ganado toda la fortuna de su hermano. He decidido dar un descanso a su orgullo y generosidad.

—Solamente está intentando que se sienta bien recibida. Sin embargo, me alegro de que me haya buscado. Quiero disculparme por mi imprudente comentario en la sala de estar. Debía haber tenido en cuenta la posibilidad de que hubiera sufrido en esa guerra. No pretendía menospreciar el sacrificio de su padre.

La sinceridad con la que se expresó la dejó desarmada. No parecía tan severo como de costumbre.

—Quizá ahora entienda por qué no deseo prolongar mucho mi visita a este país, señor Duclairc, y por qué no quiero formar parte de la sociedad para la cual su hermana trata de prepararme. Quisiera regresar a Londres lo antes posible para ocuparme de mis asuntos.

—La guerra terminó hace tiempo, señorita Kenwood. Nuestros países vuelven a ser amigos. En cuanto a sus asuntos, yo estoy ocupándome de ellos en su lugar —dijo esto último con una firme sonrisa que parecía indicar que consideraba poco recomendable dirigir la conversación en esa dirección.

—Me está usted convenciendo de que he cometido un error viniendo a Inglaterra. Debería haber seguido mi primera inclinación y decirle al señor Williams que vendiera las inversiones que he heredado.

—Eso no puede hacerse. La mayor parte de su patrimonio

pertenece a un fondo de inversiones. A menos que se haga una solicitud ante el tribunal de Chancery, lo cual es un proceso muy largo que llevaría años, es imposible romper los términos de ese fondo de inversiones.

—Eso me explicó él. Mi segunda idea fue entonces arreglar las cosas para que se me enviara la renta a Baltimore.

—¿Y por qué no lo hizo? Especialmente teniendo en cuenta que nos acusa de estarla perjudicando.

—Como le expliqué en Londres, tenía razones para venir.

—Sí, sus clases de ópera. —Su tono transmitía el alivio que sentía ante el hecho de que esos planes hubieran fracasado.

Pero haría falta más que la desaprobación de aquel hombre para hacerlos fracasar del todo. Esos planes continuaban vivos, y ella estaba desesperadamente impaciente por hacerlos progresar.

—Sean cuales sean mis razones, estoy en Inglaterra por un corto periodo de tiempo y tengo intereses que no pueden ser satisfechos mientras permanezca en esta casa. No acepto su intromisión. No necesito un guardián.

—Teniendo en cuenta cómo la conocí, creo que es obvio que sí lo necesita. Y hoy no ha hecho nada que pueda hacerme cambiar de parecer.

Se estaba refiriendo al lago. En realidad no hubo ningún cambio en su expresión, pero aquel provocativo murmullo se arremolinó entre ellos. Entró en el cuerpo de Bianca haciendo que sus miembros se estremecieran. Sí, la había visto con aquella ropa empapada. Y a pesar de su apariencia desapasionada, en aquel momento estaba viéndola otra vez.

Por un instante, en sus ojos se encendió un brillo que indicaba que él era consciente de que ella lo sabía. Ese reconocimiento añadió un matiz peligroso a su masculinidad. De pronto ella se sintió en desventaja y tuvo que luchar para recobrar su indignación.

—No alcanzo a comprender por qué está usted tan empecinado en complicarse la vida conmigo.

—El testamento de su abuelo cedía la responsabilidad al vizconde Laclere. Iba destinado a mi hermano, pero dado que no cambió el testamento tras la muerte de Milton me corresponde a mí. Yo no eludo mis deberes, no importa lo problemáticos que puedan llegar a ser.

—Yo lo libero de su deber. Y ahora le pido que me permita partir hacia Londres mañana por la mañana.

—No.

Ella esperaba oír algo más, pero nada más fue añadido. Aquella palabra fue su única respuesta. No.

Ella lo observó, buscando el modo de ganar aquella estúpida batalla. Él le devolvió la mirada como un general que es consciente de la superioridad de su ejército.

Ella se dio la vuelta. En unos pocos días esperaba que llegaran sus refuerzos. Se moría de impaciencia por arrojarlos contra él.

—Señorita Kenwood, si vuelve usted a la sala de estar, tenga la amabilidad de decirle a Charlotte que venga a verme antes de retirarse.

Bianca subió la escalera y dio una vuelta a través de la enorme casa de estilo gótico hasta llegar a su habitación. Era el dormitorio más largo y lujoso que había usado nunca, con un espejo enmarcado en oro y muebles de madera exquisitamente tallados. Jane se acercó a ella para empezar a desabrocharle el vestido, al tiempo que chismorreaba acerca de los criados y arrendatarios. Aquel mundo más vulgar sonaba más interesante que ese otro en el que Bianca había pasado sus últimos días.

Las últimas dos semanas le habían parecido dos meses. Daban paseos. Arreglaban las flores. Intercambiaban visitas con vecinos que ella no conocía. Hablaban sobre moda y sobre quién era quién en la alta sociedad. Todo mientras Pen instruía a la americana salvaje para enseñarla a expresarse y comportarse adecuadamente en Inglaterra.

Bianca había llegado al punto de envidiar a los criados ocupados en pulir la plata. Finalmente había ideado algunas formas de romper la monotonía.

Charlotte apareció justo cuando Bianca ya tenía puesta su bata. Había tenido una pequeña charla con su hermano.

—No ha dicho ni una palabra sobre el lago. —Se subió a la cama de un salto mientras Jane comenzaba a cepillarle el pelo a Bianca—. En realidad lo que quería era hablar de ti.

—¿De mí?

—Preguntó qué habías estado haciendo. No lo dijo de esa forma, claro. Quiso saber si estabas contenta y con qué te entretenías.

«El maldito entrometido...»

—Creo que sabe lo del lago y te echa la culpa, y quiere saber si has estado haciendo alguna otra cosa escandalosa.

«Maldito arrogante, pretencioso...»

—Después me dio un sermón. Me explicó que a ti te habían criado de un modo diferente y te habían permitido más libertades de lo apropiado, y que yo no debía dejarme influenciar por ti y hacer cosas que no fueran apropiadas. Conté al menos diez veces la palabra «apropiado» antes de que terminara. Le he prometido que me comportaré de manera muy correcta mientras estés aquí. —Charlotte se rio—. Creo que tienes al santo de mi hermano muy preocupado.

Bianca no sabía qué decir. Había sido criada de un modo distinto, y se le habían permitido más libertades de las que Charlotte llegaría a conocer jamás, pero no había nada inapropiado en eso, tan sólo poco convencional, incluso teniendo en cuenta las costumbres americanas. Además ella planeaba una vida destinada a ser poco convencional, pero no inapropiada, a pesar de que Vergil Duclairc asumiera lo contrario.

Charlotte se recostó en la espaciosa cama.

—Estoy encantada de que Dante venga a visitarnos. No lo hace a menudo. Prefiere Londres. —Levantó la mirada con astucia—. Se supone que no lo sé, pero creo que tiene una amante allí. Este último año vengo intuyendo que mi hermano es un poco calavera. ¿Tú qué piensas? ¿Crees que Dante es un mujeriego?

—No sabría decirlo —contestó Bianca, aunque adivinaba que Dante era un auténtico mujeriego. Se le ocurrió, además, que aquel mujeriego la había visto prácticamente desnuda y que se había pasado la tarde dirigiéndole intensas miradas y cálidas sonrisas.

—Siempre he pensado que Vergil podría parecer un buen calavera también, siempre y cuando uno no lo conociera. Tiene aspecto de poder serlo, pero claro... él es tan correcto. Ha estado cortejando a Fleur durante un año y nunca lo he visto hacer nada más que tocarle la mano.

Bianca había oído hablar de la perfecta, etérea y saludable Fleur, que supuestamente era la prometida de Vergil. Pronto esperaban una visita de ella y de su madre.

Bianca no tenía intenciones de seguir allí cuando vinieran

—Charlotte, ¿ésta es la única propiedad que tiene tu familia?

—Hay otras aquí en Sussex, pero nadie las visita salvo Vergil. No están en muy buen estado. Papá no cuidó bien de algunas cosas. Estaba tan ocupado con sus escritos y después con la reconstrucción de esta casa. Vergil tiene también una finca en el norte. Es su parte de la herencia de nuestra madre.

—¿Viven algunos parientes en esos otros sitios?

—No hay más parientes allí, o al menos no hay parientes de los que estemos cerca. Papá tendía a recluirse y perdimos el contacto con ellos mientras vivía. Milton también era un poco raro. Vergil no es el menos excéntrico, y no ha reavivado los lazos.

No había parientes cercanos. Ninguna tía ni prima que pudiera hacerse cargo de una pupila errante.

—Creo que le gustas a mi hermano —dijo Charlotte.

«¿A qué hermano?» Bianca reprimió la impulsiva pregunta antes de que saliese de su garganta, sorprendida por el sobresalto de excitación que la había acompañado.

—Estoy segura de que simplemente se sentía obligado a entretenerme.

—Es muy raro que Dante se sienta obligado a hacer algo. Te dejó ganar a las cartas y no paró de sonreírte.

—Te equivocas, pero si estás en lo cierto y es un mujeriego, difícilmente podría sentirme halagada.

—Oh, no tienes que preocuparte por eso. Sabe que eres la protegida de Vergil y nuestra invitada. —Se deslizó de la cama—. Será mejor que me vaya a dormir. Dante nos llevará a dar un paseo en coche mañana. Será divertido. Es un experto con el látigo y siempre conduce muy rápido.

—¿También nos acompañará el vizconde?

—No te preocupes, no va a estropearnos la diversión. Para cuando nos levantemos, él ya habrá vivido un día completo. Se levanta al alba, para ocuparse de los asuntos de la hacienda.

Cuando Charlotte se fue, Bianca se sentó sobre la cama abrazada a sus rodillas.

Así que a Vergil Duclairc le preocupaba que la señorita Kenwood pudiera suponer una mala influencia para su hermana. Le había advertido a Charlotte que tuviera cuidado. ¿Qué haría aquel santo si llegara a convencerse de que la señorita Kenwood no sólo era un poco diferente, sino muy poco convencional e incluso algo salvaje?

No habría otros parientes a quienes enviarla y resultaría demasiado peligroso tenerla allí. No habría más remedio que romper todos los vínculos sociales y dejarla seguir su camino. Sería la única decisión responsable para un hermano responsable.

Se aseguraría de que ese vizconde concluyera que su presencia e influencia en aquella casa era totalmente inaceptable.

—Jane, quiero que tomes prestadas para mí algunas prendas de los criados. De los hombres concretamente.

Capítulo tres

Vergil cogió las botas limpias que le ofrecía Morton y se las puso. Aceptó el lino almidonado y con destreza ató su pañuelo con un nudo conservador. Morton le sostenía el traje negro de montar.

Esos preparativos matinales eran una rutina tanto en Laclere Park como en Londres, y Vergil los seguía de forma instintiva mientras organizaba en su mente sus planes y deberes. Continuaba sorprendiéndole que no tuviese ninguna dificultad en abandonar ciertos detalles o hábitos cuando las circunstancias lo requerían.

Apenas había amanecido cuando salió por la puerta y caminó a través del rocío hasta el establo. Prefería aquel silencio, aquella solitaria forma de cabalgar al romper el día antes que el circuito oficial que tendría que hacer más tarde con su agente inmobiliario. Era uno de los pocos hábitos que había conservado de sus años libres como hijo segundo. A veces recuperaba aquella creencia juvenil en las oportunidades sin límites que le había permitido entonces su insignificancia. Podía simplemente ser, no el señor vigilando sus dominios, sino únicamente un hombre que cabalgaba a través del campo, admirando su belleza y soñando al ritmo de la vida.

Desde el establo llegaban sonidos. George, un mozo de cuadra pelirrojo y larguirucho, se reía mientras un muchacho más joven vestido con pantalones de montar y sombrero de paja murmuraba alguna cosa. Juntos le ajustaban las bridas a una yegua de color castaño.

George oyó las pisadas de Vergil y se echó hacia atrás ruborizado.

El chico más joven simplemente se puso rígido. Vergil notó

algo familiar en aquella espalda esbelta, y se percató de la forma peculiar en que los pantalones se tensaban sobre la curva de las nalgas. Había visto antes aquellas formas, emergiendo desnudas desde el agua.

—Señorita Kenwood, ya veo que también usted cabalga temprano.

Ella se volvió despreocupadamente, como si nadie debiera sorprenderse de encontrarla en esa situación porque se ponía pantalones de montar todos los días. Tal vez era así. ¿Quién podía saberlo? Pen, Charlotte y Dante probablemente no saldrían de sus habitaciones hasta mediodía.

—Pensé que sería agradable salir a cabalgar por la mañana. —Ajustó el freno como alguien que sabía lo que estaba haciendo.

—¿George se ha ofrecido a acompañarte? Qué caballeroso por su parte.

—Tenía intenciones de cabalgar sola.

—Bueno, no podemos permitirlo a una hora tan temprana. Sin embargo, puedes cabalgar conmigo. —Examinó la yegua—. Has cometido un error, George. Si este animal es para la señorita Kenwood, necesitará una silla de mujeres. Después puedes preparar mi caballo. Esperaremos fuera.

Bianca caminó hacia el patio con él. Él retrocedió un poco en la luz plateada de la mañana y recorrió un metro sesenta y cinco de molestia con su mirada.

Su camisa de algodón formaba una bolsa informe en torno a su cuerpo, pero aun así revelaba la hinchazón de sus pechos. Los pantalones de montar colgaban holgados desde sus muslos hasta las botas, donde se introducían, pero no eran holgados en ningún otro sitio. El sombrero de paja encasquetado sobre su frente enfatizaba sus ojos.

Tenía todo el aspecto de una mujer provocativa y de mala reputación.

Caminó hacia delante y se golpeó la pierna con el látigo. El ligero picor lo distrajo del impulso de… nada que pudiera contemplarse y sin duda nada que pudiera nombrarse.

—George tardará en preparar los caballos. Vuelve a tu habitación y cámbiate de ropa.

Ella bajó los párpados ante aquella orden. Él esperaba que

ella se resistiera. ¿Qué demonios haría él entonces? Nadie por debajo de su autoridad lo había desafiado nunca, y menos una mujer. Por fortuna, ella se dio la vuelta y caminó a grandes zancadas en dirección a la casa.

Él regresó al establo.

—¿Cabalga sola a menudo la señorita Kenwood? —preguntó a George.

George se encogió de hombros.

—Sólo estas últimas mañanas, milord. Oí un ruido aquí la semana pasada y la encontré ensillando a esa yegua, por eso la ayudé.

—¿Y su indumentaria?

—Llegó con esa ropa esta mañana. Tiene sentido, porque siempre cabalga a horcajadas. Es una buena persona, sólo que con una mentalidad un poco libre para este lugar. Son diferentes, los americanos. Te hablan como si te conocieran de toda la vida. —Se inclinó para revisar una pezuña.

—Sí, son diferentes. No me dejes sospechar que has malinterpretado esa familiaridad.

George le lanzó una mirada de horror como si la insinuación fuera demasiado escandalosa para ser considerada. Vergil agarró las riendas de la yegua y la llevó hasta el patio.

La señorita Kenwood salió de la casa justo cuando George sacaba fuera el caballo castrado de Vergil. Llevaba una bata de montar violeta de corte austero y con pocos adornos. Sobre su peinado formal se encaramaba un alto sombrero de copa, cuyo borde rozaba sus cejas.

—¿Dónde había planeado cabalgar? —preguntó él en cuanto estuvieron montados.

—Oh, simplemente quería dar un paseo por los alrededores.

Él la condujo a través del parque. Ella no dejaba de quejarse por su posición en la silla de montar. Se resbalaba por ambos lados mirándose las piernas con el ceño fruncido.

—¿No estás acostumbrada a esto?

—No vivía en lo márgenes de la civilización. También en Baltimore las mujeres hacen cosas horribles y peligrosas.

—¿Allí cabalgabas a horcajadas?

—Sí. —Lo miró con actitud desafiante, después sonrió de manera burlona—. La tía Edith me prohibía montar a la inglesa a menos que avanzara a paso de tortuga, y yo no me sentía inclinada a hacerlo. Ella sabía de muchas mujeres que se habían caído de la silla de montar cuando cabalgaban en serio.

—¿Y cómo reaccionaba la gente cuando cabalgabas a horcajadas a través de la ciudad, con pantalones de montar y con botas?

—Si no hubiese sido la sobrina-nieta de tía Edith, algunos se habrían escandalizado. Nadie se atreve a atacarla. Cuando era una mujer joven participó activamente en nuestra guerra de la Independencia. Conoce a todos los grandes hombres de aquella época. Si un presidente hace visitas a una mujer, nadie se atreve a criticarla demasiado.

—Parece una mujer muy interesante. Es una lástima que no te haya acompañado en este viaje.

—Si no fuera tan mayor, lo habría hecho. Estaría ahora allí detrás, sermoneando a George para que comprendiera que él es igual que los demás muchachos y no debería agacharse ante nadie.

—Inglaterra no necesita radicales importados. Estamos criando muchos de producción propia. Y no es que George se agachara. Retrocedió porque sabe que levanta sospechas sobre un hombre el hecho de que esté a solas comportándose de manera tan familiar con una dama joven, especialmente a una hora como ésa.

—Ya veo. Sin embargo, usted es un hombre y ahora está a solas conmigo, ¿no? ¿Es eso sospechoso?

La insinuación lo dejó desconcertado. La sonrisa burlona de la señorita Kenwood era un indicio de que no se hallaba ante una escolar ingenua que permanecía ignorante sobre lo que podía ocurrir entre un hombre y una mujer juntos y solos durante horas.

—Soy tu tutor. Es como si fuera tu padre.

Ella se echó a reír a carcajadas, melodiosas como el timbre de su voz.

—Que el cielo me ampare, señor Duclairc. Con un padre como usted me habría convertido en la más aburrida de las mujeres.

—¿Quieres dar a entender que los padres aburridos crían hijas aburridas?

«¿Estás insinuando que soy un hombre aburrido, una especie de equipaje molesto?» El deseo de demostrarle hasta qué punto podía dejar de ser aburrido se había colado en su mente desde que la había visto en el establo.

—No, señor. Simplemente creo que los padres estrictos crían hijas de mente muy estrecha.

—Concluyo que tu educación, menos ortodoxa, te ha salvado de tener una mente estrecha.

Ella posó sus grandes ojos azules en él durante un rato, observándolo como si fuera capaz de ver las veladas e inapropiadas imágenes que avanzaban sigilosamente en torno a los bordes de su mente al aludir impulsivamente a esa indiscreta cuestión. El impacto de aquella mirada desnuda fue tan asombroso como si ella acabara de acariciarle el muslo.

—He tenido experiencias en el mundo, señor Duclairc, y por eso mi mente no es estrecha. Cuando murió mi padre, mi madre tuvo que mantenerse y mantenerme, por eso volvió a cantar. Yo tenía once años entonces, y durante los seis años siguientes vivimos una vida errante, viajando una gran parte del año.

«Experiencias en el mundo.» Bianca debía de tener diecisiete años al morir su madre, una chica bonita viajando en compañía de una madre cuya profesión sin duda implicaba tratar con hombres.

—Mi opinión habría sido que lo acertado sería dejarte con tu tía, en vez de arrastrarte por ciudades y pueblos extraños.

—¿Ah, sí? ¿Ésa habría sido su opinión? —Ella estaba sugiriendo que él era tan previsible que esa opinión no la sorprendía en absoluto—. Yo no hubiera consentido en quedarme, no después de perder a mi padre. Mi madre necesitaba a alguien que cuidara de ella. No era una mujer muy práctica. Me tocaba a mí asegurarme de que llegara de un sitio a otro.

—Un extraño papel para una niña.

—No fui niña por mucho tiempo, y no es que estuviera planeado que yo me encargara de esas cosas. Simplemente lo hacía porque ella era muy torpe organizando los viajes.

«No fui niña por mucho tiempo.»

—La vida te debió de resultar muy aburrida cuando fuiste a vivir con tu tía.

—Estaba preparada. La muerte de mi madre acabó con mi vitalidad, y necesitaba estar un tiempo instalada en un lugar para poner las cosas en su sitio. Sólo cuando tía Edith contrató para mí un profesor de música comencé a recuperar mi estado normal.

Vergil se las imaginaba. Aquella niña precoz con su madre caprichosa, organizando abonos para conciertos en las iglesias y en los portales de pueblos de mala muerte. Los papeles estarían invertidos y aquella pequeña chica rubia se encargaría de negociar por el transporte y de administrar los fondos. Emocionante, quizá, y sin duda una experiencia que la haría madurar.

Sin embargo, no era una infancia normal. No habría tenido horas de juegos despreocupados y, probablemente, tampoco habría tenido amigos. Sin más protección ni seguridad que la que ella misma pudiera procurarse. Sintió cierta compasión por ella y admiró su fuerza, a pesar de que esa fuerza prometiera ser un inconveniente.

Su paseo distraído los llevó hasta la parte sur del lago y emprendieron el camino de alrededor. La señorita Kenwood parecía irritantemente indiferente ante el hecho de hallarse en el mismo lugar donde el día anterior había sido tan indiscreta.

—Nuestra familia ha vivido aquí desde los tiempos de los normandos —explicó él, decidiendo que debía impresionarla con la historia de la familia y prepararla para las atenciones de Dante—. Tanto nuestro nombre como el de la hacienda provienen de estas aguas. «Lago claro.» Duclairc es una corrupción de *du clair lac,* igual que lo es Laclere.

—Tiempos de los normandos. En aquellos tiempos, los antepasados de los Kenwoods probablemente vivían en cabañas.

—Bueno, el dinero tiene su modo de nivelar esas diferencias.

—Qué idea tan democrática, señor Duclairc. Casi americana.

Él se adentró por un camino que conducía hacia las granjas.

—Puedes parar con eso. Ya ha sido suficiente.

—¿Parar con qué?

—Señor Duclairc.

—No pretendía ofenderle. Tía Edith me hizo prometer que no le haría reverencias a ningún aristócrata, ni siquiera al rey.

—Tus diplomáticos se adaptan a las costumbres cuando vienen a este país, como lo hacen la mayoría de visitantes.

—Yo no soy un diplomático. Y tía Edith…

—Sí, sí, la revolución y todo eso. Si dirigirte a mí como lord Laclere conjura al fantasma de Washington, puedes llamarme simplemente Laclere.

—Qué generoso por su parte. Entonces quizá usted podría llamarme Bianca.

Él preferiría no hacerlo. Ciertamente. Incluso aquella vaga familiaridad con esa joven le estaba provocando sensaciones muy incómodas. Ella era su pupila y pronto podría llegar a convertirse en la esposa de su hermano, y él la encontraba exasperante, para decirlo de un modo delicado. Al mismo tiempo, un atractivo y desconcertante fuego crecía en su interior. Burbujas en ebullición rompían de vez en cuando la superficie, pequeñas explosiones que no estaba dispuesto a aceptar bajo aquellas circunstancias. Bajo ninguna circunstancia. Llamarla Bianca únicamente lograría que otra de esas burbujas estallara al pronunciar su nombre.

—Creo que eso sería demasiado familiar.

—Bueno, entonces quizá Laclere también sea demasiado familiar. —Ella ladeó la cabeza—. Ya sé. Le llamaré tío Vergil. A pesar de que ha dicho que el hecho de ser mi protector lo convierte en una especie de padre, decirle «papá» sonaría ridículo.

«Tío Vergil, por Dios.» Él alcanzó a mirar por debajo del ala de su sombrero y captó una fugaz sonrisa. Se estaba burlando de él deliberadamente y él continuaba mordiendo el anzuelo.

Lo peor era que sus provocativas ambigüedades y sus miradas oblicuas le daban un aire mundano que tornaba implacable aquel hervor qué él sentía.

—Tío Vergil, ¿estamos cerca de la frontera con Woodleigh?

—Está justo al otro lado de esa colina. Puede verse la casa desde esa cumbre. ¿Te gustaría subir?

Ella aceptó. A Vergil no le pasó desapercibido que ella supo cómo encontrar el camino más sencillo sin necesidad de su ayuda.

Bianca llegó hasta la cima de la colina desde donde se divisaban los principales campos de Woodleigh. En la distancia alcanzó a ver la imponente mansión de inspiración clásica que Adam Kenwood había construido.

—Es muy grande, ¿no?

—Sí.

Él respondió en voz baja, pero ella pudo oír un deje de desaprobación. Demasiado grande. Demasiado. Esa enorme masa resultaba vulgar, especialmente para alguien que acababa de ser nombrado barón. Su condición de «nuevo rico» se dejaba ver desde los cimientos hasta las cornisas. Vergil tenía que haber sido amigo de Adam, o de lo contrario su abuelo no lo hubiera nombrado su tutor, pero al parecer eso no libraba a aquel viejo financiero del juicio de ese aristócrata cuyo linaje se remontaba a la época de los normandos.

Ella no lamentaba aquella censura. De hecho, le agradaba. Aunque Adam Kenwood le hubiera dejado en herencia una fortuna, ella lo odiaba de todos modos. Si le hubiera legado aquella casa, la habría hecho arder hasta sus cimientos. Ella sabía que él había cometido un gran pecado, y no le cabía duda de que otros muchos habían oscurecido su vida.

Bianca bajó la colina a medio galope hasta los campos. Vergil llegó hasta su lado cuando se detuvo frente a la casa.

—Ayúdeme a desmontar, por favor.

—Señorita Kenwood, su primo ha heredado esta propiedad, y todavía no ha regresado de Francia. Debería esperar a que él se instalara aquí antes de hacer una visita. La casa ha estado cerrada durante meses, y únicamente hay unos pocos criados cuidando de la propiedad.

—De hecho, mi primo regresó hace una semana. Ayúdeme a bajar o saltaré de un modo nada elegante.

La ayudó a bajar del caballo.

—Pretende entrar, ¿verdad?

—Puede que Nigel, mi primo, haya obtenido la casa y las tierras, pero los objetos privados de mi abuelo me pertenecen. Quiero ver cómo están. En cuanto explique quién soy y cuáles son mis derechos los criados me dejarán hacerlo.

Él aceptó su decisión más rápido de lo que ella esperaba, y consiguió que los dejaran entrar. Una vez allí la acompañó hasta el estudio de Adam Kenwood.

Bianca se detuvo en el centro de la habitación y respiró el aroma de la presencia de su abuelo. Un entablado de madera cubría la parte baja de las paredes, y un enorme escritorio estaba puesto de lado en una esquina. Había estantes con carpetas y grandes libros, pero otros documentos habían sido amontonados en embalajes de madera que se alineaban a lo largo de una pared y rodeaban un pequeño baúl.

Ella notó que Vergil la contemplaba desde el umbral.

—¿Lo conocía usted bien? —preguntó ella.

—Antes de construir Woodleigh tenía una relación de amistad con mi hermano mayor, Milton. Tras la muerte de Milton, llegué a conocer a Adam bastante bien.

—En eso me lleva ventaja. Yo sabía que era el abuelo de Inglaterra, pero mis padres nunca hablaban de él. Al hacerme mayor me di cuenta de que ese viejo hombre había permitido que mi padre viviera en la pobreza mientras él amasaba una enorme fortuna. Extendió el brazo para señalar la lujosa casa.

Vergil entró en la habitación y examinó los cajones de embalaje.

—Tu abuelo obtuvo muchas ganancias de la flota marina y otros comercios. Durante las primeras batallas de Napoleón, sus barcos hicieron un gran servicio al Gobierno, y el rey le otorgó el título de barón. Como la mayoría de los hombres, él pretendía que su hijo fuera un caballero y planeaba educarlo para eso. Tengo entendido que tu padre tenía otras ideas y por eso se marchó a América.

—Creo que no fue su decisión de irse a América lo que hizo que se distanciaran, sino más bien la decisión de casarse con mi madre. No era una esposa adecuada para el hijo de un hombre que luchaba por abrirse camino en la alta sociedad de Inglaterra.

Él sacó una carpeta de un cajón de embalaje y la hojeó.

—Como ya te he explicado, una profesión como la de tu madre no está bien vista aquí.

—Sospecho que no está bien vista en ninguna parte. Mi madre no estaba tan mal vista en parte por su parentesco con tía Edith. Además interrumpió su profesión al casarse con mi padre. Él daba clases particulares, y ella consiguió mantener la casa con dignidad a pesar de las circunstancias. No fue suficiente para aquel viejo hombre.

Él volvió a colocar la carpeta en su sitio y después de una inspección más atenta extrajo otra.

—Bueno, al final se acordó de ti.

—Desgraciadamente, el final llegó un poco tarde.

—Oigo un deje de amargura.

Había un deje de amargura. Hasta ella notó el resentimiento que podía oírse en su voz.

—Una minúscula parte de esa herencia hubiera ahorrado muchos pesares a mi madre, y probablemente hasta le hubiera salvado la vida. Murió de una fiebre de la cual se contagió mientras viajábamos.

Él levantó la vista de la carpeta como si ella hubiera dicho algo particularmente interesante.

—Ya veo. Así que ahora quieres vengarte de Adam por la muerte de tu madre, usando su fortuna para convertirte en una artista como la mujer que él repudió.

Aquella acusación le hizo sentir una pequeña furia dando vueltas en su cabeza.

—Usted frivoliza mi propósito. Aspiraba a mi carrera como cantante de ópera mucho antes de enterarme de esa herencia. —Observó de nuevo la habitación—. Sin embargo, ahora que lo dice, hay cierta justicia en usar el dinero de ese hombre para convertirme precisamente en lo que él despreciaba.

—Suena más a broma pesada que a justicia. Antes de que disfrutes con tu broma debería explicarte que una parte de lo que sabes sobre tu abuelo se basa en un error.

—¿Qué error?

—Por lo que él me dijo, estoy seguro de que no rompió la relación con tu padre. Fue tu padre quien la rompió con él.

—No me lo creo.

—Puedes creer lo que quieras, pero eso era lo que recordaba Adam.

Aquello estropeó la broma y la justicia. Provocó una fractura en el resentimiento que le helaba el alma, aquel resentimiento que había crecido en su corazón mientras contemplaba como su madre tosía y perdía la vida en un hospedaje de alquiler en los márgenes del mundo.

—Él le dijo a usted eso sólo para que no lo creyera frío y desalmado.

—Mi opinión no le importaba demasiado.

—Entonces se mintió a sí mismo, para poder morir sin culpa.

—Quizá.

Ella observó los documentos que había en la habitación. La verdad probablemente estaría en alguna parte. Debería buscar las cartas de su padre. Incluso podía haber algunas de su madre pidiendo ayuda cuando enviudó.

En realidad no debería importarle lo que había sucedido, pero le importaba. Si iba a construir su vida al amparo de la riqueza de aquel hombre, quería saber si debía estarle agradecida o burlarse de él mientras lo hacía.

—¿Hay algún modo de saber qué es lo que me pertenece de lo que hay aquí?

—El abogado separó los papeles. Aquellos cajones de embalajes contienen los que son personales, mientras las cuentas de la propiedad están en las estanterías. —Señaló el pequeño baúl—. Supongo que lo que había en su escritorio y otras cosas de valor están allí bajo llave.

—Quiero leer esos documentos personales. Le preguntaré a mi primo si puedo visitarle y hacerlo.

—Sería más conveniente trasladarlo a Laclere Park. Allí podrás revisar el material a tu antojo. Me encargaré del traslado.

—Estoy segura de que a mi primo no le importaría que revisara los documentos aquí.

—A mí sí me importaría.

Ella lo miró directamente a los ojos.

—No tiene sentido trasladarlos dos veces. Esperaré hasta que puedan enviarse a mi propio alojamiento en Londres.

Él le devolvió la mirada.

—No tienes alojamiento en Londres, y no lo tendrás por mucho tiempo.

Ella no esperaba que fuese tanto tiempo, pero él no se había dado cuenta todavía.

—De acuerdo, para empezar llevemos esto a Laclere Park.

Cuando abandonaron la casa, ella advirtió que él aún llevaba una carpeta. Él notó su mirada de curiosidad.

—Hay aquí algunas cartas de mi hermano. Espero que no te importe que tome prestada esta carpeta para leerlas.

—En absoluto. —La conmovió que quisiera hacerlo. Era

más sentimental de lo que ella esperaba—. ¿Cuándo falleció su hermano?

Él la ayudó a montar sobre el caballo.

—Hace menos de un año.

—Quizá haya más cartas. Cuando tengamos todo el material en Laclere Park, podemos buscarlas.

Mientras paseaban con sus caballos hacia los campos, un joven rubio galopó hacia ellos, saludando con el brazo.

Parecía un modelo extraído de una lámina de moda, con el elaborado nudo de su pañuelo, su alto sombrero de castor y su moderno abrigo.

El joven bajó de su caballo y se quitó el sombrero.

—¡Señorita Kenwood! Qué feliz coincidencia verla otra vez. Pensar que si me hubiera quedado un día más en Londres, como había planeado, no la hubiera encontrado.

Vergil no se inmutó por ese «otra vez».

—Usted debe de ser Nigel Kenwood, el primo de mi pupila. Yo soy Laclere.

—Es un placer conocerle por fin, lord Laclere.

—Lo hubiera llamado de saber que residía usted en Woodleigh. Pensaba que todavía estaba en Francia. Mis disculpas.

Nigel sonrió a Bianca. Se parecían un poco. Sus ojos eran igual de azules y su pelo igual de dorado. Un hombre guapo, había decidido ella, excepto que las expresiones de su rostro sugerían un temperamento inestable.

—Llevo aquí sólo una semana. Revisar los asuntos de Woodleigh me ha mantenido muy ocupado, pero ahora mi vida se está estabilizando.

—Entonces debe visitar pronto Laclere Park. Estoy seguro de que las damas estarán encantadas. Hay muy pocas caras nuevas en el campo.

—Gracias. Lo haré.

Nigel sonrió de nuevo a Bianca con admiración. Bianca le devolvió una dulce sonrisa. Vergil sonrió muy débilmente a los dos.

Ella le prestó a Nigel más atención de la debida.

Gracias a Dios Vergil era un hombre inteligente. Ella no tenía ninguna intención de mentir, sólo estaba sembrando en él suficiente preocupación para que decidiera no exponer a sus influencias a la dulce Charlotte.

Rechazaron la invitación de Nigel a un refrigerio y retomaron su camino. Vergil se acercó a ella.

—Ya habías conocido al nuevo barón. No lo mencionaste.

—¿No lo hice? Hace unos días cabalgué cerca de Woodleigh y lo encontré. Me pareció correcto detenerme a hablar con él, ya que es mi pariente.

—¿Te mostró Woodleigh?

«¿Entraste a la casa? ¿Estuviste a solas con él en su casa?» La expresión de él permanecía tan cuidadosamente impasible que a ella le entraron ganas de reírse.

—Sí, lo hizo. Era la propiedad de mi abuelo, así que tenía curiosidad. —En realidad sólo había visto los jardines, pero se sintió contenta consigo misma por haber dejado al vizconde dándole vueltas a una nueva ambigüedad.

—Creo que era tu intención desde el principio visitar Woodleigh para investigar el estudio de Adam esta mañana. Estoy feliz de que hayas podido satisfacer ese deseo.

Ella no creía que él estuviera feliz en absoluto. Parecía estar considerando qué implicaba que ella visitara Woodleigh con camisa y pantalones de montar sabiendo quizá que Nigel no estaba en Londres.

Ella concluyó que, en términos generales, aquella mañana de paseo a caballo había sido un éxito.

Tomaron un camino de vuelta más directo. Ella se sentía ahora más segura en su silla de montar de mujer, galopó a través del parque y no disminuyó el ritmo cuando se adentraron en el bosque. La rosada luz del sol se colaba entre las ramas, creando maravillosas y borrosas manchas mientras ella avanzaba velozmente. Aquel efecto visual la distraía y se hallaba desprevenida cuando de repente, y de forma inexplicable, su caballo se encabritó de un modo violento.

El entorno siguió siendo borroso pero ahora de un modo diferente. El suelo y los árboles parecían dar vueltas mientras ella luchaba por recuperar el control sobre el animal. Éste estaba como loco y se retorcía parado sobre las patas traseras. La silla de montar no pudo sostenerla. Cayó al suelo sobre su estómago y recibió un impacto que aturdió sus sentidos.

Aún más espantoso fue el peso que inmediatamente cayó sobre su espalda y los antebrazos que sentía a cada lado de su cabeza. Vergil estaba encima de ella, cubriendo su espalda y su cabeza con su propio cuerpo. Ella luchó contra él indignada y abrió la boca para protestar.

Un estallido quebró el silencio de la mañana. Vergil la agarró de los hombros con firmeza y le dio la vuelta apoyándola sobre el barro.

—¡Vigila tus disparos! —gritó él encolerizado en la dirección del sonido. Con la mano derecha apretaba los extremos de las riendas y los dos caballos relinchaban y hacían cabriolas.

De repente a ella no le importó que estuvieran ridículos, despatarrados juntos de ese modo.

—¿Quién habrá disparado?

—Cazadores furtivos, probablemente buscando faisanes. Es muy audaz por su parte usar revólveres en lugar de trampas. Sólo se atreven a hacerlo muy temprano en la mañana. Estamos a varios kilómetros de la casa y ellos suponen que las familias están todavía en la cama.

Se oyó un nuevo estallido. Esta vez ella oyó un pequeño golpetazo como el de una pelota, contra el árbol que tenían a la izquierda. Los caballos se encabritaron y casi lograron soltarse. Vergil soltó una maldición y volvió a gritar.

Él continuaba apretado contra ella, con todo su peso sobre su espalda. Su respiración le hacía cosquillas en la nuca. La tela de sus mangas rozaba suavemente sus mejillas.

Ella no se sentía para nada en peligro, sino segura y protegida del modo más cálido. La íntima proximidad encendió en ella una ardiente respuesta. Respiró su aroma a jabón y cuero, y un extraño aleteo la recorrió, desde el corazón hasta el estómago.

—Ahora puedes entender por qué no debes cabalgar a esta hora. Es peligroso —dijo él.

—Tú ibas a cabalgar.

—Es diferente. —Ella sentía las palabras junto a su oído, como si él hubiera acercado aún más la cabeza. La tenía abrazada contra el suelo, la barbilla de ella se apoyaba sobre las hojas y la tierra. La cálida brisa de su aliento le acariciaba las sienes, haciendo que aquel aleteo se volviera furioso.

Él se alzó pero sin apartarse completamente. Permaneció sobre ella. Algo que no era capaz de nombrar se vertía de él hacia ella. Eso la asustó. El aleteo se hizo aún más fuerte y llenó su pecho.

Se dio la vuelta y lo miró, directamente a los ojos. Nadie en su vida la había mirado jamás de una manera tan... explícita. Al menos no desde tan cerca. Aquella mirada pareció penetrar directamente en su mente y explorar su voluntad.

Ya no se sentía segura y protegida. Más bien lo contrario. El aleteo se multiplicó adquiriendo un ritmo frenético y un zumbido que se apoderaron de su cuerpo y de sus miembros. Los aletazos de una advertencia. Y excitación.

La tensión que se reflejaba en su expresión lo hacía extraordinariamente atractivo. Se incorporó, de rodillas, para ofrecerle su mano y ayudarla a sentarse.

—¿Te has hecho daño al caer?

Ella movió las piernas con cautela.

—Sólo me he quedado sin aliento. En realidad la caída no fue muy fuerte, pero estaré un poco dolorida mañana. —Se apresuró a levantarse—. Como protector eres excelente, tío Vergil. No habría muchos hombres dispuestos a lanzar su cuerpo entre la bala de un mosquetón y una mujer que apenas conocen.

—Cualquier hombre inglés de honor lo habría hecho, señorita Kenwood.

Hicieron caminar a los caballos durante un rato para que se calmaran, después cabalgaron los últimos kilómetros de vuelta a casa. Su silenciosa compañía la incomodaba y aquella extraña excitación todavía dejaba oír su murmullo. En los establos, él se dejó caer del caballo y fue a ayudarla a desmontar. Ella se detuvo cuando sus brazos la alcanzaron.

Él notó su vacilación. Sus ojos azules se encontraron con los de ella de una manera especial. Ella empezó a respirar con dificultad y se sentía incapaz de apartar la mirada.

Unos dedos fuertes rodearon su cintura y la deslizaron hacia abajo. Dio la impresión de que él tardaba mucho en soltarla, el momento pareció prolongarse mientras él la sostenía tan sólo a escasos centímetros. La suave presión de sus manos y la cercanía de su cuerpo la hicieron temblar.

—Gracias. He disfrutado mucho el paseo a caballo. —Ella recuperó su compostura y se dio la vuelta.

—Me alegro de que lo hayas disfrutado, especialmente ya que es el último.

Ella se dio media vuelta para mirarlo a la cara.

—¿Está diciendo que no podré volver a cabalgar mientras esté aquí?

—Naturalmente que puedes, acompañada y bien entrado el día. Sin embargo, pediré a los mozos que no vuelvan a darte un caballo tan temprano por la mañana, y a ninguna hora si pretendes ir sola. —Él se expresó con tanta autoridad y tanta calma como siempre, pero ella sintió crecer la tensión a su alrededor—. No organizarás más encuentros furtivos con tu primo Nigel. Podrás verlo cuando él venga aquí de visita, o cuando Penelope decida invitarlo.

¿Encuentros furtivos? Su imaginación había extraído de aquellas ambigüedades más conclusiones de las que ella pretendía.

Continuó caminando sin corregirlo.

«Dejemos que piense lo peor.»

Vergil acercó una silla a la cama, se sentó en ella y levantó su bota para darle a su hermano un buen empujón en la cadera.

Dante gimió y se cubrió los ojos con un brazo. Miró por debajo de éste, vio a Vergil y volvió a refunfuñar con resignación. Dejó escapar un suspiro de irritación y se incorporó para apoyarse contra la cabecera.

—Buenos días, Vergil.

Vergil advirtió el pecho desnudo de su hermano y observó los dos vasos y la botella de vino vacía que había sobre la mesa.

—Casi toda la noche con Marian, supongo. Te he dicho que dejes en paz a las criadas, Dante. No quiero que nadie las moleste.

—Un hombre no molesta a Marian; él lucha por su vida. Pero qué vas a saber tú. Por más que a ellas les gustes. No sería discreto por tu parte.

—Tampoco es discreto por la tuya. La mujer que pretendes está en la casa.

Dante apoyó la cabeza contra la cabecera y sonrió.

—Ah, sí, la bella Bianca. Tu descripción no le hizo justicia. Es realmente una cosita dulce y joven, sólo que un poco ingenua. Es encantador ver cómo lucha por imitar nuestras formas.

«¿Un poco ingenua?»

—Acabo de tener una larga cabalgata con tu cosita dulce y joven.

—A juzgar por el estado de tu abrigo más bien parece que te has estado revolcando por el suelo con ella.

—Algunos cazadores furtivos estaban disparando y acabamos cayéndonos del caballo. —No era exactamente eso lo que había pasado, pero no tenía sentido explicar detalles que suscitarían preguntas al respecto—. Me alegra saber que la señorita Kenwood te parece apropiada para ti. Sin embargo, debo advertirte que tienes competencia.

—Nada serio —dijo Dante bostezando.

—Ni siquiera has oído de quién se trata.

—Confío en que no seas tú.

Vergil le lanzó una mirada mordaz que escondía un incómodo sentimiento de culpa.

—Sólo estaba bromeando, Vergil —se rio Dante—. Está tan claro que no encajáis y que ella te odia que no he podido resistirme.

A menos que él se hubiera equivocado completamente al interpretar las cosas cuando estaban tirados en el suelo, encajaban de un modo estupendo y perturbador.

—Tu rival no soy yo, sino un hombre con un título nobiliario.

Aquello frenó la alegría de su hermano. Dante tenía una suprema confianza en su habilidad para tratar con la mujeres, pero dado que era el hijo más joven dicha habilidad no tenía por qué traducirse en la posibilidad de casarse con quien quisiera.

—¿De quién se trata?

—De su primo, Nigel Kenwood.

—¿El segundo barón de Woodleigh? Con su título recién estrenado y de poca monta no impresiona a nadie.

—A ella le tienen sin cuidado las delicadas cuestiones del nacimiento y el rango, y ellos son parientes, lo cual significa que tienen un vínculo natural. Yo creía que él se hallaba en Francia, gestionando la herencia de Adam, pero me temo que ha vuelto antes de lo que yo calculaba. La cuestión es que ya está aquí y se ha establecido como nuestro vecino. Sospecho que tenía la esperanza de encontrarla aquí con nosotros. Al fin y al cabo, ella recibió casi todo lo que no fue legado a la Caridad. Supongo que él se cree prácticamente con derecho a ella.

Dante no parecía exactamente preocupado, pero Vergil había acaparado su atención.

—¿Qué sabes tú de ese primo suyo?

—Es el nieto del hermano de Adam. Empezaron juntos en los negocios, pero el hermano tuvo un problema financiero y Adam compró su parte. El padre de Nigel no quiso tocar el negocio, a pesar de que Adam le ofreció participar. Nigel, por su parte, decidió hacerse artista y ha vivido en París hasta alcanzar su mayoría de edad.

—¿Un bohemio? Seamos serios, Vergil, no creo que...

—No es un pintor. Es músico. Adam se jactó una vez acerca del chico y su pianoforte.

—Ah, bueno. Un músico. Menudo motivo para alarmarse.

—La señorita Kenwood también se dedica a la música, así que es probable que sí haya un motivo para inquietarse, y hasta para alarmarse.

Dante alzó sus cejas ante ese nuevo cotilleo.

—Es cantante —explicó Vergil—. Le gusta la ópera. Así que Nigel tiene un posible atractivo. Intereses en común y un parentesco de sangre.

—Exageras las dos cosas. Estamos hablando de matrimonio, no de una relación amorosa. ¿Tenían nuestros padres intereses en común? ¿Tenéis tú y Fleur intereses en común?

Él y Fleur tenían en común los intereses más básicos, pero aquél no era el asunto. Vergil se puso de pie.

—Bueno, más te vale actuar con rapidez. Yo intentaré evitar que Nigel haga visitas frecuentes, pero no puedo impedirle la entrada a la casa.

Caminó hasta la puerta. La voz de Dante lo siguió.

—Bueno, y ahora, hermano mayor, ¿cómo de rápido quieres que vaya?

Vergil se dio la vuelta para mirar a Dante. Imágenes de ese

pecho y esos brazos desnudos abrazando a Bianca estallaron en su mente, incitándolo a una reacción desagradable. Durante un momento no respondió, mientras trataba de deshacerse de las imágenes y de la ira. Aquel abrazo sería inevitable. Y necesario.

—No llegues a deshonrarla —dijo—. Y mantén tus manos alejadas de Marian mientras estés en esta casa. No quiero que las damas se escandalicen.

Capítulo cuatro

$\mathcal{P}$enelope visitó el estudio de Vergil aquella tarde, para comunicarle que había recibido una carta en el correo del día diciendo que Fleur y su madre vendrían de visita en un plazo de diez días.

—Estaré fuera la semana anterior, pero prometo volver a tiempo —la tranquilizó él.

—Creo que también invitaré a algunos amigos de Londres —dijo Penelope—. Le daré a Bianca la oportunidad de desplegar sus alas.

—No invites a demasiada gente, Pen. Y escoge cuidadosamente.

—Hay otra cosa, Vergil. Sospecho que Dante está empezando a tener cierta debilidad por ella.

Él trató de concentrarse en lo que Pen estaba diciendo, pero su mente estaba absorta contemplando a la señorita Kenwood tendida sobre el suelo y mirándolo con un rubor de sorpresa que le enviaba ráfagas de calor a través de sus venas. Sus manos notaban su femenina cintura una vez más y su cuerpo le advertía el peligro de la cercanía al ayudarla a bajar del caballo. Un misterioso perfume de lavanda llenaba su cabeza.

—No te preocupes, Pen. Dante no se verá envuelto en un lío sin darse cuenta.

—No me preocupo por Dante. Bianca, sin embargo, parece tan ingenua.

«¿Ingenua?»

—Y Dante… Vergil, yo no sé si tú eres consciente, estoy segura de que nadie habla contigo sobre esto, viendo que eres tan… pero se rumorea que es un mujeriego implacable.

Se preguntó de qué pensaría Pen que hablaban los hombres

cuando se reunían después de comer con una copa de oporto y unos cigarrillos. Había pasado años recibiendo bromas por las conquistas de su hermano, y en más de una ocasión se había visto obligado a mirar de frente a un marido airado.

—Incluso Dante respeta las reglas básicas. Si está interesado en ella, estoy seguro de que eso le honra.

Ella pestañeó atónita.

—¿Lo permitirías?

—¿Por qué no habría de hacerlo?

—Ella es muy ignorante de las cuestiones mundanas y se desilusionaría terriblemente cuando supiera la verdad acerca de él.

—No quiero interferir, Pen. Dejemos que las cosas sigan su curso. Si él la conquista, tendrán que solucionar sus asuntos de la forma que todas las parejas lo hacen.

—Tú puedes decir eso, pero yo siempre he lamentado que nadie me hubiera advertido acerca de Anthony.

Él había querido hacerlo, pero no le correspondía siendo tan sólo un jovencito, especialmente con su madre viva y encargándose de todo. Un muchacho no podía acercarse a su hermana mayor e informarla de que el maravilloso conde con quien estaba dispuesta a casarse tenía fama de libertino, y que las oscuras alusiones a sus pecados no eran de las típicas.

Sin embargo, alguien debía haberla advertido, y él recordaba muy bien la infelicidad de su hermana. La separación oficial del conde durante esos últimos cinco años le había traído cierta paz, pero a costa de su reputación social y una permanente soledad. El recuerdo de que un mal matrimonio podía ser el infierno lo hizo sentirse incómodo respecto a Bianca, y deseó que Pen no hubiera traído a colación su propio matrimonio, sin amor y sin hijos.

Ella lo miró con femenino escepticismo.

—Mantendré mi lengua sujeta y observaré cómo se desarrollan las cosas, pero si sospecho que él está jugando con ella, lo regañaré severamente, Vergil. Eso es algo que no toleraré.

—Haz lo que creas mejor, Pen.

Ella salió, y él volvió a concentrarse en la carta que estaba leyendo cuando entró.

Examinó el contenido otra vez. El mayor problema de un

secreto es que siempre reclama tu atención en el momento más inoportuno. Había planeado quedarse allí todo el tiempo que estuviera Dante, pero ahora no iba a ser posible.

Salió del estudio y se dirigió a sus habitaciones para decirle a Morton que emprendería un viaje pasado mañana.

La tarde del día siguiente Bianca se hallaba sentada en el salón, dando golpecitos con el pie de manera impaciente. Esperaba que pronto se presentara una visita. Lamentablemente, aquel que anunciaba la tarjeta que el mayordomo entregó a Pen no era el mismo que ella esperaba.

Nigel entró como si nada, con un aire muy romántico gracias a su levita parisiense tan estrecha de cintura, su bufanda oscura y su cabello despeinado que le llegaba por el hombro. Obsequió a Bianca con una cálida sonrisa de familiaridad mientras Pen lo recibía.

—Ha vuelto hace poco de París —me dijo Charlotte—. Así que tiene que contárnoslo todo sobre París.

Nigel las entretuvo amablemente con algunas descripciones de las últimas modas. Bianca apenas escuchaba, a pesar de que su primo prácticamente dirigiera a ella toda su atención. Ella estaba atenta a los ruidos de otra llegada.

Las puertas se abrieron, pero sólo para dar paso a Vergil y a Dante.

—Espero que su propósito sea quedarse en Woodleigh, al menos durante el otoño —dijo Penelope.

—Ésa es mi intención.

—Pronto voy a tener unas visitas en casa, y cuento con que se una a nosotros siempre que pueda.

—Es muy amable por su parte. Visitaba a mi tío-abuelo con poca frecuencia, así que soy prácticamente nuevo en este lugar.

—No ha pasado mucho tiempo en Inglaterra estos últimos años, ¿verdad Kenwood? —preguntó Vergil.

—He preferido París. Encuentro que la cultura allí es de superior calidad. La vida artística es muy rica.

—¿Tiene usted interés en las artes? —preguntó Penelope—. Entonces disfrutará con los invitados en mi fiesta. Su prima, sin ir más lejos, es una artista excelente. Canta como un ángel y ha tenido la gentileza de entretenernos a Charlotte y a mí en más de una ocasión.

La expresión de Nigel mostraba un educado interés, pero también iba cargada de un matiz condescendiente. Bianca supuso que debía de haber conocido muchas mujeres jóvenes cuyos amigos creían que cantaban como ángeles.

—Déjenos convencerla para que cante ahora —dijo Charlotte—. Vergil y Dante nunca la han oído.

—Será un honor acompañarla —ofreció Nigel—. Soy bastante aceptable con el pianoforte.

Bianca se sentía un poco acorralada. Ella sólo había entretenido a Penelope y a Charlotte con canciones populares de salón, y no había podido practicar seriamente durante las últimas dos semanas. Al mismo tiempo, la oportunidad de cantar, incluso aunque no pudiera dar lo mejor de sí misma, la excitaba.

Todos fueron al salón de música y Nigel ocupó su lugar frente al pianoforte.

—Mi repertorio de canciones populares es limitado —le advirtió él, dándose cierta importancia.

—Quizá entonces tenga más sentido un aria.

Él levantó la mirada agradablemente sorprendido. Se pusieron de acuerdo en interpretar una de Mozart, una que ella había estado estudiando justo antes de dejar Baltimore. La perspectiva de esa pequeña actuación le aceleró el corazón.

Los demás se colocaron en bancos y en sillas. Nigel comenzó a tocar para introducir la pieza.

Con el sonido de las notas el espíritu de Bianca inmediatamente renació. No necesitaba contener su voz como cuando practicaba escalas en su habitación. No era el frío aislamiento que había experimentado cuando se escabullía lejos para cantar en el campo. La alegría que sentía al dejar salir su voz con fuerza le daba color a los sonidos.

Las reacciones de su pequeña audiencia produjeron una especie de poder.

Penelope permanecía anonadada, Dante embelesado, Charlotte confundida, y Vergil fuertemente interesado. Ella miró a Nigel y lo vio dar su sorprendida aprobación. Su destreza con el pianoforte era considerable, y ella tenía la sensación de que él sabía que el público apreciaba esa destreza.

Al terminar, la habitación estaba tan silenciosa que ella podía oír el zumbido de los insectos a través de la ventana abierta. Ella disfrutó aquel momento de hinchada euforia y después se relajó.

—Ha sido asombroso, querida prima —dijo Nigel con serenidad—. Has estado estudiando en serio.

—Nos has sorprendido a todos, Bianca —dijo Penelope—. Y su interpretación ha sido magistral, señor Nigel. Ya veo que la música es un interés serio para usted.

—No un interés, sino una pasión. —Sus ojos buscaron los de Bianca con un brillo trémulo que parecía indicar que ambos compartían un secreto que los demás jamás entenderían.

—Debe prometerme que tocará para mis invitados. Quizá también podremos persuadir a Bianca para que cante. Será una velada maravillosa.

—Será un honor para mí.

Él comenzó a prepararse para salir, rogando a Penelope que visitara pronto Woodleigh. El mayordomo entró antes de que Pen lo llamara, con una tarjeta de visita.

—Acaba de llegar un hombre, mi señora. Desea ver a la señorita Kenwood.

Penelope examinó la tarjeta y alzó las cejas al entregársela a Bianca. Antes de leerla, ella ya sabía de quién se trataba.

El visitante que había estado esperando por fin había llegado.

—Es un asunto de negocios, Penelope. ¿Hay algún sitio donde pueda entrevistarme con él a solas?

—Llévalo a mi estudio —indicó Vergil al mayordomo—. La señorita Kenwood podrá atender allí sus negocios.

Bianca se despidió de Nigel y después se apresuró a ir al estudio, sintiendo todavía la alegría del canto.

Nunca antes había estado en el estudio. Estaba orientado al norte, y la luz se filtraba a través de las ventanas góticas iluminando débilmente el oscuro escritorio de madera, las paredes llenas de libros y los paisajes de acuarela.

Su visitante acercó una silla a la ventana.

—Señor Peterson, estoy encantada de que haya venido.

—Sentí alivio al recibir su llamada, señorita Kenwood. Al

ver que no acudía a nuestra última cita me quedé preocupado.

—Lord Laclere me encontró y puso en marcha otros planes para mi visita a su país.

Ella se sentó en un asiento acolchado junto a la ventana. El alféizar era muy ancho. Contenía una colección de curiosos juguetes. Uno era una catapulta hecha de madera y cadenas. Otro, un carruaje de madera y cuero. Un tercero no parecía ser nada en particular, tan sólo un conjunto de rampas estriadas entrelazándose entre sí, decorado con cadenas y ruedas.

El tipo de construcción era algo rudimentaria. Ella supuso que se trataban de objetos que Vergil había fabricado cuando era niño. La idea de que el serio y formal vizconde guardara recuerdos de su infancia en su santuario íntimo le encantó, aunque se sentía incapaz de imaginar de niño a un hombre como aquél.

El señor Peterson era un hombre de mediana edad, pálido y calvo, con unos ojos grises que podían parecer sagaces o respetuosos según las circunstancias. Cuando ella lo había visitado en Londres por primera vez, su lado perspicaz había entendido rápidamente que si bien ella no podía pagarle sus honorarios en aquel momento, tenía expectativas que resolverían las cosas adecuadamente.

—¿Ha examinado el testamento? —preguntó ella.

—Lo he hecho. Tuve una entrevista con el abogado de su abuelo. Él pareció sorprenderse de que me hubiera encargado el asunto a mí, pero cooperó hasta donde estaba obligado a hacerlo. No más, sin embargo.

—¿Y qué conclusiones extrajo? ¿Puedo liberarme del dominio de lord Laclere?

—Si él no se ocupara de usted, o hubiera alguna evidencia de fraude, sería posible hacer algo al respecto, pero la Corte no permitiría la independencia que al parecer está usted buscando. Si el vizconde no fuera su tutor, otra persona sería nombrada en su lugar. Con un hombre de su categoría, cualquier abuso de su posición tendría que ser realmente terrible para que se le pudiera llevar ante la Corte.

Ella se sintió furiosa ante la decepción. Aquel juguete inútil captó su atención y advirtió una pequeña bola de plomo en su base. Reflexionando acerca de cuál sería su próxima estrategia con Vergil, cogió distraídamente la bola y la soltó sobre la rampa superior. Comenzó a rodar cuesta abajo, de una rampa a la siguiente, de un lado al otro, poniendo en movimiento varias pequeñas ruedas y poleas cada vez que su peso cambiaba de nivel.

—Señorita Kenwood, no se trata de una situación permanente... será menos de un año. Es usted una mujer joven y rica, y es comprensible que su abuelo haya querido protegerla para evitar que sea víctima de algún cazador de fortunas sin escrúpulos.

—¿Cuánto de rica?

—¿Perdone? Suponía que usted lo sabía.

—Lo sé en términos generales. Pero ¿exactamente a cuánto asciende mi fortuna?

—Los ingresos por el fondo de dinero invertido ascienden al menos a tres mil libras este año.

—Esa cantidad por sí sola ya es una fortuna, y mucho más de lo que necesito para mis planes.

—Su tutor manejará esa suma, suministrando los fondos de acuerdo con las necesidades que usted tenga y los gastos que deba cubrir. Él tiene la obligación de ser razonable en relación a sus peticiones.

Ella dudaba de que Vergil fuera tan razonable como para darle varios cientos de libras que le permitieran escapar a Milán. Si él controlaba sus ingresos, controlaba también sus movimientos. En definitiva, controlaba su vida.

—En cuanto a la otra parte de su herencia, todo resulta mucho más complicado —dijo el señor Peterson, continuando con su informe.

—¿Qué otra parte?

—Su abuelo era un hombre de negocios. Hacia el final de su vida vendió la mayoría de ellos. Sin embargo, conservó tres sociedades. Dos eran pequeñas parcelas de compañías de transportes, y la tercera era la mayor parte de una compañía de algodón en Manchester. También le han sido legadas a usted sus acciones en esos negocios, menos el diez por ciento de las de la fábrica, que fueron cedidas a su primo.

—Sin embargo, el vizconde es también mi administrador. Él maneja esas inversiones.

—Las acciones en esas sociedades no son parte de las inversiones permanentes, como sí lo son los fondos de inversión. Si usted se casa o se hace mayor de edad, él deberá renunciar al control sobre ellas. De hecho me sorprende que él no haya vendido esos negocios. Representan una amenaza para su riqueza. Si algo sale mal, todos los propietarios son responsables de las deudas incurridas.

Aquellos negocios en realidad a ella no le interesaban demasiado, a menos…

—¿También hay ingresos que provienen de esos negocios?

—El abogado no estuvo dispuesto a permitirme ver los documentos. Yo creo que la fábrica debe de procurar ganancias.

—¿Y qué pasa con esos ingresos?

—Van a parar a su administrador, que presumiblemente los invierte en más inversiones. O si no, son enviados a su tutor.

Que era la misma persona. Administrador. Tutor. Cualquiera que fuera el lugar hacia el cual se desviaba la conversación acababa yendo a parar a Vergil Duclairc.

—Señor Peterson, me gustaría que usted estuviera presente mientras hablo con lord Laclere. La situación que ha creado es intolerable. Estoy aquí prisionera.

Ella llamó al mayordomo para que solicitara la presencia de Vergil. El señor Peterson pareció muy incómodo ante la idea de esa entrevista. Cuando Vergil entró por la puerta, el respeto había remplazado la suspicacia en aquellos ojos grises, y la calvicie de aquel hombre mostraba pequeñas gotas de sudor.

—Lord Laclere, éste es el señor Peterson. Él es mi procurador.

Vergil examinó fríamente al abogado con un gesto aristocrático de aburrimiento. El señor Peterson se deshizo en un manojo de nervios. Bianca luchó contra el impulso de regañarlo para que se comportara como un hombre.

Vergil posó sobre ella una mirada muy seria.

—No sabía que hubiera contratado un abogado, señorita Kenwood.

—Es una de las primeras cosas de las que me ocupé al llegar a Londres.

—El abogado de tu abuelo, o el mío, o incluso yo personalmente, te hubiéramos explicado gustosamente cualquier cosa que necesitaras saber.

—Pensé que era mejor tener mi propio representante y decidir por mí misma qué era lo que necesitaba saber.

—Confío en que el señor Peterson haya satisfecho del todo tu curiosidad.

—Casi del todo. Me ha hablado acerca de las acciones de negocios que he heredado y ha sugerido que usted debería haberlas vendido, para mayor seguridad.

—Yo no lo he expresado de esa manera milord —se apresuró a aclarar el señor Peterson—. Sólo le he explicado las leyes respecto a las responsabilidades financieras de los socios.

—Como debería hacer con un cliente. Estoy obteniendo información acerca del valor de las acciones. Como administrador sería irresponsable por mi parte venderlas a un precio muy bajo. Ha habido varias propuestas en relación a la venta que tendré en consideración cuando esté en mejores condiciones para juzgar si son justas. Sin embargo, estas cosas llevan su tiempo. Es difícil obtener información honesta de los gerentes y los otros propietarios.

—Excelente, milord. Justo el tipo de prudente supervisión que uno esperaría. Creo que es evidente que todo está en perfecto orden, señorita Kenwood, y que es usted afortunada por el hecho de que lord Laclere se haga cargo de…

—¿Cuándo se reciben los beneficios de las compañías? —preguntó ella.

Una paciencia de acero controló la mandíbula y la boca de Vergil.

—Si hay beneficios, las compañías los pagan una vez al año. Serán reinvertidos en fondos del Gobierno.

—¿Y los fondos de inversión por ellos mismos han dado ganancias desde la muerte de mi abuelo?

—Sí, las han dado.

—¿Y esa parte de los beneficios ha sido también reinvertida?

—La mayor parte.

La mayor parte, pero no toda.

—Señor Peterson, ¿sería tan amable de esperarme en la biblioteca?

El señor Peterson estaba encantado de hacerlo. Casi tropezó al retirarse apresuradamente.

Bianca ocupó una silla frente a Vergil.

—Quiero que arregles las cosas para que los ingresos queden a mi disposición.

—No tengo ninguna intención de hacer eso.

—Se trata de mi herencia.

—Incluso aunque fueras la más sensata de las jóvenes, estaría incumpliendo con mi deber si te dejara disponer de ese dinero. Lo cierto es que has confesado tener propósitos que me convertirían en un conspirador de tu ruina. Es totalmente imposible.

—El señor Peterson me explicó que se espera que un tutor sea razonable en relación a esos fondos.

—Con una parte es suficiente para cubrir tus necesidades. Los tenderos sólo tienen que enviarme a mí sus facturas. Las modistas y otros profesionales que atienden a las mujeres están acostumbrados a eso. A menos que haya algún gasto desorbitado por tu parte no necesitamos volver a hablar de esto.

—Dado que no hay modistas en esta casa no corro el peligro de ser acusada de ningún gasto desorbitado.

La expresión de él se suavizó un poco.

—Mis disculpas. Por supuesto que te gustaría disfrutar los frutos de tu enorme fortuna. Le pediré a Penelope que te lleve a Londres dentro de unas pocas semanas.

—Gracias. Sin embargo, necesitaré algo de dinero para gastos menores ahora. Tengo que comprar unos pocos artículos de naturaleza personal.

Tal como ella esperaba, la palabra personal le impidió seguir investigando. Abrió un cajón del escritorio.

—Espero que veinte libras sean suficiente —dijo ella.

—Eso es mucho dinero para gastos menores, señorita Kenwood.

—Usaré una parte para pagar al señor Peterson.

—El señor Peterson puede enviarme su factura a mí.

—Prefiero que no lo haga. Prefiero que recuerde quién lo ha contratado. Tampoco me parece correcto pedirle que aguarde mi herencia.

Vergil sacó varios billetes del cajón y los colocó en una pila sobre el escritorio. Caminó hacia ella, sin poder ocultar por más tiempo su irritación. Ella a duras penas pudo evitar encogerse de miedo ante la autoridad que emanaba de él.

—No estoy acostumbrado a discusiones abiertas sobre asuntos de dinero, y mucho menos con mujeres. No estoy dispuesto a tolerar preguntas que impliquen dudas acerca de mi honestidad y mi capacidad a la hora de administrar tu patrimonio, y menos delante de un hombre que no conozco.

Él se inclinó y se agarró a los brazos de la silla. Ella se encogió contra el respaldo, apartándose de las chispas que brillaban en sus ojos, tan sólo a unas pulgadas de su cara.

—La cuestión es, señorita Kenwood, que ahora mismo el tío Vergil está pensando que su irrespetuosa pupila se merece una buena zurra.

Los labios de ella se abrieron con indignación. Él salió disparado y se alejó a grandes zancadas hasta la puerta.

Tan pronto como hubo salido, ella recogió los billetes y se reunió con el señor Peterson. Le entregó diez libras.

—Esto es en pago por sus honorarios y gastos hasta el momento. Quiero que guarde usted lo que sobre y abra una cuenta para mí en el banco. Use su propio nombre si es necesario.

—Seguro que lord Laclere tendrá una cuenta donde se puedan hacer giros bancarios.

—Quiero tener mi propia cuenta, y no quiero que él lo sepa. Escríbame informándome cuando esté hecho. También quiero que haga averiguaciones acerca de esas ofertas para la compra de las acciones de las compañías.

—Si insiste, veré qué puedo averiguar. ¿Debo escribirle aquí?

—Sí. No creo que el vizconde me deje ir muy lejos durante un tiempo.

Probablemente no hasta que se casara o cumpliera veintiún años.

Ella no tenía intenciones de hacer lo primero y tampoco de esperar lo segundo. Si el señor Peterson conseguía los nombres de las partes interesadas en las sociedades, ella podría conseguir el dinero necesario para ir a Italia, a pesar del obstáculo que representaba Vergil Duclairc.

Vergil a duras penas había logrado calmar su furia después de la sorpresa de encontrarse con el señor Peterson, cuando otra visita inesperada llegó a última hora de la tarde. Adrian Burchard, uno de los amigos de Vergil, entró en su estudio, gracias a Dios distrayéndolo de las insistentes y eróticas imágenes de una Bianca Kenwood domesticada.

—Hacía demasiado tiempo que no nos veíamos, Burchard —dijo Vergil, dándole la bienvenida.

—Si pasaras algo más que unos pocos días en Londres cada vez que vas, no habría sido tanto tiempo. ¿Dónde has estado metido? —Los oscuros y exóticos ojos de Adrian no parecían estar esperando una respuesta interesante.

Y tampoco la consiguió. Vergil señaló el escritorio.

—Me temo que los asuntos familiares me han tenido ocupado la mayor parte del tiempo. —El contenido de la afirmación era cierto, pero no el gesto que la acompañó y sus implicaciones. No había pasado en Laclere Park más tiempo que en Londres.

De entre todos sus amigos, Burchard era el más capaz de percatarse de los silencios.

—Con frecuencia me he escapado al norte, a la propiedad que allí tengo. Ahí no tengo que comportarme como un vizconde —añadió Vergil precisamente para romper el silencio—. Es una suerte que hayas cabalgado hasta aquí para librarme de tener que ejercer de vizconde esta tarde.

—Lamento decirte que ésta no es una visita social. Demos un paseo y te explicaré.

Lleno de curiosidad, Vergil lo acompañó hasta el principio del camino que daba a la casa. Adrian lo condujo hasta el lugar donde otro camino señalaba el fin de la propiedad. Allí, a la sombra de un árbol, esperaba un coche.

Un hombre mayor con una prominente nariz ganchuda estaba sentado en su interior.

—Podías haberme avisado de que habías traído a Wellington contigo.

El duque lo oyó por casualidad.

—Le pedí que le trajera sin anunciarle mi presencia, y Burchard cumplió con su misión al pie de la letra.

—Su excelencia nos honra con esta visita.

—No es una visita, por eso le pedí a Burchard que le trajera hasta aquí. No pretendo ofender a su hermana, Laclere. Simplemente hoy no tengo tiempo para charlas de salón. —Hizo un gesto con su bastón de caminar—. Éste parece un camino agradable y sombreado. Hagamos un poco de ejercicio.

Vergil comenzó a caminar, con Adrian a su lado. Adrian se había convertido en el protegido de Wellington. El mecenazgo de aquel gran hombre le había procurado un lugar en la Cámara de los Comunes como tercer hijo del conde de Dincaster.

Durante unos minutos se oyó el rítmico ruido de las botas contra el suelo. El duque no trató de cubrirlo con cumplidos o frases de rigor.

—He venido a tratar un tema delicado —dijo por fin—. No hay una buena manera de abordarlo, así que iré directo al grano. He venido a hacerle unas preguntas sobre la muerte de su hermano. Siempre siento curiosidad cuando un hombre muere a causa de una herida de bala disparada por sí mismo de forma accidental. Soy consciente de que no es fácil que eso ocurra. Quiero saber si en el caso de su hermano no fue un accidente sino un suicidio.

Vergil le dirigió a Adrian una mirada resentida, y éste respondió negando sutilmente con la cabeza. La evidencia de que Adrian no había sido desleal o indiscreto calmó el enfado.

—Sí. Únicamente la familia y unos pocos amigos lo saben.

—Aprecio su confianza en mi discreción, pero recibir la confirmación de mis sospechas no me procura ninguna satisfacción. Dígame, ¿nunca se ha planteado que resulta extraño que hayamos tenido dos suicidios de personas importantes durante la misma semana? Su hermano y el de Castlereagh.

—Mi hermano era propenso a crisis de profunda melancolía. El ministro de Asuntos Exteriores estaba desquiciado. Fue una coincidencia.

—Laclere, no estoy convencido de que fuera una coincidencia. ¿Existe alguna posibilidad de que su hermano haya sido víctima de un chantaje? ¿Halló usted alguna prueba en este sentido? Lo pregunto porque hay indicios de que Castlereagh sí lo fue.

—Creía que esas sospechas habían sido enterradas. Por usted.

—Considerando su posición difícilmente podía dejarlo así. Aquel hombre era víctima de delirios, así que le concedí poca credibilidad. Sin embargo, las últimas veces que lo vi me dijo algo sobre una carta. Aludió a sus temores de ser convertido en el blanco de un escándalo.

Un escándalo. Vergil sospechaba dónde iría a parar aquello

y no quería adentrarse por ese camino.

—Como usted ha dicho, era víctima de delirios.

Wellington dio cinco pasos antes de reanudar la conversación.

—El autor de la carta afirma tener pruebas de cierta actividad criminal.

Vergil se detuvo, forzando a Adrian y a Wellington a hacerlo también.

—¿Así que después de meses de reflexiones ese detalle le permitió hacer algún tipo de conexión con mi hermano?

—Laclere, déjale terminar —dijo Adrian.

—¡Ni pensarlo!

—Comprendo su ira, Laclere. Le aseguro que la única conexión que vi fue la de los dos suicidios, uno de los cuales puede haber sido resultado de un chantaje. —La voz de Wellington cobró severidad—. Se lo pregunto otra vez, ¿tiene alguna razón para sospechar que su hermano pudo haber sido también víctima de un chantaje? Para que no sienta la tentación de mentir en aras de proteger su nombre, déjeme decirle que creo que otras personas están siendo víctimas ahora, ese accidente de caza de lord Fairhall en mayo no fue lo que parece, y tendremos más desastres y muertes si no llegamos hasta el final de este asunto.

La furia de Vergil se hizo más intensa. No fue a causa del tono severo del duque. Había estado cargando con aquel secreto durante casi un año, preguntándose si las coincidencias y las conexiones que él mismo sospechaba no eran más que sus propios delirios.

—Sí, creo que Milton estaba siendo chantajeado. Creo que es por eso que se mató. Él dejó una carta. La encontré entre sus papeles, donde él sabía que yo buscaría para ocuparme de los gastos de la hacienda. Aludía a una traición, si era a él o a otra persona no lo sé. La mayor parte de la carta hablaba de la familia, y de que sería mejor que él saliera de escena antes de que nos arruináramos. Yo quise creer que se refería a las finanzas, que estaban en una situación pésima por entonces. Sin embargo, me he estado preguntando si no le habrán obligado a escribir esa carta.

Se habían sentado sobre el tronco de un árbol caído mientras él contaba su historia. Wellington hacía dibujos en la tierra con su bastón mientras escuchaba.

—Supongamos que en ambos casos hubo un chantaje. ¿El objetivo era que murieran? —preguntó Adrian.

—Ésa es la cuestión, ¿no? —dijo Wellington.

—En el caso de mi hermano la razón del chantaje sólo podía ser sacarle dinero. No había ningún modo de que alguien supiera que no podía pagar. Nuestra situación financiera no era obvia. Él gastaba como si no hubiera un problema.

—Normalmente, se supondría que lo único que quiere un chantajista es desangrar a su víctima. Sin embargo, el momento que estamos viviendo… hemos tenido pruebas de que hay radicales tratando de asesinar a miembros del Gobierno y la Casa de los Lores. La situación por lo tanto es propicia para provocar problemas de este tipo.

—Mi hermano no destacaba en el Gobierno.

—Tenía interés en la política.

—Un interés teórico.

—Un interés teórico radical. Eso debe de haberlo llevado a contactar con hombres que defienden la violencia y que podrían enredarlo a él, y a través de él a otros —dijo Wellington—. Él debe de haberse comunicado o asociado inocentemente con hombres de ésos, sólo para que luego usaran esa conexión contra él más tarde.

El comentario colgaba del aire, mendigando una respuesta. El duque había articulado claramente los propios temores de Vergil acerca de la muerte de Milton.

—¿Encontró usted cartas que demostraran una relación de amistad entre su hermano y el ministro de Asuntos Exteriores? —preguntó Wellington.

—No las busqué. —Era mentira. Una maldita mentira. Sin embargo, no podía permitir que la suposición se convirtiera en un hecho tan fácilmente.

—Quizá debería hacerlo.

—He estado buscando en otras direcciones. Yo no creo que haya una conexión directa entre esas muertes, excepto quizá por el mismo chantajista. Estoy más interesado en encontrar a ese hombre que en averiguar los pecados que él descubrió.

—Así que ésa es la razón por la que no has estado mucho en Londres y tampoco aquí —dijo Adrian—. ¿Has progresado algo?

—Un poco. —Condenadamente poco considerando cuánto de su tiempo y de su vida había invertido en ello.

—No hay nada que yo pueda hacer al respecto, salvo observar el comportamiento de los hombres y preguntarme si están preocupados —dijo Wellington—. Tengo razones para pensar que varios lo están. Es una idea horrenda, la de que alguien esté desentrañando secretos y usándolos para intimidar o extorsionar a tus amigos. Y lo peor es que esos hombres andan tan escasos de dinero que se quitan la vida para escapar.

—¿Y tú, Burchard? ¿Cuál es tu interés en esto, o sólo has venido hoy para organizar un encuentro privado con Su Excelencia? —preguntó Vergil.

Wellington respondió mientras los tres se levantaban para regresar hasta el coche escondido.

—Él está haciendo algunas discretas averiguaciones para mí sobre lord Fairhall. Dado que usted sabe que es un hombre de confianza espero que comparta con él cualquier cosa que averigüe para que podamos resolver este asunto de una manera rápida.

—Por supuesto.

Era otra mentira descarada. Adrian era un amigo, y tenía experiencia tanto en investigaciones como en discreción, pero Vergil no tenía intenciones de revelar lo que descubriera a nadie si eso podía repercutir negativamente en Milton o en la familia Duclairc.

Él sospechaba que así sería, por todas las razones que cuidadosamente había evitado discutir.

Capítulo cinco

—¿*V*es lo que quiero decir? —susurró Charlotte.

Estaba sentada junto a Bianca en el salón mientras los invitados llegaban a la fiesta.

Vergil se hallaba de pie ante la repisa, charlando amablemente con Fleur y su madre, la señora Monley. Habían llegado justo después de mediodía, en un magnífico carruaje.

—Nada —murmuró Charlotte, sacudiendo la cabeza—. No… bueno, no sé… su actitud. Vergil podría perfectamente estar hablando conmigo y Fleur con su padre.

Sentada al otro lado de Charlotte, Diane Saint John, una de las amigas más queridas de la condesa, le daba golpecitos en la mano. Sus ojos llenos de sentimiento se volvían risueños cuando miraban hacia la repisa.

—Yo no me preocuparía por su hermano o la señorita Monley. Las cosas no son siempre lo que parecen en estos asuntos. Se los ve estupendamente juntos, ¿no? Una buena pareja.

Sí hacían una buena pareja. Fleur era toda cortesía y elegancia, alta y delgada, con la piel de alabastro y el cabello oscuro. Los tirabuzones caían de un moño decorado con lacitos, enmarcando su cara ovalada que llevaba en el centro una boca fruncida como una rosa. A Bianca le había parecido una persona inteligente, de voz suave, cuyos ojos marrones estaban atentos a todos los detalles.

Bianca experimentó una vaga decepción al notar que Fleur no le desagradaba instantáneamente, al mismo tiempo que una inexplicable punzada de melancolía cada vez que miraba al grupo junto a la chimenea.

—Tengo miedo de que Vergil se esté sacrificando por su

fortuna —dijo Charlotte—. Parece contento de verla, pero teniendo en cuenta que la familia de ella dejó Londres hace ocho semanas y, sin embargo, han estado separados todo este tiempo...

—Eso no lo sabes —dijo la señora Saint John—. Puede que cuando él no está aquí ni en Londres vaya a visitarla.

—Yo creo que no. La mayoría de las veces se va a su finca de Lancashire. Les ha dicho a sus agentes y a Pen y a la institutriz que viene a quedarse conmigo dónde pueden encontrarlo. Si no se tratara de Vergil, cualquiera podría sospechar que va a visitar a una mujer allí. Alguien que ama pero con quien no puede casarse.

Bianca se metió de golpe en la conversación mirando fijamente a Charlotte con una expresión triste.

—Sugerir eso es escandaloso.

—Tengo entendido que ese tipo de cosas es muy habitual. Pen incluso me ha insinuado que debo esperar que mi marido tenga otras relaciones de vez en cuando.

La señora Saint John bajó los párpados.

—Creo que demasiada gente ha sido indiscreta cuando habla a tu alrededor, Charlotte.

Bianca advirtió que la señora Saint John no había dicho que Charlotte estuviera equivocada, o que su ignorancia la hubiera llevado a malinterpretar las palabras de Penelope.

—Bueno, eso explicaría muchas cosas. Para empezar aquello. —Charlotte hizo un gesto con la cabeza en dirección a la repisa de la chimenea—. La demora en anunciar el compromiso formal por otra. Con su belleza y su riqueza ella no tiene por qué estar esperándolo a él. Lo extraño es que a Fleur no parece importarle que las cosas estén así. Es su madre quien se impacienta.

Sí, su madre se estaba impacientando. Los ojos de la señora Monley eran los más iluminados por el fuego de la chimenea. Seguía la conversación de su hija con una encantadora sonrisa y un movimiento de la cabeza que daba a la pluma de su turbante de seda y cordones un inquisitivo ángulo.

—La noche promete alargarse. Deberías retirarte a descansar —dijo una voz masculina.

Bianca apartó su atención de la chimenea para ver que Daniel Saint John se había unido a ellas y se dirigía a su esposa. Aquel hombre atractivo que podía deslizarse rápidamente de una pasiva frialdad a una atención intensa, enfocaba ésta ahora en lo que más le interesaba.

—Daniel se muestra muy protector conmigo cuando estoy en estado —les confesó Diane con una sonrisa—. Después de dos hijos, querido, ya no soy tan frágil.

—De todos modos, es necesario que descanses. —Le ofreció la mano para acompañarla.

A Bianca no le pasó desapercibida la mirada que intercambiaron. Ternura, humor y una absoluta devoción fluía en ese fugaz contacto. Era como si años de recuerdos colorearan la forma en que se veían el uno al otro, y enriquecieran incluso aquel corriente intercambio.

Bianca volvió a dirigir la mirada a la chimenea y advirtió cómo el comportamiento de Vergil y Fleur contrastaba con el de aquella otra pareja.

El comentario de Charlotte cobró para ella una nueva dimensión. No había necesidad de una demostración abierta de pasión y afecto. De una manera silenciosa que no implica el contacto físico, un hombre y una mujer pueden estar íntimamente conectados.

Diane Saint John aceptó la sugerencia de su esposo y se levantó.

—Supongo que un breve descanso puede ser una buena idea. —Juntos, sin hablar pero diciéndose mucho, se dirigieron hacia el salón.

La actividad del vestíbulo anunciaba la llegada de otro coche.

—Por fin el último. —Charlotte se puso en pie—. Éste debe de ser el de la señora Gaston. Es una de las amigas de Pen y una gran mecenas de las artes. Apoyó a Pen cuando otros la abandonaron tras su separación. Creo que Pen la ha invitado pensando en ti, por tu carrera de cantante.

Bianca y Charlotte siguieron a Penelope y a Vergil para recibir a la nueva invitada.

La señora Gaston había venido en un gran carruaje. Pen se adelantó extendiendo los brazos para darle la bienvenida.

—Qué amable por su parte hacer un hueco para venir a nuestra pequeña fiesta.

La señora Gaston era una bella mujer de sonrisa encantadora, pómulos marcados y un cabello castaño cobrizo. Se movía con una orgullosa elegancia, llevaba un abrigo con un exótico estampado y un sombrero con plumas extravagantes.

—Es usted la que ha sido amable al darme una oportunidad para escaparme de la ciudad durante unos días. Sin embargo, me temo que he dado un paso en falso y debo pedirle su indulgencia por eso.

—¿Un paso en falso? ¿Usted? Nunca.

—Lamentablemente sí. He traído a una amiga conmigo.

—Cuando le escribí le dije que sus amigos serían bienvenidos.

—Sí, lo hizo. Normalmente en caso de traer a alguien yo le habría escrito para avisarle. Pero esta amiga llegó a la ciudad inesperadamente.

Un lacayo se acercó hasta la puerta abierta del carruaje. Una mano enguantada y una manga a la moda se asomó. Una cabeza oscura de elegante peinado y sombrero se agachó mientras la amiga en cuestión inclinaba su cuerpo para descender.

—Maria —exclamó Pen, abrazando la escultural figura envuelta en muselina azul pálida—. Nadie sabía que ibas a venir a visitarnos este año. Es una sorpresa maravillosa para mí.

El rostro de la mujer no era hermoso, con sus facciones demasiado marcadas, pero su forma de comportarse transmitía una sólida dignidad e inspiraba confianza.

—Fue una decisión impulsiva por mi parte, querida mía. Milán es horrible con el calor. Mis músicos se están comportando como niños consentidos, y el tenor para la próxima producción es un joven idiota y arrogante que no se deja dirigir. Simplemente los he dejado a todos. Vamos a ver cómo se las arreglan sin Catalani.

—Oh, Dios, qué suerte —le susurró Charlotte a Bianca—. ¿Sabes quién es?

Bianca lo sabía. La más importante cantante de ópera de Inglaterra, Maria Catalani, había regresado a Italia hacía seis años y ahora dirigía una compañía de ópera en Milán.

Qué maravilloso golpe de suerte. Con la señora Gasto y Catalani allí, aquella fiesta prometía ser enormemente más interesante de lo que esperaba.

Vergil se adelantó para saludar a Catalani, besando su mano de manera zalamera. Ella dijo algo en voz baja y su cara se iluminó con una sonrisa.

Si la visita inesperada de una cantante de ópera afligía a Laclere, éste no lo demostró. Probablemente trataría el asunto con Penelope más tarde.

Penelope condujo a sus nuevos invitados al interior de la casa.

A Bianca le temblaban las rodillas de la emoción.

—Ésta debe de ser Charlotte. Ya está hecha una jovencita, y encantadora —dijo Catalani—. ¿Ya has tenido tu debut en sociedad?

—El próximo año —explicó Pen—. Vergil no aprueba que en estos días las chicas se presenten a una edad tan joven.

Catalani miró hacia atrás al vizconde que las seguía y frunció los labios con picardía.

—Una buena estratagema, y será muy efectiva. Dejemos que tengan que esperar por un diamante así. Serás la sensación de la temporada, Charlotte. Predigo que tus hermanos necesitarán lacayos extras para vigilar las paredes del jardín.

Pen atrajo a Catalani hasta Bianca.

—Ésta es Bianca Kenwood, de Baltimore. Es la pupila de Vergil.

—Nunca he tenido el placer de visitar su país. Tenemos que hablar. Tengo muchas preguntas que hacerle.

—Y yo también tengo preguntas para usted. Visitaré Italia muy pronto.

—¿Está usted planeando un gran viaje para su hermana y su pupila, lord Laclere? —preguntó Catalani mientras Pen la conducía hacia el interior de la casa—. Necesitará diez lacayos extra entonces, si envía dos bellezas como éstas a mi país.

Bianca se apresuró para alcanzar a Charlotte, atónita por el curso de los acontecimientos. Esa fiesta prometía ser el punto culminante de su estadía en Inglaterra.

—Por hoy ya están todos los invitados —explicó Charlotte—. Pen dijo que el señor Witherby escribió diciendo que llegaría mañana por la mañana. Vamos a descansar un rato antes de cenar.

Bianca decidió no hacerlo a menos que quedara claro que Catalani también se retiraba. Esperó hasta que la imponente mujer subiera la escalera flotando con Penelope a su lado.

Se quedó sola de pie en el vestíbulo vacío, sabiendo que le sería totalmente imposible descansar. Buscando alguna forma de aliviar su ansiedad, entró a la biblioteca, encontró el volumen de poemas de Shelley que había estado leyendo y se arrebujó en un diván encarado hacia una ventana.

Aquél era su lugar favorito para leer, especialmente por las tardes. Una luz tenue se colaba a través de la ventana acompañada de una suave brisa. Nadie podía verla allí a menos que se acercara hasta el diván. Aquél se había convertido en uno de sus pocos rincones privados.

Se oyó el ruido de pasos de alguien que entraba a la habitación. Ella se incorporó un poco para ver de quién se trataba. Dante la reconoció y caminó hacia ella; llevaba su sombrero y el látigo de montar. Se sentó en un sillón, frente a ella y estiró las piernas; también llevaba botas.

—¿Han llegado todos? —Había desaparecido de la casa después de la llegada de Fleur.

—Todos menos el señor Witherby.

—Me sorprende que se retrase. Esperaba que quisiera aprovechar cada momento para seducir a mi hermana.

—¿Charlotte?

—Pen. Se ha convertido en un amigo muy especial para ella durante el último año. O al menos él piensa que así es. No sé qué idea tiene Pen al respecto, aunque parece disfrutar de su compañía. Estoy seguro de que es por eso que lo ha invitado, a pesar de que también es un viejo amigo de Vergil.

La frase «amigo muy especial» aludía a algo más que a una mera relación de compañerismo. Dante a menudo se despistaba y le hablaba de aquella manera tan familiar, como si compartieran alguna comprensión del mundo. Aquel tono de conspiración implicaba un tipo de intimidad.

Él holgazaneaba con aire despreocupado, mirándola por debajo de las gruesas pestañas de ese modo que siempre la hacía sentirse tan incómoda. Siempre estaban a solas cuando la miraba de esa forma

—María Catalani acaba de llegar con la señora Gaston. Ha sido una sorpresa para todos —dijo ella.

Aquello agudizó su atención.

—¿La señora Gaston está aquí? Debería haberle preguntado a Pen a quién esperaba recibir antes de aceptar quedarme.

—¿No te cae bien?

—Es por pura insistencia que ha conseguido introducirse en muchos círculos. Se ve a sí misma como una gran patrocinadora de artistas y quiere que todos sepan cómo promociona sus carreras.

—¿Lo hace? ¿Promociona carreras?

Él se encogió de hombros.

—No sabría decírtelo. Los círculos artísticos de Pen no me interesan mucho, y parece ser que eso es lo que tenemos aquí. La señora Gaston y Catalani, dices. Lord Calne es otro patrocinador de las artes. Cornell Witherby será una buena compañía, al menos, a pesar de que con los otros que hay aquí probablemente sólo hablará de su poesía. Espero que Vergil lo distraiga con otras cosas.

—¿Crees que Vergil permitirá que Catalani se quede?

—¿Por qué no iba a hacerlo?

—Eso pensé, quizá, con Fleur aquí y Charlotte y…

Su comentario lo dejó preocupado.

—Ésta es la fiesta de Pen, y mi hermano sabe lo que eso significa. Vergil podrá ser un santo, pero nunca se comporta de un modo rudo. Por otro lado, Catalani tiene suficiente poder como para ocultar los medios por los que ha conseguido su fama. —Se levantó—. Creo que daré un paseo. Será un honor si me acompañas. Te mostraré las ruinas.

Bianca ya había encontrado las ruinas medievales que se conservaban en el parque Laclere, y no quería visitarlas sola con un calavera. Y menos aún con uno que en aquel mismo momento la miraba con ese brillo en los ojos.

—Gracias, pero creo que continuaré un buen rato leyendo.

Una repentina irritación alteró su expresión. Para sorpresa de ella él se le acercó y le acarició la mandíbula con un dedo.

—No tienes que tener miedo de mí, Bianca.

Ella se echó hacia atrás ante su gesto.

—Tu hermano dice que aquí no es habitual dirigirse a una mujer de un modo tan familiar.

—Yo no soy mi hermano.

No, no lo era. La última semana ella había sido el centro de la atención de ese joven. Había intentado desanimarlo. Al parecer sin éxito.

Su mano la tocó otra vez, sosteniéndole la barbilla. Los ojos de Bianca se ensancharon con incredulidad cuando él inclinó la cabeza de ella hacia arriba, acercó la suya y le dio un beso en los labios. Sucedió tan rápido que la impresión le hizo quedarse completamente inmóvil.

Él la malinterpretó. Se inclinó hacia ella y la besó profundamente, al tiempo que la abrazaba.

Ella se apartó de él y lo lanzó contra la ventana con una asombrosa furia. Rabiosa y avergonzada se enfrentó a él.

—No te atrevas a volver a hacer eso.

Él se levantó.

—Mis disculpas. Debería haberte pedido permiso primero.

—No lo habrías obtenido.

—Yo creo que sí.

—Malinterpretas nuestra amistad.

—No lo creo. Estás asustada y confundida, y eso es normal para alguien tan inocente. No volveré a besarte sin tu permiso, pero cuando te lo pida me lo darás.

Ella andaba a tientas buscando una respuesta mordaz. Él sonrió con una confianza en sí mismo que resultaba insufrible y salió de la habitación.

Ella volvió a hundirse en el diván, levantó las piernas y se acurrucó en su rincón. ¿Qué le habría hecho pensar a aquel bribón que ella reaccionaría bien ante semejante cosa? ¿Habría oído algo acerca de sus espectáculos en Londres? Hasta donde ella sabía, había acudido a uno.

Qué suerte para ella que el hermano equivocado hubiera concluido que ella era un poco salvaje y descuidada con el decoro.

—¿Escondiéndote de las obligaciones de tu condición? —preguntó Dante al entrar al estudio donde Vergil se hallaba leyendo su correspondencia.

—Tomándome un descanso porque si sigo sonriendo durante más tiempo mis labios van a romperse.

—Tampoco está tan mal. Ha invitado a Witherby y a Saint John, así que podrás divertirte.

Vergil estaba agradecido de que Pen hubiera invitado a Daniel y Diane Saint John. No los veía desde hacía meses. Eran también amigos de Pen.

Ella había entablado amistad con Diane Saint John cuando la joven acababa de llegar a Londres, y había desempeñado un papel en los dramáticos acontecimientos que habían precedido el matrimonio de Diane con el magnate de una compañía naviera.

En cuanto a Witherby, Vergil sospechaba que Pen lo había invitado por razones que nada tenían que ver con que él se divirtiera.

Dante holgazaneaba apoyado contra el marco de la ventana y, distraídamente, dejaba caer la pelotita de plomo sobre las rampas del juguete.

—Fleur está tan encantadora como siempre. ¿Podemos esperar que anunciéis vuestro compromiso una noche de éstas después de la cena?

—No creo.

—Ya es hora, Verg.

—De entre todas las personas que podrían darme lecciones, Dante, tú serías el último. Mis responsabilidades con los miembros actuales de esta familia pesan más que cualquier responsabilidad que pudiera tener respecto a miembros futuros.

—¿Me estás diciendo que te resultamos tan caros que no puedes permitirte una esposa?

—Estoy diciendo que cualquier mujer que se case conmigo tendrá ciertas expectativas que en este momento no estoy en condiciones de cumplir. Lo cual nos conduce al asunto de tu propio matrimonio, que será un alivio significativo para nuestras cargas financieras. Te devuelvo la pregunta. ¿Debemos esperar una noticia? Recuerdo a un joven lleno de confianza en sí mismo diciendo con engreimiento que una semana bastaría.

—Maldita sea, estas cosas llevan su tiempo. Además, ella es… difícil de entender.

Llevó una silla junto al escritorio y se sentó a la misma altura que su hermano al otro lado, con las piernas cruzadas, apoyando el brazo sobre la mesa y dejando descansar sobre éste la cabeza. Era la pose que Dante adoptaba cuando quería hablar «de hombre a hombre».

Dado que el tema de conversación era Bianca Kenwood, Vergil habría deseado ahorrarse las confidencias. Bianca constantemente se colaba en sus pensamientos, y la última noche, después de su regreso a Laclere Park, se había sorprendido a sí mismo merodeando en el salón entre las damas hasta que ella se retiró.

—A veces pienso que he ganado terreno sólo para acabar por darme cuenta de que era una ilusión. Ella parece muy cálida una mañana, pero por la tarde la veo ser igual de cálida con un criado. Posa esos grandes ojos azules en mí y pienso que debería proponerle matrimonio en aquel mismo momento, pero después me ignora durante toda la hora siguiente. A veces pienso que estoy tratando con una chica tan ignorante que ni siquiera nota mi interés, y otras veces…

—¿Otras veces?

—Otras veces me pregunto si es todo menos ignorante y si no estará tratándome como un juguete. Perdóname, pero estamos hablando sin tapujos.

—Tú desde luego sí.

—Me pregunto si está siendo deliberadamente intrigante. Esquiva de un modo calculado.

—Me suena como si le estuvieras echando la culpa de tu fracaso.

—Quizá. Pero hay algo en ella indefinible… un aire, una fragancia, no sé qué. La miro y veo toda la inocencia de la primavera, y de repente me devuelve la mirada y me encuentro pensando que sería una espléndida amante. Es una combinación confusa y fascinante.

Así que Dante había acabado percibiendo aquello que Vergil notó esa primera noche en la sala de juegos, y demasiado a menudo desde entonces.

—Confío en que no sea demasiado fascinante.

—Por supuesto que no. Pero lo deja a uno fuera de juego. Hay un arte en la seducción, y conocer a la mujer es una parte esencial.

—Siempre te estoy agradecido por tus instrucciones en esas materias, Dante, pero vayamos al grano. ¿Si le propones matrimonio mañana, crees que aceptará?

—Maldita sea si lo sé.

Eso significaba que probablemente no.

—¿Sabe que estás interesado por ella? Tal vez interprete tus atenciones como una muestra de simple amistad, una mano amistosa en un país extraño.

—Ahora ya lo sabe.

—¿Qué significa eso?

—Acabo de verla en la biblioteca.

—¿Le has declarado tus intenciones?

Dante le miró a lo lejos y Vergil instantáneamente supo que había expresado sus intereses con acciones, y no con palabras.

Casi salta por encima del escritorio para estrangularlo.

—Déjame expresarlo de otro modo. ¿Sabe que tus intenciones son honestas?

—¿De qué otro modo podrían ser? Ella es tu pupila.

Vergil se frotó el entrecejo.

—Bueno, supongamos que ella ha oído hablar sobre ti…

—¿De quién? Sería raro que Pen fuera contando historias.

—De otra persona. Un criado. Jane, su mucama. Nigel Kenwood.

—No ha visto a Nigel más que una vez en toda la semana, cuando Pen lo hizo llamar, y no estuvieron a solas, así que él no pudo…

—De quien sea, Dante. Supón que alguien le ha contado algo. Si tú no le explicas que tus intenciones son honestas, ella podría pensar que la persigues por otras razones.

Dante se enderezó.

—Si es así, he sido insultado.

—De todos modos…

—No soy un sinvergüenza.

—Te recomiendo que aclares las cosas. Si ella te ha malinterpretado, sólo conseguirás que a partir de ahora te evite.

Dante se levantó y caminó hasta la ventana.

—Por supuesto, tienes razón. Sin embargo, si le hago una propuesta de matrimonio y me rechaza se acabó el juego. Explicar mis intenciones, aunque no sea pedir la mano, termina siendo lo mismo. Las chicas tienen estos caprichos, y un hombre que las persigue a pesar de ellas queda como un tonto. Estaba sentado en la biblioteca y me sorprendí preguntándomelo, ¿acaso no es contradictorio?

—Lo que dices no tiene mucho sentido.

—¿Qué pasa si ella es realmente inocente pero tiene a la otra dentro? El hombre que lograra despertarla estaría en una posición poderosísima respecto a ella. Si se trata de llegar por el camino más rápido, pues…

—No.

—No estoy hablando de nada deshonroso, Vergil. Sólo un pequeño escarceo que nos ahorraría mucho tiempo.

—No harás nada que pueda comprometerla ni remotamente.

—Estás siendo poco práctico y te preocupas demasiado por el decoro. La idea fue tuya, ¿recuerdas? Si la comprometo, el matrimonio será inevitable.

No era su tan cacareado sentido del decoro el que se rebelaba contra las insinuaciones de Dante, sino algo más visceral, algo que tenía que ver con un hervor incesante, el perfume de lavanda y una voz melodiosa que había estado cantando en su memoria durante una semana de viaje y obligaciones. Al menos ser un santo tenía sus ventajas. No podía malograr sus planes, pero no permitiría que Dante tendiera una trampa a la chica.

—Ganarse honestamente el afecto de una mujer puede parecer un largo y tedioso esfuerzo a un hombre acostumbrado a aprovechar las pasiones rápidas, Dante, pero si pretendes conseguirla a ella es lo que tendrás que hacer.

—Al menos alguien en esta familia tiene algo de pasión. Entre tú y Milton…

Ante la mención del nombre de su hermano todo el cuerpo de Vergil se tensó.

—Creo que deberías ser muy cuidadoso y no mencionar a Milton y a tu imprudente apetito en la misma frase.

El resentimiento ensombreció el rostro de Dante.

—Continúas culpándome de algo que no pude prever.

—Te equivocas. No te culpo. No había forma de que supieras lo que pretendía hacer. Pero no lo metas a él en estas discusiones. Insúltame todo lo que quieras, pero deja a nuestro hermano y a su memoria al margen de este asunto. Nada de eso tiene que ver con la señorita Kenwood y tu forma de comportarte con ella.

—Ah, sí, la adorable Bianca. Estás tan preocupado por ella que te estás poniendo muy sutil, Verg. Tu protección es curiosamente selectiva y corta de vista. No permitirás que nadie comprometa a tu pupila, pero estás dispuesto a consentir que se vea atada de por vida a un hombre que desprecias.

Aquellas palabras dieron en el blanco por razones que Dante nunca sabría.

—Yo no te desprecio.

—¿Ah, no? Puede que no me culpes, pero jamás me perdonaste.

Vergil vio dolor en aquel bello rostro que nunca se mostraba preocupado. Debía haber sido más consciente del sentimiento de culpa que la muerte de Milton había causado en Dante.

Era extraño que la discusión sobre una chica que no tenía nada que ver con aquel episodio lo sacara a colación.

—Puedo hacerte críticas sobre la forma en que vives tu vida, pero eso no refleja mis sentimientos respecto al rol que desempeñaste sin darte cuenta en el desastre del año pasado. No necesitas ser perdonado por eso, Dante. La ignorancia no es una ofensa condenable. Si nunca he hablado de esto contigo antes, no ha sido porque te eche la culpa sino sólo porque no quiero acordarme de aquello. Sin embargo, quizá mi reserva no haya sido justa para ti.

El rostro de Dante era una imagen de tensa serenidad, pero sus ojos brillaban.

—Yo estaba aquí. Cené con él. Debería haber visto…

—Estoy agradecido de que hayas estado con él durante su última hora. Creo que él también lo estuvo.

El aire en la habitación estaba cargado con la cruda intimidad que había nacido de una franqueza inesperada. Había caído una barrera invisible de cuya existencia jamás había sido consciente Vergil. El abismo que se había abierto entre ellos desde la muerte de Milton había sido inesperadamente superado, y todo debido a las conflictivas emociones que la presencia de Bianca Kenwood había creado en aquella casa.

Miró a su joven hermano con nuevos ojos, y percibió una

profundidad cuidadosamente disfrazada por aquel despreocupado calavera. Podría haber hombres peores para ella.

Dante sonrió con ironía y se dirigió sin prisa hasta la puerta.

—Lo haré a tu manera, Verg. Será interesante, tratar de
inspirar un afecto casto nada más que con insinuaciones. Pero
me limita injustamente. No puedo jugar mi mejor carta. Después de todo, no tengo nada que ofrecerle a la chica más que el
placer.

Una hora antes, Vergil habría estado de acuerdo.

Capítulo seis

$\mathcal{A}$ la mañana siguiente Vergil fue el primero en bajar a la sala del desayuno. Quería desayunar solo antes de que llegaran los invitados.

Acababa de sentarse ante su plato cuando un movimiento junto a la ventana le llamó la atención. El destello verde y dorado de una cabeza rubia y una figura esbelta desapareció entre los arbustos.

Bianca Kenwood se había levantado al amanecer.

Apartó la vista de la ventana con preocupación. Dante había dicho que ella sólo había visto a Nigel Kenwood una vez, pero Dante no sabía nada acerca de las tempranas andanzas de Bianca. Era posible que ella y Nigel llevaran una semana viéndose en secreto.

Dejó que una espesa cortina cubriera la imagen que se formaba en su mente. No había ninguna prueba sólida de que se estuviera citando con su primo. Al mismo tiempo, cualquiera que fuera su propósito, lo cierto era que se adentraba alegremente en el parque al amanecer a pesar del peligro de los cazadores furtivos con el que tuvo que enfrentarse aquel día a caballo. Aquel episodio habría bastado para que cualquier joven normal desde aquel día temiera aventurarse a salir a menos que la acompañara medio ejército.

Pero ella no era una joven normal.

Antes de que le sirvieran el desayuno, salió al jardín y se dirigió hacia el camino por donde ella se había adentrado.

—Laclere.

Vergil se volvió hacia la voz que lo llamaba. Cornell Witherby se acercó a él dando grandes zancadas a través del camino que conducía al establo.

Al adentrarse en el sendero, el dorado y el verde quedaban engullidos por la maleza.

—No me digas que has cabalgado durante la noche, Witherby. —Vergil advirtió que el recién llegado iba vestido con una chaqueta marrón de montar y pantalones de color pardo claro. Las botas parecían nuevas y el cabello rubio que asomaba bajo su sombrero lucía un corte moderno.

Witherby era muy apuesto y parecía hallarse de un humor estupendo.

—Cabalgué la mayor parte del camino ayer por la tarde y he dormido en una posada.

—¿Estabas ansioso por llegar?

—La ciudad se ha vuelto ruidosa estos últimos días. Hay manifestaciones a diario. Muchos arrestos. Me hará bien el aire del campo. La musa se vuelve irritable ante tantas distracciones.

—Confío en que no te distraigas aquí. El desayuno te espera, pero deberás alimentar a tu musa en solitario. Mi hermana aún no se ha levantado para cumplir con su papel de anfitriona.

Witherby esbozó una sonrisa al oír mencionar a Penelope. Él sabía que Vergil sabía sus intenciones, y Vergil sabía que él lo sabía, pero un hombre no habla de esas cosas con el pretendiente de su hermana casada, ni siquiera aunque sean viejos amigos.

—Te hará feliz saber que la reunión es de artistas, como es de esperar con Pen —dijo Vergil.

—Las fiestas de la condesa son siempre deliciosas. Espero que ésta aún supere las otras.

Vergil decidió no especular sobre cuánto deleite podría estar Witherby anticipando. Una casa de campo grande y tranquila ofrece todo tipo de oportunidades para la intimidad.

Con firmeza alejó esos pensamientos de su mente.

—Estás vestido para cabalgar —observó Witherby—. Voy contigo.

—Un paseo primero, después cabalgaremos. Ve e instálate con la mayor comodidad que puedas. Saint John está aquí, además, y normalmente baja temprano, así que no te aburrirás mucho rato.

Dando zancadas alegres y desenfadadas Witherby se dirigió hacia la casa. Vergil esperó hasta perderlo de vista, después se dio la vuelta y prosiguió en busca de Bianca.

Cuando logró divisarla redujo el paso para poder seguirla a una distancia prudente.

La seguía porque le preocupaba su seguridad, pero también debía admitir que quería saber si Nigel la esperaba en algún lugar.

Cuando se había adentrado más de un kilómetro entre los árboles, ella tomó un sendero que iba hacia el oeste. Él advirtió que se dirigía hacia las ruinas. No era una buena señal. El castillo medieval era un lugar idóneo para una cita de pareja.

Ella ya no estaba a la vista cuando él se adentró entre la hierba alta que rodeaba las ruinas de las más antiguas fortificaciones del parque Laclere. De la torre había sobrevivido medio armazón, y sólo una sesión de las viejas almenas perduraba, muchas paredes se habían venido abajo y otras se veían a punto de desmoronarse. Grandes piedras dispersas cubiertas de malas hierbas dejaban claro que una vez habían servido como el muro de protección. De toda la estructura de la muralla lo único relativamente intacto era una solitaria torre cuadrada.

Lo asaltaron nostálgicos recuerdos de la infancia, como el del fácil vínculo que una vez había compartido con Dante, y que los secretos y la falta de cuidado casi habían destruido. Escudriñó el paisaje en busca del rastro de la señorita Kenwood.

De repente un sonido apagado y dulce flotó a través del silencio de la mañana. Se alzaba y bajaba como una suave ola en medio de la brisa, enviando remolinos que lo rodeaban. Él lo siguió hasta la fuente de donde provenía, en la torre cuadrada, y se adentró a través del umbral de piedras.

El sonido lo inundó, alzándose fuera de las paredes y la bóveda. Arriba en la cámara del centinela, la señorita Kenwood practicaba sus escalas, y su voz ganaba en volumen con cada ascenso que repetía. Él se detuvo y oyó la escala de repeticiones de alguien que afinaba y calentaba su voz.

Ella se interrumpió y él la oyó hablar. ¿A Nigel? El hombre debía de usar su música para atraerla hasta allí. Si así era, no corría un peligro inmediato. Él dudaba que ella se decidiera a abandonar su pasión original para dedicarse a explorar otras justo ahora.

El sonido emergió de nuevo, bajando torrencialmente la escalera. Ahora no se trataba de escalas, sino de un aria de Rossini.

La melodía lo embargó. Precisa y disciplinada, tenía la textura de la elaborada canción de un pájaro, empapaba la mente, desbordaba el corazón y agitaba los sentimientos del modo en que la mejor música siempre lo hace. Los sensuales matices de su voz inundaron el reservado escondite que él había estado luchando por mantener a salvo.

Casi de un modo involuntario, sus piernas lo condujeron a la oscura escalera, hacia la sirena que sin saberlo lo atraía a una orilla prohibida.

Ella estaba de pie sola en la cámara, de espaldas a él, enmarcada por las líneas de las paredes que se estrechaban para formar un techo abovedado. No estaba Nigel. No había nadie allí. Ella debía de haber hablado consigo misma.

Él apoyó el hombro contra el marco de la entrada, para mirar y escuchar. Deseaba poder verle la cara, pero en su memoria aún conservaba la radiante expresión de la que había sido testigo aquel día en que ella actuó en el salón de música.

No luchó en contra de sus reacciones. Hubiera sido incapaz de hacerlo aunque hubiera querido. En lugar de eso dejó que sus notas se elevaran en una marea que hizo desaparecer el mundo entero excepto esa pasión de ella y su propio y atónito deseo.

Le hacía sentirse tan bien. Transportado. Glorioso. Su voz tomaba el poder de su cuerpo y disolvía su sustancia hasta que sólo el canto existía. Las piedras enriquecían el timbre como ninguna sala habría podido hacerlo. Ella deseaba haber podido traer allí a Catalani.

Terminó demasiado pronto, y ella, con pesar, sostuvo la última nota más de lo que la partitura requería. Ésta quedó colgando por encima de ella, goteando como el néctar de una yema en el interior de su espíritu al descubierto.

Y finalmente se extinguió, dejándola a ella gastada y un poco melancólica.

De repente notó que no estaba sola. Temiendo que Dante la hubiese seguido, se dio la vuelta con recelo.

El vizconde estaba apoyado con aire despreocupado contra la entrada de la cámara, con los brazos cruzados sobre el pecho, mirándola. Estaba muy guapo, y había en él algo intenso a pesar de su pose despreocupada.

—¿Me has seguido hasta aquí, tío Vergil? ¿Para espiarme?

—Ha sido sólo para protegerte, pero sí, te he seguido.

—Estoy segura de que no corro peligro en el parque Laclere. Tus audaces cazadores furtivos deben de haberse trasladado o cambiado sus métodos de caza. No ha habido disparos esta última semana.

—Si sabes eso, es porque debes de haber venido aquí a menudo. ¿Siempre para cantar?

La cámara tenía una ventana, no más grande que la hendidura de una flecha. Ella se dirigió hacia allí, alejándose de él. Las piedras aumentaban los matices del tono de Vergil y eso la hizo mostrarse precavida. Sus ojos tenían una expresión oculta que ella no podía leer. Su presencia la impresionaba como si fuera peligrosa. Era una reacción ridícula, pero no podía evitarla.

Examinó el paisaje, evitando su mirada fija.

—No acepto la situación que te hace pensar que tienes derecho a interrogarme. Sí, vengo aquí a menudo, generalmente en mañanas como ésta. Encontré esta torre un día mientras cabalgaba. Y sí, vengo a cantar.

—¿Sola?

Ella lo miró por encima del hombro.

—¿Acaso crees que he concertado aquí citas con Nigel? ¿Me seguiste para protegerme de intenciones deshonestas? —La idea le hizo entrar ganas de reírse. Tanta cuidadosa protección de su virtud en el campo mientras su propio hermano la asaltaba en la biblioteca—. Has perdido tu paseo a caballo para nada. No se me había ocurrido la idea de usar esta torre para encuentros de ese tipo. Lo tendré en mente para futuras ocasiones.

—Dudo que lo hagas. No tendrás tiempo de ponerlas en práctica. No lo había advertido antes, pero esta cámara afecta al sonido del mismo modo que las antiguas iglesias normandas. Cualquiera que sea la potencial atracción de tu primo, estas piedras tienen más.

—Quizá él venga a escuchar. Como has hecho tú.

Él se apartó de la pared con una vaga sonrisa.

—Si lo hace, definitivamente necesitarás protección.

Caminó hacia ella despreocupadamente. Ella sin darse cuenta se alejó hasta el borde. En realidad era una tontería, pero aquel día había en él algo diferente. Algo fascinante, pero también desconcertante.

—Pen ha anunciado que cantarás esta noche. ¿Estás ensayando tu actuación, para asegurarte de que estarás en las mejores condiciones ante Catalani?

—Sí.

—Hablaste un buen rato con ella anoche. Un encuentro *tête à tête*. Supongo que le explicaste tus planes.

—No tienes por qué preocuparte, no voy a poneros ni a ti ni a Pen en una situación delicada. Nadie más me oyó y creo que ella sabe que es necesaria la discreción entre los invitados de un vizconde.

Él continuaba moviéndose, mirando alrededor de la cámara como si no hubiera estado allí en mucho tiempo. Ella sentía constantemente el impulso de marcharse lejos.

—¿Qué te aconsejó Catalani?

—Estaba de acuerdo conmigo en que si quería recibir la mejor instrucción debía ir a Italia, o traer a uno de los mejores maestros aquí. Mientras tanto, me dio el nombre de un tutor con quien podría trabajar en Londres. Me recomendó al señor Bardi, que trabaja como maestro del *bel canto* con algunos de los mejores cantantes de Londres.

—¿Ningún otro consejo? No esperaba que Catalani fuera tan reservada.

—Me preguntó si entendía esa vida, si sabía lo que implicaba.

—¿Y lo sabes?

—Sé que implica trabajo duro. Continuos viajes. La necesidad de actuar a pesar de estar cansada o enferma.

—No es a eso a lo que ella se refería.

Su rostro se encendió.

—Sé a qué se refería.

—No creo que lo sepas. No de verdad. Dudo que tengas la más remota idea de lo que significa convertirte en alguien que ninguna mujer respetable tendría como amiga. Esa cantante de ópera puede visitar casas como ésta, pero sólo hay una Catalani. No será lo mismo para ti. No habrá ninguna tía Edith en Inglaterra o en Italia para protegerte de las malas lenguas.

La irritación le hizo quedarse clavada en el suelo.

—Sé lo que esa gente llamada decente piensa sobre esas mujeres. De hecho vi a muchos hombres decentes acercarse a mi madre a veces. Cuando crecí entendí lo que querían. Trataré con ellos igual que ella lo hacía. ¿Se supone que debo renunciar a algo importante para mí, esencial para mí, por culpa de prejuicios sin fundamento?

Él continuaba caminando. Haciendo círculos y círculos. Si él no fuera el propietario de una ciudadela, si su conducta no fuera tan despreocupada, ella habría sucumbido a la sensación de estar siendo acosada. Al ser alto él debía permanecer cerca del centro de la cámara, y el círculo que dibujaba parecía bastante más pequeño ahora que ella se hallaba justo en el centro.

—Lo prejuicios respecto a muchas actrices y cantantes están muy bien fundados —dijo él, como si discutir sobre mujeres de mala reputación fuera un tema perfectamente aceptable.

—La vida de esas mujeres es muy insegura, y yo supongo que muchas artistas necesitan aceptar la protección que les ofrecen.

—¿Tú crees que es la desesperación lo que hace que esas mujeres se conviertan en amantes y cortesanas, y que tu herencia te salvará? Tu juicio es más duro que el mío. Yo asumo que es la soledad. Un matrimonio decente es casi imposible. Habrá quienes estén dispuestos, pero nadie a quien tú seas capaz de amar.

Aquella conversación tan delicada se había vuelto de pronto personal.

—Lo sé. Sin embargo, hay cosas que merecen sacrificios.

—¿Una vida entera de sacrificios? Piensas eso ahora, pero ¿y dentro de diez años? ¿Y de quince? Sin matrimonio, sin hijos, sin hogar. Encuentro que es más triste que escandaloso que para la mayoría de esas mujeres el día comienza cuando alguien les ofrece algo parecido al amor y lo agarran. No importa lo que decidan cuando comienzan, después de un periodo virtuoso, una soledad antinatural, la elección es prácticamente inevitable.

—¿Cómo te atreves a pronosticar un futuro tan desolado y sórdido para mí? Eres muy cínico al afirmar que si persigo mi carrera de cantante, estaré predestinada a hundirme. Aunque tampoco veo por qué te importa tanto.

Él se detuvo y se alejó unos pasos.

—Soy responsable de ti.

—Y por eso te entrometes en mi vida, para protegerme de mí misma. Durante diez meses.

—Más. Si puedo hallar la manera.

«¡Más!»

—No te atrevas a intentar imponerme más obstáculos. No lo toleraré.

—Tu decisión me deja poca elección. Debes de creer que puedes vivir como una monja, pero dudo que puedas hacer eso indefinidamente.

—Tus implicaciones son tan insultantes como escandalosas.

—No son insultantes en absoluto. Y escandalosas sólo si acabas por convertirte en la amante de un hombre en lugar de en la esposa de un hombre.

—Ha cruzado la línea, caballero. Es impropio que me hables de esa forma, incluso siendo mi protector.

Vergil ladeó la cabeza y una sonrisa sarcástica aleteó brevemente en sus labios.

—¿He cruzado la línea? Es bastante probable. Me sorprendo a mí mismo.

Miró a su alrededor como si de pronto se diera cuenta de dónde estaban.

—¿Has terminado o pretendes seguir practicando?

—Quiero ensayar el aria una vez más. Volveré a casa enseguida.

—Esperaré y te acompañaré de vuelta.

Se apoyó otra vez contra la pared, en una pose de relajada paciencia. Ella notó una timidez peculiar.

Ella se dispuso a darse la vuelta pero él negó con la cabeza.

—Si no puedes practicar con un hombre mirándote, ¿cómo actuarás en un teatro que esté lleno de ellos?

«Porque eso es diferente.» Parecía una respuesta irracional, pero era diferente. El foco de dos ojos, de esos dos ojos, la incomodaba más que un océano de rostros. La atención de una persona, de esa persona, la agitaba más que una sala de conciertos llena a rebosar. Si al menos otra persona hubiera estado presente, eso habría servido para diluir esa conexión singular. Después de todo, él había estado en el salón de música y ella no había reaccionado así.

Ella apartó su mirada y trató de borrar la conciencia de él, pero no funcionó. El aria empezó débilmente, como si el aire encontrase un obstáculo al pasar a través de su garganta. La obstrucción hizo que su corazón palpitara nerviosamente. Estúpido. Estúpido. Recobró cierta calma gracias al resentimiento por su intrusión y encontró su camino.

La música se encargó del resto. La concentración en la técnica y la expresión la absorbieron. El regocijo la transportó. Sin embargo, no fue como la última vez. Otro espíritu se unía a ella en aquel viaje, siguiéndola, empujándola, abarcándola. Al avanzar la canción no pudo resistirse a mirarlo. Él esperaba de un modo indiferente, mirando hacia abajo, un hombre ofreciendo educadamente su tiempo antes de pasar a dedicarse a otras cosas más importantes.

Él notó su atención. Alzó su mirada y se encontró con la de ella. Ella casi se quiebra en un abrupto silencio. Los ojos de él resultaban más desconcertantes que de costumbre. Su expresión profundamente cálida, sutilmente salvaje y claramente masculina no tenía nada de paternalista o distante, y mucho menos de protectora.

Dios santo, ¿era su canto el que había provocado eso?

A pesar de su desmayo inicial, una sorprendente emoción la atravesó como un rayo. En lugar de vacilar su voz remontó el vuelo. No podía apartar la vista de él y el aria creaba entre ellos una provocativa unión. Espiritual. Sensual. Casi erótica.

Un instinto de alarma la sacudió, a pesar de que una embriagadora sensación de poder crecía. La euforia se transformaba en algo innegablemente físico entre su fascinante conexión.

Ella no podría haberse detenido aunque hubiera querido. Emociones desconocidas impulsaban su voz con nuevas pasiones. Cerró los ojos al final, más para contener las sensaciones que para saborearlo. Las piedras sostuvieron los últimos sonidos como el silencioso eco de un largo latido del corazón.

No quería abrir los ojos. Allí había ocurrido algo que no

quería saber, algo que no implicaba palabras ni tacto pero que era más indecoroso que el beso de Dante. Él debía haberlo sabido. Ella debía haber parado. No quería mirarlo hasta que aquella terrible falta de aliento se hubiese aplacado.

Una brisa cálida le hizo abrir un poco los párpados y vio unas botas limpias cerca de su falda. Una mano de él, delgada y fuerte, tomó la suya, se la llevó hasta los labios y le dio un beso veloz.

—Su canto es nada menos que magnífico, señorita Kenwood. Catalani quedará impresionada esta noche.

Ella tuvo que mirarlo. Él hizo un gesto formal señalando la escalera. Su expresión había recuperado su habitual autodominio y altanería, pero la otra seguía allí, como si el manto de reserva con que él la había cubierto fuera transparente.

La guió por el camino, dándole la mano para bajar las tortuosas rocas, una cuidadosa representación de una imparcial y cortés preocupación. Mientras daban la vuelta a lo largo de la pared para llegar hasta el sendero, él se detuvo y elevó la vista hasta las almenas.

—Es muy pintoresco —dijo ella, esperando que una pequeña charla sirviera para vencer aquella extraña sensación que parecía instalada.

—Mi padre consideró la posibilidad de restaurarlo y reconstruirlo. Pero finalmente, en lugar de eso decidió remodelar la casa. Esto habría costado tres fortunas en lugar de una, y el resultado habría sido una vivienda apenas habitable.

—Creo que es más bonito tal y como está, a pedazos y con retazos de historia asomando entre los arbustos. Sería una tontería reconstruirlo completamente y con cemento nuevo.

—Solíamos jugar aquí de niños. Dante y yo éramos los caballeros, y obligábamos a Pen a interpretar el papel de la dama prisionera por un malvado guardián. —Una amplia sonrisa apareció al decirlo—. Tú puedes interpretar ese papel ahora.

La pequeña trama que le contó podía haberla ayudado a reducir la conciencia de tenerlo de pie junto a ella, pero sencillamente no era capaz de responder con el mismo tono.

—¿Jugaba también vuestro hermano mayor con vosotros?

—Cuando éramos muy jóvenes sí lo hacía. Después creció y nos dejó atrás, supongo. —Su mirada a las almenas se volvió reflexiva—. Cuando se hizo mayor se refugió en sus propios intereses, y en su propia mente. Cuando empezó a ir a la universidad ya era un extraño.

—¿Es por eso que ahora quieres leer sus cartas? ¿Para conocer cosas de él que no te permitió conocer mientras vivía?

De pronto movió la cabeza y le dirigió una extraña mirada, como si ella lo hubiera sorprendido.

—Supongo que sí, en parte.

Su atención se apartó de las emociones para volver a centrarse en la torre otra vez. Ella se obligó a sí misma a apartar la mirada, hacia la pared, arriba.

—Me gustaría explorar el torreón algún día.

—No te lo recomiendo. Desde hace años es peligroso. El paseo por la muralla también lo es. No todas esas piedras esparcidas por el suelo estaban aquí cuando era niño.

Como para enfatizar su afirmación, una piedra del tamaño de un puño cayó al suelo, aterrizando justo a sus pies. Vergil miró hacia arriba frunciendo el ceño, escudriñando con sus ojos las almenas. Bianca se dio la vuelta para apartarse.

Un ruido siniestro se oyó arriba. Otra piedra cayó, golpeando el hombro de Bianca.

De repente todo se hacía borroso. Él la agarró del brazo para apartarla, haciéndola apoyarse contra la pared. Ella comprobó que se hallaba inmovilizada, entre una piedra dura y un cuerpo duro también, con los hombros abrazados por unos brazos que la cubrían, su rostro escondido contra el cuello de él y su cabeza apretada contra la suya. Su vista ya casi se había enderezado cuando una avalancha letal de grandes rocas cayó ante ellos, una de ellas rebotó sobre sus cabezas antes de caer al suelo rozando la espalda de Vergil.

Ella miró horrorizada la lluvia de muerte y se encogió dentro de su refugio. Pareció transcurrir una eternidad antes de que los chirridos y estruendos cesaran.

Vergil alzó la cabeza para examinar la parte superior del muro.

—Toda una parte de las almenas se·ha venido abajo.

—Una lección apropiada para evitar el encuentro con estas ruinas en el futuro. ¿Quién hubiera imaginado que el tranquilo Laclere Park podía ser tan peligroso?

Ella habló presa del nerviosismo apoyada contra su pañuelo de almidón. La tela azul de su abrigo le acariciaba las mejillas y sus dedos descansaban en la seda bordada de rosas de su chaleco gris. La conmoción la había puesto en un estado de alerta sumamente sensible y una parte de su mente, de manera absurda, contemplaba la variedad de texturas de sus prendas. Y la maravillosa protección que le procuraban sus brazos. Y su masculina fragancia.

—¿Es posible que mi canto haya ocasionado esto?

—Lo más probable es que la gravedad haya rematado lo que el tiempo inició. De todos modos, las posibilidades de presenciar algo así son mínimas. Quizá tu voz añadiera un empujón. —Ladeó la cabeza para verle la cara—. ¿Estás herida?

—Creo que no.

Una mano se deslizó a lo largo de su espalda para apretarle suavemente el hombro.

—¿Y aquí te duele?

—Está un poco dolorido. Pero lo más probable es que sólo tenga un rasguño.

Él no la había soltado. Con una mano aún la envolvía y la otra descansaba cuidadosamente en su brazo debajo del hombro herido. Sentirse protegida por su fuerza la tranquilizaba mucho.

—Esto es más o menos lo que dijiste después de que el caballo te lanzara al suelo. Se supone que deberías desmayarte al enfrentarte con tanto peligro.

Ella sabía que él no se refería a las rocas ni a los cazadores furtivos, sino a la cercanía física que ambos episodios habían favorecido.

Su advertencia sonó tan clara como una sirena junto a su oído. Pero no pudo hacerle caso. Su masculinidad la hacía sentirse pequeña e indefensa de un modo deliciosamente pecaminoso.

Ella alzó la vista hacia sus reflexivos ojos.

—Yo nunca me desmayo.

Volvió a ver en él aquella expresión que tenía cuando se hallaban en la cámara de piedra, llenándola de maravillosas palpitaciones. La mano que tenía sobre su brazo se deslizó hacia su hombro, para volver a bajar.

—¿No te desmayas? ¿Nunca?

Ella volvió a sentir la lenta caricia. La suave fricción creó un murmullo de sensaciones. Dentro de ella. A través de ella. Aquel aria la había vuelto vulnerable, y el miedo le había arrebatado su habitual autodominio.

Debía hacer algún comentario malicioso para acabar con ese pequeño juego, pero sólo quería que aquellos dedos volvieran a deslizase sobre su brazo.

—Nunca.

—Todas las chicas deberían desmayarse al menos una vez.

La mano la acarició hacia arriba y no bajó. Fue una lenta caricia. Delicada sobre su hombro, cálida al pasar por su cuello, suave en su mejilla, firme entre su pelo.

Ella casi se desmaya cuando él inclinó la cabeza y la besó en los labios.

Labios cálidos. Firmes y controlados como todo en él. Pausados. Comedidos pero decididos. Él rozó su boca con caricias antes de pasar a un juego más seductor. Sutiles pellizcos hicieron que su labio inferior latiera y temblara. Los coletazos de una lengua diabólica enviaron pinchazos dispersos a través de su cara y su cuello. La sensibilidad de sus senos despertó y ella instintivamente lo abrazó, buscando el contacto que su profunda ternura reclamaba.

Él la apretó para sentirla más cerca y la miró de un modo tenso y lleno de aprecio. De la garganta de ella escapó un suspiro al sentir la presión en su pecho. Besándola con feroz rendición, la arrastró hasta el umbral de la torre, entre la luz moteada y las piedras frías.

Se apoyó contra la pared y la atrajo contra su cuerpo en medio de un torbellino. Sus brazos la rodearon y la dominaron, sujetándola firmemente contra su cuerpo y los encantos de su boca. Besos febriles asaltaron su cuello y sus orejas, despertando una frenética e insistente ansia. Sus labios sedujeron los de ella abriéndolos para una investigación interna de escandalosa intimidad.

Ella se agarró a él y se rindió, mareada por las extraordinarias sensaciones, elevándose impotente en medio de una euforia en la que todo se volvía borroso.

Era tan agradable. Glorioso. Trascendente. La exaltación de

su canto hecha física. El poder y potencial de la última aria convertido en sustancia.

Aquí. Ahora. Sí. Con una voz inaudible su sangre estallaba en demandas entres sus jadeos. Aquí. Ahora. Perfecto. Escandalosos latidos de su cuerpo se unían al canto. Incluso su mente, la parte que debería conocer mejor, repetía una letanía de escandalosos impulsos. Sus manos se deslizaron descaradamente bajo la chaqueta de él para acariciar y agarrar sus costados y su espalda.

Algo se tensó dentro de él. Ella notó un cambio peligroso y supo que su gesto había funcionado como algún tipo de afirmación. Los brazos de él la acariciaron de una forma posesiva y su cuerpo arqueado se estiró a modo de impúdica respuesta. Sus manos comenzaron una exploración a través de sus enaguas y allí se quedaron. Su imperiosa pasión y el lugar hacia donde él se aventuraba debió asustarla, pero la excitación sólo le permitía lamentar que las capas de ropa se interpusieran separándolos e inhibiéndolos.

«Sí. Quiero… Quiero…» No sabía qué. Un hambre urgente latía a través de ella, con un origen y un destino que no entendía. «Más cerca. Más. Yo quiero…»

Como si él hubiera oído su ruego silencioso, su mano se deslizó sobre su cintura. Manteniendo el pulgar en su estómago y los otros dedos en su espalda acarició hacia arriba la faja de su vestido. La anhelada expectativa redujo la respiración de ella a una serie de inhalaciones entrecortadas. Un beso sorprendentemente suave acompañó el gesto de su mano hacia sus senos.

«Oh… oh.» Las deliciosas sensaciones que su caricia provocó la dejaron aturdida. La atravesaron y fluyeron a través de ella, uniéndose a los estímulos provocados por los encendidos besos que él le daba en el cuello y los asaltos a su boca, que oscurecían su mente. Él le dio y recibió placer a su antojo, y el cuerpo de ella, abrumado y sin fuerzas sólo podía aceptarlo y someterse, demasiado ignorante para ofrecer más que consentimiento al fervor al que ambos se liberaban y subyugaban.

Los dedos jugaban con la tela que cubría sus pezones, duros y ardientes… «Sí…» Buscando ahora el volante de su escote… «Por favor…» Deslizándose bajo la tela para explorar el nuevo desenfreno de la piel contra la piel… «Ah, sí…» Sus brazos la atrajeron más cerca, con más dureza, y una rodilla de él presionó entre las enaguas y la falda, la presión fue vergonzosamente bien recibida… «Oh… cielos…» El vestido empezó a soltarse mientras el cuerpo de la manga se deslizaba por el brazo y una mano alzaba su seno desnudo hacia una cabeza morena… «Oh…» Él lo acogió en la humedad de su boca y con sus cálidos labios inició un tortuoso recorrido desde unos suaves mordisqueos hasta… «Oh…» unos lametazos escandalosamente excitantes… «Oh…» Exquisitas corrientes de placer descendieron por sus poros, llenándola, exigiendo más…

… un movimiento, un débil crujido, resonó entre las piedras.

Él se enderezó bruscamente, cubriendo la desnudez de ella con su pecho, rodeándola con sus brazos para protegerla mientras escuchaba atento. El posible significado de aquellos sonidos se abrió paso a través de los aturdidos sentidos de Bianca, destruyendo el mundo de sensuales sueños y haciéndola volver despiadadamente a la realidad.

—¿Hay alguien…? —susurró, apretando los dientes contra el lento despliegue de su excitación física. Todavía podía oír algo, era más la vibración transportada a través del muro que un sonido real. Molestaba como una invasión entre los latidos de sus corazones.

Él le subió los tirantes de la blusa y la manga del vestido, luego la apartó.

—Quédate aquí.

Caminó a grandes zancadas hasta la torre. Ella luchó frenéticamente contra sus prendas, consiguiendo a duras penas recomponer su vestido, experimentando la severa culpa de un criminal sorprendido en el acto del delito. Un abismo se abrió en su corazón.

Si los habían visto, sería desastroso.

Podía oírlo a él, caminando alrededor. El ancho abismo se convirtió en un mareo, un inmenso vacío. Cobró conciencia de su comportamiento como si recibiera un golpe. Aquello había sido una locura. Ella había actuado de forma desvergonzada. Ellos ni siquiera se gustaban.

Lo oyó volver y trató de fortalecer su ánimo.

Apareció ante el umbral, una forma delgada y oscura rodeada de luz. Ella no podía verle bien la cara.

—Si había alguien aquí, ya se ha ido. Debe de haber sido tan sólo un animal.

Ella rezó para que así fuera, y esperaba que si alguien había venido desde la casa para explorar el torreón, no hubiera escudriñado de cerca la entrada de la torre.

Él le ofreció la mano en un gesto enérgico para hacerla seguir. Ella se preguntaba qué se supondría que debería hacer o decir una mujer después de un comportamiento tan descarado, y sintió casi náuseas ante tanta confusión y vergüenza. Emprendieron el camino de regreso a casa.

Él no dijo una palabra. Para ella fue el kilómetro más largo que jamás había caminado en su vida.

Trató de hallar consuelo en la idea de que había demostrado que era demasiado peligrosa para estar cerca de Charlotte, pero la idea de abandonar Laclere Park extrañamente incrementó su consternación.

Él se detuvo ante los árboles cercanos al establo.

—Me faltan las palabras, señorita Kenwood. Mi comportamiento ha sido abominable, y disculparme no es suficiente. Le prometo que no tengo la costumbre de presionar a las mujeres jóvenes de esta forma. La única explicación que puedo dar es que no era yo mismo esta mañana.

«¿No lo eras?» De pronto lo que había ocurrido no le resultaba tan sorprendente tratándose de ese hombre. Le pareció que lo sucedido era una consecuencia natural de su carácter, algo controlado pero que siempre estaba allí, como una corriente subterránea bajo la calma, una corriente percibida pero nunca vista e imposible de nombrar. Ésta había producido tensión entre ellos desde el principio, como una marea peligrosa. Ella había sentido sus efectos, pero hasta hoy no los había entendido.

Él seguía con los ojos sobre el sendero, sin mirarla a ella. Con sus palabras asumía la culpa, pero ella se preguntó qué pensaría realmente. ¿Que él le había demostrado que no podía vivir como una monja? ¿Que su naturaleza era la de una cortesana y él debería permitir que consiguiera la ruina que buscaba? «Presionar» no describía realmente lo que había ocurrido y los dos lo sabían.

—No he sido perjudicada.

—Si nos han visto, definitivamente sí has sido perjudicada.

—Yo no creo que nos hayan visto. Si alguien se hubiera acercado a la entrada de la torre, nos habríamos dado cuenta.

—Si tuvieses razón, eso sólo evitaría las peores de las posibles repercusiones. No puede negarse que mis acciones fueron inexcusables y deshonestas, sobre todo porque soy responsable de ti. Te he comprometido, y no importa si alguien lo sabe o no. Si tú lo exiges, haré lo correcto contigo.

—¿Lo correcto? Quieres decir… Oh, no, ésa es una idea absurda.

—Ciertamente promete ser una idea complicada, considerando… bueno… en fin, complicada. De todos modos…

—No nos dejemos llevar por tu sentido del decoro y del deber, por favor. No me siento comprometida ni arruinada.

Tras decir esto recibió una severa mirada.

—¿Ah, no? Eres una joven extraordinariamente serena.

Ahí estaba. La insinuación de indecorosa complicidad por su parte. En realidad lo había alentado, si uno quería mirar las cosas con franqueza. Aquella mirada y aquella pregunta revelaban lo que él tenía en mente, y a ella le era difícil culparlo, considerando todas las ambigüedades que deliberadamente había dejado caer respecto a sus experiencias.

—Digamos que no me siento tan comprometida como para recurrir a una medida tan extrema como el matrimonio. Quizá simplemente deberíamos olvidar este asunto.

—Tu ecuanimidad me impresiona. Debería estar agradecido de que te muestres tan compasiva.

No se sentía en absoluto compasiva. Se sentía trastornada, desolada, decepcionada. Descender de aquella gloria a esa discusión formal sobre cómo expiar la poderosa experiencia que compartieron… Le entraban ganas de herirlo, de pegarle, de darle una bofetada que venciera esas frías consideraciones sobre cómo rectificar su imprudencia.

—Simplemente no deseo complicar las cosas más de lo necesario, especialmente de un modo que me haría perder el control sobre mi futuro y requeriría un sacrificio por ambas partes que supondría una vida entera de infelicidad. No me casaría contigo fuera cual fuese el escándalo que me amenazara. Sin embargo, nuestras futuras relaciones se han vuelto embarazosas. Creo que será mejor que aceptes mis preferencias respecto a mi estadía en Inglaterra. Jane y yo encontraremos una casa en Londres y…

—Seré yo quien me aleje. Mis visitas a Laclere Park serán poco frecuentes y breves durante los próximos meses.

—Eso es muy injusto para tus hermanas.

—Cuando tú vayas a la ciudad a pasar la temporada mi presencia será inevitable, pero por entonces quizá el tiempo haya atenuado mi ofensa.

Él no quería decir eso. Sabía que no había sido realmente una ofensa. No podía decirse que la hubiera forzado o se hubiera forzado a sí mismo.

Ella se dio la vuelta, aliviada y a la vez triste por saber que después de aquella fiesta serían muy pocas las ocasiones en que lo vería.

Capítulo siete

*D*ante había estado en lo cierto. Ella sería una amante espléndida.

Trató de impedir aquel pensamiento mientras cabalgaba de vuelta hacia las ruinas. Daba vueltas en su cabeza, una reacción absolutamente deshonrosa de un hombre que ha sucumbido a deshonrosas inclinaciones.

Su comportamiento había sido vergonzoso. Censurable. Enloquecido.

Eso no le impedía volver a rememorar y experimentar el gozoso consentimiento que ella mostró. Sentía en su boca sus suaves labios y sus dulces pechos. Exploraba su vibrante excitación con la presión de su rodilla.

Si el intruso no los hubiera interrumpido, la hubiera llevado a la cámara y le habría hecho el amor hasta que las piedras resonaran con sus gritos.

Y ella lo habría permitido.

Se detuvo y estrelló la palma de la mano contra un árbol, en busca de una realidad tangible que pudiera destruir el deseo que volvía a dominarlo.

«Confusa», había dicho Dante.

Maldita sea, sí era confusa.

A ella él ni siquiera le gustaba. Raramente hablaban sin discutir. Él había estado merodeando en su presencia los últimos dos días, pero ella nunca lo buscaba. Y que entonces se haya lanzado hacia la sima sin ningún tipo de inhibiciones…

Caminó con paso decidido a través de los árboles, poseído por un estado de ánimo peligroso. La calma que ella había mostrado en el establo había sido más que perturbadora. Exasperante. Casi para ruborizarse. Una serenidad total. Él había sido una mezcla desordenada de impulsos contradictorios, mientras que ella se había mostrado increíblemente tranquila.

«No he sido perjudicada.»

«Casi te arranco la ropa y te tiro al suelo sobre una piedra.»

«No me siento comprometida ni arruinada.»

«Bien, maldita sea, yo sí. Los hombres que seducen a sus pupilas son repugnantes.»

«No me casaría contigo fuera cual fuese el escándalo que me amenazara.»

Se detuvo al borde del claro del castillo con esas palabras haciendo eco una y otra vez en su memoria.

Él debería haberse sentido agradecido ante su rotundo rechazo. Pero en lugar de eso había experimentado una ira irracional. En parte porque su serenidad le hacía preguntarse si todo habría sido para ella simplemente un juego caprichoso. Y, sobre todo, porque su determinación le hacía cobrar conciencia del hecho deprimente de que ella jamás sería suya de la forma en que él querría.

Menos mal. Sería una amante espléndida, pero una esposa imposible.

Dejaría que Dante se las arreglara con ella.

Esa idea incitó en él un resentimiento primitivo y posesivo. Trató de reprimirlo esforzándose para concentrarse en las almenas del castillo.

Una escalera se alzaba en uno de los bordes del muro, tan estropeada que faltaban todos los peldaños. Sólo podía subirla estirando las piernas en busca de peligrosos puntos de apoyo para los pies. Una pequeña sección de rocas cayó sobre la hierba mientras escalaba. Se detenía a cada momento, tratando de identificar si el sonido se parecía a aquel que había oído cuando sostenía a Bianca en la torre.

Arriba en el camino de la muralla existían huecos. Alguien había reemplazado algunas zonas desaparecidas con madera nueva, pero otras consistían en fragmentos de tablones podridos, que sin duda no habían sido reparados al menos desde hacía un siglo.

Avanzó con cuidado hasta llegar al punto del muro donde un enorme diente de las almenas se había desprendido por completo. Ahí abajo se veía el nuevo montón de piedras.

«¿Quién hubiera imaginado que el tranquilo Laclere Park podía ser tan peligroso?»

Una cuestión endiabladamente cierta.

Examinó la rugosa superficie donde las piedras se encontraban hasta hacía tan poco tiempo y palpó la argamasa de las piedras que todavía se sostenían en pie. Las ligaduras podridas caían en una pequeña lluvia de polvo, uniéndose con un montón de piedrecitas a sus pies.

Nada parecido podía verse en el resto de las almenas. Examinó la superficie de las piedras otra vez, buscando la huella de alguna herramienta. ¿Podían ser fruto de su imaginación los sutiles rasguños provocados por un instrumento metálico?

Cazadores furtivos disparando armas de fuego y después una muralla que se venía abajo. Quizá tan sólo fuera una coincidencia. No había ninguna evidencia de lo contrario. De todos modos no le gustaba.

Bajó de la muralla, buscando alguna prueba de que alguien más hubiera estado allí recientemente. Los sonidos de la torre de piedra rondaban en su memoria. No se había oído a nadie caminando por el sendero. Sin embargo, aquel intruso podía haber sido simplemente uno de los invitados explorando el pintoresco castillo del Laclere Park.

Regresó a la casa. Cuando pasó ante la sala del desayuno, vio a Bianca en una mesa en compañía de Cornell Witherby y Daniel Saint John.

Ella sonreía y se reía ante alguna broma de Witherby.

Qué increíble serenidad.

Probablemente para ella sólo había sido un juego caprichoso, una manera de demostrarle al santo que no era tan puro. «Quizá simplemente deberíamos olvidar este asunto.» Se dirigió a su estudio dando grandes zancadas, resentido hasta la médula por un punto de honestidad que admitía que mientras ella podría ser capaz de olvidarlo, él desde luego no lo era.

«Yo nunca me desmayo.»

«¡Por mí lo hiciste!»

Estaba reaccionando como un muchacho inexperto y eso le irritaba aún más. Envió a un lacayo a buscar a Morton, después se recostó en su sillón y agarró algunos papeles.

Morton llegó cuando estaba terminando su escrito.

—Quiero que esta carta dirigida al abogado de Adam Kenwood sea enviada a Londres por correo urgente —dijo mientras sellaba la misiva—. Llévala al pueblo personalmente ahora mismo. —Puso la carta entre los gruesos dedos de Morton—. Te quedarás aquí cuando vuelva a partir hacia el norte. No me gusta la idea de dejar a la señorita Kenwood en Laclere Park sin nadie que la vigile.

—¿Cree que corre algún otro peligro?

Vergil sabía que Morton empleaba la palabra «otro» porque estaba pensando en el peligro que todas las mujeres bellas corrían estando cerca de Dante.

Posiblemente corría ese peligro. Él no lo sabía. Sin embargo, considerando los cazadores furtivos, las paredes que se desploman y los asaltos del vizconde Laclere, el peligro de estar cerca de un calavera se le antojaba el menos preocupante.

Después de la cena Bianca se hallaba sentada entre Fleur y la señora Gaston, charlando con Pen y Cornell Witherby.

—Será una serie de epopeyas —explicaba la señora Gaston—. Vendidas por suscripción, aunque financiaré la impresión. El poema del señor Witherby será el primero.

Cornell Witherby sonrió modestamente. Penelope le dedicó una mirada llena de admiración.

La señora Gaston se tenía a sí misma como una reina aceptando homenajes y ofreciendo favores. Su pelo castaño rojizo brillaba como el cobre a la luz de la chimenea, y la satisfacción que sentía ante su propia importancia se dejaba leer en su rostro.

—Mientras nosotros hablamos los impresores ya están trabajando. Espero que cause sensación y que se necesiten más ediciones. No por los beneficios materiales, por supuesto. Poner al alcance de la gente de buen gusto y sensibilidad el prodigioso talento del señor Witherby es mi meta.

Hablaba como si el consejo divino dictara su labor, pero Bianca sospechaba que la importancia que le otorgaba el ser patrocinadora la motivaba mucho más que su amor por el arte.

—¿Cuáles serán los otros poetas? —preguntó Fleur.

Lo que siguió fue una discusión sobre los méritos de los jóvenes poetas que podrían merecer el mecenazgo.

Bianca apenas oía lo que decían.

Pasar la tarde disfrutando de la dulce compañía de Fleur le había provocado un horrible sentimiento de culpa. La fría muestra de cortesía de Vergil le había inspirado un vacío devastador. Un reloj interno advertía el paso de cada minuto de aquel largo día con tictacs de agonía.

Había intentado no volver a mirar a Vergil ni dirigirse a él, pero era consciente de él a cada instante. Sentía su presencia cuando estaba cerca. Oía cada palabra que decía, incluso aunque se hallara en la otra punta de la habitación.

Dos Biancas reaccionaban ante cada movimiento de él. La vieja Bianca, la inteligente, catalogaba los defectos de él con una ira mordaz. Pero había una nueva que rezaba por obtener alguna señal por parte de él. Esta nueva Bianca se rebajaba a sí misma con lastimosos suspiros, pero la vieja Bianca no podía hacerla desaparecer.

De algún modo, de algún modo, superaría ese día.

—… habrá terribles problemas si revocamos el Acta de Combinación —entonó lord Calne mientras él, Vergil y el señor Saint John caminaban hacia el pequeño grupo—. Si se permite que las clases más bajas se agrupen, el orden se verá amenazado. No podemos permitirlo. Es demasiado peligroso. Podría terminar como Francia en el 93. Lo lamentarás, Laclere.

Pequeñas llamas aparecieron en los ojos de Daniel Saint John. Miró a lord Calne como si fuera un imbécil.

—Suena como si supieras muy poco sobre lo que pasó en Francia. De lo contrario entenderías que la gente no puede vivir para siempre con una bota pisándole la cabeza.

El rostro de lord Calne se puso rojo.

Vergil habló de forma apaciguadora.

—Inglaterra no puede basar su política en los excesos del pueblo francés de una generación anterior, Calne.

—Oh, Dios nos libre. ¡Política! —Cornell Witherby protestó suavemente, dirigiéndose a las damas—. No sirve nada más que para la sátira.

Una calidez especial brilló en sus ojos al dirigir su buen humor hacia Pen, que se reía. Parecía que Dante había estado en lo cierto acerca de su amistad especial.

Sintiéndose en un estado de ánimo crítico respecto a los

hombres, Bianca lo escudriñó minuciosamente. Lucía una buena figura y era de mediana altura, pero su postura tenía una severidad muy poco poética, como si una vara de acero hubiera sido soldada a su columna. El cabello rubio caía sobre su frente y sus mejillas. Su cara era tal vez un poco alargada, pero era un hombre atractivo de alrededor de veinticinco años de edad.

El hecho de que cortejara a una mujer que oficialmente estaba casada no contaba para nada en las consideraciones de Bianca acerca de si era lo bastante bueno para Pen. Mucho más significativo que eso era la actitud de absoluta devoción que tenía al mirar a Penelope.

Ella jamás había visto a Vergil mirando de aquel modo a una mujer, ni siquiera a Fleur. Cuando el vizconde Laclere examinaba a una mujer, ella tenía la impresión de que estaba calibrando sus defectos.

Naturalmente eso no había ocurrido cuando la escuchó cantar.

Y decididamente tampoco al besarla.

Ni al quitarle el vestido.

Ni…

—Bueno, al menos esas liberaciones políticas mantienen a su impresor ocupado —dijo la señora Gaston.

Witherby suspiró.

—Fue sólo para dar soporte a las artes literarias que acepté el pasatiempo de esa imprenta. Preferiría decirles a los hombres que rechacen cualquier comisión que no tenga que ver con poesía. Sin embargo, los panfletos sirven estupendamente para subvencionar los trabajos importantes. Igual que ocurre con el patrocinio de grandes damas como usted.

La señora Gaston pareció complacida con el halago, y con su éxito al desviar la atención hacia ella.

Abrogar es una necesidad moral. Es una falta de sentido prohibir a hombres libres asambleas libres —decía Saint John a los hombres que se hallaban de pie cerca.

—Si están tan insatisfechos dejemos que se vayan —dijo la señora Gaston, uniéndose a la conversación—. Un pasaje gratis a Australia para los que estén descontentos. No entiendo por qué nadie propone una cosa así. Para mí es una salida completamente lógica.

—Si se les da a todos los hombres la oportunidad de votar, podrán decidir sobre su futuro y estarán menos descontentos —dijo Saint John.

—¿Acaso la muchedumbre de Manchester debería decidir las leyes? —preguntó lord Calne—. La Cámara de los Comunes está ya bastante alterada como para encima añadir radicales e irlandeses.

Pen dirigió a Saint John una sonrisa suplicante y tranquilizadora. El naviero reprimió la respuesta destructiva que se le había ocurrido.

—La gente de Manchester no es una muchedumbre —dijo Vergil—. Ellos están ayudando a que Inglaterra se convierta en la nación más rica del mundo. Las ciudades industriales como Manchester no pueden continuar siendo privadas del derecho al voto por reglas de distrito redactadas hace siglos. Es inevitable una reforma del Parlamento.

Pen miró a su hermano poniendo los ojos en blanco, a modo de reprobación por seguir alentando la discusión.

Lord Calne parecía estar sufriendo una especie de apoplejía.

—Antes condenarme en el infierno. Si apoyas eso, Laclere, estás traicionando a tu sangre. Esas ciudades del norte son lugares terribles. Sucias de fábricas y máquinas y hombres viles enriqueciéndose con comercios fétidos. He oído que es peor que en Londres. No, dame aire limpio del campo y una buena cacería. Nunca permitiremos que nos arrebaten eso.

Pen vio su oportunidad.

—¿Y qué tal la caza en su hacienda este año? ¿Podemos esperar las habituales cacerías magníficas?

—Parece buena, parece buena. Aunque hay una batalla continua con los cazadores furtivos. Hubo que traer a cinco hombres para las reuniones del trimestre.

El cambio de tema le dio a Bianca una oportunidad para escapar de la proximidad de Vergil. Se excusó.

Los hombres menos predispuestos a la política se habían dispersado por la habitación. Nigel hablaba con Catalani y con la señora Monley cerca de la ventana. Su primo la obsequió con una cálida y acogedora sonrisa cuando ella pasó ante él.

Bianca se unió a Diane Saint John, Charlotte y Dante.

Estaban hablando sobre los dos hijos de los Saint John. Dante mostraba más interés en las travesuras de los pequeños chicos de lo que Bianca hubiera esperado, pero se acercó para sentarse a su lado en cuanto ella llegó y permitió que las damas condujeran la conversación.

—Has estado muy callada hoy —dijo él en voz baja—. Espero que no estés afligida por mi mal comportamiento.

Ella casi había olvidado aquel beso en la biblioteca.

—Estoy abrumada ante tantas caras nuevas. Tengo pocos temas que tratar con ellos.

—Bueno, aquí viene Saint John. Es dueño de una compañía naviera, como lo fue tu abuelo, así que tienes algo en común con él.

Daniel Saint John se había apartado de la compañía de lord Calne y se acercaba a ellos.

—Saint John, ¿tú conocías a Adam Kenwood, verdad? —preguntó Dante para facilitarle las cosas a ella.

—Lo conocí siendo muy joven. De hecho, mi primer viaje cuando era un muchacho fue a bordo de uno de sus barcos. Mucho antes de que él se dedicara a las finanzas, por supuesto.

—¿Cuándo ocurrió eso? —Bianca se sintió obligada a continuar la conversación, ya que Dante la había iniciado por ella.

—Hace años. Vendió sus barcos... hará cosa de unos diez años.

—¿Navegó con él bastante tiempo?

—No, tan sólo una vez. Abandoné el barco al llegar a las Antillas y encontré un camarote con otro capitán.

—Las reglas de mi abuelo no le atraían, supongo.

—Su abuelo no era el capitán. Sólo era el dueño de los barcos y organizaba los cargamentos. Yo simplemente decidí navegar en otra parte.

Estaba mintiendo. Bianca estaba segura de ello por esa forma de hablar demasiado educada.

—Es extraño que vendiera todos los barcos a la vez —dijo Dante—. Tener una flota de barcos y al día siguiente de repente quedarse sin ninguno...

—Dado que yo compré dos estaba encantado de que lo hiciera —dijo Saint John.

—¿Qué transportaban sus barcos? —preguntó Bianca.

—Todo tipo de mercancías, supongo, como los míos.

Ella tenía la sensación de que el señor Saint John se limitaba a complacerlos, y no estaba siendo muy franco. Dante tenía razón, era extraño que su abuelo hubiera vendido todos los barcos a la vez, no importaba lo que dijera este otro comerciante naviero.

No tuvo tiempo de presionarlo para conseguir una explicación más clara, porque Pen se dirigió hasta el centro de la habitación y reclamó atención.

—Tenemos la suerte de contar con varios músicos consumados entre nosotros esta noche, y yo he abusado de dos de ellos, el señor Nigel Kenwood y la señorita Bianca Kenwood, pidiéndoles que nos ofrezcan una actuación. Pasemos con ellos al salón de música y ofrezcámosles nuestra agradecida atención.

Ella misma abrió el camino. Dante se dispuso a acompañar a Bianca, pero el señor Saint John reclamó su atención primero.

—Parece que Catalani sabe cuándo dejar paso a los jóvenes.

—Es amable por su parte decir eso, pero dudo que ella tema que yo pueda hacerle la competencia.

—Ella le ha cedido la actuación por una razón. Sabe que su instrumento ya no es lo que era. —Puso la mano de ella entre su brazo mientras caminaban a lo largo del pasillo—. ¿Nerviosa?

—Horriblemente nerviosa. Ansiaba que llegara este momento, y ahora…

—Entonces eso explica su aire distraído de hoy. Mi mujer me lo comentó. Ella es muy observadora a su modo silencioso, y temía que usted estuviera preocupada por algo. Se sentirá aliviada al saber que se trataba de su miedo de cometer alguna torpeza en la actuación de esta noche. Le diré que se trataba de eso, y que es perfectamente normal.

No lo era. No para ella. Pero esto era diferente. Durante todo el día la había aterrorizado la idea de que llegara ese momento. Volver a cantar esa aria, delante de toda esa gente, con él sentado allí… Algo se retorcía en su interior con cada paso que daba.

Nigel ocupó su lugar ante el pianoforte. Los invitados se sentaron en las sillas colocadas ante ella. Vergil escogió permanecer de pie junto a la pared, cerca del sitio de Fleur.

Ella lo miró, esperando una sonrisa de aliento. Él no se dio cuenta, pues se había inclinado para decirle algo a su prometida. Su corazón se llenó. Estaba tan atractivo con su levita de un verde oscuro y sus pantalones crema, con sus mechones ondulados enmarcando su cara y sus ojos azules iluminados con un brillo de humor mientras sonreía a su dama.

Se dio cuenta con un sobresalto de que Nigel había empezado la introducción. Ella luchó por prepararse.

Desde la otra punta de la habitación, Vergil la miró.

Ella falló. Esa primera nota sencillamente no salía. Se volvió hacia Nigel con desesperación, suplicándole sin palabras. Él improvisó hasta que volvió a llevar la melodía al principio otra vez. Ella se concentró en el suelo y consiguió calmarse. Al levantar la vista vio una levita verde deslizándose a través de la puerta.

«Gracias.»

Afinó cada nota con precisión, pero su alma no estaba totalmente implicada en ellas. Vergil podía no estar presente en la habitación, pero se hallaba en su cabeza, confundiéndola con aquella mirada alarmante, inmiscuyéndose en su espíritu con recuerdos indecorosos. Aquella aria no sonó como la última vez en las ruinas, con su emocionante exaltación. Una emoción diferente goteaba esta vez. Un extraño hueco existía en su interior y la música lo volvía más profundo y lo llenaba con un penetrante y doloroso anhelo. Al acabar ella no sabía si la actuación había salido bien o no.

—Espléndido, prima —susurró Nigel en medio del silencio que se produjo.

El esfuerzo la dejó inmersa en una niebla de melancolía. Echó un vistazo a la expresión pensativa de Catalani mientras recibía los elogios de otros invitados.

Catalani caminó hacia ella, la tomó de las manos y la apartó hacia un lado.

—Los años me han vuelto escéptica, y confieso que esperaba una voz bonita, adecuada para salones e iglesias. Estaba equivocada. Posees un gran talento, querida. Eres excepcional.

Cualquier otro día el juicio de Catalani le habría producido euforia. Esa noche tan sólo añadía un gran nudo más a la maraña de emociones que la confundían.

Pen encabezó la marcha hacia la biblioteca para jugar a las

cartas, pero Bianca se disculpó, diciendo que quería retirarse. Siguió a la comitiva a través del pasillo, pero se desvió al llegar a la escalera. Nigel se apartó de los demás.

—Esperaba que nos encontráramos jugando en la misma mesa, prima.

—Sería una mala pareja esta noche. La emoción de cantar con Catalani presente…

—Por supuesto. Lo entiendo. De todas formas agradecería poder pasar un rato más contigo. Tenemos mucho en común, prima. Me gustaría conocerte mejor.

Por más que insistiera en usar la palabra «prima», por más que empleara un tono formal y correcto sus intenciones salían a la luz. El interés que sentía por ella brillaba en su expresión. Ella sospechó que si en aquel momento se hallaran solos en el jardín Nigel habría intentado besarla.

Tres hombres en dos días. Ella no tenía ni idea de que fuera tan fácil volverse promiscua.

La experiencia de aquella mañana la había vuelto cínica. Quizá el interés de Nigel fuera honesto.

—¿Te unirás con los demás para cabalgar mañana por la mañana? —preguntó él.

Pen había organizado para todos una visita por la hacienda, que terminaría con un almuerzo en las ruinas. Regresar allí tan pronto sería horrible.

—No lo creo. No me encuentro bien, me quedaré aquí descansando.

Se abrió la puerta del estudio que daba al pasillo. De ella emergió la alta figura del vizconde Laclere, que se dirigía a la biblioteca. Al verlos se detuvo, quedándose de pie ante ellos como un centinela. Nigel lo miró y a continuación le dirigió a ella una sonrisa íntima.

—Me gustaría hablar contigo en algún momento en que tu guardián no esté mirándome por encima del hombro. Los dos estamos solos en el mundo, y los parientes pueden ser una fuente de consuelo. Si alguna vez necesitas mi ayuda, espero que acudas a mí.

—Es muy amable por tu parte hacerme esa oferta. Ahora deberías unirte a los demás, yo necesito estar a solas.

Vergil no se movió, ni siquiera cuando Nigel pasó ante él

dirigiéndole un saludo y entró en la biblioteca. Simplemente seguía allí de pie, mirándola. Ella quería girar la cabeza y apartarse con altanera indiferencia. Pero no podía moverse.

—¿Te retiras?

—Sí. La noche ha sido una prueba.

—Yo creo que la noche ha sido un triunfo. Te escuché. Te superaste a ti misma. En cuanto al día, supongo que ha sido una prueba, y me disculpo por eso.

Ella no quería volver a oír nada más acerca de sus disculpas.

—Los papeles personales de tu abuelo llegaron esta mañana —dijo él—. La mayoría de las cajas están en mi estudio para que no te molesten, pero he separado las que corresponden a los años en que tu padre vivía con él y las he mandado llevar a tu habitación, junto con lo que había en el escritorio.

—Gracias. —Se esforzó para moverse y llegar hasta la escalera.

—Hay algo más. Debo insistir en que no debes volver a salir sola por la mañana temprano.

—¿Estás preocupado por mi virtud? —La pregunta surgió sin que ella pudiera impedirlo.

Él ni siquiera tuvo la decencia de mostrarse avergonzado.

—Estoy preocupado por tu seguridad.

—Iré donde quiera y ensayaré siempre que pueda.

—No por la mañana, y no sola. Si quieres practicar en privado y te preocupa que en tu habitación puedas molestar a los demás, usa mi estudio. Pero no salgas de la casa.

—Continúas acortando la correa, Laclere. ¿Por qué no me atas al pilar de la cama?

Sus ojos azules la miraron de una manera que nada tenía que ver con la que había usado en las insulsas amonestaciones que acababa de hacerle.

—Tiene usted talento para provocar las imágenes más sorprendentes, señorita Kenwood. —Se dio la vuelta—. Hasta mañana entonces.

Jane la esperaba en su habitación. Se sentía bien al poder estar a solas con alguien que la conocía desde hacía años.

—Los invitados realmente se lo pasan en grande, ¿verdad? —dijo Jane—. Todos esos hombres guapos con sus trajes elegantes.

Jane había visto aquel viaje desde el principio como una buena oportunidad para que Bianca encontrara un marido. Nunca había reconocido que la falta de pretendientes en Baltimore era voluntaria; el resultado de esmeradas disuasiones.

—Ese señor Witherby parece prometedor. Un caballero según se dice, y bastante atractivo.

—Sospecho que se interesa por Penelope.

Jane frunció el ceño.

—¿Por una mujer casada? Separada o no, eso es lo que es. Bueno, el vizconde está fuera de juego. Está a punto de prometerse a la señorita Monley. Y menos mal. ¿Quién querría a un hombre tan estricto y severo? Siempre queda el hermano más joven de Charlotte, aunque se dice...

—Sé lo que se dice.

Jane la ayudó a ponerse el camisón.

—¿Todos esos hombres solteros y ni siquiera un coqueteo? Quién iba a esperar que Inglaterra fuese tan aburrida.

Cualquier cosa menos aburrida, y lo de coqueteo no serviría ni para empezar a describir hasta qué punto se estaba convirtiendo en lo contrario del aburrimiento.

—Mi primo Nigel me ha dado a conocer su interés.

—Nunca me ha gustado la idea de que los parientes se mezclen. No es bueno juntar la sangre.

—Es un pariente bastante lejano.

—Cierto. Sólo que he oído decir abajo que se parece mucho a Dante. Vive endeudado. No puede permitirse esa vida tan elegante. Tu abuelo te dejó a ti la mayor parte del dinero. Se dice que tu primo sólo tiene dinero suficiente para mantener la finca, y que todo está dispuesto de forma que no pueda acceder más que a los ingresos correspondientes para cada año.

—¿Dónde te enteras de todas esas cosas?

—Los criados de aquí conocen a los pocos criados que quedan allí. Los arrendatarios hablan entre ellos. Es igual que en nuestro vecindario. Todo entra a través de la puerta de la cocina —dijo Jane—. Si él ha expresado esa clase de interés, deberías saber que puede ser como Dante en otros sentidos también. Parece que tu primo no está siempre solo en esa gran casa. Una mujer lo visitó secretamente la semana pasada. Sigue mi consejo. No creo que queramos el interés de ese hombre.

Bianca no quería el interés de ningún hombre. Rotundamente no. Nada más que distracciones, eso es lo que eran los hombres. Potencialmente distracciones permanentes, así funcionaba el mundo. Y, como ella venía aprendiendo a trancas y barrancas, fuentes de dolor y confusión.

Ansiaba quedarse dormida, pero sabía que sólo ocurriría cuando estuviera completamente agotada. Cuando salió Jane, acercó las velas a las cajas de embalaje y al baúl, apilados cerca de la chimenea, y se sentó en el suelo para descubrir qué podían revelarle.

Una llave asomaba en la cerradura del baúl. Girándola abrió la tapa para examinar el contenido del escritorio de Adam Woodleigh.

Toqueteó las plumas y el tintero barato. Hurgaba entre papeles cubiertos de signos crípticos. Uno tenía escrito el nombre del hermano de Vergil, junto con otros, y ella supuso que había sido de los últimos que su abuelo escribió.

Una pila de cartas, atadas con un bramante, le llamaron la atención. Estaba a punto de abrirlas cuando advirtió el saludo que encabezaba la primera. Escrito por la mano de un hombre, se dirigía a Adam como «Mi más querido amigo».

Con un saludo como ése no podían ser de su padre. Probablemente serían del anterior vizconde. Se las daría a Vergil.

En un pequeño estuche de cuero encontró una miniatura de una mujer rubia. Imaginó que sería su abuela. Le encontró cierto parecido con su padre, y la asaltaron recuerdos de su amor y su noble honestidad. Le ardía la garganta como si un viejo dolor se uniera a los nuevos.

Una flor seca cayó a su regazo mientras devolvía la diminuta pintura a su nido de terciopelo.

La flor no parecía muy vieja. No se deshizo al tocarla, como hubiera ocurrido si llevara años en aquel estuche.

Se imaginó a un hombre viejo recogiendo una flor en el jardín cuando salía a caminar y abriendo más tarde ese estuche que contenía el recuerdo de su esposa. Se imaginó a Adam dejándole esa pequeña ofrenda.

Cerró de golpe el estuche. No quería ponerse sentimental con ese hombre. Probablemente la flor había estado allí desde siempre y era su abuela quien la había puesto.

El otro baúl contenía carpetas. Adam había sido un hombre organizado, cada carpeta correspondía a un año y dicho año estaba escrito en la parte delantera. Ella buscó las correspondientes a los años en que todavía no había nacido, justo cuando su padre abandonó Inglaterra.

Le llevó algún tiempo encontrar el año preciso. No sabía que su padre había viajado a América al menos seis años antes de que ella naciera.

Era una carpeta delgada con unas pocas cartas. Tres eran de su padre. Las leyó y comprendió la razón por la que Adam Kenwood y su hijo se habían separado.

No fue por causa de su madre. Había ocurrido antes de que sus padres se conocieran. Vergil había estado en lo cierto acerca de lo ocurrido. Su padre rompió la relación. En una carta donde rechazaba la oferta de una pensión por parte de Adam exponía las razones.

Las explicaciones vaciaron su corazón de los últimos resquicios de alegría y confianza. El sueño que la había sostenido desde la muerte de su madre se tambaleó como si sus cimientos hubieran sido atacados. La herencia de pronto la golpeó como una broma malvada, un señuelo del diablo para hacerla pecar.

No le extrañaba que su padre hubiera dado la espalda a la hacienda y al estatus que Adam había edificado.

Su abuelo había hecho su primera fortuna con el comercio de esclavos.

Capítulo ocho

$\mathcal{M}$uy temprano a la mañana siguiente, Bianca se levantó, se vistió y se dirigió hacia el estudio del vizconde. Él había dicho que podía ensayar allí, lo cual significaba que podía entrar. Lo hizo, pero no con la intención de cantar.

El resto de cajas que contenían los efectos personales de Adam estaban apilados junto al asiento de la ventana. De rodillas, ella empezó a poner en fila los embalajes de madera para examinar sus contenidos.

Quería saber cuánto debía odiar a Adam Kenwood antes de tomar su decisión sobre la herencia. Reconoció, arrepentida, que había esperado encontrar alguna prueba que lo redimiera, pues de ese modo no debería sentirse obligada a renunciar a la totalidad de lo recibido.

Estaba tan concentrada alineando las cajas que no oyó el ruido de pisadas hasta que llegó junto a ella. Con el rabillo del ojo vio unas botas limpias y pantalones de piel de cierva. Tembló y se puso en estado de alerta, estúpidamente excitada.

—Deberías estar cabalgando —dijo ella—. Al menos a uno de los dos se le permite disfrutar las mañanas.

—Serás bienvenida si te unes a mí cualquier mañana.

—No creo que fuera muy prudente, ¿no crees? —Ella parecía entretenida con algunas carpetas, sin llegar a ver realmente lo que tenía en las manos—. Si quieres que salga, lo haré más tarde. Estoy intentando descubrir si mi madre le escribió después de la muerte de mi padre, pidiéndole ayuda.

Él caminó hasta el otro lado de la hilera de cajas y se puso de rodillas.

—Dijiste que fue durante la guerra. Parece que esos años están en esta caja de aquí.

Ella acudió corriendo y repasó las carpetas hasta encontrar la correspondiente al año 1814.

—Era un comerciante de esclavos. ¿Tú sabías eso?

Ella supo, por su desconcierto, que no lo sabía.

Él se puso a hurgar en otra caja.

—Muchas familias tienen ese comercio en su pasado. El padre de lord Liverpool era un tratante de esclavos, pero trabajó por conseguir que eso se ilegalizara.

—¿Mi abuelo hizo lo mismo?

—No lo creo.

—Ésa fue la razón por la que mi padre rompió con él. En América, mi padre escribió y habló en contra el comercio de esclavos. Estuvimos a punto de mudarnos a Filadelfia para no vivir en una ciudad que tuviera un puerto de esclavos, pero él creía que podía hacer más en Baltimore. —Tiró de los lazos que ataban las dos tapas de la carpeta de 1814.

Una carta de su madre encabezaba la pila. En respuesta a una oferta de ayuda financiera por parte de Adam, ella expresaba su rechazo por las mismas razones que habían llevado a su padre a no aceptar nunca el dinero.

Y con todo, para seguir su camino, para obligar a la familia de su hijo a aceptarlo tal como era, él le había dejado a ella, su nieta, esa enorme suma de dinero.

Ella sabía lo que tenía que hacer. Y eso la entristecía, por más correcto y justo y noble que fuera. Sin el sueño de hacerse cantante, no estaba segura de que le quedara algo.

—Mi herencia fue construida con el comercio de esclavos. Tú estabas en lo cierto, y usarla sería una gran broma más que una gran justicia. La broma, sin embargo, era de Adam.

—Él vendió toda su flota hace mucho tiempo. La mayor parte de su fortuna viene de otras cosas.

Pero así fue cómo empezó. No podía reconciliarse, por mucho que le doliera. Su conciencia la obligaba a escoger aquello que la aterrorizaba. Tener un sueño al alcance y voluntariamente no cumplirlo…

—No puedo aceptarlo. Quiero que vendas todo lo que puedas y entregues el dinero a la caridad. Cuando los fondos de inversión den beneficio, entrégalo también.

—Sería descabellado venderlo, incluso aunque sea tu deseo.

Un tribunal supervisa mi administración, no tú. Un tribunal constituido por hombres que no entenderán ni aceptarán que deba obedecer tus instrucciones, especialmente si eso significa dejarte en la pobreza.

—¿Me estás diciendo que vas a obligarme a aceptar esta fortuna mancillada?

—Estoy diciendo que la fortuna permanecerá intacta mientras yo la controle. Cuando comiences a recibir la renta, podrás regalarla si es lo que deseas.

—Bien. Mientras tanto, no hay ninguna razón para seguir quedándome en Londres. Quiero que me consigas dos pasajes para que Jane y yo volvamos a Baltimore.

—No me inclino a hacer tal cosa.

—Tus inclinaciones no me interesan.

—Creo que estás tomando esta decisión de una forma demasiado precipitada, y quizá por razones equivocadas. Además, tu primera razón para venir, la de arreglar la cuestión de la hacienda, sigue siendo importante incluso aunque hayas decidido que el dinero mancillado te obliga a abandonar la otra.

—Yo no he dicho nada acerca de abandonar mis planes de prepararme para la ópera. Encontraré un forma diferente para hacerlo posible. Una que no suponga traicionar las creencias y sacrificios de mis padres.

—Ahora me siento todavía menos inclinado a conseguir tu pasaje de vuelta a Baltimore.

—Además de ser secuestrada, parece que ahora soy un rehén. Únicamente retrasas lo inevitable, para disgusto de ambos. Cuando decido hacer algo, siempre encuentro la forma de llegar a mi meta.

Él tenía otra vez esa expresión resuelta y severa. Ella sabía que era inútil tratar de influir en él cuando estaba así. Aunque hubiera tenido fuerzas para intentarlo. Aquel último día había dejado su espíritu apaleado, y le quedaba muy poco coraje para hallar argumentos.

Para fingir conformidad, hizo un gesto en dirección a las cajas de embalaje y cambió de tema.

—¿Has encontrado alguna otra cosa de tu hermano?

—No he mirado. Son tus cosas.

Ella se levantó.

—Revisémoslas ahora. Te ayudaré. ¿Cuándo construyó Adam Woodleigh y cuándo comenzó la amistad?

—Hace seis años.

—Éstas son las que queremos, entonces. —Ella levantó un pesado montón de carpetas y las dejó en el suelo.

Las manos de Vergil rápidamente agarraron las cuatro primeras. Se sentó con las piernas cruzadas y comenzó a hojear los contenidos. Parecía tan interesado que a Bianca se le ocurrió pensar que tal vez se había demorado junto a ella en espera de que surgiera esa invitación.

Ella examinó las dos que quedaban.

—Es extraño. También hay cartas del propio Adam.

—Son copias de cartas que envió. En algún momento probablemente adoptó la costumbre de conservar copias incluso de su correspondencia privada.

—La mayoría de éstas tienen que ver con la construcción de Woodleigh. Por su tono, no envidio al arquitecto. ¿Has encontrado alguna de tu hermano?

—Sí, pero nada sorprendente. —Su tono sugería lo contrario. Ella alzó la vista y lo vio escudriñando una carta con el ceño fruncido. Tenía un aspecto muy serio y un poco triste.

Su expresión honesta y reveladora la desarmó. Era fácil olvidar que no sólo era un vizconde y su administrador, sino también un hombre joven que nunca imaginó que un día debería cargar con ese título y esas responsabilidades. Ella se preguntó si él habría aceptado bien aquel inesperado cambio en su vida. Dado que éste había sido consecuencia de la muerte de su hermano ella sospechaba que la culpa ensombrecería cualquier alegría que pudiera depararle.

—Puedes quedártelas —le dijo ella—. Quédate todo lo que sea suyo o tenga que ver con él.

Él la miró.

—Gracias.

No volvió a dirigir la mirada a la carta. Continuó mirándola a ella y Bianca sintió que no podía moverse. El silencio del estudio la atenazaba, pero una especie de melodía silenciosa iba y venía apoderándose del espacio donde estaban sentados, demasiado cerca y demasiado aislados.

Ella debería haber vuelto a las ruinas, sostenida por él, mirando aquel rostro que la pasión convertía en severo. Prácticamente esperaba que él dejase de lado la carta y la alcanzara a ella.

Por temor a ese impulso, y a la forma en que su corazón rogaba para que ocurriera, se puso de pie de repente y se dirigió hacia la puerta.

Con torpeza hizo un gesto señalando las cajas de embalaje.

—Tienes mi permiso para examinarlas todas. Haremos un trato. Si yo encuentro cartas que tengan que ver con tu hermano, te las daré. Si tú encuentras alguna sobre mis padres, haz lo mismo.

Sin esperar su respuesta, abandonó la habitación.

—Laclere.

La melodiosa voz alcanzó a Vergil aquella tarde mientras subía la escalera hacia la terraza. Maria Catalani estaba de pie ante la puerta abierta.

—Maria. ¿No has salido a cabalgar esta mañana?

—He pasado con creces la edad en la que ir dándose batacazos sobre un animal grosero resulte divertido, *caro mio*, y en cuanto a las ruinas… bueno, mi país las tiene en abundancia. ¿Y tú?

—Tengo asuntos de los que ocuparme.

Se acopló al ritmo suyo cuando entró en el salón.

—¿Vas hacia tu estudio? Te acompañaré.

La casa estaba silenciosa, vacía del ruido de los invitados. Catalani paseaba a su lado como si estuviera cruzando un escenario. En los últimos años se había vuelto una mujer madura y corpulenta y su apasionada voz le había fallado, pero todavía era consciente de su valor.

—Gracias por la invitación. Estoy encantada de que la hayas prolongado, y la señora Gaston ha sido muy amable al permitirme unirme a ella para que pudiéramos darle una pequeña sorpresa a tu hermana.

—Cuando oí que habías llegado a Londres pensé que el campo podía ofrecerte un poco de descanso después de tu viaje. Además, como te dije ayer, tenía otra intención aparte de darle una sorpresa a Penelope. Necesito una opinión profesional, y creo que la tuya es la mejor. ¿Qué opinas de la actuación de la señorita Kenwood?

—Tiene mucho talento, Laclere.

—¿Cuánto talento?

—¿Necesitas que te lo diga? Cualquiera que tenga oído puede oírlo. Cualquiera que tenga corazón puede sentirlo.

—Algunos oídos son mejores que otros.

—Necesita pulirse, por supuesto. Llevará algún tiempo. Además debería aprender idiomas para que las palabras tengan un significado más preciso para ella, pero es inteligente y le será fácil. Su registro en los niveles superiores podría demostrar sus límites. Los papeles para mezzo-soprano podrían demostrar su fuerza. Puede actuar muchos años en la ópera. Tiene el talento y la determinación, y lo más importante de todo, el coraje. Todo un hallazgo, Laclere. ¿Vas a pedirme que la lleve conmigo de vuelta a Milán como mi pupila?

—De ninguna manera, y debo pedirte que no le hagas a ella esa sugerencia. —Bianca había hablado de renunciar a su herencia y encontrar otra manera de perseguir su objetivo. Él no quería que Catalani fuese esa otra manera.

Ella estudió su rostro.

—Creo que no estás contento con mi valoración.

—Confieso que esperaba que fuese menos positiva. Eso habría simplificado las cosas.

Habían llegado hasta la puerta de la biblioteca a través del estudio. Maria examinó a Vergil inclinando la cabeza.

—Creo que lo entiendo. No tienes intenciones de permitir que esa joven siga su camino, y creías que mi juicio iba a absolverte. Si la hubieras escuchado, tu corazón hubiera sabido que no era eso lo que ocurriría.

Sí, su corazón lo sabía, pero creía que tal vez la lujuria había oscurecido su juicio.

—Ella no permitirá que te interpongas, *caro*. Cuando hablamos yo fui muy franca acerca de los sacrificios, pero ella no se dejó intimidar. ¿Era también eso parte de tu plan? ¿Que ella viniera a mí en busca de información y se desanimara ante mis explicaciones? Como te he dicho, ella tiene la determinación. Es inútil intentar detenerla.

—Quizá, pero es mi deber intentarlo.

—¿Tu deber? Ah, ya veo. Debes salvarla. Muy encantador y muy masculino. Gracias a Dios ningún hombre me salvó a mí. —Negó con la cabeza y abrió la puerta de la biblioteca. Con la mano en el picaporte, se volvió y sonrió con una simpatía que la hacía parecer mucho más joven.

—¿Qué te ha sucedido, Laclere? ¿Dónde está aquel hombre joven lleno de sueños y pasión que apareció ante mi puerta con un ramo de rosas un día?

El suave regaño le provocó más nostalgia que ira.

—Me ha sucedido la vida, Maria. Los deberes me han sucedido. He crecido.

—Deberes que mortifican, por lo que puedo ver y oír. Tenía que haberte conservado como amante más de un verano, ya que estabas dispuesto a rendirte tan rápidamente a un destino como éste.

—Me considero afortunado de que haya durado un verano. No te gustaban mucho los chicos jóvenes, según recuerdo.

Ella cerró la puerta y se apoyó contra la pared.

—Tenías tanta sensibilidad para la música, ¿quién no se habría dejado hechizar? ¿Has perdido eso también? ¿Es por eso que debo venir a decirte lo que hace unos años te hubiera resultado obvio? ¿Esa sensibilidad ya no te habla?

—A veces me habla con tanta fuerza como siempre.

—Me alegro, *caro*. Deberíamos abrazarnos a cualquier cosa que nos haga volver a convertirnos en jóvenes soñadores, incluso aunque sólo sea por unos pocos minutos de vez en cuando.

Finalmente ella no entró en la biblioteca, sino que se marchó caminando por el pasillo hacia la escalera.

Bianca se acurrucó en el diván, sin atreverse a moverse. Incluso después de que la puerta volviera a cerrarse y las voces se convirtieran en apenas murmullos, incluso al hacerse el silencio, permaneció hecha una bola de brazos y piernas.

No podía creer lo que sin querer había oído. Catalani y Vergil...

Increíble. Asombroso.

Ese hipócrita.

No era extraño que diese por sentado que todas las artistas se convertían en cortesanas o en amantes. Él probablemente tenía toda una hilera de ellas en su pasado, después de ese verano con Catalani. Probablemente tenía a una instalada en esa finca del norte, precisamente como Charlotte especulaba. Era un sitio aislado y discreto y nadie se enteraría nunca.

Pobre Fleur.

El muy sinvergüenza.

Y justo el día anterior por la mañana en la ruinas... Desde luego aquello arrojaba una desagradable luz también en eso. Por lo que ella sabía, él era un depredador que quería mantenerla cerca por la más deshonesta de las razones. Él podía ser... Podía ser peligroso.

El silencio prolongado indicaba que Vergil y Catalani se habían alejado de la puerta. Estiró sus brazos y piernas y trató de asimilar su alarmante descubrimiento.

A partir de ahora ya no iba a ser la única culpable por lo ocurrido el día anterior. Al principio sentía que lo era, en parte por Fleur y en parte porque parecía que aquello había sido un inexplicable fallo por su parte cuando trataba de mirarse desde la perspectiva de él. Pero si él no había sido un santo en su juventud, probablemente no se habría convertido en uno más tarde, y a la luz de estas noticias, el fallo después de todo no había sido inexplicable.

Hubiera sido agradable echarle la culpa enteramente a él, pero sus recuerdos no le permitían hacerlo. Bien. Los dos eran culpables entonces.

O no, depende de cómo se mire.

Ella no se sentía inclinada a culpar a nadie. Aquel abrazo y esos besos habían sido gloriosos y excitantes. Capaces de provocar una intimidad que jamás había conocido y un lazo que parecía irrompible. Era por eso que ella sentía su presencia todo el tiempo y que su corazón latía tan fuerte cuando él se acercaba. Debía reconocer que había estado esperando algún signo de que él también sintiera esas cadenas invisibles fraguadas por aquella breve pasión.

Se pasó la mano por los ojos y dejó escapar un gemido. Una experiencia como aquélla podía hacer que ella se sintiera transportada, pero difícilmente cambiaría algo en el interior de un hombre como el vizconde Laclere. Él había tenido a la gran Catalani como amante. Unos pocos besos y toqueteos con una inexperimentada recluta para las pasiones podían olvidarse fácilmente.

Ella simplemente debería olvidarlos también. Era eso sin duda lo que él esperaba.

Intentó concentrarse en esa decisión. Su cabeza estaba decidida pero su corazón no cooperaba. Continuaba viendo aquella expresión en sus ojos y volvía a sentir la excitación mágica de su abrazo.

Su pecho se llenaba con una esperanzada alegría que la impulsaba a cantar, y después se vaciaba con una decepcionante tristeza que la llevaba al borde de las lágrimas.

Dejó escapar un suspiro y se enderezó. Se había convertido en una persona triste y confundida que no reconocía. Necesitaba encontrar la Bianca que había sido hasta ayer.

Simplemente daría un paso hacia atrás y volvería a recoger los hilos de su vida. Reanudaría su plan para conseguir que él la enviara lejos, sólo que esta vez sería a Baltimore. Irse se había vuelto fundamental ahora.

No podía vivir los próximos diez meses de esta forma, obsesionada con un hombre que, sin duda, estaba arrepentido de lo que había ocurrido entre ellos y lo único que quería era mantenerse alejado de ella.

Necesitaba arreglar las cosas lo antes posible. Tendría que hacer algo muy escandaloso, algo que Vergil no pudiera ignorar ni olvidar.

De pronto la solución le parecía evidente. Vergil podía racionalizar un episodio que había tenido que ver con él culpándose a sí mismo, pero difícilmente podría hacer lo mismo si ella repetía ese episodio con otro hombre poco después. Él podría tener aventuras con mujeres como Catalani, pero un hermano responsable no permitiría que Catalani viviera con Charlotte.

¿Quién podría ser el otro hombre? Nigel no. Vergil podía decidir mantenerlo alejado.

¿Dante?

Por primera vez en las últimas veinticuatro horas volvía a sentirse como la Bianca de siempre. Planear su próxima jugada la ayudaba a mantener su mente alejada de la tristeza que roía su alma.

Sí, Dante lo haría muy bien, un calavera difícilmente podría decepcionarla.

Al día siguiente la fiesta se extendió a la orilla del lago, y los invitados disfrutaron de una tarde relajada. Habían traído libros y cuadernos de dibujo en los coches, y muchas sombrillas para las damas. Dante y Cornell Witherby se habían quitado las botas y las medias y habían lanzado sus cañas de pescar en el agua profunda.

Dante salió del lago. Ella captó su mirada mientras se estaba secando. Le sonrió. Tras ponerse las botas se acercó a ella.

Bianca nunca había advertido hasta qué punto eran sensibles los hombres. Si él no fuera un calavera, ella se habría sentido culpable.

Dante ganduleaba a su lado.

—¿No dibujas?

—Nunca aprendí. Mi educación no incluyó las típicas actividades de salón.

Ella notó que Vergil se levantaba de su sitio y merodeaba entre los árboles. Como si su movimiento les hubiera dado pie, los otros miembros de la fiesta comenzaron a reagruparse. Pen y Catalani acercaron sus sombrillas hacia Fleur.

—Mojarte en el lago debe de haberte resultado refrescante en un día tan caluroso —continuó Bianca—. Te envidio.

Él entornó los párpados y la miró de aquel modo tan íntimo. Ella supo que estaba recordando el baño que la había visto darse en el lago el día de su llegada. Eso le hizo darse cuenta de que estaba jugando a un juego peligroso. Tendría que escoger el momento con enorme cuidado.

—Estoy cansada de estar sentada. Creo que daré una vuelta —anunció ella.

—¿Puedo acompañarte?

—Sería una amabilidad por tu parte.

El sendero formaba un gran círculo a través de los árboles y arbustos. Ella lo condujo en dirección opuesta a la que había escogido Vergil.

—¿Partirás con los demás mañana? —le preguntó ella.

—Creo que me quedaré algunos días más.

—Charlotte dice que el campo te parece aburrido.

—Esta visita no ha sido aburrida en absoluto, gracias a tu compañía. ¿Y tú? ¿Podrás vivir en Laclere Park durante los meses que quedan por delante?

—Te confieso que lo dudo. Afortunadamente, Pen ha hablado de hacer pronto una visita a Londres, para que Charlotte pueda escoger su ropa de la próxima temporada.

—Ésa es una razón para estar allí cuando vengáis.

Se adentraron en una zona donde los árboles escaseaban y sólo la hierba, muy crecida, y los arbustos flanqueaban el sendero. Al fondo de una colina no muy alta había un claro lleno de flores cerca de un lago.

—Mira, campánulas azules. Ayúdame a bajar para poder coger algunas.

Dante la ayudó con placer y juntos bajaron por la colina. Ella se arrodilló en medio de aquella fragancia y empezó a recoger los brotes. Él miró alrededor asegurándose de que estaban a solas y se acomodó junto a ella.

Ella escudriñó los altos arbustos que escondían el sendero, esperando divisar el cabello oscuro de Vergil. Pronto tendría que pasar por allí.

—Estás preciosa, señorita Kenwood, rodeada de esas flores. Hacen tus ojos todavía más azules.

—Llámame Bianca, Dante.

Parecía un hombre encantado por un súbito cambio de suerte.

Todavía no había rastro de Vergil.

—Es un honor para mí que hayas accedido a pasear hoy conmigo. Me preocupaba que mi comportamiento en la biblioteca te hubiera dejado enfadada y asustada.

—Enfadada no. Sólo un poco asustada, lo confieso.

—Es la reacción que cualquiera esperaría de una joven inocente. Besarte de esa forma fue muy poco apropiado. La única excusa que puedo aducir en mi favor es que estabas irresistible bajo esa luz tenue, y perdí el control.

—No necesitas disculparte. No me sentí ofendida, sino sólo sorprendida. Si reaccioné de forma brusca, fue por eso.

—¿Puedo tomármelo como una indicación de que mis intenciones pueden llegar a encontrar tu favor?

Sonaba como una frase que Vergil podría haber dicho. Sólo que Vergil no había dicho nada amable antes de besarla, y ahora este calavera sí lo hacía. Los hombres podían llegar a confundirla mucho a una.

—Eso depende de cuáles sean tus intenciones.

—Son completamente honestas, Bianca, te lo prometo.

No la había tocado. No se había acercado más.

¿Cuánto necesitaba verse alentado un calavera? Miró hacia el sendero con ansiedad.

—Pero no demasiado honestas, espero.

Sonrió sorprendido y encantado, pero siguió sin moverse. ¿A qué venía ese repentino e inoportuno autodominio?

—No puedes saber lo feliz que eso me hace. Ahora deberíamos reanudar nuestro paseo y volver junto a los demás.

No podía creer lo que acababa de oír.

—Todavía no quiero volver con los demás. Preferiría quedarme aquí contigo.

—Me siento halagado, Bianca, pero…

—Quiero que me pidas permiso para besarme. Dijiste que lo harías y que yo no te lo negaría. He estado pensando en eso y he decidido que tenías razón. No te lo negaría.

Él miró alrededor comprobando su aislamiento, con evidente confusión. Ella también lo hizo y finalmente alcanzó a ver una cabellera oscura moviéndose entre las ramas de los arbustos.

—Será mejor que nos vayamos ahora —dijo él.

¿Para qué servía un calavera si se comportaba con decoro justo cuando una necesitaba que su conducta fuera escandalosa? ¿Además habiéndolo invitado de forma directa a hacerlo? En unos pocos segundos Vergil alcanzaría la cima de la pequeña colina y ¿qué es lo que iba a ver? Nada.

La cabellera oscura estaba más cerca. Mentalmente golpeó el suelo con el pie, totalmente frustrada. Quizá nunca volvería a tener esa oportunidad.

«Bésame, idiota.»

Dante se levantó y le ofreció la mano para ayudarla.

Ella se abalanzó sobre él.

Él cayó de espaldas bajo su peso e instintivamente la abrazó.

—Señorita Kenwood… Bianca…

Ella lo apretó contra el suelo y él luchó cuerpo a cuerpo, confundido. En el frenesí que siguió, ella rodó para que él quedara abrazando su cuerpo recostado sobre las flores.

El mundo se enderezó y se hizo el silencio. Ella observó su rostro, primero asombrado y después peligrosamente sensual.

—Bueno, dulce muchacha, ya que insistes. —Levantó su rostro para besarla.

Sus labios no llegaron a encontrarse. Un animal desbocado se precipitó desde la colina. Una mano fuerte agarró a Dante por el cuello de la ropa y lo apartó de ella. Unos ojos azules furiosos y salvajes se clavaron en un calavera tan aturdido como pasmado.

—Te lo advertí —gruñó Vergil.

A continuación tumbó a Dante de un puñetazo. Después esa misma mano levantó a Bianca del suelo, la puso derecha y quitó las hierbas de la parte posterior de su vestido con golpes que le hicieron picar el trasero.

Ella miró a Date con aire culpable. No había esperado que Vergil reaccionara con tanta violencia.

Se encaró a él con valentía. Se miraron fijamente, ella desafiante y él sin apenas controlar su furia.

Dante se tambaleó.

—Oh, diablos —murmuró.

—Exacto —respondió Vergil.

Aquello la confundió. Miró con aire burlón al uno y al otro. Vergil sacudió la cabeza con exasperación y se apartó a un lado.

La mirada de ella siguió a la de Dante.

Oh, Dios.

En la cima de la pequeña colina, Fleur, Pen y Catalani observaban la escena bajo sus sombrillas.

—Te digo que ella literalmente se me tiró encima. En un momento le estaba ofreciendo mi mano y al momento siguiente yo me hallaba despatarrado en el suelo con ella encima de mí.

Dante caminaba arriba y abajo frente a la ventana del estudio y parecía tan perturbado como el propio Vergil.

Vergil permanecía detrás del escritorio, porque si llegaba a estar a menos de tres metros de distancia de su hermano podría darle una paliza.

—¿Pretendes que me crea que la señorita Kenwood se lanzó sobre ti, te derrotó y después te obligó a abrazarla? Es ridículo.

—Escúchame. Yo estaba allí arrodillado, a punto de levantarme. Ella acababa de pedirme que la besara y yo había puesto reparos. Entonces de repente ella se convirtió en una especie de león y…

—Tú estabas encima de ella.

—Esa parte es un poco confusa. Todo ocurrió demasiado rápido. Tengo que decirte que su comportamiento fue sorprendente. Para serte franco te diré que estoy conmocionado. No recuerdo haber tenido jamás una experiencia como ésta.

—Prácticamente parece que hubieras estado luchando por tu virtud.

—Bueno, fue tan insistente. Y yo soy humano.

Demasiado humano. Vergil tenía ganas de volver a estrellar su puño contra la cara de Dante y después agarrar a Bianca Kenwood y ponerla boca abajo sobre sus rodillas para darle uno buenos azotes.

—No hay nada más que hacer, por supuesto —dijo Dante—. Ya que lo vieron las damas.

—Si descubro que decidiste ahorrar tiempo como me sugerías aquí el otro día, te aseguro que…

—No entiendo por qué estás tan preocupado. Es lo que querías. Soy yo el que tiene que casarse con una chica moralmente muy dudosa.

—¿Moralmente muy dudosa?

—Si es tan atrevida conmigo, uno tiene que preguntárselo.

Así era. Especialmente si uno sabía de forma comprobada que había estado besando a otro hombre tan sólo dos días antes. Eso explicaba en parte por qué estaba tan enfadado. Sin embargo, fue el hecho de verlos abrazados lo que provocó esa explosión en su cabeza que seguía arrojando sus afiladas esquirlas.

Ella sabía que un comportamiento tan indiscreto acarreaba consecuencias extremas. Él se lo había explicado detalladamente hacía menos de dos días. Cómo podía ser tan descuidada como para…

En efecto… ¿Cómo?

Se hundió en su sillón y reflexionó sobre ello. Él había salido primero, seguido por Bianca y Dante. Las damas habían comenzado su paseo un poco después. Pen y las demás lo habían alcanzado sólo porque él se había detenido para pensar sobre ciertas cosas. Cosas relacionadas con Bianca, en realidad.

Todo encajaba. Ella lo había planeado. Pretendía que él los encontrara juntos. ¿Para ponerle celoso? Eso desde luego lo había conseguido, pero él no podía engañarse a sí mismo creyendo que ésa había sido su intención. ¿La venganza de una mujer por lo que había ocurrido en las ruinas? ¿Una declaración de indiferencia porque había notado que él la observaba? Había tratado de ser muy discreto en ese sentido, pero podía haber fallado.

Maldición.

—Tenías razón en una cosa, Verg. Tendré que ser muy firme con ella. No importa lo que haya ocurrido en el pasado, no quiero que tenga amantes una vez estemos casados. Tendrá que entender eso. —La arruga de censura en la boca de Dante habría hecho avergonzarse incluso a un obispo.

—¿Piensas dictarle cómo tiene que comportarse?

—No pienso ser un cornudo.

—Dante, tú has convertido en cornudos a la mitad de los hombres de la Casa de los Lores. ¿Crees que esa joven va a tolerar que le des lecciones morales?

—Un marido tiene sus derechos, y yo tengo una reputación a considerar. A pesar de las probables manchas en su virtud, que sin duda son el resultado de una supervisión poco estricta, es una criatura dulce y complaciente.

«¿Complaciente?»

—Me asombras.

—En cuanto a mis propios escarceos, espero que permanezca ignorante de ellos.

—Nadie en Inglaterra los ignora.

—Es evidente que está enamorada de mí, y en su corazón todavía es una chiquilla inocente. No me cabe duda de que aceptará cualquier acuerdo que yo le ofrezca, y se someterá de forma adecuada a mi supervisión.

«¿Chiquilla inocente? ¿Someterse?»

Vergil sacudió la cabeza con incredulidad. Dante había adoptado el semblante de un padre de familia que da por sentada la devoción marital y la obediencia de una esposa inocente y complaciente.

No tiene la más mínima posibilidad.

—Si ignoramos lo que este episodio revela acerca de su carácter, podemos afirmar que las cosas han salido a pedir de boca. Yo asumiré la culpa, por supuesto, pero ella nos ha concedido la ventaja.

Ciertamente lo había hecho. Y él debería estar saboreando el triunfo, pero pensar en ello únicamente lo ponía enfermo.

—¿Dónde está ella? —preguntó Vergil.

—Arriba en su habitación. Pen ha reunido a todo el mundo en la biblioteca, tratando de fingir que no ha pasado nada. El resto no lo sabe, pero todos terminarán enterándose. Hablaré con ella de una vez y le haré mi ofrecimiento.

—Hablaremos con ella juntos. Podría necesitar alguien que la convenza.

—No puedo imaginármelo. Todo el mundo sabe las reglas.

Sí, todo el mundo sabía las reglas, pero Bianca ni por asomo se había mostrado inclinada a seguirlas.

Capítulo nueve

*P*ara ser un cálido día de septiembre, en el estudio hacía bastante frío.

Probablemente eso tenía algo que ver con los helados ojos azules que ostentosamente apartaban la mirada mientras Dante se ponía de rodillas y hacía su proposición de matrimonio.

—Por lo tanto, aunque hubiera preferido cortejarte y hacerte mi ofrecimiento de la forma habitual, dadas las circunstancias lo mejor será que nos casemos inmediatamente —concluyó, apretando su mano y ofreciéndole una sonrisa alentadora.

Vergil ganduleaba en su silla detrás del escritorio, girado hacia la ventana con una expresión distraída e insípida. Se había sentado allí como un testigo silencioso mientras su hermano representaba el más íntimo de los rituales.

Ella devolvió su atención a aquel hombre que se tambaleaba apoyado en una rodilla.

—¿Por qué lo mejor es casarnos?

—¿Por qué?

—Sí, ¿por qué?

—Porque la alternativa, señorita Kenwood, sería escandalosa. —El tono de acero de Vergil cortó el aire en fragmentos. Has sido vista con mi hermano, y como caballero, debe hacer lo correcto.

Ella miró al apuesto hombre arrodillado a su lado. Pobre Dante. Haber sido un sinvergüenza con éxito durante todos estos años para caer en la trampa en la única ocasión en que trataba de comportarse de manera honrada.

Le dio unos golpecitos a la mano de Dante.

—Eres muy amable al hacerme este ofrecimiento, pero debo rechazarlo.

—¿Rechazarlo?

—Te aliviará saber que no exijo un pago tan grande por una indiscreción tan pequeña.

«Como tu hermano sabe muy bien.»

Él se levantó. No parecía aliviado en absoluto. Incrédulo y un poco ofendido, pero no aliviado.

—Vergil…

—Manejaré esto ahora mismo, Dante.

Bianca se movió para quedar directamente frente a él.

—Descubrirás que no estoy dispuesta a ser manejada, y mucho menos por ti. Es imperdonable que obligues a tu hermano, alguien de tu misma sangre, a hacer una cosa tan seria por una pequeñez.

—Bianca, querida, te aseguro que no estoy en absoluto descontento por esto.

—¿Una pequeñez? No fue un leve flirteo lo que vieron las damas. Estabais acostados juntos en el suelo. Únicamente podía haber sido peor si tus prendas hubiesen estado desatadas. ¿Qué hubiese pasado en Baltimore si te hubieran encontrado así?

—Imagino que si mi padre viviera, le hubiera disparado a Dante.

—¿Estás diciendo que preferirías que le disparara a mi hermano?

—Estoy diciendo que él no hubiera aceptado el matrimonio bajo esas circunstancias. El castigo es demasiado permanente para un crimen tan pequeño. —«Ya te he explicado todo esto antes. ¿Recuerdas?»

Vergil hizo amago de responder, pero Dante lo interrumpió con un gesto dominante. Le cogió las manos y la miró a los ojos.

—Mi querida Bianca, te aseguro que no veo esto como un castigo. Al contrario, es como un sueño hecho realidad. Es por ti que digo que desearía que las circunstancias fuesen diferentes. Me robaste el corazón inmediatamente. He pasado estas semanas rogando encontrar alguna señal de tu afecto. Este episodio sólo me ha dado aquello que deseaba con toda mi alma mucho antes de lo que me hubiera atrevido a esperar.

Se le hizo un nudo en el estómago y su corazón dio un vuelco. Lo decía en serio. No aquella parte sobre robarle el corazón, sino el resto. No le molestaba aquel desenlace.

Con el rabillo del ojo observó a Vergil. Parecía decidido y enfadado, pero para nada sorprendido.

Su corazón se hundió más todavía.

Aquél había sido el plan desde el principio. Era por eso que Dante estaba allí, y por eso Vergil no la dejaba irse. Dante había sido escogido para ella. Toda su estadía en Laclere Park había sido una especie de trampa, y su propia estupidez había hecho saltar el cepo.

—Así que no hablemos más sobre perdonarme el castigo —continuó Dante, llevándose las manos de ella hacia los labios—. En unos pocos días estaremos casados, y prometo hacerte muy feliz, cariño. Hacerlo no será un castigo en absoluto.

Su tono tranquilizador tenía un matiz seductor. Vergil apretó la mandíbula. A ella se le revolvió el estómago.

Rescató su mano.

—Me siento halagada por tu afecto, pero debo rehusar.

A continuación se hizo un silencio, tan tenso que uno deseaba oír algún ruido. Perplejidad, luego asombro y por último preocupación se reflejaron en el rostro de Dante.

—Quizá deberías salir, Dante. Me gustaría hablar a solas con mi pupila.

—Por supuesto —dijo Dante—. Bianca… señorita Kenwood. —Hizo una pequeña reverencia y se marchó.

Ella lanzó una mirada de odio a Vergil, desafiándolo a que continuara con esa farsa. Él se levantó y caminó hasta la ventana.

—Con tu madre muerta tiempo atrás y tu tía soltera tu educación ha tenido carencias. Perdóname si debo hablarte con mayor franqueza de la que los hombres usan con las mujeres. Te vieron postrada bajo mi hermano entre las flores, ocupada en relaciones sexuales.

»Cuando una cosa así es descubierta el único rumbo honrado que puede tomar el hombre y la única redención para la mujer es el matrimonio. Tal vez tú consideres que es un precio demasiado alto por una indiscreción, señorita Kenwood, pero la sociedad no lo cree así.

—Si no recuerdo mal, también estuve ocupada en relaciones sexuales contigo y tú aceptaste que rechazara tu ofrecimiento. Supongo que eso significa que tú has conseguido ser honrado pero yo no he conseguido ser redimida. Bien. Aceptaré la misma solución con Dante.

—Pero no… Esto es diferente. Te vieron. Las consecuencias no pueden eludirse.

—Entonces ¿ser visto es lo que hace tan escandaloso ese comportamiento? Qué mala suerte para Dante. Es una buena cosa para él que yo no sea una esclava de la decencia.

—No me has oído. Cuando perdiste el control con mi hermano, también perdiste el control sobre las consecuencias que seguirían si tu comportamiento era descubierto.

—¿Qué te hace pensar que perdí el control con tu hermano? Yo no recuerdo que fuera así en absoluto.

Él se volvió bruscamente con una expresión de… ¿de qué? ¿Sorpresa? ¿Alivio?

—¿Me estás diciendo que te importunó? ¿Te forzó?

Parecía casi esperanzado, por un momento al menos, no tenía un aire tan severo. El pecho de ella se llenó de un sorprendente anhelo. Él parecía tan… vulnerable. Un pensamiento extraño, pero eso es lo que ella vio durante un instante. Le hizo desear poder abandonar aquel plan tan temerario. Pero debía continuar con él, especialmente ahora que sabía por qué él se había mostrado tan firme con su decisión de que permaneciera en esa familia.

—No estoy diciendo nada de eso. ¿Sería diferente a los ojos de la sociedad si así fuera?

—No.

«Y tampoco sería diferente para ti. En realidad no, a pesar de esa mirada. Nuestra pasión fue una metedura de pata que casi lo estropea todo terriblemente. Al fin y al cabo, tú planeaste que fuera Dante quien me tuviera.»

Ella se obligó a sí misma a actuar de un modo desenfadado a pesar de la cruda herida que desgarraba su serenidad.

—Ya me lo imaginaba. La cuestión es que tú no dejas de hablar del escándalo y la sociedad, mientras que a mí ninguna de esas dos cosas me preocupa lo más mínimo. Pareces olvidar que ésta no es mi sociedad.

—Es la sociedad en la que ahora vives.

—Sólo temporalmente. Me preguntaste qué habría ocurrido si me hubieran sorprendido de esa forma en Baltimore. Un duelo o un matrimonio, como las familias exigen aquí, habrían sido dos posibilidades. Pero otra opción hubiera sido enviarme lejos. Sugiero que consideremos esta última posibilidad también ahora.

La expresión de él se relajó. Esta vez definitivamente parecía aliviado.

—Ah, ya veo. Por supuesto. Me preguntaba por qué habías hecho eso, pero ahora lo estoy empezando a ver claro. La independencia fue tu meta desde el principio y continúas persiguiéndola. Pero esta vez has llegado demasiado lejos.

«Y tú estás encantado de que lo haya hecho. Encantado de que haya caído en la trampa tan fácilmente. Encantado de que Dante me tenga. Oh, Laclere…»

—Te aseguro que lo hice porque quería hacerlo. Y creo que deberías permitirme marchar. No tengo intenciones de arreglar las cosas casándome con tu hermano. Si el resultado es un escándalo, que lo sea. Supongo que será un gran escándalo, pero recaerá sólo sobre mí si me marcho. Dejaremos que todo el mundo sepa que él trató de arreglar las cosas, pero que yo me negué. Una vez me haya marchado, todo será olvidado.

Él alzó la cabeza.

—¿Estás segura de que estás dispuesta a soportar el desprecio con tal de conseguir tus fines?

—Soportaría incluso más si fuera necesario. Deberías dejarme partir. De lo contrario te encontrarás con que tu familia se convierte en el centro de todo tipo de comportamientos escandalosos. —Sacudió la cabeza con la pretensión de que el gesto resultara poderoso.

El silencio crujía. Ella se dio la vuelta para descubrir que él se había puesto de repente de pie junto a su silla.

No parecía para nada divertido.

—No te atreverías.

—Ya me he atrevido. Primero contigo y ahora con tu hermano. Ya deberías tener claro que no soy lo que esperabas.

—¿Qué se supone que significa eso?

—Abre los ojos, Laclere. ¿Qué clase de mujer podría saltar de un hombre a otro de esta manera?

—Dígamelo usted, señorita Kenwood. —Su tono tranquilo la hizo sentirse muy incómoda.

—Una mujer demasiado libre de espíritu como para evitar el escándalo en una sociedad tan decente como la tuya, diría yo. ¿Tú qué opinas?

—Todavía no lo he decidido.

—¿Qué hay que decidir? Sabes que mi comportamiento ha sido escandaloso, y ni siquiera siento remordimiento. Me opongo a ser redimida. La conclusión que debes extraer de eso es muy poco atractiva, pero ni siquiera me importa.

—¿Qué conclusión es ésa?

Aquel sinvergüenza iba a hacer que tuviese que explicárselo. Ella se puso de pie, tambaleante, confiando en que se armaría de valor si se sentía menos pequeña.

—La conclusión es que los hombres me gustan demasiado para ser una mujer decente. Y que soy demasiado... experimentada como para formar parte de la respetable sociedad inglesa.

Él levantó un ojo.

—¿Experimentada?

—Peligrosa, se dice en Baltimore.

—Ahora peligrosa.

—Sí. Peligrosa. De hecho, hay quienes dicen... Incluso he oído que alguna gente piensa que soy... malvada.

—¿Estás diciendo que ha habido otros hombres?

Se había vuelto difícil actuar con aire frívolo y despreocupado. Él la estaba haciendo sentirse incómoda, ridícula y aturdida. Había vuelto a sus ojos algo de aquella expresión que tenía en las ruinas, y su mirada parecía más profunda. Por supuesto era absurdo. Probablemente simplemente estaba lógicamente horrorizado por su confesión.

—¿Otros hombres? ¿Te refieres aparte de Dante y de ti?

—Me refiero aparte de mí. Mi hermano me ha dicho que en realidad hoy ocurrió muy poco.

Aquel detalle parecía complacerle mucho. Una ráfaga de irritación la sacudió. Alzó la barbilla hacia él.

—Por supuesto que ha habido otros hombres. No creerás que el aire inglés me ha hecho perder la cabeza de repente. Entre todas las atmósferas que hay en el mundo, ésta tan asfixiante es la que menos probabilidades tendría para hacer que una mujer perdiese la cabeza. Ha habido muchos otros hombres.

Eso no le gustó. Bien.

Se acercó más, inclinando su cara hacia la de ella.

—¿Muchos?

—Muchos. Docenas.

—¿Docenas?

—Cientos.

Se hallaban de pie frente a frente, desafiándose mutuamente.

Una sonrisa crispada.

—¿Cientos? Eres una actriz soberbia, y habrías estado magnífica sobre el escenario, pero… ¿cientos?

—Sí, cientos.

Él se rio.

—Deberías haberte quedado en muchos. O al menos en docenas. Pero cientos…

—¿No me crees?

—En absoluto.

Estaba tan atractivo con esa sonrisa suavizando su boca y el humor centelleando en sus ojos. Increíblemente atractivo. Y aliviado. A decir verdad, triunfante.

Eso la hizo enfadarse hasta límites insospechados, y reprimió la extraña ola de emoción que tontamente se encendía en respuesta a esa sonrisa.

Había llegado muy lejos con este asunto, se había arriesgado a ser asaltada por un conocido calavera, había provocado un escándalo que a pesar de tanta bravuconada le iba a ser terrible enfrentarse y él se negaba a ver su mala reputación aunque se la estuviera lanzando a la cara. Eso la enfureció, incluso aunque en su corazón, estúpidamente, hubiera un destello de gratitud.

—No me crees porque tu orgullo masculino no quiere aceptar que tú no fuiste más que uno entre cientos, eso es todo.

—Estoy seguro de que no fui uno entre cientos, y tampoco uno entre docenas. Tengo serias sospechas de que ni siquiera he sido uno entre muchos, y es bastante probable que tampoco haya sido uno entre dos. Deberías abandonar esta ridícula comedia de una vez.

Algo peligroso bullía en el interior de Bianca. Algo rebelde y furioso, y hasta un poco malvado.

Extendió ambas manos y le agarró la cabeza. Lo empujó hacia abajo y le plantó un firme beso en los labios.

Lo sostuvo hasta que la conmoción empezó a pasársele, después lo soltó y dio un paso atrás antes de que se hubiera recobrado por completo.

—Cientos, tío Vergil. Soy célebre por arruinar santos.

Se dio la vuelta para salir como una actriz del escenario.

Una mano firme la agarró del brazo.

Como en un torbellino que la dejó sin aliento ella se encontró de pronto entre sus brazos, que la agarraban de los hombros y la cintura. El Vergil de las ruinas la contemplaba, peligrosamente.

—Me haces desear que fuera verdad —dijo él, levantándola hasta que sus pies apenas rozaban el suelo e inclinando su cabeza hacia ella.

Ella debería haberle empujado, pero sus brazos no obedecían sus órdenes. Su mente se había nublado de repente y luchaba por hallar palabras para colocarlo en su sitio, pero su corazón latía tan fuerte que apenas podía oír sus propios pensamientos. Los cálidos labios de él tocaron los de ella y sintió que simplemente ya no tenía mente.

Él hechizó su boca con sus labios exigentes, sus dientes juguetones y su lengua exploradora. Sensaciones vergonzosas caían en cascada y, que el cielo la asista, gozaba con ellas, saboreando su fuerza que la abarcaba por entero, perdiéndose en esa calidez que oscurecía cualquier tipo de consideración.

Él enterró su rostro en el pliegue de su cuello, se lo besó y le dio un mordisco. Eso envió sacudidas hacia sus pechos, sus muslos y hasta sus pies. Él tomó de nuevo su boca con ardiente insistencia.

Ella le dio la bienvenida esta vez, separando sus labios, en una invitación a esa excitante invasión.

El abrazo fue evolucionando en asombrosas caricias; él apretaba sus caderas, su espalda y sus nalgas a través de las prendas. Esa desvergonzada Bianca que acababa de despertar se emocionaba con cada caricia posesiva. La mano de él se deslizó hasta sus pechos y la temeraria pasión de ella entonó una súplica para que él se apresurara a relajar el ansioso deseo de su conciencia, un anhelo que la dejaba sin aliento.

Él se detuvo bruscamente, como si una bofetada lo hubiera hecho entrar en razón.

Sus labios se apartaron. Alzó la cabeza. No la soltó, pero la sostenía con un silencio embarazoso, acariciando su espalda lenta y suavemente.

El delirio se fue calmando, haciendo volver a la Bianca Kenwood que ella conocía para descubrirla en los brazos de un hombre que debería odiar. Pero ni siquiera esta Bianca quería separarse. Descansaba junto a su pecho y flotaba en la amistosa ternura de aquel abrazo, porque éste mantenía a raya las peores de sus confusas emociones.

Finalmente, ella inclinó la cabeza. Él miró a través de la ventana como si no estuviera viendo nada.

De pronto la miró, le tocó la cara y la apartó de él.

—Parece que he vuelto a no ser yo mismo.

Él quería que una vez más volvieran a refugiarse en sus roles del tutor dictatorial y la pupila rebelde. Por supuesto. ¿Qué otra cosa podría querer? Daba lo mismo. Si él la besaba de ese modo cada día y la sostenía con tanta dulzura después, ella podría decidir que nada más le importaba en la vida.

No vio crítica en sus ojos, pero teniendo en cuenta lo que ella acababa de decirle podía imaginar lo que estaba pensando. Incluso aunque no la hubiese creído, sin duda acababa de hacerle cambiar de opinión.

«Di algo.»

Por supuesto que no lo haría. Pero cuánto deseaba su corazón que él hablara de cualquier cosa en aquel momento, buena o mala. Ansiaba de manera inexplicable conocer a aquel hombre, quienquiera que fuese realmente, un modelo de pecador o un sórdido impostor. Deseaba disfrutar al menos una vez aquella intimidad especial de compartir, después de la pasión, sus confidencias, incluso si el resultado fuera oír que sus labios condenaban la mujer que ella fingía ser.

El reconocimiento de que él nunca se abriría a ella de esa manera, de que respondía con lujuria pero nada más, dejó en ese rincón recién descubierto de su corazón angustia y pesar.

—Realmente deberías dejarme marchar —dijo débilmente—. Deberías estar preocupado por mi influencia sobre Charlotte, y quizá deberías estar preocupado por ti mismo también, si te provoco de esta manera. Está suficientemente claro que debo abandonar esta familia ahora mismo.

Él se limitaba a mirarla, con esa expresión pensativa todavía en lo profundo de su mirada.

—No me casaré con tu hermano. Si no me dejas marchar, el escándalo perjudicará a toda tu familia. Estarás en boca de las gentes por dar cobijo a una mujer así, y Charlotte será mancillada por mi amistad. Por el bien de tu hermana, si es que no quieres por el mío y el tuyo, dejar que me marche es la única elección decente para ti.

Él seguía sin decir nada. Quizá porque no había nada que decir. De algún modo ella consiguió darse la vuelta y apartarse. Casi a ciegas por culpa de las lágrimas, encontró el camino hasta la puerta.

Él no se hizo recriminaciones esta vez. No sintió culpa ni una gran conmoción. Tampoco arrepentimiento.

Estaba encantado de que su beso presuntuoso hubiera destruido aquel dique que estaba lleno hasta reventar. Encantado de que ella lo hubiera provocado para liberar su frágil control. Eso era todo lo que había significado su beso, una excusa a la que él se había agarrado implacablemente. Él no iba a degradarla fingiendo que se había tratado de una invitación deliberada por parte de ella.

Con qué rapidez la mente se rendía a lo que querían las pasiones. Su sangre había retumbado y lo siguiente que supo es que ella estaba entre sus brazos.

No era malvada ni experimentada, pero sí era definitivamente peligrosa. Al menos para él.

Tenía razón. Realmente debería marcharse. Dentro de un día, todo el mundo en aquella casa sabría lo que había pasado entre ella y Dante. Dentro de un mes, el mundo entero estaría susurrando. No es que ella no hubiera entendido las lecciones que Pen le había estado dando respecto al código de discreción de la sociedad inglesa. Deliberadamente ella lo había dispuesto todo para usar la amenaza del escándalo en contra de él.

Pero ésa era sólo una parte de las razones por las que debería marcharse, y ella también sabía eso.

Qué imagen de él se habría hecho. El santo dándole lecciones de comportamiento y luego seduciéndola al momento siguiente. Una imagen digna de risa en el mejor de los casos, depravada en el peor.

Levantó la pequeña bolita de plomo y la hizo bajar recorriendo su camino por su curso. Cuando ésta llegó al final del recorrido volvió a hacer lo mismo. El tintineo y el sonido metálico apagaron sus pensamientos.

Debería dejarla marchar y permitirle hacer lo que quería, pero no podía hacerlo. Lo antes posible, necesitaba recuperar el control sobre ella, y no sólo porque el incesante hervor se hubiera convertido en una excitación que anhelaba, que lo llenaba de vida.

Caminó hasta el escritorio y pescó una carta entre el montón de documentos que había allí esparcidos. La abrió con un movimiento rápido y releyó la información que el abogado de Adam Kenwood le había enviado.

Menuda maraña.

Necesitaba que ella permaneciera allí porque podía estar en peligro. Necesitaba que se quedara allí por si aún pudiera atarla a esa familia.

Necesitaba que se quedara allí porque su ausencia provocaría un vacío en su vida, pero ella lo había acorralado para que tuviera que dejarla marchar.

Sonrió con pena y admiración. Ella había llegado demasiado lejos, y había conseguido que él tuviera que actuar en contra de su voluntad.

La puerta se abrió y apareció la oscura cabeza de Penelope.

—Vergil, ¿tendrías un momento para nosotras?

—Por supuesto, Pen.

La otra parte del «nosotras» resultaron ser Maria Catalani y Fleur. Ésta última se dirigió hasta el asiento de la ventana y las demás se colocaron en sillas.

Penelope dejó escapar un profundo suspiro.

—Éste es un asunto muy desafortunado. No puedes decir que no te avisé.

—Es cierto, Pen. No puedo decir eso.

—Supongo que Dante le ofreció casarse con ella cuando estabais los dos aquí.

—No tuve que apuntarlo con una pistola, si eso te preocupa. Siente un gran afecto por la señorita Kenwood, y pretendía proponérselo en cualquier caso.

—¿Ah, sí? Es interesante, pero no es eso lo que me preocupa. O mejor dicho, lo que nos preocupa. —Señaló a Catalani y a Fleur—. Bianca es demasiado inocente para protegerse de alguien como Dante. Deberíamos habérselo advertido. Y lo que es peor, yo no creo que ella sienta el mismo afecto que él siente por ella y podría ser muy desafortunado que la obligáramos a casarse.

—Desafortunado no. Trágico —entonó Catalani—. No creo que el matrimonio estuviera entre los planes de tu hermano, Laclere.

—Los planes a veces cambian.

—Es el desprecio típico de un hombre arrogante ante las preferencias de una mujer joven. Y en cuanto a este matrimonio… un hombre saca ventaja de la inocencia de una chica y la respuesta de todo el mundo es casarlos. Es una barbarie. En mi país es peor, pero esto también es una barbarie.

—Así que ya ves —dijo Pen—, nosotras no creemos que el matrimonio sea una solución.

—Bien, damas, supongo que yo debería defender su honor matando a Dante, si eso se adapta más a vuestro gusto.

Catalani en realidad asintió con la cabeza, pero Pen parecía horrorizada.

—Nos has malinterpretado. Hemos estado hablando y estamos de acuerdo en que el propósito del matrimonio es evitar el escándalo. Hemos venido a decirte que puede no haber un escándalo.

—Yo diría que puede haber un gran escándalo.

—En absoluto. Maria, Fleur y yo nos hemos dado cuenta…

—… de que no vimos nada —terminó Catalani triunfante. Él se colocó en su silla y las miró.

—¿No visteis nada?

—Exactamente, Laclere. Nada. Así que hablar de matrimonio sería demasiado. *Abbastanza*.

—Según yo recuerdo, visteis bastante.

—Oh, no —dijo Pen—. Maria nos estaba hablando de un nuevo corte de mangas que se ha puesto de moda en Milán y estábamos absortas en la conversación. Hasta que los tres no subisteis a la colina ni siquiera nos dimos cuenta de que Bianca y Dante estaban allí.

—¿Pensáis ocultar esto entre vosotras?

—No hay nada que ocultar. Pero aunque lo hubiera, no volveremos a hablar de ello tras salir de esta habitación, ni siquiera entre nosotras. El hecho es que no vimos nada.

Vergil debería resistirse a aquella solución y esperar que Bianca cambiara de opinión, pero el alivio con el que oyó el plan de Pen le indicó que él se habría abrazado a aquella oferta de silencio incluso aunque Bianca hubiera aceptado el matrimonio desde el comienzo.

En aquel instante supo que no quería que Dante la tuviera. Y tampoco ningún otro hombre. Excepto él.

Lo cual era imposible.

Se volvió hacia Fleur.

Ella notó su atención.

—Soy la última mujer en el mundo que forzaría a una chica a casarse, Laclere.

Él consideró aquel indulto. De ese modo no tendría que irse. Estaría a salvo. Ahora él podía cambiar esos planes.

Todavía la vería.

—Nunca he oído de mujeres que puedan guardar en secreto estas cosas, y tampoco de hombres. Sin embargo, si pensáis que podéis hacerlo, quizá el desastre pueda evitarse.

—Puedo ser una ciudadela de discreción cuando está justificado —dijo Catalani, arqueando sus cejas de manera significativa.

—Bueno, ahora que todo está arreglado, debemos ir a vestirnos para la cena —dijo Pen, levantándose—. Es muy generoso por tu parte ser tan comprensivo con este asunto, Vergil. Te lo prometo, nadie sabrá nunca que por una vez te saltaste las reglas.

—Muy bien, Pen. Ciertamente no debemos dejar que nadie lo sepa.

Encontró a Dante solo en la biblioteca.

—Parece que estás salvado. Las damas insisten en que no

vieron absolutamente nada. Suponiendo que la señorita Kenwood no dará inicio a rumores sobre sí misma, lo cual a pesar de su descaro resulta bastante improbable, el matrimonio no será necesario.

Dante alzó los brazos en un gesto exasperado.

—¿Has olvidado que no queríamos que yo fuera salvado?

—Yo dejé bien claro que no quería atrapar a la chica contra su voluntad.

—Yo no la atrapé, maldita sea, ella me atrapó a mí.

—Será mejor que te vayas mañana con los demás. Si te apartas de ella un tiempo, volverá a sentirse predispuesta a tus atenciones.

—Eres más tenaz que yo. La chica simplemente me ha rechazado, quizá no lo hayas oído tan claramente como yo.

—Oí a una chica joven oponiéndose a ser coaccionada por las circunstancias.

—No me importan las razones por las que me rechazó. Fue insultante, especialmente teniendo en cuenta que la alternativa era desoladora. Se sobreentendía que casarse conmigo para ella era un destino peor que la muerte, y aunque yo no sea un gran partido… Si no fuera por su herencia, te mandaría al infierno.

—Pen llevará a ella y a Charlotte a Londres pronto. Espero que se queden allí al menos una quincena. Yo las acompañaré y me quedaré con ellas unos pocos días, pero sería conveniente que tú me sustituyeras cuando me vaya. Tanto si la señorita Kenwood se interesa por ti como si no, no me gusta la idea de que esté sola en la ciudad con la única vigilancia de Pen. Tiene una mente demasiado independiente y puede intentar salir por su propia cuenta.

—No me sorprendería que hubiera hombres suficientes para vigilarla en cuanto Pen comience a presentarle gente por allí.

—Exactamente, Dante. Si no se casa contigo, preferiría que no se casara con nadie de momento. En particular, no quiero que Nigel vuelva a estar a solas con ella en ningún caso. Quiero que estés allí para asegurarte de que no tiene la oportunidad de meterse en más problemas. Con un poco de suerte, sin embargo, podrás luchar por tus propios intereses.

En realidad no era eso lo que creía, pero si Dante continuaba cortejándola él se aseguraba de que alguien de confianza estuviera cerca de ella.

Después de lo ocurrido en el estudio, se había vuelto imperativo que, en caso de ser posible, ese alguien de confianza no fuera él sino otro hombre.

Al mismo tiempo, la falta de entusiasmo de Dante lo animaba, y le evitaba un posible sentimiento de culpa. Si Dante se hubiera enamorado de ella…

—Quizá sea mejor que te procures pronto alguna nueva conquista —añadió.

—Sé cómo manejar a las mujeres, Verg.

—Por supuesto. Mis disculpas.

—Seré sutil. Condenadamente sutil. No me apetece que esa chica me haga sentir de nuevo como un idiota.

Vergil se dio la vuelta para ir a encontrarse con Fleur. Con un poco de suerte, Dante sería tan sutil que Bianca ni siquiera se daría cuenta de que él continuaba mirándola.

Fleur estaba sentada en el banco donde a veces se encontraban para conversar lejos de los esperanzados ojos de su madre. Ella estaba tan preciosa como siempre, parecía una muñeca de porcelana o el bello retrato de un gran maestro. Se volvió al oír sus pasos y esbozó una sonrisa irónica.

—Espero que no hayamos trastocado demasiado tus planes.

Él se sentó a su lado.

—La verdad es que no. ¿Fue idea de Catalani?

—De Pen, aunque la solución me había cruzado por la mente. Sin embargo, no me habría atrevido a proponerla por mi cuenta. No sabía si a ti te parecería bien o no.

—La unión habría sido conveniente, pero las circunstancias no me convencían.

Estaban sentados, en medio del silencio satisfecho de la amistad. Él estudió el sereno y delicado perfil de ella, que siempre había admirado con una peculiar objetividad. Nunca había sentido pasión por aquella exquisita mujer, ni siquiera antes de saber que ella era incapaz de sentir pasión por él.

—Mi madre está dejando ver su impaciencia, ¿no crees? Ha hecho algunos comentarios en esta visita.

—Se ha mostrado mordaz antes de lo que esperaba. No creo que sea un motivo para preocuparse, pero…

Ella levantó una mano para interrumpirlo, y luego la dejó caer en un gesto de impotencia sobre su regazo.

—Eso significa que hay gente que le ha estado haciendo comentarios. Ya sé que ha pasado casi un año, pero yo esperaba que pudiéramos esperar otra temporada.

—También yo. No parece posible.

—No. Oh, cuánto me molesta esto, Laclere. La temporada pasada fue la primera que pude disfrutar. Sin pretendientes molestándome con sus estúpidas peticiones. Sin especulaciones interminables sobre esta o aquella pareja. Sin presiones por parte de mi padre, y lo mejor de todo, un buen amigo con quien poder disfrutar los bailes. Una mujer debería poder disfrutar de esta paz todo el tiempo si así lo escoge.

Su fervor hubiera sorprendido a cualquier otra persona que la conociese. Sin embargo, él la había visto ahogada en lágrimas, confesando los miedos que la hacían resistirse al matrimonio, admitiendo que no podía contemplar el amor de ningún hombre sin sentir escalofríos de terror. Una profunda amistad había surgido de esta inesperada confesión, y una asociación fortuita se había convertido en un engaño calculado. Sin embargo, una estratagema como aquélla tenía una duración limitada.

—Una mujer de tu belleza está destinada a atraer pretendientes, Fleur, especialmente si además posee tu fortuna. Si fueras más amable con ellos, quizá alguno…

—Tú no, Laclere. Por favor, tú no. Perdona mi arrebato. Has sido muy amable, acompañándome en un baile del cual sabías el final.

—No ha sido amabilidad, Fleur. Recuerda que eso me ha evitado las tribulaciones del mercado matrimonial. Por motivos propios, tengo tantas razones para querer evitar que me presionen para que tome una esposa como tú para evitar un marido.

—Nunca me dijiste por qué. No es justo compartir confidencias sólo por una parte. Muchas veces sentí tentaciones de tratar de averiguar tu secreto. Confío en que no sea nada sórdido.

—Eso depende de a qué llames sórdido.

—Nada que tú estuvieras dispuesto a hacer, estoy segura. —Su risa se convirtió en un suspiro—. Menuda pareja hacemos, Laclere. ¿Crees que alguien habrá descubierto nuestro pequeño trato?

—No, pero es probable que algunos comiencen a hacerse preguntas.

Giró hacia él sus ojos pensativos y volvió a fruncir el ceño.

—Supongo que sí, sobre todo si mi madre se ha vuelto tan atrevida. ¿Esto te afecta a ti, no? La sospecha de que no te estás comportando de manera honesta conmigo.

—No se ha dicho nada de eso, Fleur, no creo que mi reputación se haya visto afectada.

—Pero mi madre… sí, la gente está empezando a hacerse preguntas. Antes de que nos marchemos le diré a mi madre que tú me ofreciste matrimonio y yo te rechacé. Dejaré que se sepa que la decisión ha sido mía, como siempre te prometí. Mi padre se pondrá furioso, por supuesto. Siempre lo hace cuando yo dejo escapar un título. —Alzó la cabeza—. A menos, naturalmente, de que hayas decidido aceptar el acuerdo que te propuse la primavera pasada.

Él no pudo más que sonreír.

—Tenía su atractivo. Una solución permanente para los dos, y además tu herencia. Pero no puedo casarme ahora mismo, Fleur. Si llega un día en que puedo, querré niños. Un matrimonio sin hijos no es para mí. No me cabe duda de que hallarás algún otro hombre que acepte tu propuesta.

—No le haré ese ofrecimiento a nadie más. No confío en que ningún otro hombre respete las condiciones. Y además no espero hallar ningún otro de cuya compañía disfrute lo bastante como para contemplar la idea de compartir mi vida con él. Creo que en cuanto rompamos esta relación emprenderé un largo viaje. Muy largo. Para cuando vuelva seré lo bastante vieja como para quedarme a vestir santos.

—No es necesario que se lo digas a tu madre inmediatamente. Tómate el tiempo que quieras.

—Quizá pueda alargarlo un mes más. Expresar algunas reservas al principio, ese tipo de cosas.

Él le tocó la mano.

—No hay prisa, como te he dicho.

Ella giró su palma suave y agarró la suya con la desesperación de una criatura.

—No quiero enfrentarme otra vez a la soledad —susurró—. Prométeme que siempre seremos amigos.

Ojalá hubiera podido salvarla. Ojalá hubiera podido acabar con sus lágrimas y lograr que encontrara la felicidad junto a un buen hombre.

Apretó con fuerza su pequeña mano, para enfatizar sus palabras.

—Por supuesto, Fleur. Siempre podrás contar conmigo.

Capítulo diez

*L*os sables chocaban y sonaban bajo el ojo atento del Chevalier Corbet. Vergil hizo frente al desafío de Cornell Witherby. Al otro lado de la gran habitación de la finca de Hampstead, Julian Hampton se entrenaba con Adrian Burchard. Dante y Colin, el hermano de Adrian, formaban una tercera pareja.

—Has mejorado —dijo Vergil mientras paraba la espada de Witherby con un nuevo movimiento.

—Tú no.

No, él no. Llevaba meses sin aparecer por allí. Aquello que había sido un deporte regular antes de convertirse en vizconde se había transformado en una diversión que tenía poco tiempo para disfrutar.

No sólo su destreza se había visto afectada, sino también la amistad que compartía con aquellos hombres. Hoy había buscado tiempo para ellos y para el ejercicio.

El entrenamiento continuaba, con el viejo *chevalier* francés repartiendo elogios y críticas.

—¿Han venido tus hermanas a la ciudad contigo? —preguntó Witherby mientras hacían una pausa y se hallaban frente a frente.

El brillo de los ojos de Witherby revelaba más de lo que Vergil quería saber. Él había visto cómo había cambiado el comportamiento de Pen desde la fiesta en la casa. Su felicidad entusiasta hacía más fácil que él se acostumbrara a esa escandalosa intimidad, pero había un marido que no haría jamás lo mismo. Vergil confiaba en que si iniciaban una historia de amor, su amigo fuera cuidadosamente discreto, y no sólo por causa de su vieja amistad. Ningún hombre querría ser nombrado ante un tribunal por mantener una relación con la esposa de un conde.

—Sí, las dos han venido. Ha llegado el momento de preparar la primera temporada de Charlotte.

Witherby puso los ojos en blanco.

—Siempre he considerado un don del cielo no tener hermanas que requieran esos gastos.

—Bueno, todos hallamos nuestras maneras de endeudarnos, y una hermana es un motivo tan digno como cualquier otro.

—Habla por ti. Yo soy felizmente solvente.

No había duda de que trataba de transmitir confianza al hermano de la mujer que pretendía, pero a Vergil la confesión le pareció interesante. Al parecer, la imprenta que tenía Witherby como negocio, que a él le gustaba tratar como el simple *hobby* de un caballero, servía para el propósito básico de incrementar su renta.

Volvieron al entrenamiento, pero un ruido a su lado los detuvo. Hampton y Burchard se dirigían hacia la entrada con el propósito de salir.

Vergil hizo una exhibición mejor durante los minutos siguientes. La falta de práctica lo obstaculizaba menos con cada movimiento. Se obligó a concentrarse en la tarea y eso le hizo mejorar notablemente. En lugar de continuar reflexionando sobre su improductiva investigación de la muerte de Milton, o explorando pensamientos indecentes relacionados con Bianca Kenwood, concentró su atención en los movimientos de su sable.

El *chevalier* ordenó un alto y les procuró pequeñas lecciones acerca de cómo mejorar. Al momento se reunieron con Hampton y Burchard en el vestuario, mientras el *chevalier* atendía esta vez a Colin y a Dante.

—Me alegro de que hayas podido reunirte con nosotros, Duclairc —dijo Hampton mientras se ataba su pañuelo ante el reflejo de un pequeño espejo enganchado a la pared—. ¿Vas a volver al club?

—Tengo que acompañar a mis hermanas esta tarde. Pen va a encargar el vestido de presentación de Charlotte.

—No digas más. Incluso bajo tu supervisión el gasto será obsceno. Si las dejaras por su cuenta, te arruinarían.

Ya vestido, Adrian se reunió con ellos.

—¿Te quedarás en la ciudad durante unos días?

—Dos o tres.

—Te llamaré.

Vergil sabía por qué Adrian pensaba llamarle, y sobre qué quería discutir. Pero aunque quería saber qué había descubierto Adrian en su misión en Wellington, no tenía deseos de revelarle sus propias investigaciones.

Hampton y Adrian se dirigieron a pedir sus caballos. Al minuto de su partida, los ruidos de un altercado se colaron a través de la ventana del vestuario. Desde un coche se oía a un hombre que gritaba maldiciones.

Vergil agarró su abrigo y se dirigió hacia la entrada principal con Witherby pisándole los talones. Se reunieron con Hampton y Adrian justo cuando un hombre esbelto con el pelo gris saltaba del coche.

Se trataba del conde de Glasbury, el marido de Penelope.

—Demonio —gruñó, señalando con un bastón de paseo mientras se dirigía a grandes zancadas hacia los hombres que permanecían junto a la puerta del edificio—. Tú, despreciable sinvergüenza.

Witherby se puso tenso. Vergil se acercó unos pasos a él, para formar un escudo humano, y Adrian se aproximó por el otro lado.

El conde avanzaba blandiendo el bastón de paseo como si fuese una espada. Su boca floja formaba una línea flácida y fruncida y su rostro se volvía más y más rojo a cada paso.

Sin embargo, la punta del bastón no se dirigió a Witherby, sino que el conde le asestó un golpe en el pecho a Julian Hampton.

—No seré tu víctima —dijo el conde, clavándole el bastón con cada palabra—. ¿Quién te crees que eres, atreviéndote a intentar burlarte de mí?

Hampton apenas reaccionó. Su mano agarró la punta del bastón que descansaba sobre su pecho. Ni siquiera lo apartó. Simplemente lo sostuvo y caminó hacia delante, obligando al conde a retroceder.

Cuando lo tuvo a unas veinte yardas, tiró del bastón arrancándolo de las manos del conde y arrojándolo al suelo.

Tuvo entonces lugar una conversación que ni Vergil ni los demás pudieron oír. Vergil no podía ver la cara de Hampton, pero era testigo de las reacciones del conde. El hombre parecía medio loco, y no era sólo por culpa de la ira. Un terror desesperado ardía en sus ojos.

El conde giró sobre sus talones y dirigió a Vergil una penetrante y desdeñosa mirada mientras volvía a subirse al coche. Como una insignia lanzada a la luz del sol, el coche se alejó.

—Seré condenado —murmuró Witherby con preocupación—. ¿Hampton? ¿Quién puede haber pensado…?

—Esto no tiene nada que ver con la condesa —dijo Adrian.

La expresión de Hampton no mostraba ninguna reacción ante el drama que los había reunido.

—Un malentendido —dijo en un tono anodino.

Todos pidieron sus caballos para cabalgar de regreso a la ciudad. Mientras Vergil se preparaba para montar, captó la mirada de Adrian. No fue difícil, porque Adrian estaba tratando de que así fuera.

No necesitaron palabras para reconocer la conclusión de ambos respecto a lo que acababa de suceder.

Alguien estaba intentando chantajear al conde de Glasbury, y el conde creía que se trataba de Julian Hampton.

Bianca revisaba las láminas de moda y escogió una para apartarla a un lado.

Muy despreocupadamente, Diane Saint John la sacó de entre las láminas preferidas y la devolvió a la pila original.

—La cintura es demasiado alta.

Al otro lado del elegante salón, Penelope y Charlotte inclinaban las cabezas, hablaban con madame Tissot, discutían sobre diseños para el vestido de presentación de Charl. Diane se había reunido con ella para ofrecer su opinión. Ella y su marido visitaban con frecuencia la casa que tenían en París, así que estaba al tanto de las últimas tendencias, incluso más que madame Tissot.

Vergil esperaba pacientemente. La mayor parte del tiempo permanecía al margen, mirando a través de la ventana o caminando arriba y abajo por la habitación.

—¿Qué está haciendo él aquí? —le susurró Bianca a Diane—. Sin duda podría confiar en el gusto de Pen para estos asuntos.

Diane echó a Vergil una mirada de reojo con sus ojos llenos de sentimiento mientras inclinaba su cabeza castaña hacia la imagen de un vestido de día.

—Quizá su espera no tenga nada que ver con cuestiones de moda.

—Bueno, la verdad es que ahora está todo el tiempo encima. Se marchó de Laclere Park con el resto de invitados después de la fiesta, pero después inexplicablemente regresó para viajar con nosotras a Londres. Ahora cada día aparece en casa de Pen, siempre a tiempo para acompañarnos. Estas visitas a los sastres le deben de aburrir.

—Su hermana representará a la familia cuando sea presentada. Sin embargo, quizá la compañía femenina no le resulte aburrida. A muchos hombres les pasa. —Diane hablaba tranquila y distraídamente, pero su pequeña sonrisa llevó a Bianca a preguntarse si la señora Saint John se refería a la compañía de alguna mujer en particular.

Le horrorizó pensar que tal vez alguien había adivinado algo sobre eso, especialmente teniendo en cuenta que a esas alturas Diane probablemente ya habría oído hablar acerca del episodio con Dante.

Bianca estaba segura de que la presencia del vizconde no tenía nada que ver con el deseo de su compañía. Vergil andaba rondando por alguna razón, probablemente para vigilar la cantidad a la que ascendían los gastos del nuevo vestuario de Charlotte. Sin embargo, el resultado había sido que Bianca no había podido escabullirse como necesitaba hacer. Lo peor era que estaba obligada a soportar la desagradable presencia de un hombre con quien ya había perdido el control dos veces.

Y él no parecía incómodo en absoluto. Actuaba con tanta calma que uno podría pensar que ya había olvidado aquellos episodios.

Excepto por algunos momentos en que ella lo sorprendía mirándola con unos ojos que parecían acordarse de todo. Esas miradas procuraban pequeñas sacudidas a su serenidad. Eran provocaciones escandalosamente excitantes.

Una mano masculina se acercó a su hombro y agarró una lámina de la pila.

—Ésta. Sin el lazo en los hombros y en este color rosa de aquí.

Con un movimiento fluido, Diane Saint John se levantó y caminó a grandes pasos a través de la habitación hasta donde se hallaba madame Tissot desdoblando chales de seda para la noche.

—Yo preferiría este otro —dijo Bianca, mostrando un llamativo vestido de baile con un exceso de volantes—. En rojo escarlata.

—Entiendo por qué madame Tissot se ha negado a aceptar tus encargos. Ella tiene sus criterios.

—Entonces tendré que encontrar otra modista que me vista como la sociedad espera. No tiene sentido que me envuelva en seda rosa si todo el mundo va a verme escarlata de todos modos.

—No tienes que preocuparte por eso. Está claro que el episodio con mi hermano permanece oculto.

Ella lo miró sorprendida. Había asumido que la fuerza de la reputación de Vergil simplemente había atrasado la tormenta.

—Ha pasado una quincena, señorita Kenwood. Si alguien de esa casa lo supiera y tuviera intención de contárselo a otros, ya lo habría hecho. Te has salvado del escándalo.

—Quizá lo cuente yo.

—No lo creo. Sufrir disparos de pistolas de otros es una cosa. Volver sobre uno mismo la propia pistola es muy diferente. Hay que estar muy desesperado para hacer eso. La testarudez no es suficiente.

Estaba en lo cierto. Se había fortalecido a sí misma para ser atacada con el desprecio, en parte concentrándose en cómo escaparse de él. Necesitaría más determinación de la que poseía para provocar deliberadamente los cotilleos que podrían hacerla libre.

Sospechaba que él había dado con la manera de frustrar su plan. Menos mal, entonces, que ella tenía un plan alternativo.

Madame Tissot desplegaba un ostentoso chal. Tejido en una delicada seda de un color zafiro intenso con matices violetas, ondeaba sobre el regazo de Charlotte como un remolino de agua. La modista alzó la cabeza con gravedad, después la sacudió con un suspiro.

—El color no es adecuado, señorita. Dado que no es un color de moda este año, debe sentarle muy bien a la mujer que lo lleve.

Vergil se acercó y cogió el exquisito chal. Cayó en cascada desde su mano como una catarata.

Madame Tissot notó que le gustaba.

—Sin embargo, con el vestido adecuado, uno violeta quizá…

—Le sentaría bien a mi pupila.

Madame Tissot miró a Bianca con nuevos ojos. Al momento la pequeña mujer francesa había cubierto con el chal sus brazos y su espalda.

—Te queda precioso —dijo Diane Saint John—. Tienes un ojo excelente, Laclere.

Charlotte se puso a aplaudir.

—Es hermoso, Bianca. Tienes que quedártelo. Mira cómo hace juego con sus ojos, Pen.

—Sí, debes quedártelo —repitió Vergil—. Y el vestido violeta también, madame Tissot. Uno recatado y discreto.

—Por supuesto, lord Laclere.

Madame Tissot escoltó a Bianca hasta su santuario personal e inició un frenesí de medidas y pruebas. Una hora más tarde Bianca volvió a aparecer en la habitación principal para encontrarse sólo a Penelope, Diane y Charlotte esperándola. El tutor que tan imperiosamente acababa de gastar un considerable pellizco de su renta había desaparecido.

Lo cual significaba que sólo Penelope se interponía entre ella y unas pocas horas de libertad.

—Volvamos caminando —sugirió ella mientras Roger, el lacayo de Pen, llevaba el paquete con el chal hasta el coche.

—Cielos, no —dijo Charlotte—. Estoy agotada. ¿De dónde sacas energía, Bianca?

—Ha sido una maldición toda mi vida, y realmente siento un gran malestar si no puedo agotarla caminando.

Pen palideció ante la palabra malestar.

—Se supone que vamos al teatro esta noche. Seguramente antes preferirás descansar.

—Realmente necesito un buen paseo, Pen. Uno largo. ¿Por qué Charlotte y tú no lleváis a la señora Saint John en el coche? Yo os seguiré. Conozco el camino.

Bianca echó una mirada alrededor de la calle, como si esperara encontrar refuerzos. Bianca ya estaba segura de que el general había abandonado el campo.

—Si mi marido no me estuviera esperando, daría ese paseo contigo —dijo Diane Saint John, guiñándole el ojo a Bianca—. Uno asimila la vida de la ciudad al pasear por sus calles. ¿Por qué no permitírselo, Pen? Especialmente si eso va a evitarle sentir ese malestar, como dice ella.

—Si insistes. Sin embargo, debo exigir que Roger vaya contigo. Por favor, no te manches de alquitrán y ten mucho cuidado de no perderte.

—Difícilmente podría perderme con Roger escoltándome.

Las otras damas partieron en el carruaje. Bianca comenzó a caminar en la dirección en la que acababan de marchar. Roger la seguía unos pocos pasos atrás.

—¿Puedo preguntar dónde vamos, señorita Kenwood? —se aventuró a decirle tras caminar una buena media hora.

—Al centro.

—¿Al centro financiero? No hay nada que ver allí y está demasiado lejos. Más vale que regresemos ahora. Mi señora dice que no debería mancharse de alquitrán.

Ella estaba a punto de responder cuando un carruaje que pasaba le llamó la atención. Se dio la vuelta y lo vio avanzar calle abajo. Estaba segura de que había visto a Nigel a través de la ventana. Y enfrente de él la figura en sombras de una mujer.

Roger esperaba con tensa paciencia. Parecía preparado para la negociación.

—No hay duda de que esta excursión te está distrayendo de tus deberes, Roger. Quizá será mejor que busques un coche. Enséñame dónde puedo alquilar uno y luego podrás volver a casa.

Él comenzó a negar con la cabeza incluso antes de dejarla terminar. En vista de su fracaso, ella se dio la vuelta y continuó caminando calle abajo. Hubiera preferido hacer aquello sola, pero incluso si Roger hablaba de ello y llegaba a oídos de Vergil, estaba decidida a cumplir con su cometido.

Como por arte de magia, el nombre de él convocó su recuerdo y su recuerdo convocó su presencia. Un coche reducía la marcha junto a ella. Ella lo contempló para descubrir a Vergil sosteniendo las riendas.

Tenía una ciudad entera a su disposición. Podía haber tomado cualquier otra calle.

Él se apeó del coche y Roger se apresuró a sujetar el caballo.

—Yo llevaré a la señorita Kenwood a casa, Roger. Ya no tienes que hacerte cargo.

El lacayo dio la vuelta sobre sus tobillos. Vergil hizo un gesto hacia el coche.

—No regresaré a la casa todavía, Laclere, continuaré caminando.

—No lo harás. Cualquiera que sea tu destino te acompañaré.

Ella aceptó que su mano la ayudara a subir. Se colocó junto a ella.

—¿Dónde te llevo?

—Al centro financiero. Quiero ver al señor Peterson.

A él no se le movió ni un cabello.

—Es una suerte lo que ha ocurrido. Pen estaría preocupada por tu retraso. No conviene que te ausentes durante tanto tiempo, ni siquiera bajo la protección de un lacayo.

Una flecha roja le atravesó la cabeza. Ese hombre tenía el descaro de regañarla por no amoldarse a las restricciones que él le había impuesto.

Dio la bienvenida a la vieja indignación. Como un traje de acero sobre su corazón ésta la protegía contra otras reacciones evocadas por volver a estar a solas con él.

Vergüenza, confusión, reacciones peligrosas.

—Creo que mi primo Nigel está en Londres —dijo mientras se unían a los otros vehículos que llenaban las calles.

—Llegó hace unos pocos días.

—Es extraño que Penelope no lo haya invitado.

—Hizo ayer una visita.

—Es extraño que Pen no mencionara que había dejado su tarjeta.

—Ella no vio su tarjeta. Yo se la quité al mayordomo.

Ella se volvió sorprendida hacia su impasible perfil.

—Tu hermana se sentiría ofendida si supiera que te has atrevido a hacer eso.

—Lo dudo, ya que él no venía a visitar a Pen.

Lo dijo con absoluta tranquilidad, como si las implicaciones no tuvieran que molestarla a ella para nada.

—¿Descubriste que mi primo había venido a visitarme y te

apoderaste de su tarjeta para que yo no me enterara? ¿Cómo te atreves?

—Compórtate. Cualquiera que nos vea pensará que estamos teniendo una pelea.

—Y es que estamos teniendo una pelea. Ya es hora de que nos pongamos de acuerdo en unas cuantas cosas, tío Vergil.

—Llámame Laclere. Es desconcertante que una mujer a quien he besado se dirija a mí como tío Vergil.

Ella lo miró atónita.

—Me sorprendes. Te refieres a eso con ecuanimidad incluso mientras asumes una postura autoritaria.

—Ni me refiero a ello ni pienso en ello con ecuanimidad. Únicamente señalo que «tío Vergil» se ha vuelto una forma extraña para dirigirte a mí. En cuanto a tu primo, no apruebo su interés por ti.

—Considerando al hombre que sí cuenta con tu aprobación, tu falta de aprobación debería entenderse como la más alta recomendación, y de motivaciones dignas de sospecha.

—No quiero discutir contigo sobre este asunto. Te prohíbo ver a tu primo a solas, y debo insistir en que no hagas nada para alentarlo. No tomo esta decisión para apoyar la causa de mi hermano, sino para protegerte. No creo que Nigel Kenwood sea lo que aparenta ser.

Él debía haber oído hablar de la mujer que visitaba a Nigel en secreto.

—¿No es lo que parece ser? Oh, Dios mío, cielos, cielos, qué conmoción. —Una tormenta de confusión, dolor y resentimiento que había ido creciendo a lo largo de tres semanas estalló y ella dejó escapar su furia—. Una fina observación viniendo de ti. Discúlpame si no me quedo deshecha por esta sorprendente noticia, pero es que creo que no hay ni un único hombre en tu fastidiosa sociedad que sea lo que parece ser. La tía Edith me advirtió acerca de la oculta corrupción e inmoralidad de la aristocracia inglesa, y empiezo a entenderla. Cómo te atreves a juzgar a Nigel. Si no es lo que parece, no es más fraudulento que tú. Lo es menos, porque no va por ahí fingiendo ser un santo. Mucho menos, incluso, pues por lo que yo sé no le hace el amor a su pupila mientras corteja a su prometida y mantiene a una amante en Lancashire.

Él casi no reaccionó. Casi. Un diminuto parpadeo de consternación iluminó sus ojos. Ese instante de preocupación se manifestó con más elocuencia que cualquier palabra que hubiera acertado con su última acusación.

Charlotte había estado en lo cierto respecto a sus viajes al norte. Tenía allí a una mujer.

Aquello acabó de golpe con toda su furia. Se hundió en el asiento, sobrecogida por una desolación que la hacía sentirse enferma.

La profundidad de su decepción la dejó anonadada. Ese detalle, de manera irrevocable, transformaba esos besos de impetuosa pasión en sórdida locura.

—Fleur no es mi prometida —dijo por fin.

—Eso es lo de menos, Laclere.

Conducía con lentitud, como si alguna contemplación le distrajese.

—¿Quién te ha dicho que tengo una amante?

—No te preocupes. Ningún invitado de la fiesta hizo insinuaciones al respecto. Y los criados no rumorean. Sólo los más cercanos a ti sospechan. Han notado las frecuentes visitas que le haces. ¿Qué otra cosa podría llevarte al norte con tanta frecuencia? Charlotte sugirió esa explicación, pero yo imagino que Penelope y Dante lo han supuesto.

Ella ansió que él lo negara. Incluso deseó que le mintiera. ¿Qué mal podía haber en otro engaño más?

Él comenzó a conducir por las estrechas calles de la ciudad sin decir ni una palabra, pero el ceño fruncido continuaba arrugando su frente. Considerando su propia devastación, ella se alegraba de haberle dado algún motivo para preocuparse.

Un escándalo público por el asunto con Dante hubiera sido mucho más fácil de sobrellevar que aquella privada humillación.

Bianca entró en las estancias privadas del señor Peterson con una resolución renovada de arrojar la presencia de Vergil fuera de su vida.

El abogado sonrió aliviado al ver que venía sola. Vergil la había escoltado hasta la habitación exterior y luego se marchó para ocuparse de algunos asuntos propios.

No se entretuvo con los habituales cumplidos de rigor.

—No quiero parecer abrupta, señor Peterson, pero el vizconde volverá pronto a recogerme. La última vez que me escribió me indicó que esperaba pronto nuevas noticias, y ya que me encuentro en Londres he pensado que lo mejor sería venir y escucharlas personalmente.

—Como usted solicitó, obtuve los nombres de algunos de los hombres que han mostrado interés en sus sociedades de negocios. La mayoría sólo pretendía hacer tímidas indagaciones, pero uno de ellos era firme.

Rebuscó entre algunos documentos.

—Aquí está. Es para la fábrica de tejidos. La inversión ya está produciendo beneficios. Por un lado, el negocio se ha consolidado. Por otro, usted posee el cuarenta y cinco por ciento. El director de la fábrica, el señor Clark, posee otro cuarenta y cinco por ciento. El abuelo de usted le entregó más de la mitad del capital inicial hace unos seis años, cuando fue construido.

—¿Quién posee el resto?

—Su abuelo era el mayor propietario. Él dejó el diez por ciento restante a su sobrino nieto, Nigel Kenwood. Él desea la renta para poder mantener Woodleigh.

—¿Alguien quiere comprar la fábrica ahora?

—Para enterarme de los detalles sólo tuve que engatusar al empleado del abogado de Adam Kenwood con unas pocas pintas de cerveza. Ha habido una oferta seria por parte del señor Johnston y el señor Kennedy. Nigel Kenwood está entusiasmado por aceptarla, pero el director ha rechazado considerar la oferta. El señor Johnston y el señor Kennedy exigen ser los dueños mayoritarios y controlar el negocio, así que el diez por ciento del nuevo barón es inútil para ellos sin la conformidad de uno de los accionistas principales.

Ella puso en fila los detalles y los vio pavimentando una carretera de vuelta a Baltimore.

—Y yo soy la otra accionista principal. Si yo vendo y Nigel también, el director perdería el control de la fábrica.

—Correcto. Continuará disfrutando de sus beneficios, suponiendo que los nuevos dueños le paguen honestamente, pero hay muchas formas de que los inversores minoritarios no cosechen los mismos beneficios que aquellos que tienen el control.

Es fácil alegar costes que no existen, y desviar los fondos de inversión. No pretendo difamar al señor Johnston y al señor Kennedy, pero lo cierto es que ellos son directores de fábricas. Tipos desagradables, por toda la riqueza que acumulan.

Resultó más que claro que esos hombres eran definitivamente inferiores al propio señor Peterson, que no era lo que se dice precisamente un aristócrata.

—¿Cuál ha sido la reacción de mi tutor ante esta oferta?

—El vizconde la ha tenido en consideración y ha pedido el asesoramiento de expertos financieros, que el señor Clark demoró en enviarle. No hay duda de que el hombre planea ser un obstáculo mientras le sea posible. Sin embargo, el empleado con el que estuve bebiendo me indicó que el vizconde parece inclinado a conservar el negocio. Ha tenido espléndidos beneficios.

Lo cual significaba que volvería a tener espléndidos beneficios. ¿Quién se enteraría si conseguía que parte del próximo pago fuera desviado a la cuenta que el señor Peterson había abierto para ella? No mucho, sólo lo justo para que ella y Jane volvieran América.

Si le prometía al director no vender cuando alcanzara los veintiún años, probablemente aceptaría la propuesta, pues la vería como un negocio que los beneficiaba mutuamente.

—Señor Peterson, quisiera que me entregara un informe por escrito con la información acerca de esa fábrica.

Aquella noche Bianca asistió al teatro con Vergil y Penelope. Llevaba el chal azul de seda por primera vez, y esperaba que fuese también la última. Pretendía dejarlo allí cuando abandonara Inglaterra. Su lujosa caída le recordaba la vida que su herencia le ofrecía, esa que quería rechazar cuanto antes.

No quería regresar a Baltimore sin visitar Milán. A pesar de la valiente resolución que había mostrado ante Vergil, no estaba segura de ser capaz de encontrar otra forma de cumplir con su sueño y sus planes. Se imaginaba a la edad de la tía Edith, preguntándose continuamente qué podía haber sido.

Quizá no era necesario repudiar la totalidad de la herencia. Quizá, si dejaba la mitad…

Mentalmente se castigó a sí misma. Si comenzaba a encontrar excusas para usar parte de la fortuna mancillada de Adam, probablemente acabaría seducida por el lujo que le proporcionaría la herencia en su totalidad. Regresaría a Baltimore, y regresaría tan pobre como se había marchado.

No estaba muy atenta a la actuación que tenía lugar en el escenario. Su debate moral la mantenía enteramente ocupada. Eso y el hombre que estaba sentado a su lado. Su mera presencia la ponía en alerta. El más pequeño de sus movimientos hacía saltar su corazón. Teniendo en cuenta lo que había sabido de él ese día, su propia sensibilidad la enfurecía.

Sí, se marcharía a Baltimore, y lo haría muy pronto. Cuando estuviera de vuelta en casa sería capaz de olvidar a ese hombre que la había hecho actuar como una loca, incluso sabiendo que no era más que un sinvergüenza y un fraude.

Esa noche al retirarse halló una carta esperándola en su habitación. Una que Adam Kenwood le había escrito a Milton.

En ella aceptaba la sugerencia de Milton de entregar a la caridad una cantidad de dinero equivalente a aquella que había obtenido al vender sus barcos, a fin de reparar de alguna forma el hecho de haber obtenido beneficio del comercio de esclavos.

También halló una nota dentro de la carta, ésta del actual vizconde Laclere.

—Encontré esta carta entre los papeles de mi hermano y pensé que te gustaría verla. Hoy visité al abogado de Adam para comprobar si la intención expresada aquí se había llevado a cabo. Así fue, hace tres años. Por lo tanto, la porción de su patrimonio que tú has heredado no está mancillada. No hay ninguna culpa en aceptarla. Al parecer, Adam acabó dejándose influir por su hijo en este asunto.

Ella contempló la carta mientras asimilaba sus implicaciones. Su corazón latía rápidamente con alegría y excitación renacidas. Después de todo, no regresaría a Baltimore.

Acudió a su mente la imagen de Vergil dejándola con el señor Peterson y yendo a visitar al abogado para verificar lo ocurrido. No convenía a sus intereses que ella se enterara de aquello. La verdad le había devuelto su sueño… un sueño que él no aprobaba.

Su generosidad la conmovió profundamente. Su irritación

ante su afán de entrometerse desapareció y sus sospechas acerca de su carácter se volvieron insignificantes. Incluso el sueño perdió importancia. El gesto de Vergil descubriendo la verdad le llegó al corazón.

Él podía llegar a ser un fraude, y podía ser peligroso, pero lo echaría terriblemente de menos si se marchara.

Capítulo once

Vergil sirvió dos vasos de oporto y le ofreció uno a Dante. Su hermano se había quitado la levita y ahora holgazaneaba satisfecho en un sillón frente al fuego de la chimenea del estudio. A todas luces parecía un hombre cuyos diversos apetitos habían sido saciados. Vergil supuso que había pasado la noche con su actual amante.

—Esperaba que anoche nos hubieras acompañado al teatro.

—Me distraje, y después empezó a hacer mal tiempo. Ya es lo suficientemente malo que tenga que empezar a hacer de niñera mañana. No es necesario que estemos allí los dos esta noche.

No, no era necesario. Sin embargo, la presencia de Dante podía haber distraído a Bianca y arrancarla del humor apagado en el que parecía haberse refugiado durante la tarde sin dar ninguna explicación.

Había sido una noche incómoda. Bianca había disimulado sus reacciones con una aparente serenidad, pero él había sentido sus pensamientos, e incluso había tenido ocasión de verlos con los ojos entornados y las miradas que les dirigía. Cuando acompañaba a las damas de vuelta a casa de Pen había estado a punto de apartarla a un lado y soltarle de buenas a primeras una explicación, rogándole que lo perdonara.

Sin sentido. Sin esperanza. ¿Qué podía decirle?

Ella había llegado a la conclusión de que era el más deshonesto de los hombres, no por tener una amante, sino por la forma en que se había comportado con ella. Había concluido que era un monstruo depredador. Quizá estaba en lo cierto.

La verdad es que sentía un deseo devorador ante su continua proximidad.

—Nigel Kenwood está en la ciudad. Es muy importante que te quedes en Londres hasta que las damas se marchen —le dijo a Dante—. Será mejor que te alojes aquí. Le he dado instrucciones a Morton para que prepare tu habitación.

—Laclere House es incómoda fuera de temporada, con la mayoría de habitaciones cerradas y casi todos los criados en el campo. A ti no parece importarte vivir como un monje en unas pocas habitaciones con tan sólo un ayudante de cámara, pero yo opino que sería preferible quedarme en uno de mis clubs.

—Quiero que estés cerca de la casa de Pen, no en un club.

—Estás actuando como un viejo tío quisquilloso, Verg. ¿Qué puede hacer Kenwood? Ella no puede casarse sin tu permiso, a menos que temas que huyan a Escocia.

—Esa posibilidad no está tan lejos de mi imaginación. Sin embargo, debo confesarte que ahora mismo me preocupa algo mucho más serio. —Fue hasta el escritorio y recuperó la carta del abogado de Adam Kenwood que había recibido en Laclere Park—. Lee esto.

Dante leyó perezosamente el papel.

—Me parece bastante común. Si la señorita Kenwood muere sin hijos, su herencia irá a parar a su pariente más próximo.

—Sí, bastante común. Excepto por la cláusula que determina que se considera pariente sólo a alguien que tenga sangre de los Kenwood. Yo no me había dado cuenta al leer el testamento, pero la carta del abogado lo expresa de manera explícita. Eso excluye a la tía abuela de Baltimore y deja únicamente a Nigel.

—¿Y?

—Para él ella tiene más valor muerta que como esposa.

—Apenas, teniendo en cuenta los derechos de un marido. ¿Estás diciendo que ese músico querría hacerle daño? Tu imaginación te supera.

—Es lo más probable. Es posible que mis sospechas respecto a Kenwood sean injustas, pero preferiría mostrarme cauteloso. He estado haciendo averiguaciones, y está seriamente endeudado tanto aquí como en Francia.

—Y por eso quiere casarse con ella. Lo cual no es precisamente un crimen. ¿Si yo heredara con su muerte, deducirías que pretendo asesinarla?

—Por supuesto que no. Y tampoco sospecharía de él de no haber sido por el hecho de que ha estado a punto de ser asesinada dos veces durante el último mes.

Aquello borró la diversión del rostro de Dante.

—Hubo dos accidentes muy próximos en Laclere Park. Accidentes extraños, Dante, y no estoy del todo convencido de que fueran realmente accidentes. —A continuación le describió brevemente lo ocurrido.

Dante reflexionó acerca de lo sucesos.

—Puede que no haya sido nada, desde luego. Meras coincidencias. Sin embargo, puedo entender que tomemos precauciones, sólo para estar seguros.

—Exactamente.

—¿No sería mejor advertírselo a ella?

—No puedo impugnar a ese hombre con unas pruebas tan poco sólidas, y tal vez esté equivocado. Sospecho que la señorita Kenwood atribuiría mis advertencias a un deseo de mantenerla apartada de Nigel. Si es así, incluso podrían tener el efecto contrario.

Durante algunos momentos Dante frunció el ceño mientras miraba el fuego.

—El viejo Kenwood no te hizo ningún favor nombrándote su tutor, Verg. Estoy llegando a la conclusión de que lo único que causa son problemas. Una mano firme no sirve ni para empezar a describir lo que se necesita hacer con ella. Había creído que aquel pequeño episodio del lago fue simplemente un error encantador, pero ahora me dices que mientras estábamos en Laclere Park salía sola temprano en la mañana para hacer largas caminatas y paseos a caballo, sin acompañante. La sorprenden rodando conmigo abrazados en la hierba e ignora todo sentido de la decencia rechazando casarse conmigo. Ha dado muestras de una educación muy liberal y un afán de independencia del todo inaceptable, y con toda probabilidad ya hace tiempo que ha perdido su virtud.

Vergil advirtió la expresión masculina e intransigente de su hermano. ¿Ella vería así al vizconde Laclere?

«Tú no la conoces. No es un problema ni es indecente. Es una mujer joven llena de sueños, luchando por su vida.»

—Ahora te diré que ya no estoy dispuesto a casarme con ella, y al diablo con su herencia. Sin embargo, estoy de acuerdo con que no se mueva de casa de Pen sin un acompañante, y no sólo porque pueda correr peligro. La cuestión es, Verg, que creo que no estás siendo lo bastante estricto con ella. Si no somos muy cuidadosos, puede traer la ruina a esta familia.

Después de resolver la cuestión de la seguridad de la señorita Kenwood, se pusieron a hablar de otros asuntos. Pero en las llamas que observaba mientras hablaban, Vergil vio el cuerpo de Bianca dándole la espalda mientras contemplaba el espectáculo la pasada noche. Llevaba el chal azul, y la seda de éste caía como una cascada sobre su espalda y sus brazos, ganando aún más intensidad con las luces del teatro y realzando su cabello rubio a través de un delicioso contraste.

Él había envidiado la forma en que ese chal la acariciaba y estaba encantado de que lo llevara. El pago a madame Tissot no había sido hecho de la renta de Bianca, pero ella jamás lo sabría. Había sentido un enorme placer al verla llevar su regalo secreto, incluso aunque su actitud glacial le indicara que lo arrojaría al fuego si supiera que él lo había pagado.

Menos mal que por fin llegaba Dante. Había disfrutado demasiado de su compañía, la había contemplado demasiado a menudo. Se había convertido en una peligrosa fascinación. Un hambre imposible de saciar.

Entrecerró los ojos ante el baile de las llamas. Era tiempo de volver a marcharse. A Lancashire. A ver a su amante.

—Entonces está decidido. Harás de anfitriona en la recepción de la semana que viene. —La señora Gaston hizo que sonara como si estuviera concediéndole a Penelope un gran favor.

Penelope cogió un pequeño y hermoso libro de la mesa que había junto a su silla.

—Difícilmente podría negarme, dado que el señor Witherby me ha dedicado el volumen. Este honor te habría correspondido a ti, como la patrocinadora de la serie.

—Sería vulgar para todos ellos que me dedicaran sus poemas a mí. Además yo prefiero un reconocimiento menos ostentoso. No querríamos que nadie insinuara que el genio de nuestros poetas se compra como quien compra jamón en el mercado.

Bianca observó el rostro de la señora Gaston mientras ponía reparos a su propia importancia. Sus altas mejillas parecían más prominentes hoy, como si su piel se tensara contra ellas. Bianca se preguntó si la señora Gaston se había sentido tan encantada como ahora profesaba al comprobar que su mecenazgo no fue celebrado en la breve dedicatoria del señor Witherby.

Penelope, por su parte, estaba radiante de felicidad. Su mirada continuamente volvía sobre el libro encuadernado en cuero marrón, y las yemas de sus dedos pasaban una y otra vez sobre la elaborada portada.

—Sería mejor que fueses tú la anfitriona en la recepción, me temo. Habrá quienes no aceptarán mi invitación.

—Tonterías. Me aseguraré de que la gente más importante esté allí. Éste será un acontecimiento importante para ti, querida. Un primer paso para relanzarte dentro de los círculos que mereces. Tu situación ha durado demasiado. Incluso los prisioneros eventualmente pueden volver a casa.

La vacilante sonrisa de Pen revelaba escepticismo, resignación y esperanza. El corazón de Bianca se conmovió ante la emoción que afloraba al rostro de la condesa. Penelope siempre parecía aceptar su caída social, incluso parecía alegrarle, pero en aquel momento resultaba obvio que simplemente escondía su dolor.

Bianca miró a la señora Gaston con nuevos ojos. Hasta el momento no había sentido simpatía por aquella mujer, pero ahora sí. La señora Gaston había continuado su amistad con Penelope cuando muchos otros se habían negado a hacerlo. Ahora conspiraba a favor de la rehabilitación de Pen. No era extraño que Pen contara con ella como una amiga querida a pesar de su carácter vanidoso y autoritario.

—Le preguntaré a mi hermano si puedo usar Laclere House —dijo Pen firmemente decidida—. Habrá que hacer muchos preparativos, por supuesto, pero quizá acepte.

—Consigue que acepte —dijo la señora Gaston—. Explícale que esto es una apuesta. Mucho más que un evento poético. Witherby es amigo suyo, así que Laclere debería estar de acuerdo. —Se levantó—. Ahora debo ir a hacer mis otras visitas. Creo que el señor Witherby llegará pronto. Me permitió el honor de traerte este primer ejemplar, pero no hay duda de que quiere ver personalmente cuánto te gusta.

Dejó a Penelope contemplando el libro, acariciando otra vez su cubierta. Bianca se acercó para admirar el pequeño volumen con Pen, y después se sentó a su lado. Hubiese preferido abordar su petición otro día en que Pen no estuviera tan absorta en el halago de esa dedicatoria.

—Penelope, me gustaría regresar a Laclere Park mañana.

Aquello hizo que Pen apartara la atención del libro.

—¿Estás diciendo que no eres feliz aquí? Creía que preferías la ciudad.

—Así es. Sin embargo, me siento muy incómoda con Dante tan presente.

—Cielos, ¿estás diciendo que él ha…?

—Su comportamiento es del todo irreprochable. Sé que es una suerte que nos haya acompañado al teatro, y la excursión al Museo Británico fue muy agradable. Es sólo que… —Dejó que su voz se fuera apagando.

Pen jamás había hablado de lo que había visto aquel día en el lago, pero su expresión indicaba que entendía la razón por la que Bianca quería abandonar Londres.

—No puedo pedirle a Dante que se vaya, Bianca. Charlotte pasa muy poco tiempo con él. En cuanto a partir de la ciudad, acabo de prometer ofrecer una recepción para el señor Witherby en honor de su nuevo libro la próxima semana. Desearía poder ofrecerte alojamiento, pero hasta que termine la recepción estaremos un poco apretados aquí.

—Podría volver yo sola mañana con Jane, y tú y Charlotte ya vendréis tal y como estaba previsto.

—No creo que sea una buena idea.

—Jane y yo cruzamos el océano. El viaje a Sussex no entraña ningún peligro, especialmente si vamos en tu coche. En cuanto estemos de vuelta en Laclere Park nos cuidarán allí.

Pen empezaba a ablandarse.

—Por favor. La alternativa para mí es meterme en la cama y fingir que estoy enferma. Con el tiempo estoy segura de que la compañía de Dante no me incomodará, pero por ahora, tan poco tiempo después de… me resulta difícil estar frente a él.

Pen le tocó la mano.

—Pareces siempre tan serena que jamás me di cuenta de lo incómodo que es para ti.

—Muy incómodo.

—Creo que te lo permitiré. Sin embargo, le daré a mi cochero instrucciones estrictas para que te lleve directamente a Laclere Park, y él les transmitirá al mayordomo y al ama de llaves la orden de que se aseguren de que permanezcas allí. Vergil difícilmente podrá poner objeciones si se toman esas precauciones.

—Gracias, Pen. ¿Podrás darle alguna excusa a Dante?

—Encontraré algo que decirle cuando venga mañana. Finalmente sabrá que te has marchado, por supuesto, pero no se lo diré ahora mismo. —Le ofreció una simpática sonrisa—. Él es en realidad muy dulce, Bianca, a pesar de su comportamiento travieso. Espero que te sientas cómoda con él en el futuro. Vergil me ha dicho que Dante siente por ti el más honesto de los afectos.

—¿De verdad crees que los hombres son capaces de eso? Me pregunto si el afecto de ellos puede ser realmente honesto.

Pen sacudió la cabeza y dejó escapar una pequeña risa.

—Soy la mujer menos indicada para dar consejos respecto a ese tema. —Acarició el libro de poemas con las yemas de los dedos—. Sin embargo, me sorprendo a mí misma preguntándome si no podría ser posible en unos pocos casos excepcionales.

El coche correo dobló una curva a toda velocidad y sus pasajeros se prepararon para quedar aplastados en el lado izquierdo. Bianca se arrebujó dentro de la capa de Jane, buscando protegerse del frío húmedo que había calado en sus huesos desde hacía horas.

No había imaginado que aquel viaje sería tan miserable. La velocidad del coche hizo que el trayecto fuese trepidante a pesar de las buenas carreteras.

No había habido alternativa. No sólo necesitaba que aquel viaje fuera veloz, sino que además el dinero que le quedaba de las veinte libras que le había dado Vergil no le alcanzaba para pagar un coche privado. Se había permitido descansar la última noche en una posada, y haría lo mismo a la vuelta, pero dudaba que Jane pudiera mantener el engaño durante más de tres días.

Se ajustó más la capa. Qué mala suerte que la única prenda con capucha que Jane había traído de Londres fuera de lana ligera.

La petición al cochero de Pen de detenerse en una posada cercana a Laclere Park para que Jane pudiera desviarse a visitar a una amiga enferma no había levantado ninguna sospecha. Tampoco llamó la atención que ella pidiera permiso para ir al baño. Detrás del edificio, ella y Jane se habían intercambiado las capas y la mujer equivocada había regresado al carruaje. Incluso el tiempo había cooperado, procurándoles una lluvia ligera que justificara las oscuras capuchas cubriendo sus rostros.

La esperanza era que cuando Jane llegara a Laclere Park consiguiera retirarse de manera abrupta quejándose de un enfriamiento. Acurrucada en la cama de Bianca unos pocos días, envuelta, con la cabeza cubierta y durmiendo como una enferma, podría evitar que se descubriera su verdadera identidad.

Si no, Bianca esperaba regresar antes de que corriera la voz de alarma.

El mayor inconveniente del plan, a parte de sus extremidades entumecidas, era el hecho de que no había podido traer ningún equipaje consigo. Los únicos artículos de tocador y ropas que llevaba estaban apretujados en su bolsito de mano y en el interior de su corpiño.

El coche corría a toda velocidad por los alrededores de Manchester, haciendo una serie de paradas rápidas mientras la campiña se iba convirtiendo en pueblos informes que pronto se mezclaron con las afueras de la ciudad misma. Una extraña combinación de la más pura novedad junto a la vieja miseria flanqueaba las calles residenciales. Quizá en días soleados, si el visitante no estuviera hambriento y helado hasta los huesos, no parecería un lugar tan inhóspito. Uno sabía sin necesidad de que se lo dijeran que era una ciudad en crecimiento. La aglomeración revelaba que había demasiada gente viviendo en la estrechez en domicilios que escaseaban.

Aminoraron la marcha hasta que el conductor hizo un alto. Otros dos pasajeros recogieron su equipaje.

—Si iba a Manchester, ya hemos llegado —dijo uno—. El coche se dirige ahora a Liverpool, y el correo destinado a la ciudad será recogido aquí por otros.

Bianca se bajó en medio de la llovizna. Se acercó al compartimiento del cochero y le preguntó a éste dónde podía alquilar un pequeño carruaje y un conductor por unas pocas horas.

Pronto volvía a sentir la humedad contra su espalda, esta vez apretujada contra un corpulento conductor que impulsaba su coche a través de las calles de la ciudad. Se arrebujó dentro de su fina capa con la capucha bajada para tratar de protegerse de la niebla.

—¿Está lejos la fábrica de Clark?

—Un poco hacia el este. Es una fábrica más nueva que otras y un poco alejada de las demás. Cuesta creer que allí casi todo era campo abierto hace diez años. La ciudad continúa creciendo, como una araña que engorda comiéndose a todos aquellos que aterrizan cerca. —Señaló a un hombre joven apoyado contra un edificio—. Como él. Siempre pueden reconocerse. Tienen ese aire desconcertado. Entonces, si encuentran trabajo en una buena fábrica, crecen satisfechos y si no se vuelven tacaños.

—¿Qué es una buena fábrica?

—Una con sueldos decentes, dentro de lo posible. Donde las máquinas sean seguras. Donde las familias trabajen en los mismos horarios. —La miró de reojo—. No es asunto mío, pero ¿está usted segura de que quiere ir hoy a esa fábrica? Ha sido un lugar donde han aparecido inesperadamente problemas una y otra vez en estos últimos meses. Se dice que está yendo a peor.

—Debo ir hoy. Estoy segura de que el señor Clark tiene una de esas buenas fábricas, así que allí no debería haber problemas.

Él se echó a reír.

—Cuando los problemas se propagan, no hay buenas fábricas.

Les llevó casi una hora recorrer su camino hasta los alrededores del este y llegar a los largos y bajos edificios de la fábrica de Clark.

El conductor se apeó de un salto y la ayudó a bajar.

—Debe de estar allí. —Señaló hacia un cubo de piedra de dos plantas—. La casa del director. No es tan sofisticada como otras. —Alzó la cabeza como un perro olisqueando—. Parece bastante tranquilo.

—Espere aquí, por favor. Quiero volver a la posada para esta noche.

Ella se envolvió en la ligera tela de su capa y se dirigió hacia la casa. Un hombre joven estaba sentado ante el escritorio en la primera habitación del edificio.

—He venido a ver al señor Clark —explicó ella.

Él la miró de arriba abajo, y no le causó buena impresión la sencilla capa de Jane.

—Está en la fábrica ahora. Quizá pueda ayudarla. Soy el señor Thomas, su secretario.

—Gracias, pero quiero hablar personalmente con el señor Clark.

Él la examinó con actitud crítica una vez más.

—Normalmente no las envían tan jóvenes. ¿De qué grupo de reformas viene usted?

—No soy de ninguna organización de reformas. Tengo negocios de naturaleza muy seria con el director.

—Dígame su nombre y veré si él está al tanto de esos negocios.

—Señor Thomas, no tengo la intención de darle a usted mi nombre. Esperaré a que regrese el señor Clark. Le aseguro que no le estará agradecido si pone usted obstáculos.

Su primera reacción osciló entre una carcajada y un fruncimiento de ceño. La diversión ganó. La condujo al interior de la oficina.

Allí ardía el fuego de una chimenea. Se puso cerca y disfrutó del calor que empezaba a ahuyentar la humedad.

Se volvió para calentarse un poco la espalda e inspeccionó la oficina. Los muebles eran robustos pero sencillos. Sobre la superficie del escritorio sólo se veían utensilios de escritura y una pulcra pila de documentos. Toda la habitación parecía bastante vacía. Si eso reflejaba la personalidad del director éste sería un hombre soso y poco interesante. Esperaba que eso no significara que carecía de imaginación. Necesitaba que él fuera capaz de ver que su proposición favorecía a sus intereses.

Y también le daba a ella lo que quería. La oportunidad de marcharse lejos.

Se volvió hacia el fuego. Se imaginó a sí misma caminando por calles soleadas y estando alegre, feliz y cantando durante horas. Su vida sería tan brillante y excitante que jamás volvería a pensar en aquel horrible interludio en la húmeda y nublada Inglaterra, y en cómo éste había revuelto sus emociones y había cambiado tanto una parte de ella que ni siquiera era capaz de reconocerse.

Sólo conservaría de aquello un breve recuerdo, una parada de coche en su camino hacia la madurez. Una vez se hubiera marchado, el dolor que llevaba en el interior de su pecho desaparecería. Un futuro maravilloso la estaba esperando. Se agarraría a él con valentía y no miraría atrás y...

Un ruido a su espalda interrumpió sus sueños llenos de esperanza. Una puerta se abrió y oyó el sonido de pasos.

—El señor Thomas dice que deseaba usted verme, señora.

Las imágenes de Italia se rompieron en pedazos como golpeadas por un martillo. Los fragmentos llovieron a través de su mente atónita.

Quedó boquiabierta mientras se tambaleaba y clavaba sus ojos en los ojos azules del vizconde Laclere.

Capítulo doce

—*D*iablos.

La maldición proferida quedó flotando en el aire. Se miraron el uno al otro aturdidos durante un momento.

Lentamente, su inteligencia comprendió las implicaciones de la presencia de él allí.

Vergil y el señor Clark eran la misma persona.

Qué sorprendente descubrimiento.

Qué increíble mala suerte.

Entonces otra vez...

Él se sobrepuso primero.

—¿Qué demonios estás haciendo aquí?

El asombro la dejó sin habla. El asombro, junto al hecho de que su explicación difícilmente podría suavizar la expresión que él tenía en su rostro. Decir que no parecía alegrarse demasiado de verla sería decir muy poco.

Él tenía un aspecto ligeramente distinto. Todavía era Vergil. Todavía era alto y moreno y severo. Todavía tenía ese rostro cincelado y esos ojos llamativos. Pero su levita negra tenía un corte más austero que aquel que lucía habitualmente y parecía de inferior calidad.

Las puntas de su cuello eran de algún modo menos perfectas, y llevaba un pañuelo negro atado de un modo informal, algo que ella no había visto antes.

Tenía un aspecto oscuro y amenazador aunque bastante presentable, pero ella no podía quitarse de encima la sensación de que parecía un hombre no acostumbrado a lucir prendas finas, que todavía no sabía combinarlas y que carecía de un buen ayudante de cámara para enseñárselo. Un hombre rico, pero no desde su nacimiento.

—Le he preguntado qué está haciendo aquí, señorita Kenwood.

A pesar de que él había soltado abiertamente una maldición, ella sabía que había veces en que el silencio era el mejor recurso. Sería difícil soltar de buenas a primeras que había venido para extorsionar al señor Clark a fin de conseguir algún dinero que le permitiera escapar de su malvado tutor.

—¿Cómo has llegado hasta aquí?

—En el coche de correo.

—Eso explica por qué pareces medio muerta. ¿Está tu coche fuera?

Ella asintió.

—¿Dónde está tu equipaje? ¿Lo dejaste en tu posada con Jane?

Oh, Dios.

—No.

Él frunció el ceño.

—¿Has hecho todo este viaje sin equipaje?

La falta de respuesta no demoró la conclusión. Él la traspasó con una mirada afilada.

—De hecho has venido sin Jane, ¿verdad? Has hecho este viaje sola.

Hubiese querido hilar una historia, una completa mentira, si se le hubiera ocurrido alguna. Su mente simplemente no cooperaba.

—Eso ha sido muy pero que muy temerario por su parte, señorita Kenwood. —Bruscamente abrió la puerta y salió.

Regresó al cabo de unos pocos minutos.

—Supongo que estás cansada y tienes frío, pero debo retrasar el momento de que te pongas cómoda durante un buen rato. He pagado a tu cochero y he enviado tu coche de vuelta. Mi carruaje estará aquí dentro de un momento. Mientras lo esperamos, quiero que me expliques cómo preparaste este viaje, para poder determinar hasta dónde alcanza el desastre que puedes haber provocado.

Sintiéndose como una escolar traviesa, explicó el brillante plan que de un modo tan abrupto había perdido todo su lustre.

—Así que si Jane aún no ha sido descubierta, no ha habido ningún tipo de desastre —concluyó.

—Y si tu estratagema sí ha sido descubierta, Penelope podría estar ahora removiendo cielo y tierra por toda Inglaterra.

—En cuanto hable con Jane sabrá que no he sido secuestrada. Supongo que esperaría unos pocos días a que regresara.

—¿Jane sabe adónde fuiste y por qué?

—No le confié los detalles. Si me envías de vuelta ahora mismo, nadie tendrá razones para buscar al señor Clark. Nadie sabrá tu secreto.

—Tú lo sabrás. Hasta que no decida qué hacer respecto a eso no tengo intenciones de hacerte regresar. Sin embargo, no podemos discutir aquí.

El sonido del traqueteo del coche se oía fuera. Vergil desapareció en una habitación contigua y volvió con su abrigo grueso. Colocó la pesada prenda sobre los hombros de ella y la escoltó a través de la oficina principal hasta la puerta.

Morton sostenía las riendas en el asiento del conductor de un vehículo que no llevaba ninguna insignia aristocrática. Su boca, abierta por la sorpresa, quedó enterrada entre la barba y el bigote al ver que Vergil sacaba a Bianca del edificio.

—Bueno, ahora, milord, ésta es una complicación inoportuna.

—Tienes talento para quedarte corto, Morton.

—La chica ha sido demasiado atrevida, si se me permite decirlo.

—Sí.

—Por otra parte…

—Exacto.

¿Qué se suponía que significaba eso? Por lo que parecía, todos esos comentarios tenían que ver con ella.

Vergil se colocó frente a ella. Cogió una manta que había en el coche y se la puso sobre las piernas.

—Tienes los zapatos húmedos. Qué tontería. Son muy ligeros para llevarlos en un coche de correo. —Le desató ambos zapatos y se los quitó, después le envolvió los pies con la manta de piel.

La arropó y la abrigó como si fuese una niña. La cubrió bien con el abrigo hasta que sólo su cabeza sobresalía de un enorme bulto.

Era muy encantador por su parte que la mimara de aquel

modo, especialmente teniendo en cuenta que el brillo de sus ojos parecía indicar que estaba pensando que si ella sufría de una fiebre por culpa de aquella escapada, se lo tendría merecido.

Morton condujo el coche a través de un puente y se encaminaron hacia el sur.

—¿Dónde vamos?

—Tengo una finca cerca. Llegaremos en menos de una hora.

La finca. Ella se preguntó si su amante estaría allí. Dado que ella ya conocía la existencia de esa mujer, se preguntaba si él se molestaría en esconderla durante las pocas horas que necesitarían para resolver esa «complicación inoportuna».

Él continuaba mirándola con una concentración intensa. Era el tipo de expresión calculadora que uno a veces percibe en una persona que piensa que nadie la está mirando. El hecho de que la mirara de aquel modo durante un silencio tan largo resultaba muy inquietante.

No sentía miedo por su seguridad. Todo lo contrario. Pero no podía sacudirse de encima la sensación de que aquel hombre sentado frente a ella se había vuelto repentinamente del todo imprevisible, y que el señor Clark quizá no jugaba con las mismas reglas que el vizconde Laclere.

—A menos que quieras que llegue a la conclusión de que hiciste este viaje porque no podías soportar estar separada de mí tendrás que darme una explicación.

La descarada alusión a esa otra parte de su relación la puso en estado de alerta.

—Vine a ver al señor Clark.

—¿Por qué?

—Para tener una pequeña charla. Para conocerle.

—No estoy de humor para que se insulte a mi inteligencia. Dado que yo soy el señor Clark y nos conocemos hace tiempo expondrás tus negocios ahora.

—Bien, si el señor Clark estuviera dispuesto a ser razonable, y lamento decir que no me parece que así sea, yo pretendía proponerle un trato que nos beneficiaba mutuamente. El señor Peterson me habló acerca de la oferta para comprar la fábrica y me explicó que el señor Clark, o sea tú, no quería venderla, y que si yo vendía mi parte y Nigel también, entonces… oh…

oh, es por eso que intentas obligarme a que me case con tu hermano. Para conseguir la propiedad de esa fábrica. Realmente, Laclere, estoy muy decepcionada contigo.

—Tienes muchas razones para estarlo, pero ésa no es una de ellas. Jamás pretendí obligarte a que te casaras con mi hermano. Suponía que serías una huérfana provinciana y sumisa que, como todas las mujeres, te desmayarías de deleite cada vez que Dante te sonriera. Te enamorarías, te casarías con él, y eso es todo. No había nada deshonesto en el plan. En cuanto a lo que sucedió más tarde, te recuerdo que si tú no te hubieras lanzado sobre Dante yo no me habría…

—Creo que decir que «me lancé sobre él» no es un modo justo de expresarlo.

—… si no te hubieras lanzado sobre Dante, yo no me habría hallado ante la situación contradictoria de tener que interceder en contra de un matrimonio que a mí sólo podía beneficiarme.

—¿Por qué lo hiciste entonces?

La mirada que él le dirigió la dejó sin aliento. «Tú sabes por qué», decían sus ojos.

—Jamás fue mi intención atraparte en algo que no querías.

Pasaban a gran velocidad por delante de granjas nubladas por la niebla, dejando la ciudad atrás. La expresión «potencialmente peligroso» no serviría ni para empezar a explicar la situación. Pero aquel era Vergil Duclairc. Un santo. Por otro lado, difícilmente podría importunarla a ella con su amante residiendo en la casa.

—Morton evidentemente sabe quién es el señor Clark. ¿Lo sabe alguien más? —preguntó ella.

—No.

—¿Nadie? ¿Ni Penelope ni Dante?

—No.

—¿Fleur?

—Fleur menos que nadie.

—Tendrás que decírselo. Es muy difícil para un hombre ocultarle una cosa así a una esposa, aún más difícil que ocultárselo a un ayudante de cámara.

—Fleur y yo no vamos a casarnos. A ella no le interesa. Nuestro noviazgo ha sido una farsa para apartarla del mercado del matrimonio durante un tiempo. Espero que en el plazo de un mes toda la sociedad sepa que ella rompió el compromiso.

—Lo siento. Nunca hubiera esperado que ella te decepcionara.

—Lo has entendido mal. Yo lo sabía desde el principio. Así que puedes absolverme al menos de un crimen. No te hice el amor mientras cortejaba a una prometida.

Ella hubiera preferido que dejara de insistir tan alegremente en sus referencias a aquello.

—Es extraño que nadie te haya descubierto.

—Lo fácil que resultaba el engaño me sorprendió al principio. Pero el señor Clark es un hombre bastante solitario y vive fuera de la ciudad. Ha rechazado suficientes invitaciones sociales como para que le dejen de llegar. No soy desconocido en Manchester, especialmente entre los otros hombres de negocios, pero evito reuniones en las que no sepa quiénes asistirán. Por supuesto, los aristócratas no se mezclan con los dueños de fábricas, y la ciudad no tiene representación en el Parlamento, así que no hay miembros de la Cámara de los Comunes que puedan reconocerme.

—Mantener una doble vida debe ser muy incómodo y difícil. No entiendo por qué has hecho esto. ¿Por qué no decirlo abiertamente?

—Me extraña que no seas capaz de entenderlo. Los caballeros no se meten en negocios, y menos en uno de este tipo. Invertimos en algunos, en barcos y canales, pero las fábricas son demasiado sórdidas. Y nunca dirigimos activamente los negocios.

Ella recordó al señor Peterson refiriéndose a los dueños de las fábricas como personas de inferior categoría que la suya, y también recordó que lord Calne los llamaba «vulgares». Probablemente sería muy escandaloso que un vizconde encontrara su lugar entre esos hombres. Suficientemente escandaloso como para arruinar el estatus de toda su familia.

Estaba anocheciendo cuando el coche avanzaba pesadamente por la carretera principal. Aminoraron la marcha al pasar cerca algunas granjas.

—¿Son tuyas?

—Van adjuntas a la finca, pero están hipotecadas hasta el último metro.

—¿Laclere Park también está hipotecado?

—La hacienda está restringida a sus herederos de sangre para impedirlo, aunque de todos modos yo jamás lo haría. Un hombre no juega con el patrimonio de su familia.

Ella miraba a través de la ventana, buscando señales de algún pueblo. Con una posada.

Morton dio un giro y trotaron colina arriba. Una vieja finca estilo Tudor se situaba en su cima. En la menguante luz ella discernió una colección dispersa de techos de media viga y muros de yeso que se erguían desde una planta principal de piedra.

Vergil se apeó de un salto tan pronto como llegaron frente a la casa. Ni una sola luz se veía a través de las ventanas. El sitio tenía un aire sobrecogedor. Parecía el tipo de finca sobre la que uno lee las más fantásticas historias. Donde las jóvenes inocentes terminan mal.

Vergil esperaba como si supiera que, cualesquiera que fuesen sus recelos, concluiría que no tenía más elección que entrar.

Luchó para abrirse camino a través de la manta y el abrigo que la envolvían sólo para recordar que no llevaba zapatos. Él los pescó, se los calzó y los ató como si fuera incapaz de vestirse sola de forma apropiada.

Un anciano se llevó el coche y Morton se apresuró dentro por delante de ellos.

—Parece desierto —dijo ella mientras Vergil la tomaba del brazo para ayudarla a soportar el peso del tosco abrigo.

—No tengo empleados aquí, excepto al viejo Lucas para cuidar de los caballos y servir de portero. Cuando yo resido Morton está conmigo. Perteneció a la Armada cuando era joven, y es increíblemente competente incluso en la cocina.

No había criados. Lo miró con desconfianza. Al anochecer su expresión parecía peligrosamente alerta.

El vestíbulo de la entrada, grande y cuadrado, tenía una chimenea, sillas y un sofá. Viejas armaduras brillaban con luz trémula en las esquinas y un antiguo tapiz colgaba de la pared que ascendía con las escaleras.

Por encima de la cabeza uno podía ver las vigas que soportaban el segundo piso. Aunque desgastado, todo estaba en condiciones decentes. Aquella madera oscura podía necesitar un buen lustre, pero Morton había conseguido conservar las cosas limpias.

Morton acercó dos sillas al fuego que había encendido. Ella se balanceaba bajo el enorme abrigo mientras caminaba daba vueltas alrededor y se asomaba a través de las puertas abiertas de las habitaciones que daban al vestíbulo. A un lado había una biblioteca y al otro lado una sala de estar, junto al comedor.

Vergil observaba su inspección.

—¿Estás buscando a mi amante? La tengo encadenada en el ático. Morton, no olvides llevarle la cena a mi querida esclava.

—No tiene gracia, Laclere.

—Ella piensa que estoy de guasa, Morton. La cuestión es que esa moza de arriba empieza a aburrirme. Quizá la enviaré a casa y haré que la señorita Kenwood ocupe su lugar. ¿Tú qué piensas, Morton?

—Tiene la lengua un poco afilada, milord, pero es una joven de muy buen ver.

—Lo bueno de este asunto es que nadie lo sabrá nunca. Te costará creer que una mujer pueda ser tan imprudente, Morton, pero ella se escabulló de la protección de Pen y de Dante y vino al norte sola. Sin decirle a nadie a dónde iba. Quedando totalmente desprotegida. Si desaparece, ¿quién puede decir lo que ha pasado? Todo tipo de accidentes y contratiempos podrían haberle ocurrido en esta aventura. Nunca sabrán dónde empezar a buscarla.

—Me dejas atónita, Laclere. Esto es muy vulgar, y no va contigo —dijo Bianca.

—No es el vizconde Laclere quien contempla tu futuro. Es el señor Clark. Se dice que es un hombre extraño, no muy dado a las relaciones sociales ni a los amigos. ¿Quién podría esperar que una mujer inteligente como tú se pusiera en poder de un hombre de quien no sabe absolutamente nada? Sí, Morton, creo que lo hará muy bien. Necesitará un poco de entrenamiento, por supuesto.

—Espero que estéis disfrutando. El poder potencial de lo que he hecho ha sido ampliamente comunicado. No me divierten tus insinuaciones, Laclere, y no estoy ni una pizca asustada.

—¿No lo estás? Tienes más fe en mi honor que yo, entonces.

Dijo esto último en un tono pensativo y reflexivo. El resto había sido una riña burlona, pero aquello no.

El silencio de la finca de repente la angustió.

Él se acercó unos pasos detrás de ella. Le puso las manos sobre los hombros y ella sintió un hormigueo en la piel, desde el cuello hasta la cintura. Sus manos se rezagaron un momento allí antes de quitarle el abrigo de los hombros.

—Ve a sentarte cerca del fuego para entrar en calor. Morton, ¿puedes preparar un baño caliente para la señorita Kenwood? Será la única forma de sacarle el frío de dentro. Búscale también otras prendas. Su vestido está muy húmedo.

—Aquí no hay más que vuestra ropa y la mía, milord.

—Tráele algo mío entonces. La señorita Kenwood es una buena conocedora de los pantalones de montar. Y haz lo que sea que haya que hacer para prepararle una habitación para una dama. Tendrá que ser la mía. Ninguna de las otras es adecuada.

Su última orden le hizo dar un traspié en su camino hacia la chimenea. Él realmente no podía pretender que ella pasara allí la noche, en su habitación.

Ella se sentó y se aflojó el cuello de la capa.

Él se echó en otra silla cercana.

—¿Has entrado en calor? Morton preparará pronto la cena, pero puedo encontrar algo si tienes hambre.

—Esperaré. —Se quitó los guantes y los colocó en su regazo—. ¿No hay una amante, verdad? Todos los viajes eran por la fábrica.

Se limitó a mirarla de esa forma reflexiva con que la había mirado en el coche. Finalmente sacudió la cabeza con un suspiro de exasperación.

—¿Qué voy a hacer contigo?

—Lo primero que vas a hacer es darle instrucciones a Morton para que me lleve a una posada.

—No pienso hacerlo. Está lloviendo, no hay luna y la posada más cercana está a muchos kilómetros.

—No es necesario que te recuerde que es inaceptable para mí permanecer en esta casa esta noche. Ni siquiera hay criados aquí.

—Lo que significa que nadie llegará a saberlo. Si tú fueras

una muchacha inocente y vergonzosa, podría preocuparme por tu delicada sensibilidad. Sin embargo, dado que eres tan «experimentada», «malvada» y, según dicen en Baltimore, «peligrosa», podemos prescindir de las poco prácticas normas de cortesía. No pondré en peligro ni a Morton ni a mis caballos para atender asuntos referentes a la decencia que tú has descubierto repentinamente esta noche. Por otro lado, una mujer que admite tener «cientos» de amantes difícilmente puede estar al borde de un desmayo por la idea de estar a solas con un hombre durante unos pocos días.

—¿Unos pocos días?

—No puedo dejarte salir hasta que lleguemos a algún acuerdo.

—Eso no llevará mucho tiempo. Prometo no decir nada sobre tu secreto. ¿Ves? Todo arreglado.

—Difícilmente puede estar todo arreglado, como tú y yo sabemos.

Su mirada significativa la dejó en silencio, anonadada. No sólo estaba hablando de su gestión de la fábrica.

El vestíbulo se volvió muy silencioso. Sus implicaciones colgaban en el aire, llenando el vacío que había entre ellos con conexiones y recuerdos, forzando a la atracción a estremecerse con más insistencia aún que antes.

El fuego chisporroteó, iluminándolos a los dos con un brillo íntimo. Éste creó un pequeño mundo de protección y calor en la fría caverna del vestíbulo. No, no era el fuego quien había hecho aquello. Era la presencia de aquel hombre sentado a unos pocos pasos de ella. Siempre había experimentado una seductora seguridad cuando estaba con él. Especialmente cuando la abrazaba. La hacía sentir durante un momento, tan sólo un momento, que podía dejar que alguien tomara las decisiones y cargara con las preocupaciones. Ni siquiera de niña había podido tomarse aquel respiro.

Con nerviosismo alisó sus guantes. Se sentía como si su silenciosa contemplación la estuviera deliberadamente desnudando de capas de camuflaje, revelando algo cuidadosamente oculto detrás de la ira, del resentimiento y de los inteligentes combates verbales. Eso la dejaba terriblemente expuesta a una intimidad que se propagaba como el calor del fuego, dibujando un círculo en torno a sus sillas, subyugando las posturas adversarias que adoptaban entre ellos del mismo modo que la chimenea acababa con el frío.

¿Lo notaba él también? Le dirigió una mirada furtiva. Él contemplaba el fuego con una expresión sutil, cuya severidad reflejaba preocupación, pero también algo más. Era como si se le hubiera caído una máscara.

Se volvió hacia ella. Sus ojos brillaron con ira, con calidez y con un destello de vulnerabilidad. No eran los ojos de un tutor. Tampoco los de un santo. Simplemente los de un hombre. El hombre que la había besado junto a las ruinas y la había abrazado en el estudio. Cada pieza de aquel recuerdo blindado se vino abajo y cada onza de defensa desapareció bajo la honestidad de aquella mirada.

—Podías haberte hecho año. Si ese coche hubiera caído al río, yo nunca hubiera sabido lo que había ocurrido, sólo que tú desapareciste un día —dijo con resentimiento.

Era la primera confesión, la primera vez que admitía que se preocupaba por ella.

—¿Es por eso que estás tan enfadado? Yo creía que era porque había descubierto tu secreto.

—Dame algo de tiempo y conseguiré enfadarme también por eso.

—Debía haber sido más considerada y pensar en la preocupación que podía haberos procurado a Penelope y a ti. Lo siento. Es sólo que… —Darle una explicación la dejaría incluso más vulnerable ante la seductora familiaridad que de repente sentía junto a él. De un modo indefinible, entendía a aquel hombre mucho mejor de lo que nunca había notado. Junto a esa chimenea, sin la coraza con la que hasta entonces se había protegido y sin la máscara de él, ella sentía que conocía la parte más esencial de él tan bien como se conocía a sí misma.

—Es sólo que viste una manera de librarte de tu entrometido tutor y conseguir tu sueño —acabó él.

—Sí. Fue eso.

—Es sólo que viste una forma de escapar del hipócrita y el impostor que se aprovechó de ti cuando se suponía que debía protegerte. —Expresaba sus pensamientos de una manera franca, como si pretendiera aclarar las cosas—. Quizá por eso es que estoy tan enfadado. Tiene que ver directamente conmigo y en realidad es injusto que arremeta contra ti. No puedo evitar llegar a la conclusión de que si te hubiera sucedido algo, habría sido culpa mía.

—No del todo. No es cierto que te aprovecharas de mí. Nunca me he mentido a mí misma respecto a eso. Pero, como te dije en el estudio, decidí que lo mejor era marcharme.

—Como cualquier mujer sensata hubiera hecho. Y ahora has descubierto que tu valiente plan sólo te ha traído de vuelta a mí. Debes estar consternada.

—No lo estoy. Mejor tú que el señor Clark, que según dice la gente es un poco raro.

Él se rio en silencio al oír aquello.

—Así que viniste a Manchester para tener una charla con el señor Clark. ¿Habías planeado amenazarle?

—Claro que no.

—Negociar, entonces, si prefieres ese término. Déjame adivinar. Le prometerías no vender la fábrica al alcanzar tu mayoría de edad si te daba a cambio algo de dinero. La amenaza sería que si no te lo entregaba, te unirías con Nigel al cumplir los veintiún años y lo venderías todo. ¿Estoy en lo cierto?

—No tienes por qué hacer que suene como un atraco. El dinero que quería era mío en cualquier caso. Quería que una parte de los beneficios fuera desviada a mí y no enviada a…

—A tu irrazonable tutor. Tu abogado hizo bien su trabajo, dándote la información que necesitabas. Un plan brillante, señorita Kenwood. Tienes mi admiración.

—¿Podría haber funcionado? Es decir, si tú no hubieses sido el señor Clark.

Él sonrió con una asombrosa cordialidad.

—Es encantador por tu parte que pienses que la situación es diferente por el hecho de que yo sea él. Yo estoy ante ti en una clara situación de desventaja. No voy a perjudicarme a mí mismo señalándola, ya que es sólo una cuestión de tiempo que te des cuenta.

Ella ya se había dado cuenta, tan pronto como lo vio en la oficina.

—Una vez hubieras conseguido el dinero del señor Clark,

¿qué ibas a hacer? Ir directa a Italia, supongo. ¿Inmediatamente? ¿Sin equipaje y sin Jane?

—Mi intención era volver a Laclere Park, para recoger a Jane.

—Supongo que te habrías marchado sin decir nada. Una carta en tu escritorio para Penelope es lo máximo que me atrevería a esperar. —Apoyó las yemas de los dedos de sus manos unas contra otras y la estudió a ella por encima del pico que formaban—. Me siento un poco ofendido por el hecho de que este plan tuyo no me tenga en cuenta a mí para nada.

—Ciertamente no tenía en cuenta que tú podías ser el señor Clark.

—No me refiero a eso. Quizá yo pude prever tu proyecto. Quizá suministré al señor Peterson la información con el fin de atraerte aquí. ¿No se te había ocurrido que el hombre a quien castigaste en el coche aquel día pudiera ser tan perverso? ¿Quizá no me creías lo bastante inteligente como para conspirar?

Se le había ocurrido, aquella idea había asomado a su mente en forma de una momentánea y absurda precaución.

—Sí, lo bastante inteligente, pero no lo bastante perverso.

Su juicio pareció complacerle.

—Si esto hubiera salido como tú pretendías, ¿qué esperabas que hiciera?

—Esperaba que te sintieras aliviado, y que te dieras cuenta de que era lo mejor.

—Por supuesto. El santo podría volver a su noviazgo con la encantadora Fleur y el impostor podría dedicarse al libertinaje con su amante. De nuevo una vida cómoda, lejos de la fastidiosa y provocadora señorita Kenwood.

—Algo así.

Se orientó hacia ella.

—Debo decirte que yo anticipaba por tu parte un nuevo intento de marcharte. Incluso le advertí a Catalani las nefastas consecuencias que podían derivarse si te ayudaba. Pedí a Saint John que revisara las listas de pasajeros de las compañías navieras para ver si habías reservado un camarote.

—Planeaba llevar el dinero a Francia y viajar por tierra, para que no pudieras detenerme de esa forma.

—Entonces te habría seguido.

—Ya veo. No querías que el futuro de la fábrica dependiera de alguien que no podías controlar, y todavía tenías nueve meses para convencerme de que me casara con tu hermano.

Él contempló el fuego con renovada irritación.

—Hacerte volver no tenía nada que ver con Dante, y muy poco que ver con la fábrica. Además, mis derechos legales como tutor tan sólo me proporcionaban una excusa.

Sus palabras y su expresión insinuaban más que responsabilidades y manipulaciones, a pesar de que no parecía precisamente contento con la idea. La nueva Bianca se ruborizó deleitada ante esa evidencia de que era ella, y no la vieja Bianca, quien estaba en lo cierto sobre él.

Una tos atrajo su atención hacia Morton, de pie en el descansillo de la escalera sosteniendo un candelabro.

—Tengo la habitación y el baño preparados, milord. Si la señorita Kenwood está lista, le mostraré el camino. —Se dio la vuelta para retirarse escaleras arriba.

Ambos se levantaron. Ella lamentaba tener que renunciar a la fresca honestidad que comenzaba a crearse entre ellos. Probablemente volverían a adoptar sus viejas poses al encontrarse más tarde.

Comenzó a subir la escalera, notando que él estaba atento a ella. En el descansillo se volvió para descubrirlo contemplándola.

—No.

Se detuvo ante aquella simple negación, a pesar de que no creía que hubiese sido una orden para detenerla.

—No —repitió él—. Respecto a tu pregunta de antes. Estabas en lo cierto. No hay ninguna amante. Ni amante ni novia. —Hizo una pausa—. Sólo estás tú.

Pensó que sus piernas no iban a responderle. La nueva Bianca quería saltar por encima de la barandilla y arrojarse a sus brazos.

—Si se trata de ser honestos, tengo que admitir que tú también estabas en lo cierto. No ha habido cientos, ni docenas. Ni siquiera varios, debo aclarar. Sólo tú.

Él se apartó con una sonrisa irónica.

—Ve a bañarte, señorita Kenwood. Ya que tenía la intención de seducirte necesito algún tiempo para decidir si me alegro de oír eso.

Capítulo trece

$\mathcal{V}$ergil se cruzó de brazos y miró fijamente a través de la ventana del salón la húmeda y oscura noche.

Si Bianca tuviera algo de sentido común, jamás saldría de la habitación de arriba.

Era virgen. Por supuesto que lo era. Él había estado casi seguro. Sin embargo, su parte de pecador lo había alentado lo suficiente como para dudar y así poder ignorar su propio juicio y especular con las posibilidades que su llegada le ofrecía. Tal vez no lo era y entonces la idea que él contemplaba resultaba un poco menos inconsciente. Quizá, si él le hacía el amor, si le hacía bien el amor, entonces cabía la esperanza de que ella...

«Sólo tú.»

Dos palabras habían arrasado con todos los «quizá», los «tal vez» y las «esperanzas».

Sacudió la cabeza riendo en silencio. Era su suerte de siempre, una ironía tremenda. Jamás pensó que llegaría el día en que lamentaría que la mujer con la que había decidido casarse fuera inocente.

Sería una esposa espléndida. Brillante, interesante y, de esa manera suya exasperante, impredecible. El tipo de esposa con quien uno estaría ansiando pasar el tiempo, y no simplemente soportarla. El tipo de mujer que le animaría la existencia a un hombre más allá de la cama donde se uniría con ella por placer y para procrear, aunque su empeño en tenerla allí formaba una parte no desdeñable de la atracción.

Una esposa perfecta para él también en otros sentidos. No sólo porque traería con ella el cuarenta y cinco por ciento de la fábrica, aunque eso fuera una ventaja. Lo mejor de todo sería que él no tendría que ocultar su doble vida. Ella venía de un país donde los hombres de negocios no estaban mal vistos. Ya conocía su secreto y no había ninguna necesidad de ocultárselo.

Que la mujer que quería fuese además la única mujer con quien podía correr el riesgo de casarse lo sorprendió como un generoso regalo del destino. Fue durante el viaje en coche cuando se dio cuenta de que su descubrimiento lo había liberado para poder perseguirla.

El aria de Rossini que había cantado en las ruinas comenzaba a llenar su cabeza. Imaginó aquel cuerpo que conocía mejor de lo que debería estirado desnudo en aquella cama de arriba. Ella tumbada sobre su estómago, con los hombros levantados y el peso apoyado en los antebrazos. La sábana cubriría la parte inferior de su cuerpo hasta la mitad de su trasero, como el agua del lago aquel día. Ella lo miraría acercarse con burlones ojos azules, que conseguirían combinar mundanería con inocencia. Su mano acariciaría su piel suave y su boca se encontraría con sus labios…

«Sólo tú.» Después de planear una actuación larga y elaborada que requería experiencia mundana, ella había tenido que reconocer eso aquella noche.

—¿Ya te estás riendo sin ni siquiera haberme visto? —Oyó la voz de ella—. ¿O me ves reflejada en la ventana?

Él se dio la vuelta y trató de contener una carcajada.

La levita caía sobre sus hombros y sus brazos dejando sus manos cubiertas. Los pantalones eran tan largos que les había enrollado las piernas con gruesas y torpes vueltas. En conjunto parecía estar metida en medio de un océano de ropa donde su cuerpo nadaba asomando tan sólo la cabeza.

Estiró los brazos y agitó las mangas del abrigo.

—Me siento como un niño pequeño vestido con la ropa de su padre. Debo de estar extrañísima.

Él pensó que estaba adorable.

—El azul del abrigo te sienta bien.

Ella levantó el brazo y trató de deslizar la manga hacia abajo para poder asomar la mano.

—Con esto me será imposible comer, y estoy muy hambrienta.

—Entonces tendré que alimentarte. —Un pensamiento delicioso—. O avivaremos el fuego para que puedas quitarte el abrigo. —Aquélla era una idea atrayente también.

—¿Lo harías? El fuego, eso es.

Justo cuando había conseguido encender una hoguera, Morton llegó con la sopa.

—Esto la ayudará a entrar en calor, señorita Kenwood, pero me temo que el resto de la comida son platos fríos. Solemos comer de forma muy sencilla por las noches. Lo haré mejor mañana —explicó Morton.

—Yo no me abastecería en la tiendas, Morton. Espero estar en la carretera mañana por la noche.

Morton le dirigió a él la mirada que un oficial dirigiría a un soldado que no está cumpliendo con su deber.

—¿Por qué no traes lo demás ahora, Morton? La señorita Kenwood nos perdonará nuestra informalidad.

—Por supuesto, sir.

Bianca se quitó la levita y la dejó sobre una silla. El chaleco gris oscuro también le quedaba muy holgado, pero su corte y su tela no ocultaban del todo sus formas. Vergil le hizo señas para que se sentara ante los cubiertos colocados para ella, separados de los suyos por un ángulo recto, al fondo de la mesa de banquetes. Morton había procurado que tuviera que sentarse lo más cerca posible sin que pareciera demasiado obvio. Al alcance de las manos, de eso no cabía duda.

Ella contempló a su alrededor los espejos, los cuadros y los adornos de oro que brillaban a la luz de las velas y la chimenea.

—Es una habitación extraña para una finca como ésta.

—Mi bisabuela materna detestaba esta casa por el lugar primitivo donde se encontraba, pero su marido insistía en venir aquí. Ella decidió que al menos comerían como gente civilizada, y mandó decorar esta sala como marcaba la moda. Él se lo permitió, pero sólo en el caso de este cuarto y el suyo propio.

Ella comenzó a tomar la sopa. Sus labios gruesos se separaron delicadamente para recibir el caldo caliente, y la punta de su lengua capturó una gota errante. Su boca lo hipnotizó, cucharada tras cucharada.

Aquella iba a ser una noche larga. Una especie de purgatorio.

Él imaginó que no había probado una comida decente desde que dejó Londres. Rectificar aquel problema absorbió la atención de ella durante un rato. Cuando Morton trajo el jamón, ella devoró lo suyo. Vergil cortó otro pedazo y lo colocó en su plato.

Se ruborizó y su rostro adquirió un tono increíblemente adorable a la luz de las velas.

—Estoy siendo grosera.

—Estás siendo humana. Deberíamos haberte dado de comer en cuanto llegaste.

Ella miró las prendas que llevaba y se rio burlona.

—¿Me pondrás un oporto cuando termine?

—Tú no tomas licores fuertes, y esta noche no es la mejor para empezar.

—Si estoy vestida así, creo que un vaso de oporto es casi obligatorio.

—Si insistes, pero sólo un vaso muy pequeño. No quiero que me acuses de emborracharte.

Ella miró su plato de jamón con una sonrisa peculiar.

—Estoy segura de que nunca harías eso.

«Oh, ¿no lo haría?»

Después de un panecillo y un pedazo de jamón, ella finalmente paró. Él prácticamente pudo ver cómo su mente dirigía de nuevo la atención al asunto pendiente.

—¿Cómo ocurrió, lo tuyo con la fábrica?

—Es otra responsabilidad que heredé de mi hermano. Él, por su parte, se involucró cuando recibió un desafío.

—¿Un desafío?

—De tu abuelo. Adam Kenwood y Milton mantenían una fuerte amistad, a pesar de la diferencia de edad, formación e ideas políticas. A Milton le parecía un hombre interesante con la mente tan aguda como una espada afilada. Muy ambicioso y muy inteligente. Tú tienes mucho de él, por otra parte. Milton dijo una vez que encontraba en Adam un maravilloso contraste respecto a las abstracciones filosóficas que llenaban su propia vida.

—¿Así que Milton dejó la finca para trabajar en la fábrica?

—Hace cinco años hubo en Manchester una manifestación que acabó en sangre y fue bautizada como Peterloo. Las muertes de esas gentes impactaron mucho a mi hermano. Milton no estaba tan encerrado en su torre como para no poder ver que el campo estaba cambiando mucho. Adam y él se enfrascaron en terribles peleas acerca de las consecuencias morales de lo que estaba pasando en las nuevas industrias. Milton creía que el problema era el carácter de los hombres que las gestionaban. Hombres mejores, menos obsesionados por la codicia, traerían como consecuencia mejores condiciones de trabajo y menos malestar entre la gente. Adam lo desafió a tener que enfrentarse a los mismos riesgos y elecciones que los hombres de negocios para ver cómo actuaría él. Retó a Milton a que abrieran juntos una nueva fábrica.

—Suena como un reto muy malicioso y muy caro. Sin embargo, casi puedo verlos a los dos, de mundos tan diferentes, discutiendo sobre estas cosas, y también sobre otras. Se influyeron mutuamente, supongo. Tu hermano convenció a mi abuelo del error de su primer negocio, y Adam hizo ver a tu hermano lo poco prácticas que eran sus ideas.

Su expresión al referirse al comercio de esclavos de su abuelo estaba ahora más suavizada. La forma en que lo miraba a los ojos le transmitía su gratitud por haberle revelado que Adam había expiado aquel pecado y que podía quedarse con su herencia.

—Fue temerario por parte de mi hermano aceptar el desafío. Las finanzas familiares eran ya un desastre. Adam le ayudó con una parte importante de la financiación y le ofreció consejo, pero el negocio sería de mi hermano. Sin duda Milton vio que era un experimento ambicioso, pero también contaba con la perspicacia de Adam en los negocios para impedir que fracasara.

—Quizá Milton pensó que no era temerario, sino un modo de salvar a la familia.

—Si así era, estaba en lo cierto. Aquélla resultó ser la única decisión sensata en cuestiones de dinero que tomó en su vida, y con la ayuda de Adam, consiguió que la fábrica fuera provechosa. Fue el primer señor Clark, ya ves. Creo que cuando se atavió con esa identidad literalmente se convirtió en otro hombre.

—Entonces tras la muerte de Milton, el hermano del señor Clark, que eras tú, heredó su parte. ¿Fue entonces cuando empezó tu doble vida? ¿Has estado dirigiendo esa fábrica desde entonces?

—Al morir mi hermano, comencé a viajar al norte, y dependía mucho de los consejos de tu abuelo mientras iba aprendiendo. Con el tiempo llegué a tomar las decisiones. Era esencial que como administrado tuviera muchísimo cuidado. Las ganancias de la fábrica nos habían salvado de la ruina.

También le había resultado útil pasar tiempo en el norte como el señor Clark, pues éste podía visitar lugares y oír conversaciones inaccesibles para el vizconde Laclere. El señor Clark podía intentar averiguar si la respuesta al suicidio de Milton podía ser hallada en algún lugar de Manchester, donde Milton hacía visitas, y entre los políticos radicales a cuyas ideas Milton había dado apoyo.

Él se dio cuenta de que quería hablarle sobre eso también, y lamentaba no poder hacerlo.

Ella se inclinó hacia adelante con el codo apoyado en la mesa y la barbilla descansando sobre su mano. Él podía ver la mente sagaz de Adam Kenwood tras la pensativa expresión de sus ojos.

—Tú dijiste que tuvo dificultades durante unos años malos. ¿Por qué no la vendes ahora? La oferta del señor Johnston y el señor Kennedy está esperando. Puedes liberarte de este engaño.

—Johnston y Kennedy dirigen las peores fábricas de Leeds. La nuestra en comparación es un paraíso, incluso aunque suponga llevar una vida dura. Si vendo la fábrica, también vendo cualquier oportunidad de que las personas que allí trabajan tengan un futuro decente.

Morton había encontrado algunos pastelitos para presentar con la comida. Ella alcanzó uno. Sus pequeños dientes blancos lo mordieron con mucho cuidado, pero de todas formas un poco del azúcar que los recubría manchó sus labios. Todavía pensativa, parecía no darse cuenta de que su lengua emergía para limpiar los dulces granos. Algunos se le escaparon y brillaban sobre la rosada hinchazón de sus labios, como invitándole a él a que acabara el trabajo.

—Puedes venderlo a otros. Deben de haber algunos dueños de fábricas decentes.

—Eso es verdad. Probablemente podría hacerlo.

—Pero no quieres.

Una mujer perspicaz. Maravillosa. Peligrosa.

—No.

Ella se echó hacia atrás y asimiló aquello. Él se preguntaba qué coste le supondría esa confesión.

Ella sonrió como si ya supiera lo que necesitaba saber.

—¿Puedo tomarme ahora mi oporto?

—Lo guardo en la biblioteca.

Caminaron juntos a través del vestíbulo hasta la biblioteca. Él advirtió que se había atado los pantalones a la cintura con una cuerda de las cortinas del dormitorio. Las mangas blancas de la camisa flotaban alrededor de sus brazos y el cuello del escote mostraba bastante cantidad de piel a pesar del chaleco.

Se la imaginó con nada más que esa camisa colgando suelta desde sus hombros y sus pechos, la tela suave rozando su cuerpo, dejando ver sus muslos y sus piernas desnudas.

Morton había encendido la chimenea en la biblioteca. Ella se hundió en una esquina del sofá y aceptó el oporto que él le ofreció.

Él se sentó en un sillón frente a ella, preguntándose cuándo comenzaría a abordar las cuestiones de negocios. Al fin y al cabo, ésa era la razón que le había hecho bajar a cenar.

Al parecer no todavía. De repente se levantó de un salto y comenzó a examinar detenidamente los volúmenes de las estanterías que cercaban la chimenea. Arrugó la frente. Alcanzó un candelabro de la repisa, lo encendió con las llamas de la chimenea y acercó la luz a las encuadernaciones.

—Hay algunos volúmenes de un tal Edmund Duclairc. ¿Era tu padre?

—Sí. Ese rojo grueso es su epopeya sobre la marcha de Alejandro hacia el río Indo. El marrón es una visión anglosajona de la batalla de Hastings. Los intentos literarios de Milton están en esa carpeta azul del estante del fondo. Sin publicar, ya que no tuvo la oportunidad de terminarlos. No eran poemas. Estaba escribiendo un análisis comparativo de la revolución de tu país y la de Francia.

Ella había cogido el volumen marrón.

—Suena muy erudito. ¿Tú también escribes grandes libros?

—Mis intereses han ido por otros derroteros, para consternación de mi padre.

—¿Estabas peleado con tu padre? Por alguna razón, no puedo imaginarte menos que obediente.

—Como todos los jóvenes tenía mis propias ideas acerca de mi futuro. Quería alistarme en el Ejército. No en la caballería, lo cual habría sido aceptable, sino como ingeniero. Las máquinas, los edificios, las herramientas para trabajar la tierra, esas cosas me fascinaban. Cuando era niño merodeaba alrededor de los carruajes, y no de los caballos. Mi solicitud para obtener una graduación de oficial fue sonoramente rechazada por mi padre. Me hizo marchar a Oxford, para estudiar a los poetas y a los filósofos.

—¿Fuiste desdichado? —Su rostro mostraba una genuina preocupación.

—Ningún hombre joven es desdichado en la universidad. Es una vida libre y privilegiada. Esos poetas y filósofos tenían una o dos cosas que enseñarme. La experiencia influyó en mis pensamientos, pero no en mis inclinaciones naturales. Tu abuelo se dio cuenta de eso, creo. Él y yo entablamos una relación más familiar tras la muerte de mi hermano. En una ocasión fui con él a ver algunas de las máquinas que se habían construido recientemente. Contemplé mi primera máquina de vapor con tu abuelo a mi lado. Cuando salimos, dijo lo que pensaba. «Tu mundo está agonizando —dijo—. Jamás volverá a ser el mismo.»

—Me da la sensación de que disfrutaba con tu compañía. —Devolvió el libro a su estantería—. Creo que estaba impresionado por tu interés en las máquinas y en el funcionamiento de las cosas. Es injusto que tu padre interfiriera en contra de eso.

Inteligente, una chica inteligente. Colocando sutilmente los cimientos antes de comenzar a edificar su argumentación.

Dio un paseo de vuelta hasta el sillón y se colocó cuidadosamente en la esquina otra vez. Parecía vulnerable y deseable con sus ropas anchas y el pelo atado con sencillez. La luz del fuego rompía sus formas con encantadores brillos y sombras misteriosas.

Él la miró y ella le devolvió la mirada. La inocente cautela asomaba a pesar de su sonrisa aparentemente despreocupada.

Sólo un santo podría ignorar la expectación latiendo a través del aire, y él no era precisamente un santo cuando se trataba de estar al lado de ella.

Se vio a sí mismo nadando en contra de una marea que se avecinaba, una marea indiferente a cualquier idea del honor. El esfuerzo exhaustivo comenzaba a parecer cada vez más fútil.

Sí, ella jamás debería haber salido de esa habitación.

Él continuó mirándola. Directamente. Atentamente. Como si estuviera esperando algo. Ella sospechaba que él sabía lo que su prolongada atención estaba provocándole, y que la alargaba a propósito. Quizá oía aquel murmullo de su cuerpo cada vez más alto.

El silencio se volvió peligroso. La piel de ella enrojeció y se le secó la boca. Continuaba esperando que él se levantara y se acercara… pero seguía sentado allí. Esperando.

Jamás lo haría. Además, tenían negocios que atender. Por eso estaba ella allí, ¿no? Se esforzó por aparentar cierta compostura.

—Bueno, Laclere, ¿qué vamos a hacer con esto?

Él la obsequió con una breve sonrisa.

—Yo diría que es cosa tuya. ¿Qué quieres hacer tú?

—Creo que el acuerdo al que lleguemos debería ser mutuo.

—Yo estoy en desventaja, y ambos lo sabemos. Cualquier intento de resolver la situación debe ser iniciativa tuya.

—Creo que el plan es obvio. Es injusto por tu parte pedir que yo te lo explique.

—Supongo que lo es, pero soy incapaz de exponer por mí mismo un argumento razonable, porque no lo hay. La única cosa que quiero ahora mismo, el único rumbo obvio que yo veo es llevarte a la cama y confiar en que mañana será posible llegar a un mutuo acuerdo.

Su corazón dio un brinco y se alzó hasta su garganta.

—Tú me malinterpretas… Esto no es… Estamos hablando de la fábrica.

—No, no hablamos de eso.

—Yo sí.

—¿Tú sí? Mis disculpas entonces. —Se levantó y caminó

hasta la chimenea. Ella hubiera preferido que se quedara sentado. Miró durante un rato las llamas antes de volverse—. Bien, discutamos sobre la fábrica y su descubrimiento primero.

¿Primero?

—Mi desventaja respecto a ese asunto es todavía más grave que en la otra cuestión.

—Ya te he dicho que no se lo diré a nadie.

—Te lo agradezco. ¿Y cuánto me costará?

—Nada que no sea ya mío. ¿Cuáles son mis ingresos de la fábrica?

—Este año al menos cuatrocientas libras.

—Cielos. Debes de ser un buen administrador, Laclere.

—Gracias. Sin embargo, desde que alcanzamos aquella suma hace dos años, ni Adam ni el señor Clark retiramos todo el dinero. Hemos vuelto a invertirlo en una ampliación de la empresa. Aunque si tú reclamas la totalidad de la suma no tengo más remedio que dártela.

—¿Cuánto reinvertiste?

—La mitad.

—Eso significa que todavía queda mucho. Más que suficiente.

—¿Más que suficiente para qué?

—Para vivir en Milán, naturalmente.

—Así que el verdadero coste de tu silencio es que te permita ese temerario plan. Si me niego, anunciarás al mundo que yo soy el señor Clark.

—Yo no he dicho eso.

—No, no lo has dicho. Tu chantaje es mucho más inteligente. Guardarás mi secreto, pero si no estoy de acuerdo con tus condiciones venderás tus acciones cuando seas mayor de edad.

Le sería más fácil concentrarse si él dejara de dar vueltas alrededor del sofá. Círculos y círculos. Le recordó a aquella mañana en la torre de guardia del castillo. Así fue su actitud, y así eran sus ojos.

—El problema, a mi modo de ver, es que tú no puedes garantizar tu parte del trato —dijo él.

—¿Dudas de mi palabra?

—Dudo de tu habilidad para predecir el futuro. Si te casas,

la decisión respecto a vender o conservar esa inversión dejará de ser tuya.

—No me casaré.

Él se detuvo tras ella.

—Ahora crees que no.

—Sé que no, nunca. —Se volvió para mirarlo—. Tú mismo señalaste que ningún hombre decente me querría si me convertía en artista. Además, una mujer no puede ser esposa y madre y también cantante de ópera, aunque la sociedad lo permitiera. Al tener bebés la carrera debe terminar.

—Tal vez algún día cambies de idea respecto a lo que es más importante para ti.

Estar torcida para poder verlo era incómodo, y él parecía no tener intenciones de moverse. Ella se dio la vuelta y se arrodilló en el sofá. Eso la hizo quedar más cerca de él de lo que imaginaba.

—Te lo dije una vez, esto es imprescindible para mí. Debo hacerlo si tengo el talento para al menos intentarlo. Me moriré si no lo hago. Ningún marido interferirá en nuestro trato.

—Eso me resulta difícil de aceptar.

—¿Dudas de mi resolución? Tú has tenido más evidencias de ella que nadie.

—Yo no dudo de tu resolución, pero jamás ha sido puesta a prueba. El tiempo tiene su modo de convertir los negros y blancos de la vida en grises. Eso tan singular que tú describes es un tipo de libertad que se vuelve pesada y aburrida con los años. Confía en mí, lo sé. Creo que el trato que me ofreces de buena fe esta noche puede dejar de tener sentido un día.

—Me tratas como a una niña tonta que está jugando a un juego. Es como si dieras por sentado que soy demasiado ignorante como para conocerme a mí misma. Me doy cuenta de que los hombres piensan que las mujeres son demasiado estúpidas como para pensar bien las cosas y sopesar sus decisiones, pero tu actitud es muy insultan…

De repente la mano de él apretó su mejilla, haciéndola enmudecer. La miraba con una expresión que hacía sospechar que no había oído ni una sola palabra.

—Ha sido un error, señorita Kenwood, esta demostración de enfado. Tengo el deber de respetar la inocencia. En cuanto a la mundanería, soy un experto en resistirla. Pero la luz de tus ojos cuando me agredes revela un espíritu apasionado que me provoca hasta el punto de que nada me importa excepto poseerte. —Su pulgar le rozó seductoramente los labios—. Lo cual nos lleva al otro asunto que debía ser resuelto entre nosotros.

Ese pulgar la acariciaba y la acariciaba, como si estuviera preparándola para él. Ella estaba arrodillada muda de asombro, con las rodillas temblándole, contemplando un rostro enigmáticamente complacido ante su fascinación. Sus labios se estremecían con las sutiles caricias. Abrió un hueco para poder rozar los húmedos bordes interiores.

—¿Quieres que te bese?

Nunca se lo había preguntado. Y ella no tenía suficiente aliento para responder. Sus labios latieron hinchándose sensiblemente ante su seductora caricia. Toda entera temblaba por la expectación, como si la tensión de la espera que había en la habitación hubiera entrado dentro de su cuerpo.

—¿Quieres?

—Sí. —No salió ningún sonido, pero sus labios tomaron forma para decir la palabra.

Lo hizo. Maravillosamente. Sostuvo su rostro entre las cálidas palmas de sus manos y su boca reemplazó al dedo pulgar en aquellas caricias. Ella se agarró al borde del sofá para no caer desfallecida entre sus brazos. La nueva Bianca renacía con triunfante alivio.

Suavemente, cuidadosamente, él arrasó con todo pensamiento más allá del placer que le procuraba. La probó y la saboreó con firmes, codiciosos, excitantes pellizcos y lentas, profundas, arrolladoras invasiones. El sendero de aquella pasión era distinto al de la abrupta liberación de las ruinas y del estudio, y ella instintivamente sabía que era un sendero más peligroso. Esa tierna exploración de su consentimiento despertaba sus emociones a la vez que su cuerpo. Quería que la besara así para siempre, incluso mientras esa voz interior comenzaba a entonar su canto pidiendo más proximidad, más placer, más entrega.

El cálido encanto la hipnotizaba. No podía moverse, ni siquiera para abrazarlo. Cuando terminó el beso sólo pudo permanecer muda contemplando sus ojos azules y reflexivos.

Le acarició el cuello, sus dedos esparciéndose sobre su piel, presionando los latidos de su pulso, explorando sus hombros temblorosos. Él observaba el progreso de sus propias manos. Esa expresión contemplativa todavía velaba sus ojos. A ella se le ocurrió que mientras su propia mente estaba en blanco para cualquier cosa más allá de aquel encantamiento a él no le pasaba lo mismo.

Sus manos y su mirada bajaron hacia el valle que había entre sus pechos. Sintió que le desabrochaba el botón superior del chaleco. Después el siguiente. Ella apretó con más fuerza el respaldo del sofá.

El chaleco cayó abierto y él apartó las solapas. Ella miró hacia abajo. Los pezones duros empujaban la tela de la camisa como orgullosas declaraciones de deseo. Él recorrió acariciando el lado y la base de sus pechos, perfilando sus contornos. Sus ojos estaban borrosos, como todo su cuerpo y su mente y su corazón reducidos en la minúscula e intensa ansia de espera y deseo.

—¿Quieres que te haga el amor?

Casi no le oyó. Sus ojos se encontraron con los de él y ella luchó por recuperar la capacidad de pensar y de hablar. Continuaba acariciando sus pechos, distrayéndola, dejándola indefensa. Estudió su rostro como si buscara leer en su mente.

—¿Sabes lo que significa si lo hago?

Oyó su voz respondiéndole.

—No soy ignorante de esas cosas.

Sus palabras podían haber sido afiladas herramientas cavando agujeros en el trance que compartían. Toda lógica se fugó por allí. Él sonrió con alegría, y con remordimiento.

—No estoy hablando de eso.

Se apartó. Ella se hundió en el sofá, desbordada por la confusión y una desilusión visceral.

Él recuperó el candelabro de la repisa y lo acercó. Una mano fuerte le hizo señas para que se levantara. Sus pensamientos todavía eran confusos, pero su cuerpo prácticamente gritaba de alivio.

Con encantadora cortesía él la condujo hasta la puerta. Colocó el candelabro en la mano de ella que sostenía y la ayudó a cerrar los dedos en torno al objeto.

—Vete arriba. Rápido.

Se ruborizó al ver que lo había previsto todo. Agarrando la lámpara se escabulló escaleras arriba. Mientras subía sus pensamientos empezaron a organizarse y los últimos minutos cobraron sentido.

Al llegar al descansillo de la escalera comprendió lo que acababa de suceder. Él no la había enviado por delante para que se preparara para compartir el lecho.

No tenía intención de seguirla, ni ahora ni más tarde.

Capítulo catorce

*B*ianca se retorcía inquieta. Apretó la almohada, puso encima otra para formar un montículo alto y se lo colocó debajo de la espalda.

Ciertamente era afortunada por el hecho de que Laclere fuera un hombre tan decente. Sí, en efecto.

La camisa de dormir que le había dejado Morton estaba arrugada. Sus caderas descubiertas sentían una preocupante excitación. Haciendo palanca con ellas, empujó la tela hacia abajo.

Un hombre muy decente. Muy honrado. Un santo, por Dios.

Cualquier otro hombre la habría desvirgado en el sofá. Cualquier otro hombre la hubiera subido a esa habitación y estaría echado a su lado en este momento...

Y ella se encontraría cara a cara con él por la mañana, sabiendo que había cometido un error, probablemente con todo tipo de preocupaciones.

Por otra parte, cualquier otro hombre la estaría sosteniendo en sus brazos, para calmar todas esas preocupaciones.

No podía sentirse cómoda. Debería estar exhausta, sin embargo, se sentía horriblemente despierta. Toda ella. Despierta y alerta con una enorme parte de su ser todavía esperando.

La mitad de la noche debía de haber transcurrido ya. Horas pensando qué habría querido decir él con aquella última pregunta. Minutos interminables deseando en secreto que él nunca hubiera descubierto esa decencia.

El silencio llenaba toda la finca. En alguna parte Morton estaría durmiendo en su cama. En alguna otra, en alguna de esas habitaciones inadecuadas para ella, Vergil dormiría también. Sin duda dormiría el sueño sereno y profundo de los honrados. Hasta los fantasmas estarían durmiendo. Ella era la única alma totalmente despierta, retorciéndose en aquella enorme cama, desgarrada entre la gratitud y el arrepentimiento.

Se sacó de encima la ropa de cama. Quizá si leía durante un rato se distraería bastante y eso la ayudaría a descansar.

La camisa de dormir la abrigaba lo suficiente dentro de la cama, pero un escalofrío la hizo temblar al ponerse de pie. Nadie iba a verla, pero se sentía demasiado desprotegida con aquello. Arrastró una manta de la cama y se la colocó a modo de capa. Agarró los pantalones y se los puso.

Inclinó el candelabro hacia los carbones de la chimenea, dejó caer su cabello sobre los hombros y cargó su pequeña lámpara mientras se aferraba a la manta. Caminando silenciosamente con los pies descalzos, descendió la escalera.

El fuego de la biblioteca casi se había apagado. Su pequeño círculo de velas iluminaba débilmente la penetrante oscuridad. Flanqueó la pared y se dirigió hacia los libros que estaban al lado de la chimenea. Sujetando las llamas cerca de las encuadernaciones, se dispuso a buscar algo aburrido.

Se oyó un leve crujido y un estallido de luz de pronto alumbró las sombras. Ella dio un salto ante la sorpresa y se dio la vuelta. Vergil estaba de cuclillas junto a la chimenea, contemplando cómo las llamas escalaban por una nueva inyección de combustible. Una colcha oscura estaba tirada sobre el sofá donde debía de haberse tumbado.

Él se levantó y el corazón de ella dio un vuelco. Su chaqueta y su cuello estaban desabrochados. Su camisa dejaba ver una buena parte de su cuello y de su pecho. Los pantalones ceñidos delineaban la delgada solidez de sus caderas y sus piernas. Ella miraba fijamente como una idiota la maravillosa imagen. Él examinó la chimenea con actitud despreocupada mientras esperaba para asegurarse de que el fuego había prendido.

Finalmente se volvió hacia ella. Sus ojos llameantes la escudriñaron de la cabeza a los pies y luego se encontraron con los suyos. Alcanzó un vaso de oporto que había dejado sobre la repisa.

—Pensé en leer un rato y… —dijo ella tartamudeando, al tiempo que aturdida inclinaba la vela hacia los libros, fingiendo examinarlos.

Él comenzó a pasearse.

—¿Poesía o prosa?

—Humm… creo que prosa. Quizá de tu hermano.

Él dejó su vaso y le quitó la vela.

—Permíteme. Corres el peligro de prender fuego a tu adorable cabello. Quieres la carpeta azul del fondo.

Estaba de pie tras ella, sosteniendo la vela para ayudarla en su búsqueda. Ella se estiró para alcanzar el delgado volumen. Su mano tembló en contraste con la firme mano de él, a su lado.

—El tratado quizá no te induzca somnolencia, si eso es lo que buscas. Mi hermano era brillante.

Ella apretó la carpeta contra su pecho. No podía alejarse caminando sin antes darse la vuelta, y temía encontrarse de cara con él. Una especie de poder parecía surgir de él, excitando zonas de su espíritu y desconcertando otras.

—Creía que ya te habrías retirado —dijo ella, pensando que era una buena idea aclarar por qué se había atrevido a levantarse.

Al principio no respondió. Permanecía allí de pie, cerca, como si pusiera a prueba la atracción que podía ejercer si quería, incluso cuando era invisible para ella.

—Decidí esperar, para que tú volvieras a mí. —Unos dedos firmes se posaron sobre su hombro, sujetándolo con sus caricias—. Para que te dieras cuenta de que enviarte arriba fue mi última reverencia a los dioses del decoro en lo que a ti respecta.

La vela parpadeó mientras él la colocaba en la esquina de la repisa. Se estiró para quitarle el volumen de las manos y lo puso cerca del vaso de oporto sobre la estantería. Se acercó a ella dejándola arrinconada contra las carpetas amontonadas.

Una ráfaga de aliento cálido se coló a través de su pelo. Dos manos agarraron sus hombros. Suavemente separaron las manos de Bianca de su pecho y las abrieron de par en par. Como una cortina la manta se abrió, se extendió y cayó al suelo. Se halló a sí misma aferrándose a las estanterías que había a su derecha y a su izquierda.

—Yo pensaba… Yo venía a buscar un libro —dijo un poco desesperada.

Las manos le agarraban la cintura manteniéndola en aquella vulnerable posición. Los besos en su cuello y en sus orejas encendían relucientes luces en su cuerpo.

—No, no es cierto. Has venido aquí para entregarte a mí.

Sintió vergüenza al ver que él conocía su corazón mejor que ella misma. Era verdad que había tenido la esperanza de que él siguiera ahí. La habitación oscura y la chimenea apagándose le habían provocado un pinchazo de decepción.

—Basta de fachadas, Bianca. Basta de farsas. Eso es una de las cosas que esto significa.

Era la primera vez que había pronunciado su nombre. Eso, incluso más que sus manos decididas, le indicó dónde la estaba llevando. Le acarició la espalda subiendo hasta su cuello y le desabrochó el botón superior de la camisa de dormir. Su escote se soltó. Bajó la tela hasta sus hombros y le besó la piel al descubierto, encontrando lugares de inesperada sensibilidad.

Era extraño sentirse protegida e indefensa al mismo tiempo. Su piel despertó con cientos de chispas mientras la contenida anticipación surgía hambrienta e implorando satisfacción. Se soltó de la librería y se hundió en el abrazo que la envolvía.

—¿Y qué más significa? —Bajar la escalera había vuelto irrelevante la negociación, pero debería saber lo que había aceptado.

Las manos de él se movieron sobre sus costados y su estómago, aprendiendo las partes antes cubiertas por el corsé.

—Que eres sólo mía. No te compartiré. Que te entregarás a mí cuando yo quiera, como yo quiera. Que… —Interrumpió la explicación con el cosquilleo de la nariz sobre su nuca.

Era un pacto de amantes lo que buscaba.

—Quizá a mí no me guste.

—Me corresponde a mí asegurarme de que te guste.

Le dio la vuelta. Sosteniéndola con un brazo, hundió los dedos en el oporto. Como un pintor trabajando en un delicado lienzo hizo correr el líquido sobre sus labios y su cuello. Inclinó la cabeza para probarlo.

Fue un beso maravilloso, lleno de confusos sabores y emociones misteriosas. Lamió las venas que marcaban su cuello, encendiendo pequeñas llamas de cosquilleante placer. La luz creaba un resplandor brillante en sus pechos y sus muslos, un baño de calidez interior que exigía más combustible.

Sus manos se movieron hacia el oporto otra vez. Ella quedó

esperando que las gotas calentaran sus labios. En lugar de eso él mojó su propia boca.

Ella nunca lo había besado. Sentía que acceder sería cruzar una frontera invisible. Aceptar era una cosa y compartir era otra.

El oporto brillaba.

—Creí que habías dicho que no podía beber más que un vaso pequeño —dijo ella, tratando de ocultar el miedo de que él la atrajera hacia aguas profundas.

—Una o dos gotas difícilmente te convertirán en una discípula de Baco.

—No estoy segura.

—No te pediré nada más, pero quiero que me beses, Bianca.

Y ella también quería. Tenía unas ganas enormes. Eso la asustaba demasiado.

Deslizó su mano por detrás de su cuello y lo empujó hacia abajo. Frunció sus labios sobre los de él y se aventuró a echarle el oporto. Su boca se abrió ante la caricia de su lengua y de repente ella estaba dentro de él. La apretó en un ceñido abrazo y una respuesta que rápidamente se intensificaba.

Su reacción incitó un tipo diferente de placer, y una mareante sensación de poder.

Vio sus propios dedos hundiéndose en el oporto y dibujando un sendero por su cuello. El líquido cayó hacia abajo y serpenteó hacia la porción de pecho que su camisa dejaba al descubierto. Con dedos y mordiscos sin dientes ella persiguió la atrevida corriente. Sus dedos, junto a su boca, apretaban la tensa piel mientras se perdía en las sensaciones del tacto y del gusto. Incluso sus oídos se alimentaban de sensualidad, oyendo los latidos de su corazón y fuertes suspiros que revelaban lo que ella le estaba provocando.

«Sí, sí. Necesítame y quiéreme como yo a ti. Témeme un poco, como yo a ti. Pierde una parte de tu ser, como a mí me pasa contigo.»

Él le agarró la mano y besó su palma, su pulso, y la suave carne de la parte interior de su brazo.

—Te lo pregunto otra vez. ¿Quieres que te haga el amor?

Esa noche, en esa finca, en esa habitación, ella lo ansiaba desesperadamente. Una importante parte de su ser nunca había querido nada con tanta fuerza, ni quiera su éxito como artista. Reconocerlo la asustaba, pero aun así asintió con la cabeza.

—¿Estás del todo segura? Después no habrá para ti vuelta atrás a la inocencia.

Nunca había estado tan segura de nada como en aquel momento. Caminó hacia atrás, conduciéndola hacia la chimenea.

—Entonces aquí. La primera vez que te vi pensé en la luz de la chimenea y las colchas de terciopelo.

Puso la colcha en el suelo y la hizo sentarse en su regazo, rodeada por el calor del fuego y la fuerza de sus brazos. Era una delicia fundirse con él y rendirse a su apoyo. La miró de esa manera considerada mientras acariciaba su pelo.

La hizo inclinarse con un largo y bellísimo beso. Deliciosas sensaciones caían en cascada y sus sentidos expectantes daban vueltas. El mundo había quedado reducido a esos cinco pies de luz y calor frente a la chimenea. Lo único sólido era el cuerpo del hombre que la sostenía abrazada entre sus piernas cruzadas.

«Sí, sí.» Tan bueno. Tan delicioso. Su corazón gozaba con la intimidad, y su estómago y sus costados se dilataban con esa maravillosa tensión. «Ah, sí.» Él mantuvo su necesidad bajo control, pero ella podía sentirla, un poder que se enroscaba en torno a él introduciéndola a ella en su espiral. «Por favor.» Sus brazos le hicieron arquear la espalda, levantando su cuerpo hacia el suyo. Sus besos exploraron el hueco de su camisa de dormir, hacia la piel de sus pechos.

Tan desesperadamente necesitaba que la tocara que dejó escapar un pequeño grito cuando su mano cercó sus pechos. La acarició suavemente y luego jugueteó con su pezón hasta que ella no pudo dejar su cuerpo quieto.

—¿Crees que te gustará? —Arrimó su boca al otro pecho, calentándola con su aliento a través de la ropa.

—Si todo es como esto.

La suave fricción de su palma le calentó la piel a través de la ropa.

—Es mejor que esto antes del final.

Sus firmes labios tocaron los de ella explorándolos con un beso suave. Era tan bueno y correcto estar entre sus brazos. Se sentía completamente en paz con su decisión.

—¿Qué hacemos ahora? —susurró ella.

—Ahora te daré el placer que ya conoces, y mientras lo hago te desnudaré.

—¿Completamente? —La idea de hallarse completamente desnuda ante él la consternaba y la excitaba a la vez.

—Completamente. Al final. Por ahora creo que desabrocharé estos botones. Estás muy seductora con mi camisa de dormir, por otra parte.

—Me siento un poco pícara con ella. Es bastante modesta, pero sabiendo que era tuya ponérmela me parece más atrevido que usar el más escandaloso vestido de seda de tocador.

—Me muero de ganas de verte vestida con uno de ésos alguna vez, pero encuentro éste de lo más encantador esta noche.

Soltó el segundo botón y se dedicó al tercero. Se tomaba su tiempo y sus manos se arrimaban tentadoramente a sus pechos. La fina abertura se ensanchó a la largo de su cuerpo, revelando una franja de piel hasta el borde de sus pantalones.

La tumbó en el suelo y apartó los dos lados de la camisa dejando su cuerpo al descubierto hasta la cintura. La tela colgaba desde los hombros y se extendía hacia los lados. Ella dudaba de que estar completamente desnuda resultara más alarmante.

Acarició la suave piel de sus pechos, frotó sus pezones y describió círculos en torno a ellos, desencadenando una anhelante sensibilidad que casi la hace saltar. Su espalda se arqueó de modo involuntario, de una forma de lo más atractiva. «Sí, oh, sí… más…» Le devolvió el beso con creciente vehemencia, en un esfuerzo por aplacar la presión que la llenaba. «Sí, sí…» Sus manos y sus brazos lucharon para apresarlo en un abrazo incapaz de romperse. Su camisa no oscurecía su cuerpo como la chaqueta antes, y el deleite que sentía con el contacto sólo hacía que lo deseara más.

Se llevó uno de sus pechos a la boca y lo chupó. El placer creció hasta hacerse tan insoportable que sintió deseos de llorar. Se agarró a él y su camisa devino un frustrante impedimento. Tiró de ella para soltarla de sus pantalones y arrancarla de su cuerpo. Él la ayudó a sacársela.

Realmente era magnífico contemplarlo. No pudo resistirse a dejar correr los dedos sobre las cumbres de los músculos que definían su pecho y sus hombros.

Él se inclinó hacia ella y unieron sus cuerpos piel contra piel. Nuevas sorpresas se derramaron a través de ella; el tacto, el olor, sus alientos mezclándose, y largas caricias que la aprendían y la poseían. La intimidad la dejó indefensa y tensa.

Él estalló en fervientes besos y le susurró al oído.

—Ahora voy a darte el placer que todavía no conoces.

—No creo que pueda haber ninguno más agradable que éste.

—Es como la diferencia entre una melodía de salón y un aria. —Desató la cuerda de su cintura mientras hablaba. Los botones del pantalón se soltaron. Una excitación indescriptiblemente escandalosa arremetió contra ella mientras él bajaba la prenda por sus caderas y sus piernas. El estómago y una mata de pelo emergió a través de la hendidura de la camisa.

Él levantó el dobladillo, cubriendo sus partes más íntimas, pero dejando sus muslos completamente expuestos. Acarició sus piernas como si modelara su forma. Una exigencia diferente se encendió, interna y caliente y enfocada en el paisaje prohibido que él exploraba. «Sí, sí. Oh, cielos…» Un estremecimiento que sólo podía aliviar moviéndose la sacudió. Sus caderas se balancearon con la suavidad de la cera, presionadas por caricias espléndidas. «Sí… más arriba… tan cerca. Yo quiero… Yo quiero…»

—Ahora debes confiar en mí. —Le bajó la camisa de los hombros y la levantó en un abrazo que hizo que las mangas se le salieran. Se convirtió en una tela blanca arrugada entorno a sus costados. Él la deslizó hacia abajo.

Fuera. Ya no estaba. Ella contempló su propia desnudez y se dio cuenta de que él también lo hacía. El sentirse expuesta era también un motivo de excitación. El embriagador erotismo de la situación la intoxicó. Al cabo de un momento él se había quitado el resto de su ropa. No tuvo el valor de examinarlo como él había hecho con ella, pero sus miradas furtivas asimilaron la fuerza del cuerpo tumbado junto al suyo.

Una intimidad de ensueño la penetró. Su cuerpo y su alma esperaban en medio de esa armonía. Esperaban como habían esperado todo el día y toda la noche. Como habían esperado durante semanas. Quería tenerlo lo más cerca posible, para poder poseer una parte de él sin que importara lo que ocurriera más allá de ese fuego brillante y después del poder de aquella preciosa noche.

Lo miró directamente a los ojos. Sabía que el beso siguiente sería distinto. Él podía haberla conducido hasta aquel punto con dulce seducción, pero sería tan comedido hasta el final.

La pasión de las ruinas instantáneamente la arrastró dentro de una tempestad. Con un ansia de posesión feroz besó su inconsciencia, su boca y su lengua conquistaron las de ella antes de incorporar sus manos en esa despiadada estimulación de su cuerpo. Una insistente necesidad y una ansiedad voraz se unieron al placer, convirtiéndolo en una meta a perseguir. El ansia empujaba y dolía con una intensidad creciente.

Él exploró su desnudez con audacia, aprendiendo sus secretos y sintiendo sus temblores. Gritos de sorpresa se escapaban entre su respiración irregular, y éstos sólo parecían aumentar aún más la tensión de él. Puso uno de sus pechos dentro de la boca y lo chupó hasta hacerla gritar. El placer dio vueltas en torno a un centro, trenzándose y torciéndose, queriendo y queriendo con un poder que atormentaba.

Sí, por favor… Se agarró a él como si su cordura dependiera de ello, aferrándose frenéticamente a sus hombros. «Oh, Dios, por favor…» Él la guiaba hacia algo peligroso y maravilloso y ella a la vez quería continuar adelante y batirse en retirada. «Dame… Yo quiero…» Sus caricias bajaron hacia su estómago y sus muslos. Con firmeza separó sus piernas. «Oh, oh… sí, yo quiero… por favor, más arriba, ahí, oh, yo… yo…»

Sus dedos rozaron su vello púbico, acariciándola entre las piernas. Cuando su mano obedeció su súplica, una aguda punta de placer la hizo estirarse. Él colocó una pierna entre las suyas para mantenerla en el sitio. Su falo duro se apretó contra su cadera, sobresaltándola aún más.

—No voy a tomarte todavía. Vas a disfrutar, te lo prometo. —Su dedo se deslizó hacia su grieta, adentrándose en la humedad y los pliegues ocultos.

«Oh.» Toques. Caricias. La intensidad de las sensaciones la asaltó en forma de una despiadada serie de impresiones placenteras. Los lugares que él exploraba eran escandalosamente sensibles. Perdió la noción de todo más allá del ansia que la hacía gemir y suplicar.

«Sí, sí, ah, sí.» Desesperada quería vencer el miedo virginal. Extendió las piernas y se movió con sus dedos dentro, meciéndose para sentirlo más cerca. «Por favor… ah.» El placer sólo se hizo más fuerte, más punzante, peor. Aumentando, aumentando, prolongándose fuera de control ahora, gritando sus resueltos pensamientos, la carne que él acariciaba latía al mismo tiempo que su apresurado corazón. «Yo… Yo… oh, Dios…» Su conciencia se hizo añicos en luminosos fragmentos, cegando sus sentidos. Un placer que no era de este mundo estalló en un instante, bañándola de éxtasis.

Se puso encima de ella y ella lo apretó contra sí. En su saciado estupor él era lo único que existía junto a su propia realidad física. El mundo entero se hallaba comprendido en él.

Entró en ella con cuidado. Una vaga conciencia del dolor penetró la concentración que se centraba en su olor, su piel y aquel alivio que ahora sentía. Él le levantó una de las piernas por encima de su propia cadera y eso calmó la opresión. «Sí, sí, es tan bueno… Quiero esto. Te quiero a ti.»

Él empujó hasta llenarla. Un poder controlado surgía de él, tensando los hombros sobre ella y los brazos que la rodeaban. Una sensual gravedad esculpía su rostro. Ella se unió a su ritmo balanceándose para aceptar cada una de las embestidas que la llenaban. «Tan bueno, tan cerca. En mí, conmigo. Te quiero. Te amo.» El final llegó demasiado pronto, pero aunque no hubiera llegado hasta la mañana habría sido demasiado pronto. Sujetando la pierna a su propia cadera hizo palanca y la penetró aún más profundamente, entregándose a un frenesí de movimientos duros que incitaron un renovado desenfreno en ella. Un beso final feroz, un estremecimiento visceral, y de repente él estaba fuera de ella, todavía sus brazos lo envolvían pero esa unión tan íntima se había acabado.

Se dejó llevar en una dulce nube, aturdida y sin sentido. Sus brazos lo continuaban apretando bastante rato después de que el abrazo de él se hubiera aflojado. Nuevas emociones la embargaban y no las comprendía todas.

Su mente lentamente comprendió el final. Él se había retirado para protegerla de un posible embarazo. Su consideración la conmovió, pero a la vez sintió un pinchazo de inexplicable decepción.

Él le apartó el pelo de la cara y le dio un beso en la mejilla.

—Nunca dejas de sorprenderme, Bianca.

Lentamente aquella intimidad tan especial se fue convirtiendo en algo menos sagrado y más sólido. El posesivo abrazo se rompió y él se apartó de ella. Permanecieron tumbados juntos durante un buen rato, y ella percibió contenta que él se había dormido. De un brinco se levantó y se escurrió hacia las estanterías de libros.

—¿Qué estás haciendo? —Contempló su cuerpo desnudo de una forma que ahora ambos asumían como correcta. Qué rápido perdía uno la vergüenza respecto a estas cosas.

—Busco el oporto. Creo que debería permitirme un poco más.

Agarró rápidamente el vaso, se detuvo un momento a pensar, y cogió también el volumen azul. De vuelta en su nido, se acurrucó y él arregló la manta para que ambos se arroparan hasta que los dos estuvieron envueltos muy juntos.

Él sirvió el oporto y lo compartió con ella. Hizo un gesto hacia el volumen que había dejado a un lado.

—¿Tienes ganas de leer? Ya veo que tendré que hacerlo mejor la próxima vez.

—Si tú vas a caer dormido, necesitaré algo que hacer, porque estoy muy despierta. Me gustaría leer esto algún día, para ver lo que escribió tu hermano acerca de mi país. Tanto tú como Charlotte habláis de él con orgullo.

—Con orgullo sin duda, pero Milton tenía sus defectos. Poseía una arrogancia intelectual que conseguía ofender aun sin tener esa intención. Además, podía ser muy poco práctico algunas veces.

Tal vez no había venerado a Milton, pero ella podía oír su tristeza, aún intensa a pesar del paso del tiempo, cuando hablaba de él. Ella conocía demasiado bien el sereno patetismo que el dolor asume con el tiempo.

Ella apartó el volumen de la vista, con la esperanza de que aquel tema doloroso pudiera ser suprimido tan fácilmente. Para su sorpresa, él se estiró para alcanzarlo, lo abrió y se puso a hojearlo. Dejó correr sus dedos por las grandes hojas, como si haciéndolo pudiera conectar con la mano que había sostenido la pluma que escribió aquellas palabras.

Ella siguió sus dedos con la mirada y prestó atención a la caligrafía de aquellas páginas.

—Entonces no eran de él —dijo.

Él la miró con curiosidad.

—Había algunas cartas del escritorio de Adam en Woodleigh, en el baúl de mi habitación. Supuse que eran de Milton y tenía la intención de dártelas, pero con los sucesos de nuestros últimos días en Laclere Park, se me olvidó. Sin embargo, si ésta es la letra de tu hermano esas cartas no eran suyas.

—¿Llevaban su firma?

—No me fijé. Ni siquiera las leí.

—¿Por qué creíste que eran de Milton?

¿Por qué había sido?

—Fue por el saludo que encabezaba la primera de ellas. Era algo así como «mi más querido amigo», y tú me habías hablado de su gran amistad. Fue una estupidez por mi parte dar por sentado que eran de Milton. Supongo que Adam tendría otros amigos.

Él dejó correr sus dedos sobre la página otra vez.

—¿Dónde están ahora esas cartas?

—Todavía en mi habitación de Laclere Park.

—Me gustaría verlas, para asegurarme de que no son de Milton.

Ella lo comprendió. ¿Acaso ella no se había asido a los pequeños pedazos de las vidas de su padre y de su madre que encontró en aquellos papeles?

—Siempre es trágico que alguien tan talentoso muera joven. Algunos sostienen que Dios se lleva antes a los mejores. Todo el mundo dice eso sobre mi padre, pero yo no creo que Dios sea tan egoísta.

Vergil contempló el fuego mirando sin ver y con el ceño fruncido.

—Dios no se llevó a Milton, Bianca. Él mismo se dio muerte.

—Oh, Vergil. Siento haber hablado así.

—No podías sospecharlo.

—¿Y sabes por qué?

—Estoy intentando averiguarlo. Podía ser melancólico, pero no creo que la melancolía lo llevara a eso.

La interrumpió de una forma que la hizo pensar que estaba escogiendo las palabras muy cuidadosamente.

—Como muchos hombres nacidos en su época, mi hermano asumía que las reglas son necesarias, pero destinadas a cualquiera menos a él. Perseguía sus intereses con tranquilidad, seguro de que el mundo lo dejaría en paz si no llamaba demasiado la atención. Estaba en lo cierto, aunque con matices. Sin embargo, algunas de sus ideas y su comportamiento lo hacían muy vulnerable, y llegó el día en que alguien se aprovechó de esa vulnerabilidad.

—¿Fue chantajeado?

—De eso estoy seguro.

—Dijiste que algunas de sus ideas políticas eran radicales, pero… ¿o fue por su implicación en la fábrica?

—Yo había asumido que fue por cuestiones políticas, porque no creo que la cuestión de la fábrica hubiera llevado a Milton al suicidio. Hay quienes recurren a la violencia como un modo de resolver nuestros problemas corrientes, y ha habido intentos de asesinato contra líderes del Gobierno. Si mi hermano tenía alguna conexión con los hombres que planeaban esas cosas y esa conexión llegó a descubrirse… Ésta es la razón por la que he ocupado su lugar aquí. Era una manera de conseguir entrar en su vida, y conocer a los radicales de esta región. Pero a veces sospecho que tal vez no fuera traicionado por cuestiones políticas, sino por algo relacionado con su vida privada.

—Entonces la respuesta podría no estar aquí, estás diciendo, sino en algún lugar más cerca de su casa.

La expresión de él cambió, como si ella lo hubiera sorprendido.

—Sí. Cerca de casa.

Ella le dio un beso en el hombro.

—¿Es por eso que te convertiste en un santo? ¿Para compensar el escándalo usado para traicionar a tu hermano si lo suyo llegaba a saberse? Yo pensaba que era para desviar la atención de tu vida secreta.

Él sonrió lentamente.

—Quizá me transformé en un santo porque serlo forma parte de mi naturaleza.

Ella se rio tontamente y miró con intención las prendas esparcidas. Moviendo furtivamente un brazo hacia su cintura le hizo cosquillas y él dio un salto.

—No parece que forme parte de tu naturaleza para nada, según mi forma de considerar los hechos.

Quizá, sólo quizá, ella disfrutó de las siguientes horas incluso más de lo que había disfrutado el placer físico. En su pequeño mundo a la lumbre del hogar, se contaron historias del pasado y hablaron sobre la gente que conocían. Bianca supo acerca de sus preocupaciones por el futuro de Charlotte y sus esperanzas de que tuviera un matrimonio feliz. Ella se lo contó todo sobre tía Edith, y cómo regañó una vez a John Adams en una comida formal. Especularon sobre la debilidad que Pen y Witherby sentían el uno por el otro y se preguntaron si Dante encontraría algún día la felicidad.

Finalmente, poco antes de amanecer, él la envolvió en la manta y la llevó arriba a la habitación del lord. Luego la desarropó y le dio su calor, y le hizo el amor de una forma tan lenta y conmovedora, tan hermosa, que le llegó al corazón.

Cuando sus emociones y su cuerpo estuvieron saciados, él le mostró el último y el más peligroso de los placeres. Ese de caer dormida en la seguridad de los brazos de su amante.

Capítulo quince

*E*lla parecía terriblemente vulnerable cuando dormía. Con su inteligente mente en silencio y la confianza en sí misma en reposo, era toda ternura e inocencia.

Había pasado la última hora contemplándola, deleitándose en las contracciones nerviosas de sus párpados y sus labios, embriagándose de mirarla, como un chico de campo embelesado ante la primera chica que finalmente le había dicho sí.

Hacerle el amor sólo había significado enredar aún más la maraña. Podría haber ayudado si ella hubiera sido menos abierta y apasionada. Menos feliz. Todas las defensas que él había retenido contra sus propios sentimientos habían sido demolidas por el placer.

Un placer asombroso. Increíblemente intenso. Si alguna vez hubiera experimentado algo así, lo recordaría, y no lo recordaba. Incluso los pocos grandes encaprichamientos de sus días de juventud, como quedar fascinado por Catalina y otras, se volvían insignificantes, superficiales e inmaduros en comparación. Y sin duda, la sensualidad simplemente eficaz que había practicado durante los años recientes no le había deparado nada ni remotamente similar. Un hombre no se permite verdadera intimidad con una mujer profesional.

¿Ella era consciente de lo que había dicho con voz entrecortada en medio de su delirio? Sus gemidos melódicos y alentadores habían llenado sus oídos haciendo sus intentos de dominio frágiles, por decir poco. «Sí… Quiero esto, te quiero.» El eco le hizo dar vueltas la mente y su erección se endureció.

Más allá de haberlo dicho, ¿se habría dado cuenta de que lo había pensado? Él sabía muy bien lo que podía llegar a decirse en la agonía de la pasión. Ése era el problema que lo aguardaba en un futuro muy próximo y que teñía de recelos su vanidosa alegría.

Él no quería tener con ella un lío amoroso llevado con discreción. La quería como esposa. No estaba del todo convencido de que ella aceptara, en cuyo caso él la habría corrompido aquella noche, y posiblemente la habría iniciado precisamente en esa vida que tanto temía para ella.

Más tarde. Primero quería extraer de ese interludio toda la felicidad posible. Habría tiempo suficiente para explicarle que ahora ella tendría que casarse con él.

Se rio en voz alta. Dejemos a Bianca terminar su imponente seducción con las tablas completamente dadas de vuelta. Se negaba condenadamente a despertarla y pedirle que hiciera lo correcto por él.

—¿De qué te ríes? —Se estiró y parpadeó como un gatito despertándose. Una sonrisa soñolienta apareció al aceptar su beso de buenos días.

—Sólo estoy contemplándote y disfrutando de que estés a mi lado.

Ella se arrimó contra su hombro y escudriñó la luminosa habitación.

—Ha dejado de llover. El sol… Todo parece y se siente tan diferente.

—No demasiado diferente, espero.

—No demasiado, pero un poco sí. —Le dirigió una mirada fugaz—. ¿Debería sentirme avergonzada por encontrarme aquí contigo?

—Eso depende de si tienes remordimientos. ¿Los tienes?

Se quedó pensando.

—No, aunque se supondría que debería tenerlos.

—Siempre he sospechado que todos esos «se supondría» son decididos por gente que carece de experiencia en las situaciones sobre las cuales se pronuncian.

—Tía Edith decía lo mismo, sobre diferentes situaciones, por supuesto. Creo que ella te gustaría. No hace mucho caso a la gente que intenta decirle lo que se supone que debe hacer o pensar. Mi madre debe de haber sido de la misma forma, pero como yo era su niña ella no me expresaría esas ideas a mí. Edith, sin embargo, es demasiado mayor como para reservarse sus opiniones.

A él le gustaría conocer a la tía, y lamentaba que nunca conocería a la madre. Disfrutaría viendo la ciudad donde Bianca había vivido y las calles por donde había caminado de niña y de jovencita.

Ella se arropó el cuello con la manta. A pesar de su fachada valiente, sí tenía un poco de vergüenza, y su vulnerabilidad lo conmovió.

—¿Qué hacemos ahora? —Ella continuaba observando la habitación.

«Vestirnos, cabalgar hacia York, conseguir una licencia especial del arzobispo y casarnos.»

—Lo que quieras. Creo que podemos posponer un día más tu vuelta con Penelope si quieres, o puedo pedirle a Morton que prepare el carruaje ahora mismo.

Ella se mordió el labio inferior.

—¿Quieres que me quede?

Él se dio cuenta de que su incomodidad tenía que ver con él. Ella se preguntaba qué juicios de la mañana después estaría haciendo. Él debía de haber considerado que el nuevo día podría requerir algunos consuelos.

—Quiero que te quedes tanto tiempo como podamos conseguir, y encarecidamente desearía que no existiera nada que pusiera límites a nuestro tiempo para estar juntos a solas. Si tú quieres, podemos tomarnos este día y hacer todo lo que podamos y decidir mañana sobre el mundo que nos espera.

Una bella sonrisa iluminó su cara.

—Me gustaría. ¿Es muy tarde? ¿Hemos dormido gran parte del día y lo hemos gastado?

—No es tan tarde. Aún no es mediodía.

—¿Tenemos tiempo para ir a Manchester? ¿A ver nuestra fábrica?

Si hubiese sido cualquier otra mujer, él habría pensado que lo estaba halagando expresando interés en su vida.

—Si no quieres, lo entenderé, Laclere. Después de todo, existe el riesgo de que la gente me vea contigo.

«Querría que el mundo entero te viera conmigo.»

—Me gustaría mucho mostrarte nuestra fábrica. Iremos esta tarde. ¿Hay alguna otra cosa que te gustaría hacer?

Unas luces pícaras iluminaron sus grandes ojos azules. Dejó correr un dedo a lo largo de su clavícula y se sonrojó de una forma adorable.

—Bueno, todavía es todo un poco diferente y extraño, el sol, el día y todo. No demasiado, pero sí un poco. Quizá si tú lo hicieras… si nosotros lo hiciéramos… es decir, si lo hiciéramos otra vez… puede que entonces fuera menos… Tengo sensaciones extrañas y diferentes, eso es.

Él le inclinó la cabeza para darle un beso.

—Si no fuera porque me preocupaba que te sintieras demasiado cansada me hubiera gustado que lo hiciéramos tan pronto como abriste los ojos. Me gusta que me quieras, Bianca, y que me lo digas.

—Oh, sí —susurró—. Te quiero.

Él apoyó sus hombros sobre varias almohadas en el cabezal de la cama y le enseñó cómo ponerse a horcajadas sobre él. Saboreó el peso de ella apoyándose contra su pecho, adoró el rostro que se entregaba a sus besos, la abrazó y la acarició como el precioso regalo que ella era. Apartó la ropa de cama para poder ver por encima de sus hombros las sinuosas líneas que bajaban en pendiente por su espalda antes de curvarse elegantemente en el trasero, serpenteando de aquí para allá a lo largo de sus piernas dobladas. Su falo duro se arrimó a sus muslos y sintió cómo la humedad de su excitación se escapaba de su interior.

La enderezó para poder ver su cuerpo y su pasión. Un poco diferente, como el sol, el día y todo. No demasiado, sino un poco, y era maravilloso. Le gustaba contemplar cómo crecía su éxtasis mientras la tocaba.

La inclinó hacia él para poder lamer y chupar sus pechos. Su delirio estalló y todas esas afirmaciones eróticas comenzaron a salir de ella en forma de suspiros. Como llamas, convirtieron su sangre en fuego.

—Ponme dentro de ti —dijo él, preparándose a sí mismo para la explosiva urgencia de poseerla de todas las formas imaginables antes de aceptar liberarse.

Ella se enderezó aturdida y confusa.

—Quédate donde estás y ponme dentro de ti. Es así cómo te quiero esta vez.

Ella miró su falo anidando entre sus muslos, su punta presionaba visiblemente contra la hendidura de ella. Nunca lo había tocado. Al verla vacilar él recordó la reciente ignorancia que su despertar tan rápido a la pasión le había hecho olvidar.

Estaba a punto de asumir el control cuando ella se alzó hacia arriba y lo agarró con firmeza, como una mujer decidida a enfrentarse con un desafío. Al momento él se deslizaba dentro de su estrecha calidez de terciopelo mientras sus ojos se cerraban con satisfacción y un melódico gemido de alivio escapaba de ella. La empujó hacia abajo y la sostuvo inmóvil en un firme abrazo para poder simplemente gozar sintiéndola durante un rato.

Ella empujó hacia abajo y se retorció hasta que la penetración se hizo profunda. Sus manos vagaron a la deriva por el pecho de él creando dos encendidos senderos. Con cautela y con curiosidad, ella se levantaba y bajaba y parpadeaba atónita.

Encontró un ritmo que él le dejó seguir hasta que comenzó a moverse y a fruncir el ceño como si buscara algo que estaba fuera de su alcance. Sus gritos y jadeos y duras sacudidas estuvieron a punto de hacerle perder el sentido. Él deslizó su mano hacia su grieta y tocó aquel lugar que la conduciría hasta el clímax. Con creciente desenfreno ella lo cabalgó con más dureza hasta que dio un grito de liberación que llenó la habitación y lo llevó a él también hasta el final.

Tuvo que levantarla a la fuerza para retirarse a tiempo. Ella se desplomó sobre él, descansando la cabeza sobre su pecho y con el cuerpo envuelto entre sus brazos. El sudor de la pasión se deslizaba a lo largo de su espalda.

Sujetándose firmemente a su calor, a los latidos de su corazón y a sus lentos suspiros, él estiró la manta para que los cubriera a ambos. Apretó sus labios contra su pelo húmedo y le permitió a su alma saborear el extraño y profundo sabor del amor.

Morton había desaparecido. Como un fantasma ocupado, que ejecuta sus deberes pero nunca llega a mostrar su cara. Cuando finalmente bajaron para un desayuno tardío, todo estaba listo, como si hubiera adivinado el momento exacto en que lo necesitarían. Al volver a su dormitorio encontraron agua caliente esperándolos, y el carruaje y los caballos estuvieron preparados justo a tiempo para su viaje a Manchester. El viejo Lucas llevaba las riendas porque, según le explicó a Vergil, el ayudante de cámara tenía asuntos que atender en la finca.

Bianca agradecía la soledad total que creaba la ausencia de Morton. No porque sintiera vergüenza. No se sentía en absoluto avergonzada. La vieja finca se había vuelto sólo de ellos, un pequeño mundo que existía en un tiempo soñado, y la soledad intensificaba profundamente su intimidad.

Era domingo, y Vergil la acompañó alrededor de trabajos abandonados. Le mostró dónde se recibía y se limpiaba el algodón sin refinar, y los edificios grandes y bajos llenos de potentes máquinas de vapor para el hilado. Sus comentarios se volvieron animados y detallados cuando describía las mejoras que había inventado, y ella se deleitaba con el sereno orgullo que él encontraba en sus descubrimientos. Finalmente la condujo hasta una nueva construcción, más grande que las otras.

—Deberías ver esto, ya que estás invirtiendo en ello —explicó.

El edificio contenía hileras de grandes telares conectados por brazos verticales de hierro.

—Serán máquinas muy potentes, como las de hilado. Muy pocos han hecho ya esto, y no a esta escala. El motor se está construyendo en la sala de al lado. —Le mostró el camino y le habló sobre la enorme caldera de metal, las tuberías de agua y las válvulas que harían que los brazos de metal movieran las partes de los telares que requerían movimiento—. La mayoría de los tejidos todavía se hacen en los hogares. Esto será mucho más rápido y más eficaz. He prometido los puestos de trabajo de aquí a tejedores que trabajan en casa y quieren aprender los nuevos métodos.

—Algunos no querrán.

—Tendrán todavía una buena temporada para arreglárselas. El cambio no ocurrirá de la noche a la mañana, pero el oficio no existirá para sus hijos. Serán éstos quienes vivan el cambio, igual que pronosticaba tu abuelo respecto a mis hijos. Su mundo está agonizando.

—A mí no me parece que tu mundo esté agonizando. Creo que mi abuelo se adelantaba a los acontecimientos.

—Las profecías son siempre prematuras. Como con los tejedores, el cambio no se dará de la noche a la mañana, y dos siglos de nuevos Duclaircs y Calnes continuarán siendo lores con privilegios. Pero yo creo que seremos tan curiosos y pintorescos como las ruinas medievales de Laclere Park. Espero que en el curso de mi vida nuestro dominio sea circunscrito, como lo exigen ciudades como Manchester. Mi esperanza es que el cambio suceda pacíficamente, y no con la violencia que ya ha estallado en el campo, reflejando la impaciencia de la gente.

Revisó su oficina en busca de algún material que el señor Thomas pudiera haber dejado a su atención. Ella escudriñó por encima del hombro de él mientras estaba sentado en su escritorio y hojeaba algunas cartas.

—¿El señor Thomas escribió esto? —preguntó ella, cogiendo una para examinarla—. Bueno, eso entonces lo explica todo.

—¿Explica qué?

—Esas cartas en el escritorio de mi abuelo. Esas de las que te hablé anoche, las que yo creía que eran de Milton. Es la misma caligrafía. Deben ser cartas respecto a asuntos de la fábrica, que Thomas le escribió a Adam.

Vergil se quedó totalmente inmóvil. Dejó de leer las hojas que tenía delante. Bianca notó que algún asunto lo llevaba lejos de ella, a algún lugar de su cabeza donde ella no debía inmiscuirse.

Él se dio la vuelta y le dirigió una mirada pensativa.

—¿Cuál dijiste que era el saludo? ¿El que encabezaba la carta que viste?

—Mi más querido amigo.

—Es una manera extraña de dirigirse a Adam Kenwood por parte de un empleado, ¿no crees?

—Deben de haber hecho una rápida amistad. Estas cosas pasan.

Él frunció el entrecejo.

—De todas formas quiero ver esas cartas, y no tengo intenciones de esperar hasta regresar a Laclere Park. —Se levantó—.

El señor Thomas vive en el pueblo de la región. Ya que estoy aquí, será mejor que vaya a hablar con él sobre esto ahora. No me llevará mucho tiempo.

El pueblo se hallaba a unos cuatrocientos metros, una sola callejuela de casitas apretadas unas contra otras. La edad de algunas de ellas indicaba que aquel lugar había estado habitado desde hacía muchas generaciones y debía de haber sido una comunidad agrícola antes de que la fábrica fuera construida. Ahora muchas de las casas estaban atestadas de gente, y la callejuela aquel domingo mostraba a una comunidad relajándose del trabajo de la semana.

—Hay muchos hombres —dijo Bianca mientras estiraba el cuello para contemplar el tumulto a través de la ventanilla—. Parece que en muchas de esas casas la gente vive hacinada.

—Estamos construyendo nuevas viviendas, pero serán entregadas primero a las familias. Por ahora lo hacen hombres que vienen de otros lugares.

—Creo que tendremos que construir más rápido, Laclere, si pretendes traer aquí también a los tejedores.

—Si la nieta de Adam Kenwood ha decidido seguir como socia, estoy seguro de que podremos permitirnos construir más rápido.

Ella sonrió satisfecha, de una forma que lo alentó. Sin embargo, las observaciones que había hecho la noche anterior sobre el hecho de que su matrimonio con otro hombre podía poner en peligro el control de la fábrica, no habían desaparecido con la pasión.

Él realmente necesitaba resolver su futuro juntos. Pero no ahora. Ahora necesitaba tener una conversación con su secretario, un hombre joven que probablemente sabía mucho más acerca de la fábrica y de los Duclaircs de lo que él previamente sospechaba.

—Debería hablar con él a solas —dijo él mientras el coche disminuía la marcha para detenerse frente a una vieja casa de piedra que había tenido mejoras recientes.

—Lo comprendo. Sería complicado que hiciéramos una visita juntos.

No se trataba de eso. No quería que ella oyera esa conversación. De hecho, ni siquiera quería tenerla si estuviera presente.

Caminó hasta la puerta rápidamente. De todas formas no pasó inadvertido. Notó cómo el bullicio de la callejuela se serenaba y sintió sobre él ojos que lo observaban.

El señor Clark nunca visitaba ese pueblo, al menos no de forma que sus habitantes lo notaran. Sus inspecciones habían sido tan sutiles y secretas como el resto de su vida en esa región.

Su secretario se mostró tan sorprendido como el resto de los habitantes. Desconcertado ante la visita, condujo a Laclere hasta una pequeña sala de estar y rápidamente colocó una silla cerca de la mesa.

Vergil advirtió su expresión cautelosa.

—No he venido a criticarte ni castigarte, Thomas, y desde luego tampoco a despedirte. Ésta es una visita social.

Harry Thomas era un hombre corpulento y de piel blanca, el tipo de hombre cuyo rostro se pone colorado cuando está enfadado o de mal humor. Y estaba muy colorado ahora. Por su pose en la silla, con las piernas y los brazos cruzados, parecía que se estuviera abrazando a sí mismo por causa de un disgusto, o controlándose a sí mismo físicamente para no revelar sus reacciones.

Él sabía que, se tratara o no de una visita social, la inesperada presencia de su jefe no tenía que ver con buenas noticias.

Estaba en lo cierto, pero Vergil intuía que las noticias serían peores para el jefe que para el secretario. En lugar de demorar el dolor, se lanzó directamente al ruedo después de intercambiar algunos comentarios banales sobre el buen día que hacía y el crecimiento del pueblo.

—Tú sabes quién soy, ¿verdad? —dijo—. Creo que también sabes quién era el último señor Clark.

El rostro de aquel hombre se enrojeció aún más. Los ojos se abrieron con cautela.

—Él confiaba en mí. Me lo guardé para mí entonces y continúo haciendo lo mismo con usted.

—Te creo. —¿Le creía? ¿Tenía la respuesta a todo justo allí mismo, en esa habitación? ¿Harry Thomas había traicionado la confianza de Milton amenazándole con revelar que mantenía un comportamiento indigno de su clase, interesándose por la industria?

Podía haber sido Thomas, pero la fábrica no era una razón suficiente. No para Milton. Tenía que tratarse de algo mucho más incontestable.

La solución luchaba por sí misma dentro de su mente, y la rebelión de su corazón apenas conseguía mantenerla a raya.

Vergil caminó a grandes pasos por la habitación, preguntándose cómo proceder. Su mirada se detuvo en una gran caja de libros, uno de ellos le llamó la atención. Sacó el volumen de su lugar. Al hacerlo oyó un movimiento tras él, el de un hombre apartándose de su sitio. Advirtió la alarma de Harry Thomas.

—*La Odisea* de Homero. Mi hermano amaba este libro. —Acunó el libro en sus manos. Reconoció la encuadernación. Había sido un libro de Milton, formaba parte de su biblioteca personal. Su padre se lo había dado.

Y ahora pertenecía a Harry Thomas.

—Él me lo prestó. Debía habérselo devuelto. Quédeselo.

Vergil estuvo a punto de aceptar esa explicación. Quería asentir con la cabeza, salir de allí y caminar de regreso al coche y a Bianca.

Pero aquello no había sido un préstamo. Simplemente lo sabía. Sospechaba que si abría la cubierta encontraría una dedicatoria que lo convertía en un regalo.

Mantuvo la cubierta cerrada y miró los otros libros, todos nuevos y con encuadernaciones impresionantes. Demasiado impresionantes para un secretario de dudosa fortuna. Revisó los autores. Poetas, filósofos, e historiadores. Milton se los había dado todos ellos a Harry, estaba seguro.

¿Había sido una especie de lección educativa? ¿Un intento de mejorar una mente aguda por naturaleza con algo de cultura? ¿Un experimento digno de Voltaire?

Adivinaba que la respuesta se hallaba dentro del volumen que sostenía. Milton no le habría entregado su tesoro de la adolescencia a un simple estudiante de literatura.

—He venido a hacerte algunas preguntas acerca de mi hermano —dijo, colocando el libro sobre la mesa de forma que ambos pudieran verlo. Harry tenía a todas luces el aspecto de un hombre al que le hubiera gustado arrebatarlo y esconderlo bajo su abrigo—. Hay algunas cartas tuyas para Milton. Me pregunto de qué tratan.

—Yo le escribía. Era mi trabajo, ¿no? Él venía aquí con menos frecuencia que usted, y después de que Kenwood cayera enfermo yo tenía que ocuparme de la fábrica el día a día. Tenía que mantenerlo informado.

—He visto esas cartas. Estaban entre sus papeles de negocios, fueron enviadas a su dirección de Londres y dirigidas al señor Clark. Hablo de otras cartas, probablemente enviadas a Laclere House en Londres y a Laclere Park en Sussex. Estaban separadas de las otras y guardadas juntas. En ellas te dirigías a mi hermano como «mi más querido amigo».

La cara de Harry se volvió tan impertérrita que parecía hecha de piedra.

—Nos hicimos amigos. Aquí, en la fábrica, en el trabajo, él no se las daba de gran hombre. No era del tipo de persona que se cree mejor que las demás.

No, no era ese tipo de persona. No era el tipo de persona que se preocuparía pensando que su amistad podría ser delatada.

Vergil puso la mano sobre el libro.

—Quiero que lo pienses un momento. ¿Algunas de esas cartas eran indiscretas?

—¿Qué está usted insinuando? No seré…

—No finjas estar indignado conmigo. Yo era su hermano. Puedo haber ignorado lo que vi, pero lo vi de todas formas. Necesito saber si alguien que leyera esas cartas podía haber hecho suposiciones acerca de la profundidad de vuestra amistad.

La mandíbula de Harry estaba tensa por la ira, pero sus ojos eran los de un hombre atrapado y asustado.

—Estás a salvo conmigo. Nunca haría nada que dañara su nombre —dijo Vergil calmadamente.

La rígida pose de Harry se aflojó, más por sentirse vencido que por alivio.

—Supongo, es posible, si alguien las leyó… pero yo creía que habían sido destruidas.

—Un hombre sensato las habría quemado, pero mi hermano era un poco loco a veces, y el sentimentalismo lo dominó en este asunto.

A pesar de su consternación, la idea de que esas cartas habían sido salvadas pareció conmover a Harry. Señaló con la cabeza hacia las estanterías.

—Me hacía leer filósofos y esas cosas. Quería abrirme a ese mundo. —Sonrió con nostalgia—. Son historias interesantes, pero no ayudan mucho cuando los trabajadores se vuelven locos después de que se decida que los niños no pueden trabajar. Esas familias dependen de los sueldos. Intenté que él accediera a permitir que los chicos trabajaran algunas horas, al menos. Kenwood no podía influir en él respecto a algunas de sus ideas, pero yo sí. La vida real no es tan pulcra como en esos libros, se lo dije. Incluso las buenas acciones pueden acarrear malos resultados. Usted es más práctico que él. Kenwood también lo decía. Decía que usted lo llevaba en la sangre, que en su caso no era un simple experimento.

—Es bueno que tú estuvieras aquí para ayudarle. ¿Cuando venía al norte te visitaba en esta casa?

—Nadie lo vio. Era discreto. No venía en un coche de lujo como usted acaba de hacer.

—En los pueblos como éste no hay discreción que sea suficiente. ¿Visitasteis alguna vez Manchester juntos?

—A veces. Nadie nos vio hacer nada inapropiado, si ésa es la pregunta. Era lógico que fuéramos juntos a las reuniones y esas cosas. Trabajábamos juntos.

Eso era cierto, pero una mirada incorrecta, una risa incorrecta…

—Me temo que debo regresar a esas cartas. ¿Alguna vez le escribiste a Milton otro tipo de carta, pidiéndole algo que fuera de valor para él?

La suavidad de la expresión de Harry desapareció.

—¿Qué está diciendo?

—¿Le exigiste algo? Su amistad contigo lo hacía vulnerable ante cualquiera que la conociese, incluido tú.

—También me hacía vulnerable a mí. No tendría sentido exigirle nada.

—No es verdad, y ambos lo sabemos. Él era un lord. Cualquier escándalo, una sola prueba, lo afectaría más a él. Los hombres ya no son llevados a la horca por esas cosas, pero pueden ser destruidos. Tú podías desaparecer si era necesario, pero él no.

—Maldita sea. Malditos todos vosotros. Asumiendo que he sido codicioso sólo porque no he nacido rodeado de plata como vosotros. Eso no es así, pero nunca he esperado que ninguno de los dos lo entendierais.

—¿Qué quieres decir con ninguno de los dos?

—Usted no es el primero en venir a mantener esta charla conmigo, señor Clark.

—¿Otro hombre ha hablado contigo acerca de esta relación? ¿Quién?

—No fue un hombre. Vino una dama, cubierta de velos y de disimulo. Dijo que sabía lo de la fábrica, y lo mío, y que temía por su reputación y la de su familia.

—¿Sabía quién era realmente el señor Clark?

—Con toda seguridad. Dijo que él era descuidado, y preguntó si había cartas dirigidas a él como vizconde que deberían ser destruidas. Ella estaba dispuesta a hacerlo. Para protegerlo. Antes de irse me amenazó. Me dijo que si alguna vez se lo contaba a alguien, si alguna vez trataba de sacar partido de eso, me vería en la horca.

—¿Eso fue antes o después de la muerte de mi hermano?

—Unos cuatro meses antes. Yo no quería que él supiera que ella lo había descubierto. De saberlo quizá… —Se encogió de hombros.

—Puede que estuviera cubierta de velos, pero tú debes de haber sabido quién era si hablaste de todo eso con ella.

Thomas le habló con desprecio, como si fuera idiota.

—Sabía quien era, porque me lo dijo abiertamente. Era su hermana, la condesa de Glasbury.

La niña escudriñó a Bianca y Bianca hizo lo mismo con ella. Por ser domingo, habían lavado a la pequeña, y su pelo rojo brillaba al sol. Sus grandes ojos examinaron las prendas de Bianca con sorpresa, después volvió corriendo con su madre que la miraba desde la puerta.

Su casa era pequeña, arreglada y nueva. Una pequeña hilera de casas como ésa flanqueaba la callejuela, frente a las casas más viejas, que mostraban su edad e indiferencia hacia el cuidado.

Vergil salió de la casa del señor Thomas y vio a Bianca en la callejuela. Caminó hacia ella con una expresión preocupada.

—¿Encontraste lo que querías? —le preguntó ella cuando llegó a su lado.

—Más de lo que quería. —Parecía cansado y perdido.

—¿Las cartas eran del señor Thomas?

—Sí.

—Ves, eran amigos, como te dije.

—No eran para Adam, sino para mi hermano.

Ella se encogió de hombros.

—Una amistad diferente, entonces. Charlotte siempre habla de Milton como alguien solitario, así que debía de ser una alegría para él tener algunos amigos queridos. Te debería hacer sentir mejor saber que los tenía, que no estaba solo en la vida.

Él le dirigió una mirada extraña.

—Sí, supongo que me debería hacer sentir mejor saber eso. Ahora volvamos a la casa. De las muchas vidas que me siento viviendo hoy la que te incluye a ti es la única que ahora necesito.

Tan pronto como entraron al coche, él le cogió la mano y la atrajo hacia él para sentarla en su regazo.

—¿Qué piensas de tu fábrica?

—Creo que quizá dejaré que el administrador continúe durante algunos años más, al menos. Sin embargo, no estoy segura de que Nigel sea tan optimista. ¿Cómo has conseguido mantenerlo ignorante de tu papel aquí?

—Él estaba en Francia, y desde que regresó el señor Clark se ha escabullido de él. Mantenemos una animada correspondencia. Cuento con que él esté contento de que sus beneficios sobrepasen los que podía obtener con el fondo de inversión, pero si es necesario le ofreceré comprarle su parte por una cantidad generosa.

—¿Por qué no hacerlo ya?

—La oferta del señor Johnston y el señor Kennedy le reportaría a él cincuenta mil libras. No puedo elevarla sin hipotecar la fábrica.

—Cincuenta mil… eso significa que mi parte debe de ser valiosa.

—Más de doscientas mil. El valor está en los equipamientos y la tierra y las facturas más que en los provechos anuales. ¿Estás arrepentida de haberme prometido no vender?

—No sabría qué hacer con esa cantidad. De todos modos, tú has dicho que los beneficios de la fábrica superan los que se pueden obtener con un fondo de inversión, así que según parece me conviene conservar mi parte.

—Una mala decisión por parte de tu administrador y el valor de la fábrica disminuiría.

Ella picoteó su nariz con un pequeño beso.

—Creo que me arriesgaré. Confío en mi administrador. No porque esté ansioso por obtener beneficios, sino porque siente pasión por lo que hace y por lo tanto lo hará bien.

Una ceja se arqueó de forma libertina.

—¿La pasión puede conducir a una práctica soberbia? Creo que esa teoría debería ser puesta a prueba más a menudo.

Un largo beso dejó claro lo que quería decir. Ella se quedó sin aliento.

—Lucas… —dijo con voz entrecortada mientras él le desataba el cuello de la capa.

—No oirá nada con todo el ruido que hace el carruaje.

De repente no parecía estar haciendo nada de ruido, pero la boca de él le estaba provocando sensaciones que hacían que la sangre martilleara en sus oídos.

—Si alguien nos detiene…

—Nadie lo haría excepto un salteador de caminos, y por aquí no ha sido visto ninguno desde hace una década.

—Estamos casi en casa.

—Faltan al menos veinte minutos. Pero tienes razón, no querríamos detenernos en el momento equivocado, y no me siento inclinado a hacerte el amor rápidamente, todo lo contrario. Pasaremos el tiempo con actividades más relajadas.

—¿Un juego de cartas?

—Estaba pensando más bien en descubrir hasta qué punto puedo conseguir que te vuelvas salvaje de aquí a la finca. —Su expresión no acompañaba sus juguetonas palabras. La preocupación que ella había visto cuando se encontraron en la callejuela todavía velaba sus ojos—. Me siento muy agradecido de que estés aquí conmigo ahora, más de lo que sería capaz de explicar.

Resultó ser que él pudo conseguir que se volviera muy salvaje. Las sensaciones se acumulaban, se dividían y se multiplicaban. El placer se amontonaba en capas sobre el placer. Ni siquiera la desvistió, pero sus manos encontraban y tocaban con malvada precisión a través de su corpiño y por debajo de su falda. El final no llegaba nunca y el delirio se duplicaba por sí mismo, arrojándola a una loca cima de necesidad. Con observadora deliberación él la mantenía balanceándose en un punto de exquisita tortura.

Cuando llegaron a la finca, él ayudó a su aturdido cuerpo a bajar del carruaje. La condujo hasta la puerta tan despreocupadamente que Lucas podía haber supuesto que habían pasado el tiempo discutiendo sobre cualquier cosa.

El frío aristócrata desapareció tan pronto como se cerró la puerta de la finca. En un instante ella se encontró acorralada contra la pared con paneles del vestíbulo, la boca de él en sus pechos y su mano subiéndole la falda. En un arrebato de primitiva necesidad se desabrochó los pantalones y la levantó para que sus piernas se ciñeran alrededor de sus caderas.

Su excitación inmediatamente se centró en el glorioso alivio que él le daba. Lo sentía como no lo había sentido nunca antes y no quería nada más, ninguna otra caricia, sólo esa caliente presión, empujando y llenándola. Ahora desesperada, alentó su energía salvaje con mordiscos y besos enloquecidos y arañazos al sujetarlo.

—Sí. Ámame. Más. Más duro, más profundo. Sí.

Los temblores despertaban allí donde ambos se unían, se estremecían y se extendían. Un final diferente ejercía su atracción, casi terrible en su poder.

—Sí. Ven conmigo. —Esta vez la voz de él, y no la de ella, repetía una y otra vez estas palabras contra su pecho, la orden era enfatizada por los ritmos de su violenta pasión. El éxtasis que la hacía dar vueltas la asustó y se aferró a él como una mujer enloquecida.

—Te amo. Te amo. No me dejes esta vez. Te amo. —Perdió la noción del mundo y se adentró en una espiral de pura sensación.

Le llevó una eternidad reencontrarse a sí misma después. Ninguno de los dos se movió durante un largo rato. Permanecieron entrelazados y apretados contra la pared, Vergil sostenía el peso de ella con sus brazos y sus caderas. Ya no estaba dentro de ella, pero ella no podía recordar si había obedecido su súplica de que no se retirara.

En su dicha se deshizo de cualquier preocupación por el hecho de que acababa de flirtear con la posibilidad de un embarazo. Todo lo que quería en aquel momento era que él continuara abrazándola, que no le permitiera marcharse nunca, y que nunca dejara de llenarla entera.

—Ayer me tomé la libertad de preparar la habitación de al lado, milord. —Morton colocó la bandeja del desayuno en la mesa del dormitorio. Bianca todavía dormía tras las cortinas corridas de la cama—. Pensé que la dama querría algo de privacidad en algún momento. Para lavarse y esas cosas. Le estoy preparando un baño allí ahora.

—Te has tomado muchas molestias innecesarias.

—Es un placer cuidar de su comodidad. Con su permiso, pensaba ir al pueblo y ver si allí hay alguna chica adecuada para venir aquí y atenderla.

—También es innecesario. La señorita Kenwood y yo partiremos hoy.

—York es un viaje bastante corto. Después de conseguir la licencia especial podrían regresar esta noche.

—No es del todo claro que la señorita Kenwood consienta en ir a York, Morton.

El ayudante de cámara sonrió con indulgencia.

—Por supuesto que lo hará. ¿Qué otra alternativa tiene ahora?

La obstinación. Había llegado la hora de abordar la cuestión.

Ella no lo había hecho ni una sola vez, como él había esperado, maldita sea. Ni había captado sus propias alusiones acerca de continuar lo que habían empezado. Parecía aceptar que él la tuviera allí un par de días, le arrebatara su virginidad, le hiciera el amor repetidamente y luego la enviara alegremente de regreso a Londres sin más preámbulos. Se sentiría insultado si se permitiera a sí mismo contemplar esa actitud de ella por mucho tiempo.

Caminaba arriba y abajo por la habitación, esperando que se despertara. El curso a seguir estaba claro, era obvio, inevitable. Si no atendía a razones por las buenas, iba a tener que mostrarse muy firme con ella.

No es que hacer eso hubiera tenido alguna eficacia antes.

La oyó moverse detrás de las cortinas y se resistió a ir hacia ella. No le haría el amor aquella mañana. No quería que el último recuerdo pudiera estar cargado del peso de emociones solemnes. Si aquello tenía que acabar, prefería dejar que la última noche de risas y juegos y fáciles confidencias pusiera el cierre.

Ella asomó la cabeza entre las cortinas, frotándose los ojos con un gesto encantador que a él le hizo doler el corazón.

—Ya estás levantado y vestido —dijo.

—Aquí está el desayuno, y un baño te espera en la habitación de al lado cuando hayas acabado.

La comprensión de que el idilio había acabado apagó sus ojos.

Corrió a un lado las cortinas y alcanzó la túnica de dormir de él que había estado usando.

—Por supuesto. Tenemos que salir temprano. Debías haberme despertado.

—Ven y come algo.

—Tomaré sólo un poco de té en el baño. No tengo hambre. —Ella se levantó y se sirvió el té—. ¿Dónde está la bañera?

—Por aquí.

Él abrió la puerta que unía las dos habitaciones.

No había visto la habitación de la amante preparada desde hacía años. Las fundas blancas que cubrían los muebles habían sido quitadas, la chimenea estaba limpia, lo muebles dorados pulidos y el reloj desempolvado. La gran habitación brillaba amarilla y blanca y dorada, sus espejos reflejaban la luz clara de la mañana colándose por los cristales limpios de la ventana. Morton debía de haberse pasado el día entero preparando aquel nido de novios.

—Es muy grande. Parece la habitación de una reina. —Ella avanzó hasta la bañera, desatándose los lazos de la ropa.

La seda de color azul medianoche se deslizó por su espalda de la misma forma que el agua había hecho aquel día en que él la vio en el lago. Memorizó cada curva de su cuerpo mientras ella se inclinaba y se metía en la bañera. La posibilidad de perder la posesión de su belleza no lo turbaba tanto como renunciar a esa familiaridad que le permitía desnudarse con una falta total de timidez.

Ella empezó a lavarse.

—Necesitamos hablar ahora —dijo él.

—Como mínimo necesitamos aclarar nuestra historia, ¿no? ¿Has pensado cómo explicarás que me encontraste?

—Me gustaría hablar de otras cosas. —Él comenzó a acercar una silla.

Un sonido de lo más débil, como un pequeño temblor en la estructura de la finca, lo detuvo. Creció en intensidad hasta convertirse en un alboroto que se deslizó a través del pasillo hasta llegar a la puerta de la habitación.

—Maldición. —Él dio la vuelta y se dirigió a grandes pasos hasta su habitación. Entró en ella y cerró la puerta que la conectaba con la otra.

El alboroto estalló en voces audibles amortiguadas por las paredes..

—Les digo que mi señor hoy no recibe. —Proclamaba Morton con furiosa desesperación.

—A nosotros sí nos recibirá.

—Dante, deberíamos dejar que Morton lo despierte, y esperarlo abajo.

—He pasado las últimas quince horas en un infernal coche de caballos. Maldito sea si me digno a esperar al placer del lord esta mañana.

La puerta se abrió de golpe. Dante entró a grandes zancadas en la habitación, seguido por Penelope.

—Bianca ha huido, Verg. Dios sabe dónde demonios ha ido, o con qué sinvergüenza está.

Capítulo dieciséis

*H*abía pruebas de una visitante femenina esparcidas por toda la habitación, pero ni Pen ni Dante lo advirtieron.

—Bianca desapareció hace tres días —dijo Dante—. Yo la estaba vigilando de cerca, pero ella habló con Pen para que le permitiera volver a Laclere Park.

—Estaba afligida por la continua presencia de Dante, y pidió… Parecía suficientemente seguro…

—Afróntalo, Pen, ella es demasiado astuta para ti. En el camino se bajó del coche vestida con la capa de Jane y después la criada se ocultó en su habitación, fingiendo ser ella. El ama de llaves descubrió el ardid ayer, la noticia fue enviada inmediatamente a Londres y nosotros nos pusimos en camino tan pronto como nos enteramos.

—Pensamos que era mejor que tú decidieras lo que hacer —concluyó Pen.

—Como debías hacer —dijo Vergil.

Dante se tiró en el sofá, justo al lado de la blusa desabrochada de Bianca. De hecho la apartó a un lado sin darse ni cuenta de lo que estaba tocando.

—Aún hay más, me temo. Nigel ha abandonado Londres también, y no está en Woodleigh. Creo que deberíamos cabalgar a toda velocidad hasta Gretna Green. Si ellos se creen a salvo, aún no deben de haber emprendido el viaje y todavía existe la posibilidad de que aún no se hayan casado.

—¿Por qué no empiezas por Scotland inmediatamente mientras yo visito las oficinas de barcos en Liverpool? —sugirió Vergil—. Puede haber decidido navegar de vuelta a casa.

—No lo creo —dijo Pen—. No se llevó casi nada consigo, y nunca dejaría aquí a Jane.

—Si está con Kenwood, cabe tener la esperanza de que el hombre espere… —Dante miró a Pen y se retractó—. Me disculpo por no haberme tomado más en serio tus preocupaciones acerca de Nigel, Verg. Es de suponer que se han fugado para casarse, pero si existe la otra posibilidad…

—Confío en que la señorita Kenwood está a salvo de momento en ese sentido, Dante.

Hacía al menos quince años que Pen no visitaba la finca. Recorrió la habitación concentrada en sus preocupaciones, toqueteando los objetos y los muebles distraídamente. Su andar sin propósito la llevó cerca de la mesa.

—Deberíamos decidir de una vez cómo proceder —dijo Dante—. Quién sabe lo que ha sucedido…

Pen admiraba vagamente la vajilla de plata de la bandeja del desayuno.

—… especialmente dado que sospechamos que Kenwood pueda incluso ser el hombre que…

La frente de Pen se arrugó cuando ésta frunció el ceño. Prácticamente uno podía oírla contar los dos platos, cuchillos y tenedores. Se ruborizó.

—¿Por qué no salimos de aquí y discutimos esto abajo? —los interrumpió, volviéndose con una expresión afligida.

—Yo lo que veo es que no tenemos tiempo para discutir nada —dijo Dante—. Se levantó y caminó hasta la ventana. Justo debajo de la ventana se hallaba el banco donde todavía se amontonaban las prendas que los amantes se habían quitado el uno al otro la noche anterior.

—Dante, Vergil necesita acabar de vestirse. Tú y yo podemos discutir el próximo paso a seguir mientras lo hace.

—Está ya impecablemente vestido y afeitado. Probablemente desde el amanecer. Ahora, Verg…

—En cualquier caso, creo que deberíamos ir abajo.

—Haz lo que quieras, Pen. Ahora, Verg, son más los puntos a favor de Scotland que de Liverpool, así que tiene más sentido que vayas al norte si alguien ha de… —Se interrumpió de golpe al ver las prendas junto a sus rodillas. Ladeó la cabeza con curiosidad.

—Seré condenado —murmuró, toqueteando el borde de unas enaguas—. Te pido disculpas… —se interrumpió de nuevo ante la impresión que le produjo algo que vio. Se acercó a la pila de ropa para tocar una manga de color verde—. Diablos, es igual que uno de…

Su exclamación detuvo la retirada de Pen. Se volvió para mirar y se fijó en el color de la manga. Con el ceño completamente fruncido, se dirigió hasta la ventana, extrajo la prenda y la sostuvo para inspeccionarla.

Por supuesto ambos la reconocieron. El vestuario de Bianca no era muy extenso y se había puesto esa prenda muchas veces en su presencia.

Dante contemplaba a su hermano atónito. Pen parecía a punto de desmayarse. Se dio la vuelta exhibiendo el vestido como la prueba irrefutable que éste era.

—Vergil —comenzó.

—¿Sí, Pen?

Agitó el vestido contra él de forma acusadora.

—Vergil, creo que has sido un chico muy malo.

Diablos y maldición.

—Sí, Pen.

—Jesús. —Dante caminaba de un lado a otro con los brazos cruzados sobre su pecho, era la imagen de un hombre demasiado anonadado como para hablar.

Pen había recogido las prendas de Bianca y se había metido en la habitación de al lado.

—Diablos.

—¿Eso es todo, Dante? Si así es, debes excusarme, pues necesito hablar con Bianca.

—No todavía, y no te atrevas a volver a emplear ese tono de superioridad conmigo nunca más. —Hizo un gesto brusco—. ¿Te has vuelto loco? ¿Has perdido el juicio completamente?

—En cierto sentido supongo que sí.

—Por favor, dime que no ha estado aquí durante todo este tiempo, sino que se extravió de camino a dondequiera que fuese y alguien la dejó esta mañana ante tu puerta.

—No te insultaría con una historia tan absurda, ni aunque me creyeras.

—Maldita sea, Verg, éste es el tipo de cosa que se supone que haría yo, y ni siquiera yo sería tan descarado. Es tu protegida.

—No necesitas recordarme cuán deshonroso ha sido mi comportamiento.

—¿No he de hacerlo? ¿No he de hacerlo? —Dante lo miraba furioso—. Mal hecho. Muy mal hecho. Torpe y arriesgado. Si pretendías tener una aventura, ¿por qué no lo hiciste en Londres o en Laclere Park? Llevártela furtivamente para reunirte con ella aquí... —La perspicacia centelleaba en sus ojos—. Sí, torpe y arriesgado. Demasiado para mi cuidadoso y discreto hermano. No lo planeaste tú, ¿verdad? Fue idea de ella. Te siguió hasta aquí y... —Se detuvo haciendo un gesto de superioridad moral ante el escándalo—. Diablos.

A Vergil no le gustaba ser censurado por Dante, menos que por nadie, pero si éste sabía cómo y por qué había hecho Bianca aquel viaje quedaría más escandalizado que si se tratara sólo de un asunto amoroso.

—Ahora entiendo por qué me rechazó. Tenía el ojo puesto en tu título. Quería atraparte de esta forma, para aprovecharse de tu fastidioso sentido del honor... cuesta creer que alguien tan joven pueda ser tan despiadada.

Censurarlo a él era una cosa. Insultar a Bianca era otra muy distinta.

—No digas ni una sola palabra más en contra de ella, Dante.

—¿Todavía te tiene confundido, verdad? Resulta que tú también eres humano, demasiado según parece. Limpia la niebla de la pasión que nubla tus ojos, hermano mayor, y atiende a los hechos. A menos que pretendas rendirte y convertir a esta falda ligera en tu vizcondesa, será mejor que nos concentremos juntos y encontremos la manera de frustrar sus planes.

Al infierno con la idea de proteger vidas secretas.

—No vino a esta finca sin ser invitada, el tiempo que hemos pasado juntos no fue planeado por ninguno de los dos. Nos encontramos accidentalmente cuando ella vino al norte para...

—Es muy caballeroso por tu parte tratar de protegerme, Laclere, pero no será necesario —lo interrumpió la voz de Bianca.

Estaba de pie en el umbral que conectaba las dos habitaciones, con su vestido verde. Pen se hallaba a su lado.

Vergil se acercó a ella y le cogió la mano. Ella apretó la suya con gratitud y luego la soltó.

—Siempre he sido demasiado impetuosa. Penelope puede dar fe de ello —le dijo Bianca a Dante—. También tú puedes. Pero seguir a tu hermano hasta aquí no fue parte de un complot. No tengo ese tipo de inteligencia, y no buscaba atraparlo en el matrimonio. Vine para pedir mi independencia. El resto de lo ocurrido no fue en absoluto planeado.

Ni una sola palabra era mentira, pero oscureció los detalles y protegió su secreto. Sin embargo, su historia difícilmente los absolvía.

—Por el bien de vuestro hermano, os pido que ambos seáis discretos con lo que habéis encontrado. Estoy segura de que no queréis verlo arruinado por culpa de mi tozudez. Ahora, creo que me gustaría estar un rato a solas. Y además supongo que los tres querréis tomar una decisión fuera de mi presencia.

Caminó con orgullo hacia la puerta, pero Vergil pudo ver la humillación bajo su máscara de valentía.

—Síguela, Pen, para ver si acepta tu compañía. Iré abajo enseguida —dijo él.

Pen estaba feliz de escapar. Vergil cerró la puerta tras ella y volvió con su hermano.

—Nunca podré perdonarte que Bianca oyera tus malditas palabras, Dante.

—Quizá es mejor que sea testigo de que hay alguna influencia racional sobre ti. Gracias a Dios hemos llegado aquí antes de que ella te hechice y te lleve hasta el altar.

—¿Parezco un hombre hechizado y confuso? Lo has interpretado al revés. Yo la traje a esta finca, con toda la intención de seducirla. Tu llegada interrumpió mis intentos de engatusarla para que se case conmigo.

La reacción de sorpresa de Dante se fundió en regodeo.

—¿Por qué querrías hacer eso? Es bastante bonita, pero no una belleza. No es adecuada para ti, y sus modales liberales sólo te causarán problemas y afectarán tu posición. Fleur sería una esposa mucho mejor, y lo sabes. Si encontraste a Bianca apasionada y quisiste tenerla por un rato, es obvio que no tienes que casarte con ella por eso.

—Corres grave peligro de encontrarte mi puño en tu cara otra vez, Dante.

Dante bajó los párpados.

—Si así es, el final podría ser hoy diferente, Vergil. Después de todo, no me cogerá desprevenido, porque no estoy tumbado sobre la señorita Kenwood esta vez.

Vergil casi lo golpea. Tragándose su furia, caminó hasta la puerta.

—Voy a proponérselo ahora. Si por un don de gracia ella acepta, e incluso si no lo hace, no volverás ni a levantar una ceja para censurarla. Si lo haces, he acabado contigo.

—Para no ser un hombre hechizado ni confuso estás actuando como un tonto. Hay veces en que es necesario dejar el honor de lado, como esta vez en que has sido manipulado por una mujer con su carácter.

—Ya he dejado el honor de lado, y ahora es el momento de recuperarlo otra vez. ¿Estás tan hastiado que no eres capaz de ver lo que verdaderamente ha pasado aquí? Ella no estaba manchada antes de conocerme. Entró en esta casa siendo inocente y yo deliberadamente la seduje aun sabiendo eso.

Se alejó de Dante, que había quedado boquiabierto, y caminó a grandes zancadas hasta el vestíbulo. Pen se hallaba sentada frente a la chimenea, con aspecto cansado y abatido.

—¿Dónde está Bianca?

—En la biblioteca. —Ella le tendió una mano y él la tomó entre las suyas en un gesto de consuelo—. Esto ha sido una tremenda conmoción, Vergil. Uno no lo habría esperado ni siquiera de Dante… pero de ti. Todavía no tengo la menor idea de cómo reaccionar.

—Sólo promete ser una amiga para ella, pase lo que pase. ¿Harás eso por mí?

—Por supuesto. —Levantó la vista con una sonrisa vacilante—. ¿Vas a casarte con ella?

—Sí, si ella me acepta.

—Gracias a Dios. Por supuesto que harás lo correcto, especialmente después de ser descubierto de esta forma.

—Es lo correcto, Pen, pero no porque lo dicte el honor, no porque tú y Dante nos descubrierais.

Y

Ella caminaba de un lado a otro por la biblioteca, contemplando el sillón donde él se había sentado esa primera noche. Podía sentir de nuevo la excitante anticipación que había latido entre ellos, y después las cadenas de intimidad que habían fraguado más tarde en el suelo. Parpadeó para alejar esos recuerdos que le partían el corazón.

Había sabido al despertarse que ese mundo soñado estaba agonizando. Lo sintió al notar el espacio vacío donde debía haber estado el cuerpo de Vergil. Entonces lo vio, ya vestido, orgulloso y alto y pensativo. La nobleza lo vestía tanto como la levita y el pañuelo anudado de forma impecable. Imbuía su actitud despreocupada con el magnetismo de la autoconfianza nacida a través de generaciones de privilegios. «El vizconde Laclere», le había susurrado su propio corazón. Ni el señor Clark ni su amante Vergil le habían sonreído, sino un par del reino.

Ella supo al mirarlo que la libertad de su pasión había terminado con la noche. Él había dicho que aquella mañana debían decidir qué hacer respecto al mundo que esperaba. Ese mundo que esperaba era el mundo del vizconde, y al amanecer él la había dejado a ella de lado y se había vestido para encontrarse con él.

Pero el mundo después de todo no había esperado. Se había estrellado contra la puerta y les había robado los dulces momentos que les quedaban. Y el muy honorable vizconde casi había invitado a la censura de su familia para evitarle a ella una pequeña fracción del desprecio, como si las circunstancias que la habían llevado a esa finca y a su cama comportaran alguna diferencia.

No podía recordar haberse sentido nunca tan triste. Le dolía el corazón, por razones que no podía nombrar. Le recordaba demasiado a la nostalgia del dolor que se siente cuando se ha perdido algo importante para siempre.

La puerta se abrió. No era Dante ni Pen, sino Vergil. Debería haberse sentido aliviada, pero en lugar de eso, volvió a notar aquella punzada.

—Pareces muy solitaria, Bianca. ¿Puedo estar contigo? —Le ofreció su mano—. ¿Vienes a sentarte conmigo, cariño?

Ella dejó que la condujera hasta el sofá, donde él la envolvió en un delicado abrazo. Ella descansó la cabeza contra su pecho y se relajó en la dulce seguridad de su fuerza. Por esos preciosos momentos ella se permitió imaginar que él podía hacerlo todo correcto y perfecto y que se la llevaría a un mundo aparte donde las reglas y la vergüenza no podrían entrometerse. Por ese breve hechizo de silenciosa paz cerró su mente a toda realidad más allá de él y su cercanía, su consuelo y los suaves besos que le daba en el pelo.

—Siento mucho que Penelope y Dante llegaran así, Bianca. Si pudiera hacer desaparecer esta última hora, lo haría, no porque quiera esconder lo que ha pasado entre nosotros, sino para evitarte a ti la vergüenza. Debo ser honesto, sin embargo, y confesarte que no haría desaparecer nada de lo que ha ocurrido durante estos últimos tres días.

Ella tuvo que apretar los dientes para no llorar. Había dicho las únicas palabras que quería oír. La más ligera referencia a remordimientos hubiese sido terrible.

Parecía tan serio. Cada arruga de su preocupación era por ella, y no por él. La gratitud ante el hecho de que él se preocupara por su caída desembocó en el pánico sobre cómo intentaría salvarla.

—Si tenían que llegar hoy, creo que es preferible que no haya sido hace una hora. Prefiero que Pen me haya descubierto empapada en tu albornoz y no que Dante me hubiera encontrado desnuda en tu cama.

Él sonrió y le acarició la mejilla.

—Continúas siendo asombrosa. Tu compostura ha superado la mía esta mañana. La mayoría de mujeres se habrían puesto histéricas.

Ella no movió la cabeza. Ni un milímetro. Quería y necesitaba el calor de su mano. Estaba desesperada por cualquier contacto con él en aquel momento, porque se hallaba aferrada a su loable serenidad por un finísimo hilo de orgullo. Su corazón se encogía porque sabía dónde conduciría inevitablemente esa dulce conversación.

Él había venido a ofrecerle algo más que disculpas y calor. Era un hombre honrado. Eso significaba que sólo había un camino posible.

Un camino equivocado, a su modo de ver. Por razones equivocadas.

—¿Estás decepcionado porque no me he puesto histérica?

—Bueno, hubiera encontrado justificado que perdieras los estribos y le dieras una paliza a mi hermano, que sin duda la merecía.

—No me gustó oír lo que dijo, pero teniendo en cuenta su descubrimiento y mi comportamiento en el pasado, no puedo culparlo.

—Le he advertido que deberá mostrar únicamente respeto hacia ti en el futuro. Si alguna vez te ofendiera, aunque sea de un modo sutil, deberás decírmelo.

Él dejó caer una mano para coger las suyas. Pensativamente contempló su dedo pulgar acariciando el dorso de una mano de ella.

—No querría borrar nada de lo que ha pasado en estos días, pero me gustaría añadir unas pocas cosas. Palabras que debían haber sido dichas y ofrecimientos que debían haber sido hechos. Pen y Dante interrumpieron mis intentos de decírtelo cuando te despertaste. Ahora me pregunto si podrás creer que no me siento coaccionado. —Besó el interior de su muñeca—. Me gustaría que nos casáramos de una vez. ¿Me crees, verdad? ¿Crees que hablo con sinceridad? ¿Te casarás conmigo?

Ahí estaba. Por supuesto. ¿Qué otra cosa podía hacer?

Sus palabras desencadenaron una batalla en su corazón. El orgullo y el amor se enfrentaban con confusión y miedo. Hundió la cabeza, deseando que el amor no luchara con esas otras tumultuosas emociones.

—No del todo —dijo.

—¿No del todo? Una respuesta extraña. ¿No te crees del todo que no hablo sin sentirme coaccionado, o quieres casarte conmigo pero no del todo? —bromeó él, pero con cautela.

—Lo primero. Aunque, si pudiera controlar la situación, escogería lo segundo. Eso arreglaría las cosas de una forma ideal.

—¿Crees que sería ideal encontrar una forma de casarte conmigo pero no del todo?

—Si reflexionas, estarás de acuerdo conmigo. Podemos continuar como hemos estado aquí los últimos días. Ambos seríamos libres de vivir como quisiéramos y continuaríamos siendo fieles amantes sin que eso fuera motivo de escándalo. Estaríamos casados en cierto sentido, pero no en otro.

—No estoy de acuerdo con que eso sea lo ideal. Yo quiero estar casado. Del todo. De hecho me gustaría estar más casado que la mayoría de las parejas.

Sonaba un poco como Laclere el autoritario. Dos días de pasión no cambian completamente a una persona, por supuesto. Considerando lo que estaba afirmando, ella encontró su tono más encantador que exasperante.

La dulce felicidad del amor quería oscurecer su confusión. Ansiaba rendirse, y le costaba no hacerlo. Pero su encendido corazón al mismo tiempo sabía que esa oferta implicaba consecuencias muy serias. Las sombras de lo que él ganaba y de lo que él perdía con ese matrimonio avanzaban sigilosamente alrededor de los límites de su amor.

—Supongo que quizá tú disfrutarías estando completamente casado. En tu caso no importa lo casados que estemos, pues tú podrías hacer lo que quieras y continuar con lo que haces ahora. Yo soy la única para quien cambiarían las cosas. Por eso es por lo que desearía que Pen y Dante no hubiesen llegado hoy. Si no lo hubieran hecho, creo que tú habrías aceptado no estar del todo casado, e incluso no estar casado en absoluto.

Él levantó una ceja con suspicacia.

—Ahora no estar casado en absoluto.

—Hace dos noches te pregunté específicamente qué significaba hacer el amor, y tú sólo me pediste fidelidad. Si hubieras pretendido que nos casáramos, podrías haberlo dicho entonces. Por eso es que no me creo del todo que ahora no estés actuando coaccionado por los cánones sociales.

—Admito que lo más honesto habría sido expresar mis intenciones en el momento en que tú hiciste esa pregunta. Sin embargo, yo no quise sorprenderte con esa idea justo en ese preciso momento.

—Lo entiendo perfectamente. No querías correr el riesgo de asustarme y quedar insatisfecho. De verdad lo entiendo, porque, verás, en aquel momento, justo delante de las estanterías, si tú hubieras dicho que hacer el amor significaba matrimonio, yo no estaba en condiciones de negociar o de irme.

Él parpadeó.

—¿Hubieras aceptado?

—Sin ninguna duda. Había perdido mi cordura.

—Y en consecuencia, si yo hubiera comenzado a hacerte el amor y antes de acabar te hubiera propuesto matrimonio…

—No habría resistido la oportunidad. Ésa es la razón por la cual no creo que de verdad quieras de corazón casarte conmigo.

—Bianca, los hombres no hacen caer a las mujeres en el matrimonio de esa forma. Somos casi físicamente incapaces de hacerlo.

—Entonces ¿cómo hacen caer a las mujeres en el matrimonio? ¿Intoxicándolas de placer y confiando en que volverán en busca de más?

Él dejó escapar un profundo suspiro de esa forma exasperada que había usado con ella al principio.

—Bianca, soy yo, el vizconde Laclere. Que tú hayas visto lo que hay debajo de la superficie estos días no significa que la superficie sea enteramente falsa. Deberías haberte dado cuenta de que nunca te habría tocado mientras estuvieras en esta casa si no pretendiera casarme contigo. No puedes creerme tan sinvergüenza como para seducir a una inocente y después dejarla a un lado. Deberías haber entendido lo que significaba hacer el amor, incluso aunque yo no te lo explicara con detalle.

Quizá sí lo había entendido. Posiblemente había preferido ignorar una verdad incómoda con tal de disfrutar de él por un tiempo.

—Tal vez será mejor que me lo expliques con detalle ahora. Lo que significa el matrimonio, quiero decir.

Él no respondió enseguida. Sabía lo que le estaba preguntando.

—Lo que normalmente significa, Bianca —dijo finalmente.

—¿Y mi canto?

—Yo no quiero apartarte de lo que amas. Puedes practicar. Traeremos al mejor maestro de Italia aquí para ti. Podrás actuar para nuestros invitados, y las damas te pedirán con frecuencia que cantes.

—Pero no podré actuar en un teatro de ópera, en un espectáculo completo, con un acompañamiento completo. No seré conocida por mi arte, sino sólo como tu experta esposa. No seré respetada por mis iguales en la música, porque no me conocerán como una profesional.

—Hablas como si te estuviera pidiendo que vendieras tu alma. ¿Casarte conmigo no es más que un sacrificio para ti?

—Claro que no, cariño. Casarme contigo es enormemente atrayente. Nunca hubiera permitido esta intimidad si no hubiera sentido que era natural e inevitable estar entre tus brazos. Es muy duro para mi corazón enfrentarme a esta elección, porque, decida lo que decida, significa abandonar la mitad de aquello que quiero, y, sí, la mitad de mi alma.

—Me asombras más que nunca, Bianca. Me llenas de alegría hablándome de afecto profundo, y después me afliges hablándome de pérdidas. Me haces sentir más sinvergüenza ofreciéndote matrimonio que si te hubiera violado y te hubiera abandonado en una cuneta de la carretera.

—No deberías sentirte sinvergüenza en absoluto. Yo quería eso. Bajé a buscarte aquella noche. Pero no consentí en casarme al hacerlo.

—Entonces me usaste despiadadamente para tu propio placer, y ahora te niegas a hacer lo correcto conmigo. —Una sonrisa irónica asomaba a sus labios, pero unas luces profundas ardían en sus ojos.

—No te he rechazado todavía. Quiero que entiendas por qué no me lanzo a tus brazos cuando me haces esta oferta. No quiero que pienses que he jugado en falso estos últimos días. Mi felicidad no era mentira. Si me caso contigo, no quiero arrepentirme de mi decisión, y tampoco quiero que los dos seamos desgraciados si lo hago. Creo que no debería tomar esta decisión justo ahora, con el desastre cerniéndose en torno a nosotros.

A él eso no le gustó.

—¿Y si yo te exijo que lo hagas?

—Probablemente me preguntaría cuáles pueden ser tus motivaciones para forzarme a tomar una decisión cuando estoy en desventaja.

—¿Mis motivaciones? —Su tono fue cortante como una arista de hielo.

—¿Puedes decir honestamente que mis acciones en la fábrica no realzan mi atractivo como esposa?

Él se levantó y caminó hasta la chimenea.

—¿Has llegado a la conclusión de que todo esto ha sido por la fábrica? ¿Me crees capaz de simular mi afecto de manera tan cínica?

—No he sacado tal conclusión. Realmente no pienso que...

—Tendrás tanto tiempo como necesites para decidirte, por supuesto. —Habló con brusquedad—. Ya que te quedarás en Inglaterra hasta tu cumpleaños, quizá pueda esperar una decisión por entonces, si no es antes.

Ella no creía que la fábrica fuera su principal motivación, pero debía estar en su cabeza. Su severidad ahora escondía la culpa tanto como la ofensa.

—Hablaré con Pen y le pediré que te deje vivir con ella. Te ayudará a encontrar un tutor en Londres hasta que traigamos a un profesor de canto de Milán. Tu estancia en Inglaterra hasta junio no interferirá en contra de tus planes ni retrasará tu desarrollo. Espero que me perdones este último ejercicio de mi autoridad, Bianca. No te dejaré salir antes de lo que debo.

Ella caminó hacia él y deslizó sus brazos alrededor de su cintura hasta que sus palmas descansaron en su abdomen y su cabeza se apretó contra su espalda.

—No tenía intención de pedirte que me dejaras marchar. Creo que me gustaría quedarme en Inglaterra hasta junio. Vivir con Pen puede sentarme bien, y hará las cosas más fáciles para los dos.

Él se volvió hacia ella y le sostuvo la barbilla.

—¿Crees que estoy tomando estas decisiones porque me facilitarán tener un asunto contigo? Pen difícilmente consentiría algo así, sean cuales sean mis intenciones respecto a ti. Y yo no arriesgaría de esa forma tu reputación.

—Pero yo pensaba...

—Que tu elección estaba entre el matrimonio o una relación de amantes. ¿«No estar casados en absoluto», como dijiste antes? Eso queda fuera de consideración, querida. Tú no eres una mujer madura y experimentada, sino una joven soltera. Toda la discreción del mundo no serviría para salvarte si alguien hiciera conjeturas.

—Ayer... la otra noche tú hablabas como si...

—Me refería al matrimonio que acabo de ofrecerte, Bianca, no a un asunto sórdido.

—¿Sórdido? ¿Es así como piensas que ha sido? ¿Qué es lo que piensas que yo he sido?

—En absoluto. Pero el mundo así lo creería, y ambos lo sentiríamos. No quiero vivir de la forma que hay que vivir para ocultar una relación así, fingiendo indiferencia cuando se está en público, deslizándome por tu puerta trasera al final de la noche. Eso corrompería lo que hemos compartido aquí, y finalmente lo asfixiaría. Continuar lo que hemos empezado aquí no es más práctico para ti fuera del matrimonio que dentro de él. Podría incluso cargarte con una criatura. Por lo que sé, ya puedo haberlo hecho, a pesar de mis esfuerzos por protegerte.

A ella le causaba pavor que él tomara esa actitud. Su corazón comenzó a desgarrarse de un modo que le produjo dolor físico. La tensa quemazón de lágrimas reprimidas la ahogaba.

Él la agarró en un reconfortante abrazo. Ella enterró el rostro en su pecho.

—¿Por qué me protegiste? Si querías el matrimonio, por qué tú siempre...

Sus fuertes brazos la rodearon y las firmes y dulces manos acariciaron su espalda. Ella saboreó cada detalle, sabiendo que podía ser la última vez.

—Ya te he dicho por qué. Nunca fue mi intención atraparte en algo que no quisieras, Bianca.

Vergil ayudó a Bianca a subir al carruaje de Pen. Su hermana le sonrió débilmente desde su asiento y después regresó a su estado de confusión respecto a la chica que se había mostrado tan extrañamente obstinada con alguien que intentaba hacer lo correcto por ella.

Dante se hallaba de pie ante la puerta de la finca con aspecto de no haberse recuperado apenas del choque. Enterarse de que su hermano había seducido a una virgen lo había deshecho. Que esa virgen después hubiera rechazado ser redimida por su seductor, que tenía la gran fortuna de ser un aristócrata terrateniente poseedor de un título nobiliario... Dante comenzaba a ver claro que el entero desarrollo de los acontecimientos le parecía una locura en el mejor de los casos y altamente sospechoso en el peor.

Vergil se inclinó hacia el coche y atrajo a Bianca hacia él para darle un largo beso que demostraba a sus dos hermanos que aquel pecador no se arrepentía ni un ápice de lo que había hecho.

Hizo durar aquel beso, absorbiendo su aliento. El espíritu de Bianca se elevó con él, un pequeño recuerdo del abandono a la pasión, para añadir tortura a la despedida. Él se obligó a alejarse y cerró la puerta. Las ruedas se pusieron en marcha.

Vergil se quedó mirando hasta que el coche hubo desaparecido por completo. Aquel beso tendría que durarle durante mucho tiempo. Posiblemente durante el resto de su vida.

Dante se acercó desde la casa para reunirse con él en su contemplación del camino vacío.

—Nada de esto tiene ningún sentido, Verg.

Tenía perfecto sentido. Él había interferido en los planes de Bianca, proponiéndole una vida distinta a la que ella esperaba. Era comprensible que quisiera pensárselo antes de responder. Al contrario que en el caso de la mayoría de las chicas, su sueño no había sido el del matrimonio y la familia. De hecho, ella había aceptado que eso era imposible si perseguía su arte. Incluso aunque se hubiera desmayado de alegría ante la propuesta de él, la excitación no habría durado demasiado antes de que ella se pusiera a analizar las consecuencias.

¿Qué vería ella cuando se calmara su pasión y sopesara el valor de lo que él le ofrecía? No necesitaba su dinero, que ni siquiera era abundante, y su posición no significaba nada para ella. No requería protección financiera, y muy poca protección de otro tipo. Además su parte de la fábrica manchaba la pureza de las intenciones de él.

Se hallaba ante ella en la posición que Dante había descrito una vez hablando de sí mismo. No tenía nada que ofrecerle a excepción del placer.

Al parecer no era suficiente.

Capítulo diecisiete

*E*l frío jardín de la casa de Londres de Daniel Saint John ejercía su atracción sobre Vergil. Y también sobre Adrian Burchard.

Había estado evitando a Adrian, pero no podía continuar haciéndolo. Y tampoco es que quisiera. Necesitaba hablar con alguien acerca de las cosas que rondaban en su mente.

No acerca de todas las cosas. No sobre Bianca. Si le hiciera confidencias a algún otro hombre sobre eso, no escogería a Burchard. Quizá a Daniel Saint John. Él matrimonio de éste había estado precedido por una aventura amorosa, Vergil estaba casi seguro.

Vergil recordó con cuánta desaprobación se había comportado cuando lo sospechó. Había considerado acabada su amistad con Saint John a raíz de ese asunto. Le parecía imperdonable que un hombre sedujera a una prima joven que vivía en su casa y de la cual era responsable. El hecho de que ahora supiera que en realidad Diane no era la prima de Saint John no cambiaba las cosas.

Sin embargo, que los dos se sintieran locos de felicidad por su matrimonio sí las cambiaba. Eso y el hecho de que el vizconde Laclere se hubiera comportado precisamente de forma igualmente imperdonable, y además deseara de todo corazón poder seguir haciéndolo.

Las semanas que habían transcurrido al dejar Lancashire habían sido una lenta tortura en lo que respecta a Bianca. Había ido hasta Laclere Park para buscar las cartas de Thomas y hacer algunas averiguaciones, y ella había ocupado su cabeza todo el tiempo, creando una distracción de la cual no podía librarse.

Sin embargo, al regresar había sido mucho peor todavía.

Verla en casa de Pen, ser testigo de las visitas que recibía, escucharla hacer sus ejercicios de canto con su profesor en el salón… él continuaba esperando alguna prueba de que fuera desdichada. Pero en lugar de eso él veía una prometedora estrella de los círculos artísticos gozando de su independencia.

Siguió a Adrian a través de las puertas que había a un extremo del comedor, dejando al resto de los integrantes de la Sociedad de Duelo con su oporto y sus cigarros. Saint John los había invitado a todos a cenar y había sido un agradable y estridente encuentro entre hombres que se conocían desde hacía años y tenían plena confianza entre ellos.

—¿Has hecho algún descubrimiento interesante? —preguntó Adrian.

—He hallado pruebas de que Milton tuvo una relación que pudo haber sido muy perjudicial para él en el caso de que otros se enterasen. Aparecieron un conjunto de cartas entre los papeles de Adam Kenwood. Eran cartas para Milton de esa persona con la cual se relacionaba, y sus contenidos eran comprometidos.

—¿Cómo es que fueron a parar a Kenwood?

—Kenwood fue quien encontró a mi hermano tras su muerte. Tenía una reunión con él y entró en su estudio a buscarlo. Fue el primero en descubrirlo. Supongo que rápidamente examinó el lugar buscando cualquier cosa que pudiera haber sido la causa del suicidio, encontró las cartas y se las llevó, para proteger el nombre de Milton.

—Pero nunca te las dio.

—Lo más probable es que también quisiera proteger a mi hermano de mi desprecio. En cualquier caso, si tales cartas existieron, y ahora sé que sí, alguien pudo haber encontrado alguna y utilizarla para chantajear a mi hermano.

—¿Los contenidos permiten hacer eso?

—Sí.

Se detuvieron a la luz de la luna. En una ventana del piso de arriba se vio la silueta de una mujer pasando detrás de las cortinas. Era la esposa de Saint John, Diane, y llevaba a uno de sus hijos en brazos mientras se paseaba arriba y abajo.

La elegante y femenina imagen cautivó a Vergil. Se quedó mirando, distraído, envidiando la felicidad doméstica de Saint John.

—¿Por qué Kenwood no las destruyó? —preguntó Adrian, haciéndolo regresar.

Vergil dejó de mirar la ventana y los dos hombres continuaron su paseo.

—No lo sé. Sin embargo creo que él también vio una muestra de extorsión y debe de haber estado investigando en ello. En su escritorio, junto a las cartas, había un papel con el nombre de mi hermano y algunos otros. El de Castlereagh era uno. Además de los de otros dos hombres que han vendido una enorme parte de su propiedad en este último año.

—Una muestra o una lista de sus víctimas. Eso es lo que este descubrimiento implica, ¿no?

—He considerado la idea de que Kenwood pudo haber sido el chantajista, pero no creo que así fuera. Lord Fairhall murió después que Kenwood, por un lado, y por otro el conde de Glasbury no puede ser su víctima ahora.

Caminaron hasta un extremo del jardín, después dieron la vuelta y regresaron en sentido contrario. Las hojas caídas revoloteaban en torno a sus piernas y la brisa movía nubes fantasmales por delante de la luna.

—Creo que estamos llegando a las mismas conclusiones, Laclere —dijo Adrian—. Ese episodio con Glasbury en Hampstead fue revelador.

—Estoy de acuerdo. Aunque no estoy seguro de qué es lo que revela.

—Indica que dos de las personas que han sido chantajeadas tienen relación con tu familia. Ese hecho no puede ser ignorado. Eso además sugiere que el chantajista probablemente no es alguien del norte, ni de los conocidos y predecibles radicales.

—Alguien más cercano a casa, entonces —dijo Vergil, repitiendo la observación que Bianca, con su perspicacia, había hecho junto al fuego.

Esa frase había arrojado luz en torno a las sombras de su búsqueda. ¿Había querido evitar llegar a esa conclusión? ¿Prefirió ignorar la evidencia que demostraba que había estado perdiendo el tiempo buscando radicales como esos dos que habían conspirado para asesinar a oficiales del Gobierno en el pasado?

¿Había deseado sin saberlo que el secreto de Milton fuera la traición, antes que lo que en realidad había sido?

—Puede haber sido coincidencia que dos de las víctimas estuvieran emparentadas con los Duclairc, pero por ahora asumamos que no —dijo Vergil—. Eso significa que se trata de alguien de nuestro círculo.

—O de alguien que conoce a alguien en tus círculos. O podemos estar viendo una pauta que en realidad no existe. Después de todo, si Hampton pudo descubrir los secretos del conde de Glasbury, eso significa que cualquiera puede hacerlo.

Julian Hampton ya había descubierto esos secretos. Además, Hampton había conocido bien a Milton, fue su abogado, y pudo haber examinado fácilmente más que los libros de cuentas, tanto en el estudio de Milton en Londres como en Laclere Park.

El perfil del hombre en cuestión podía verse a través de la puerta. A Vergil le disgustaba la sensación de traicionar su propia experiencia al estar considerando la conexión de su amigo con las víctimas del chantajista.

—Hampton también conocía a Castlereagh. Y a lord Fairhall. —Adrian hablaba a la ligera, pero con cierto aire de determinación, como si la cuestión no pudiera pasarse por alto.

—Tú también te mueves en esos mismos círculos, Burchard. Su capacidad para enterarse de cosas es sobrepasada por la tuya. Conozco a ese hombre. Lo conozco desde que era niño. Además, él no tiene motivos políticos, y en el caso de Milton, él sabía que no había dinero.

—Si dices que no tiene motivos políticos, te creo. Yo por mi parte no tengo ni idea de cuáles son sus convicciones, y ni siquiera sé si las tiene.

Adrian acababa de hacer un buen tanto. Hampton era una incógnita en muchos sentidos, y el conocimiento que Vergil tenía de él se basaba más en el instinto que en discusiones explícitas.

—Me inclino más por Nigel Kenwood —dijo Vergil—. He estado preguntando por él en Sussex. No se ha quedado en Francia todos estos años. Visitaba Woodleigh al menos cinco veces al año, e incluso acompañó a Adam en visitas a Laclere Park varias veces.

—Me parece improbable. No tenía relación con Castlereagh, por ejemplo.

—Eso no lo sabemos. Y hay algo más. —Vergil dudaba si revelar esa parte. Era fácil que fuera malinterpretado—. Creo que si Castlereagh fue chantajeado, la información usada para eso también tiene conexión con mi familia. Creo que vino de Milton.

Adrian se detuvo. Simplemente se quedó de pie, con la vista fija en el sendero del jardín, esperando.

—Mi hermano y el ministro de Asuntos Exteriores tenían una amistad íntima de la que yo me di cuenta. Mantenían una fluida correspondencia —dijo Vergil—. Mentí sobre esto cuando me encontré contigo y con Wellington, porque la mayoría de cartas que vi trataban de cuestiones políticas. Sin embargo, las he releído y, si uno ya tenía una idea en la mente, si alguien tenía alguna prueba sobre mi hermano que alentaba cierto tipo de interpretación... es posible que exista una carta a la que se pueda dar un mal uso.

—¿Cómo un mal uso?

—Por sí sola dudo que tuviera un significado especial. Pero si Milton ya había caído en desgracia, podía ser suficiente para hundir a otro hombre.

Adrian no se movió. Castlereagh le había dado empleo cuando él era un joven cuyo padre se había desentendido de él sin dejarle una libra. Su lealtad hacia el último ministro de Asuntos Exteriores era comprensible y su calma expresaba un aire glacial.

—Seamos francos, Laclere. ¿Ahora no estamos hablando sobre asuntos políticos, verdad?

—No.

—Las cartas dirigidas a Milton que encontraste entre las pertenencias de Adam Kenwood no eran de un radical, y no indicaban que Milton hubiera profundizado en esas cosas más de lo que creíamos. El chantaje concierne a cuestiones privadas.

—Sí.

—Y tú ahora estás sugiriendo que pueden haber habido otras cartas, de Castlereagh a tu hermano, de naturaleza similar.

—No. Estoy diciendo que la expresión de una amistad entre hombres que no significa nada en la mayoría de los casos puede ser usada para traicionar a un hombre en otros casos. Quiero decir que en esas cartas podría leerse algo más de lo que hay si hubiera una razón para hacerlo. Eso sería suficiente para preocupar mucho a Castlereagh si ya de entrada era un hombre inestable.

Adrian se cruzó de brazos y miró el suelo.

—Maldita sea.

—Te estoy diciendo esto en privado, por supuesto.

—Diablos, sí. ¿Tienes alguna idea de a quién estamos buscando?

—Puede que no se trate tan sólo de una persona. De momento sé que una mujer está involucrada.

Sentía que Adrian lo miraba fijamente en la oscuridad de la noche.

—Eso ciertamente abre mayores posibilidades a favor del joven Kenwood, si es que ha tenido ayuda. ¿Quién es ella?

—Todavía no lo sé, pero quizá tenga una manera de averiguarlo. —Había estado evitando aquel descubrimiento durante semanas. Había intentado convencerse a sí mismo de que no necesitaba perseguir aquella prueba, que todo podría resolverse sin utilizar esa pieza del puzle. Sin embargo, eso parecía improbable, y sintió un nudo en el estómago ante la perspectiva de enfrentarse a esa parte de la verdad.

—Laclere, si lo que sospechas es cierto… si alguien puede dañar el nombre del ministro de esa forma, nunca debe ocurrir, y no sólo por su memoria y por su familia.

—Suena como si hablara Wellington.

—Es Wellington quien está hablando. Castlereagh representó este país tras la derrota de Napoleón, y su reputación está a atada a la de Inglaterra en las capitales de Europa. Ni siquiera su muerte ha roto esta conexión.

—¿Ésa es tu misión, Adrian? ¿Proteger su nombre de esta mancha en particular? Si es así, Wellington debía de haber sospechado cómo se podía desenmarañar todo esto.

Adrian vaciló. Después habló lentamente.

—Cuando Castlereagh habló con él antes de su muerte, mencionó que había alguien afirmando tener una carta que podía arruinarlo. Aludió a una como la que tú describes, una que podía ser malinterpretada.

—No deberíamos haber evitado tener una charla honesta aquel día en Laclere Park. Nos habríamos ahorrado algún tiempo.

—Nadie puede culparnos por evitar hablar sobre esto. Ahora al menos lo estamos haciendo, ¿no?

Se dirigieron de vuelta hacia la casa. A través de la puerta abierta oyeron que Daniel Saint John decía algo y Hampton respondía. Todos en la mesa se echaron a reír.

—¿Qué haremos cuando el chantajista sea descubierto? —preguntó Vergil.

—Te devuelvo la pregunta. ¿Qué pensabas hacer cuando descubrieras su identidad? ¿Presentar a juicio las pruebas que hay contra él?

Vergil se había enfrentado a esa pregunta desde hacía tiempo. Antes de que Wellington hubiera demostrado interés, y antes de conocer a Bianca. Tanto si las razones de la muerte de Milton eran políticas o personales, había decidido que no le haría un juicio al chantajista.

Los secretos de Milton serían enterrados en el sepulcro de Laclere Park, y el hombre que lo había hecho todo menos matarlo sería silenciado.

Capítulo dieciocho

—Si los Saint John visitan nuestro palco, ¿podemos decírselo?

Charlotte soltó la pregunta mientras Penelope inspeccionaba el pelo de Bianca. Jane le arregló algunos rizos.

—Por supuesto que no. —Pen se acercó y colocó un mechón en su sitio—. Ni una palabra a nadie, Charlotte.

Charlotte hizo un gesto desgarbado acompañado de un puchero.

—Tener un gran secreto es mucho menos divertido si no puedes contárselo a nadie. Normalmente se le dice al menos a una persona, y este secreto es el mejor que he oído nunca. Que mi amiga va a actuar en un teatro, en una ópera... Es tan deliciosamente atrevido.

—Tú sólo te has enterado de esto porque no ha habido manera de ocultártelo.

Bianca frunció los labios. Pen no estaba haciendo ningún esfuerzo para fingir que esa noche no supondría un riesgo para su reputación.

—Ve a terminar de vestirte, Charlotte —ordenó Pen—. El señor Bardi estará aquí pronto para escoltarnos hasta el teatro. Bianca debe llegar temprano.

Bianca esperó a que saliera Charlotte y después despidió a Jane también. Había algunos secretos demasiado grandes para una joven inocente o una criada que algún día podría informar a tía Edith.

—¿Está él aquí? —preguntó Bianca.

—¿El señor Bardi? Todavía no.

—No estoy hablando de mi profesor de música y tú los sabes. ¿Está aquí Laclere?

—Mi hermano está en Londres, pero me sorprendería si apareciera esta noche. Sabes que no aprueba esto.

No, no lo aprobaba. El señor Bardi, el maestro de *bel canto* recomendado por Catalani, había quedado lo bastante impresionado con Bianca como para pensar que ya estaba preparada para algunas actuaciones menores en el escenario. Había conseguido que la incluyeran en los coros de varios espectáculos. Vergil lo había consentido a regañadientes, pero había pedido que se mantuviera en secreto.

Ella rezaba para que viniera de todas formas. Deseaba que compartiera algo de la alegría esa noche con ella. Era la primera vez que iba a cantar en un teatro de verdad. Era una noche importante para ella, a pesar de que fuera sólo un miembro anónimo del coro de una ópera cómica menor.

—Tú repudiaste su afecto con esta decisión —dijo Pen—. Sólo te lo ha permitido porque es débil ante ti.

—Yo no he repudiado nada, y no me parece que él sea débil en absoluto, ya que no tiene problema en estar lejos de mí.

—¿Debería sentarse a suspirar en el umbral de la puerta? Los dos habéis llegado demasiado lejos para eso, y si exhibiera su interés sólo conseguiría levantar peligrosas especulaciones. Pero yo vi cómo te besó cuando abandonamos la finca, y veo cómo te mira ahora, y te digo, Bianca, que nada ha cambiado.

A Bianca le parecía que en las últimas semanas todo había cambiado. Veía a Vergil cuando estaba en Londres, pero no muy a menudo. Él visitaba a Pen y a Charl y a veces se unía en diversiones con ellas. En presencia de todo el mundo, incluso de sus hermanas, su comportamiento hacia ella era tan reservado que nadie sospecharía que habían sido amantes. Sin duda los otros hombres jóvenes que visitaban la casa de Pen nunca lo imaginaron. Incluso Charlotte y Nigel creían que seguían enfadados entre ellos.

Sólo cuando tenían breves momentos a solas él le dejaba ver sus sentimientos. La cuestión pendiente ardía en sus ojos, y la pasión insatisfecha electrificaba su discreto contacto. Cada vez que se despedían él besaba su mano tan suavemente como una vez había besado sus senos. Ese breve contacto tenía en ella el mismo efecto que tuvieron una vez aquellos besos más íntimos, dejándola frustrada y sin aliento.

Para empeorar las cosas, ella no podía llorar sobre el hombro de nadie en quien pudiera confiar. Pen continuaba siendo una amiga, pero sólo había apoyado ese debut con la esperanza de que unas pocas noches en un escenario dejaran a Bianca satisfecha para siempre.

¿Sería así? Ella casi lo deseaba. Se sentía desdichada con aquel estado de cosas. Extrañaba a Vergil terriblemente. Una parte de ella pasaba sus largos periodos de separación únicamente esperando. Y no dejaba de angustiarla la idea de que una sola palabra suya podía terminar para siempre con esa espera.

Un lacayo anunció la llegada del señor Bardi y Pen mandó traer el coche.

Bianca se entretuvo buscando su chal, esperando que otro hombre fuera anunciado. No fue así. Temblando de excitación, se reunió con Pen, Charlotte y el señor Bardi, de pelo gris, para dirigirse hasta la Casa Inglesa de Ópera.

Se separaron en la puerta del lujoso teatro. El señor Bardi condujo a Bianca hacia los camerinos para que pudiese transformarse en la mujer del pueblo que debía representar.

Media hora más tarde ella se precipitaba hacia un lado del escenario y escudriñaba la creciente multitud. Una pared curva de palcos se elevaba hasta el techo, rodeando la orquesta y el foso. Oía a su alrededor el alboroto de la multitud. El brillo sobrecogedor de las lámparas de gas teñía a la audiencia de un color antinatural. Ella forzó la vista, tratando de distinguir las caras en el palco de Penelope.

Su corazón se hundió. Vergil seguía sin estar allí.

Regresó a la habitación del coro. Encontró un rincón para ella y se unió a las otras voces que comenzaban a afinar y calentarse. Realizó los ejercicios mecánicamente. Su entusiasmo era apagado y forzado, como si observara a otra persona preparándose para aquel debut.

Si al menos él hubiera venido a verla, quizá… ¿quizá qué? ¿Quizá eso sería un signo de que podían vivir algún tipo de vida juntos? Una vida en la que no necesitara partir su alma en dos pedazos y después deshacerse de una de las dos mitades.

Los cuerpos a su alrededor comenzaron a moverse. Se unió al coro que entraba en el escenario y ocupó su posición en la parte de atrás. Con la luz difusa, su ropa y la multitud que la rodeaba era improbable incluso que la vieran, y no sólo que la reconocieran.

Sus pensamientos melancólicos desaparecieron instantáneamente cuando comenzó a cantar el coro. Voces atronadoras, festivas, exuberantes la rodearon y se unieron a la suya. Su espíritu se alzó con asombroso deleite. Se alzó y luego remontó el vuelo.

Nunca había experimentado un sonido así. La inundaba como una enorme ola de sensibilidad. Las curvas del escenario y el teatro parecían infundir a la música una compleja resonancia. Miró a sus compañeras de canto y se dio cuenta de que ellas sentían lo mismo y de que la densidad de sus voces intensificaba la euforia que hasta entonces sólo había conocido en privado. Algunas la vieron mirar y se sonrieron ante su asombro.

Sentía latir su sangre. La música tomaba el poder. Ella nunca se había sentido tan viva desde… Miró hacia el palco de Pen. «Que esté allí, por favor, que esté allí. Comparte esto conmigo.» Vio a Nigel de pie en la parte de atrás, hablando con Cornell Witherby.

Una figura alta y oscura se hundió en las sombras y su corazón dio un salto. Cuando se movió de modo que quedó a la vista, su decepción fue tan intensa que le falló la voz. No era Vergil, sino un tal señor Siddel, que se le había estado insinuando en el círculo de Pen el mes pasado.

La actuación parecía continuar y continuar pero aún así terminó demasiado pronto. Ella disfrutó de cada cosa. El canto, la espera entre bastidores, la camaradería con los demás, el brillo de las lámparas de gas, y la humedad de las habitaciones traseras. El teatro se transformó en un lugar aparte, donde la vida y las emociones se intensificaban, igual que le había ocurrido en la finca durante aquellos días de intimidad. Ella saboreó cada detalle e ignoró la hiriente decepción que le provocaba el hecho de que Vergil la hubiera abandonado aquella noche.

Finalmente, después del último telón, se encontró a sí misma apretándose dentro de una de las habitaciones del coro con las otras mujeres, cambiándose para vestirse con sus propias prendas. La excitación transformaba el cansancio de todas en una especie de vértigo, y la mayoría de risitas tontas tenían que ver con el rumor de voces masculinas que había fuera en el pasillo.

—Los chicos esperan impacientes —dijo a su lado una soprano—. ¿Tú eres nueva, verdad? ¿Te esperan tu madre o tu hermana?

—Mi profesor me estará esperando.

—Menos mal. Una chica tan bonita como tú… no saben respetarnos. Creen que somos todas iguales. Olvidan sus modales a veces.

Ella dudaba que alguien pudiera olvidar sus modales con el señor Bardi. Sus ojos negros se volvían satánicos cuando se enfadaba.

Desafortunadamente, el señor Bardi no se hallaba en la puerta de la habitación cuando ella salió. Sin embargo, había al menos veinte hombres jóvenes. Estudiantes, oficinistas y abogados jóvenes se arremolinaban en el pasillo esperando a sus pájaros cantores favoritos. Flores, palabras cariñosas y hombres que avanzaban directamente hacia ella presionándola. La rodeaban por ambos lados.

—Permita pasar a la joven dama, caballero. —Una voz fría se oyó desde la periferia.

Ella miró a través del desorden y vio unos ojos azules que la contemplaban. Finalmente había venido. Se hubiera lanzado a sus brazos, pero su expresión la hizo detenerse. «¿Ves? —decían sus ojos—. A esto es a lo que estarás sometida.»

Se oyeron murmullos.

—Laclere… vizconde… —Algunos de los jóvenes se apartaron.

Sintió la decepción como una puñalada. Su intención al permitirle aquella actuación había sido que ella conociera las humillaciones, no el placer. Eso la entristeció tanto que sucumbió al impulso de devolverle el golpe y privarlo de su satisfacción.

Ignoró la mano que le tendía Vergil y se volvió hacia un estudiante de pelo corto y pelirrojo que había a su derecha. Éste le ofrecía dos rosas amarillas. Se dijo que podía sentirse halagada por eso, como todas las mujeres cantantes, y decidió aceptar ese precioso regalo.

Cogió las rosas dando las gracias. Animados, y dirigiendo miradas cautas hacia Vergil, que estaba rondando y vigilando, otros dos hombres jóvenes se acercaron para felicitarla.

Un hombre algo más mayor se introdujo en el grupo. La observó de forma penetrante y después le lanzó a Vergil una mirada mordaz. A pesar de todo el amor que sentía por la música, su primo Nigel no parecía contento de encontrarla allí.

—Pensé que eras tú, pero no me lo podía creer —dijo, apartando a un lado a un joven y ansioso admirador—. Laclere, debes sacarla de aquí.

—Estoy preparado para acompañar a mi pupila hasta casa, pero será difícil recogerla y llevármela.

—No habría esperado que reaccionaras de un modo tan estricto —bromeó ella con Nigel—. Tú conoces mejor que nadie lo importante que es actuar.

—Actuar es una cosa, hacerlo aquí es otra. ¿Qué piensa usted, Laclere? Confío en que esta noche sea la última vez.

Su riña fue interrumpida por otro hombre que se escurría hacia delante. Era el señor Siddel. Era de la edad de Vergil, y de una constitución y aspecto similar. Quizá incluso más atractivo. Había mostrado su interés en conocerla durante el último mes, vagando cerca de los círculos de Pen. Las advertencias que le había hecho Pen hablándole de él como de un tipo peligroso eran innecesarias. Poseía un talento especial para conseguir que incluso las atenciones sutiles parecieran una invasión.

—Me pareció reconocerla, señorita Kenwood. —Se puso frente a ella de modo que no quedaba lugar para nadie más—. Sabía que estudiaba con el señor Bardi, pero nunca había oído que actuara. —Su tono traslucía el deleite que le producía el descubrimiento.

Cuatro pasos más lejos el perfil de Vergil se volvía más severo.

—Mira hacia aquí, Siddel —fanfarroneó Nigel.

—Es un experimento, para poder ver qué se siente al cantar con un gran coro.

—Ciertamente. ¿Por qué tomar lecciones con Bardi a menos que sea muy en serio? Quizá algún día la veamos convertida en la protagonista principal de alguna de las grandes casas de Londres.

No dijo nada inapropiado. Y tampoco su tono podía criticarse. Pero Bianca notó algo especial en la manera en que se dirigía a ella y no le pasó desapercibida la insultante doble intención de su comentario.

De repente Vergil se hallaba cara a cara con el señor Siddel.

—Tendrá que excusarnos. Mi hermana está esperando a la señorita Kenwood.

—Por supuesto, Laclere. Me preguntaba, al principio, cómo es que había vuelto usted aquí. Ya no es su estilo, ¿verdad? Debía haberme dado cuenta de que sólo el deber sería la causa de que la protección de un santo se hiciese pública.

Jugaba con las palabras como si estuviera participando en un juego de ingenio, pues casi cada una de ellas tenía un doble sentido. Vergil asumió una actitud fría para enfrentar a Siddel

—Vas demasiado rápido, Siddel —dijo Nigel, escudriñando a Bianca con una mirada de soslayo recelosa—. Has estado cerca de una ofensa imperdonable, y si Laclere no te llama la atención respecto a eso, yo sí lo haré.

—Siddel no pretendía ofender. Simplemente su lengua va más deprisa que su cerebro. Ése ha sido el lastre de su vida desde que era un muchacho, pero el cerebro normalmente llega a tiempo para evitar un desafío. —Vergil bajó los párpados—. Estoy seguro de que la falta de sensatez de esta noche puede ser atribuida a que ha bebido demasiado oporto. ¿Estoy en lo cierto, Siddel?

—Sin duda. Mis disculpas, señorita Kenwood. Me dolería mucho saber que mi pobre intento de usar un poco de humor la ha ofendido de alguna forma o me ha apartado de su afecto. —Hizo una reverencia con una irónica sonrisa y se marchó a toda prisa.

Nigel se apresuró a ir detrás de él.

—… inexcusablemente rudo… —Ella le oyó decir.

—Abre los ojos —replicó Siddel con una risa.

Vergil le ofreció la mano otra vez.

—¿Ya has tenido bastante? ¿Podemos marcharnos?

—Sí, creo que ahora sí.

Hábilmente la rescató de la multitud. Su coche estaba esperando.

—¿Has disfrutado? —le preguntó tras ayudarla a subir. A

ella la decepcionó que se sentara en frente, y no a su lado. En la oscuridad él se convirtió en una sombra incorpórea apenas insinuada por la tenue luz que ocasionalmente se colaba a través de la ventana mientras avanzaban.

—Al principio no estaba tan excitada como esperaba, pero en cuanto nos encontramos en el escenario fue tan emocionante que pensé que iba a estallar.

—No estoy hablando de la actuación, Bianca.

No, no hablaba de eso. Su tono tenso ya se lo había sugerido.

—No creo que esos hombres supieran ni siquiera quién soy, para ellos sólo fui una más entre las otras cantantes que salieron por la puerta cuando estaban cerca. A parte de Nigel y del señor Siddel, dudo que nadie más se haya fijado en mí cuando estaba en la parte posterior de ese coro.

—Estabas tan exuberante que esperaba que en cualquier momento echases a volar. Puede que no te hayan reconocido, pero no cabe la menor duda de que se fijaron en ti.

—¿Tú me viste?

—Estaba en el palco de un amigo.

—Estuve… —Se interrumpió y se echó a reír—. Iba a preguntarte si estuve bien, pero naturalmente no hay manera de decirlo.

—Estuviste magnífica, cariño. Y parecería que la mitad de Oxford y Cambridge y la mayoría de oficinistas aprendices de Londres se mostraron de acuerdo.

—Pareces celoso, Laclere.

—No creo que sea la palabra correcta para esta noche, Bianca. Celos es lo que siento cuando veo el interés que muestran por ti los amigos de Pen, y sé que no puedo impedirlo, pues sólo podría con un matrimonio que no aceptarás. Celos es lo que experimento al ver a tu primo cortejándote abiertamente. Esta noche no estaba celoso. Estaba absolutamente escandalizado por la familiaridad que los extraños se sentían libres de mostrar cuando saliste de la habitación del coro. Esta noche me puse furioso cuando oí las insinuaciones que un mujeriego bebido como Siddel te hizo, y todo porque tú te entretenías en ese pasillo para pavonearte de tu independencia en mi cara.

Una ira tensa se derramaba por el coche, llevando las duras palabras. Al principio su corazón se puso enfermo ante el ataque, pero después se sintió cada vez más enfadada consigo misma hasta quedar completamente abatida.

—Creí que querías que me entretuviera. Pensé que querías que viera todo eso, para enfrentarme a la realidad de esa vida y comprobar la degradación que se siente ante las miradas lascivas de los admiradores.

—Nunca querría ver a ningún hombre mirándote de la forma en que te miraban esos chicos.

—Entonces ¿por qué no los detuviste?

—La pregunta es por qué no lo hiciste tú. Estaba allí de pie imaginando que me harías sentir como un tonto si intentaba sacarte de ahí. Estaba preguntándome si a través de tu comportamiento me estabas diciendo que ya habías tomado una decisión...

—¡No!

—... y que yo podía afirmarme en público como tu tutor y de ninguna otra forma.

Sus ojos se nublaron. Aquél no era Vergil. Era su fantasma, mostrando cómo reacciona un hombre cuando siente su orgullo herido.

—No quiero seguir hablando de esto —susurró ella, rezando para que se detuvieran antes de decir la clase de palabras que nunca podrían ser reparadas.

—Yo sí. Tenemos mucho de que qué hablar, me parece a mí.

El coche se había detenido.

—No, Laclere. No quiero tener una pelea contigo. Estoy muy cansada esta noche. Te doy las buenas noches.

Se escabulló por la puerta. Él la siguió dos pasos más atrás.

—A mí no me despedirás como a uno de esos pretendientes con la cara llena de granos, Bianca.

—Lástima. —Se encaminó por el sendero alumbrado con velas que conducía a la entrada. El primer piso estaba cerrado. Todos los demás debían de haberse retirado.

—Dado que ésta es la casa de tu hermana no puedo negarte la entrada. Sin embargo, no voy a someterme a tus riñas e insinuaciones, Laclere. Estoy demasiado cansada para discutir y demasiado herida para ser inteligente. Has conseguido convertir una de las noches más importantes de mi vida en algo vergonzoso y sórdido. Era glorioso, y fui una tonta al pensar que sólo tu presencia podía hacer que fuese mejor. En lugar de eso lo has arruinado todo. Nunca podré perdonarte tu crueldad.

Sus acusaciones lo hicieron detenerse en seco. Algunas de las nubes de tormenta desaparecieron de sus ojos.

—Si he sido cruel, te pido disculpas. Vamos a la biblioteca, Bianca. Quiero hablar contigo.

—Pontifícate y date lecciones a ti mismo, querido tutor. Yo me voy a la cama.

Él la agarró mientras subía la escalera.

—Vuelve aquí, Bianca.

—Vete, Laclere. No hagas una escena o despertarás a toda la casa.

—Despertaré a toda la maldita ciudad si quiero.

Ella liberó su brazo.

—Cállate la boca, Vergil. Buenas noches.

«Cállate la boca.» ¿Dónde demonios había aprendido palabras como ésas?

Él sabía dónde. De esos jóvenes llenos de vida, conmovedores, adorables y perfectas imágenes de romántica sensibilidad que gravitaban alrededor de la casa de Pen como abejas que acaban de descubrir un nuevo jardín en flor.

Con grandes zancadas entró en la biblioteca. Ni la chimenea ni las velas estaban encendidas, pero de todas formas encontró el oporto. Estuvo muy lejos de resultarle tan reconfortante como pensaba que sería y tampoco calmó su irritación.

Su mal humor no era sólo por causa de Bianca, tenía que reconocerlo. Al día siguiente debía enfrentarse a una tarea desagradable en su búsqueda de la verdad acerca de la muerte de Milton. La perspectiva de la entrevista que lo esperaba le hacía sentirse enfermo, y había entrado al teatro resentido y enfadado por eso tanto como por la actuación de Bianca.

Su mundo amenazaba con hacerse pedazos. El centro de cada relación de amistad y de amor parecía haberse vuelto tan inseguro, lleno de duplicidad y falso como su propia vida.

Aquella noche había descubierto que Bianca estaba escurriéndose de su vida también. Vivía aquí, practicaba con el señor Bardi, hacía nuevos amigos y disfrutaba de su juventud, y cada nueva experiencia la empujaba más lejos de el. Podía sentir el abismo que se ensanchaba. A veces se preguntaba si ella recordaba que se suponía que estaba considerando la posibilidad de casarse con él.

Le hubiera prohibido ese debut si hubiera podido. Habría estrangulado a Bardi, o al menos lo habría sobornado si hubiera imaginado que el profesor le propondría una cosa como ésa.

A ella le había encantado. Desde luego que sí. Catalani le había dicho una vez que la magia que se creaba entre el público era diez veces mayor entre los intérpretes. ¿Cómo debía de ser estar allí de pie rodeado por el sonido retumbando en el techo? Como estar sumergido en un océano de sensaciones. Había visto el asombro de Bianca y había sabido con certeza que en una noche los puntos de ventaja se habían inclinado en contra de él en esa competición por ella.

Su mente recordaba la excitada sonrisa al verlo en el pasillo, y después su refugio en una pose fría al advertir su ira. Había estado tan absorto en su resentimiento que no llegó a darse cuenta a tiempo de lo bella que era esa sonrisa ni de que había existido exclusivamente para él.

La peor parte de su resentimiento se quebró y murió. Dejó a un lado el oporto, calmándose por razones que nada tenían que ver con la bebida. Evocó esa sonrisa una y otra vez, esa sonrisa reemplazada por el dolor.

Su comportamiento había sido inexcusable. Deliberadamente cruel, si quería ser honesto consigo mismo. Había reaccionado a los acontecimientos de aquella noche como si él fuera el centro de todo, cuando en realidad había sido simplemente un invitado en la fiesta de otra persona. Salvo por la felicidad que ella demostró al verle realmente podía decirse que él no tenía nada qué hacer allí. Quizá él lo había sabido. Tal vez había provocado aquella discusión para asegurarse de que su papel secundario no sería el de un mero figurante.

El silencio reinaba en la casa. Deseó que alguno de los criados estuviera allí. En ese caso lo enviaría a pedirle a Bianca que bajara por un rato. No quería marcharse de allí aquella noche con las cosas tal como estaban.

A grandes pasos salió hasta el pasillo. Alguien había cerrado la puerta principal, una señal segura de que ningún criado aparecería. No había velas iluminando el camino, pero conocía aquella casa tan bien como la suya propia y podía moverse a ciegas.

Latía el silencio. Ella no debía de estar todavía dormida. Iría a disculparse, y después saldría por la puerta del jardín.

No estaba dormida. Ni siquiera se había preparado para meterse en la cama. Estaba sentada con una bata en un sillón junto al fuego. Cuando él entró, ella no demostró la más ligera sorpresa, tan sólo levantó sus ojos tristes. Era como si hubiera estado esperándolo.

Hizo un gesto de saludo, después bajó la vista hacia su regazo. Sus manos descansaban allí entrelazadas.

—No más lecciones, Laclere.

—No.

—Entonces ¿qué? Es peligroso para ti estar aquí.

Parecía tan desdichada. La hubiera agarrado en brazos, pero no se atrevía a responder de sí mismo si la tocaba.

—Quiero disculparme. Intenté arruinarte tu noche. El placer que sentías... me asustó.

Ella se levantó y caminó pensativamente alrededor de la habitación.

—También a mí me asustó. Todo esto me asusta. Es una tortura. No me digas que puedo terminarlo con una palabra. Ya lo sé. —Le lanzó una mirada acusadora—. Esta noche me has hablado como si no me conocieras en absoluto. Si me he convertido en una extraña para ti, no me eches a mí la culpa. No soy yo la que me mantengo lejos.

—Yo no me mantengo lejos.

—Sí lo haces. Apenas te he visto en las últimas semanas. No me dijiste ni una palabra de que vendrías esta noche. Sólo me queda preguntarme si me has olvidado, y sentirme agradecida por la pequeña consideración que muestras conmigo cuando me visitas.

—Sabías que sería así, Bianca. Difícilmente podría demostrar mi afecto y anunciarle al mundo lo que ha ocurrido. Dado que no puedo, no me hace gracia la idea de sentarme en el salón de Pen entre otros hombres que pueden cortejarte abiertamente mientras yo debo interpretar mi papel de tutor.

—Tú podrías arreglarlo…

—No.

—Podrías al menos besarme al irte. Podrías darme tan sólo un pequeño beso para mostrarme que no te has vuelto indiferente.

—Estoy lejos de ser indiferente, es por eso por lo que nunca podría darte tan sólo un pequeño beso.

Ella continuaba caminando de arriba abajo, como si un espíritu inquieto la condujera y la habitación le resultara demasiado pequeña. Lo miró con un destello de desafío.

—Lo hice a propósito, sabes. Alentar a esos jóvenes. Aceptar las rosas y hablar con ellos. Quería demostrarte que no representan ningún peligro para mí ni para mi virtud. Así es como mi madre trataba a los hombres que la perseguían. Con suficiente educación, pero manteniendo una firme distancia. Sin duda podría funcionarme a mí también.

—Sin duda podría ser, pero las suposiciones del mundo tendrían más fuerza que tus acciones. En cualquier caso, yo no puedo soportar verlo.

Ella arrugó la frente.

—Lo dejaste claro. Ésa es la otra razón por la que me comporté así esta noche, creo. Para ponerte celoso.

—¿Para ponerme celoso?

—Sí, creo que sí. La verdad es que creo que sí.

—Bianca, me he estado censurando a mí mismo por haber reaccionado mal. Me he disculpado por mi falta de juicio esta noche y tú has aceptado esas disculpas. Y ahora añades alegremente que quizá he tenido razón desde el principio.

Ella se encogió de hombros.

—No puedo decir honestamente que ponerte celoso no haya tenido nada que ver con mi comportamiento, eso es todo.

—Aparte de nuestra infelicidad, ¿qué esperabas conseguir con eso?

Ella caminaba tan cerca que su perfume y la bata de seda formaron una nube en torno a él.

—Bueno —dijo ella, tironeando de los lazos de su bata con

lentos y juguetones movimientos— por un lado parece que ha servido para que vengas a mi habitación, ¿no?

Su sonrisa pícara casi le paró el corazón. La puerta estaba a cinco pasos detrás de él, pero de pronto le parecía que se hallaba a varios kilómetros.

La bata cayó al suelo. No estaba desnuda. Un corsé le ceñía el torso y las caderas. La camisola y las enaguas creaban una delgada tela que cubría sus pechos y sus muslos. Y unas medias blancas sujetadas por unas ligas le llegaban hasta las rodillas.

El mundo quedó reducido a ella, él y el espacio que había entre ambos. El descarado desafío que había en los ojos de ella hizo que el cuerpo de él se encendiera de deseo.

—No es prudente tentar a un hombre que arde de celos, querida.

Ella bajó los párpados.

—Mientras estés ardiendo, Laclere, no me importa por qué.

Maldición. Caminó hacia ella.

—Parece que eres peligrosa y un poco malvada, después de todo.

—Sólo contigo, Laclere.

—Acabas de confesar lo contrario.

—Era diferente, ¿no? No fui realmente malvada con ellos. Sino que los usé para provocarte a ti, lo cual es injusto.

Estaban tan cerca como era posible sin llegar a tocarse.

—De lo más injusto.

—¿Es muy travieso por mi parte?

—Muy travieso.

—Supongo que no hay nada que hacer, Laclere. Tendrás que castigarme.

Con un mohín de arrepentida resignación se subió a la cama. Cogió varios cojines y los colocó bajo su estómago, de forma que su trasero quedara levantado como para recibir la penitencia.

Giró la cabeza para mirarlo y su expresión lo excitó aún más que la erótica posición. La erección de su vida empujó contra su ropa. Su sangre latía sin piedad.

Le acarició la pierna, agarró los bordes de sus enaguas y las desgarró. Los jirones de gasa salieron volando desde sus nalgas y muslos. Él tiró de ella y los cojines le levantaron las caderas de modo que tuvo que doblarse y estirar las piernas para mantener el equilibrio. Se arrodilló junto a ella y besó los tirantes de su camisola hasta que sus pechos desnudos asomaron altos y hambrientos por encima del borde de su corpiño. Él los lamió y tiró de ellos hacia fuera suavemente.

Después se levantó y se desnudó, sin apartar la mirada del hermoso cuerpo allí tendido que se abandonaba a él. Ella vio caer las chaquetas y el cuello de la camisa con los ojos tan ardientes como los de él. El perfume de su excitación le llegó a él en una ráfaga. Tumbada allí, vulnerable y expuesta, ya flexionaba sutilmente las caderas con un ritmo sexual.

Sacó su reloj de bolsillo del chaleco y miró la hora, después lo colocó cerca de la vela que había junto a la cama.

—Rápido —susurró ella, alzando una mano en su dirección.

—No. —Se desabrochó la camisa y se sacó la ropa interior. Se arrodilló entre sus piernas. Subiendo un tobillo de ella sobre su hombro, comenzó a besar la parte interior de su pierna—. Esto no va a ser rápido en absoluto.

Él frotó su rostro contra su espalda y la besó a lo largo de toda la columna. El tentador corsé había sido desabrochado en algún momento durante esa noche demasiado caliente. Sus besos avanzaron sobre sus nalgas y bajaron por sus muslos hasta la media que seguía cubriendo una de sus piernas.

Ella no estaba dormida, suspiró satisfecha y movió las piernas, volviendo a adoptar la posición sobre los cojines con la que todo había empezado, invitándolo a repetir los nuevos besos íntimos que le había enseñado esa noche.

Sus brazos estirándose para tocar su cabeza, la presión de su mejilla contra las sábanas, su cuerpo arqueándose y ofreciéndose… para su propia sorpresa esa sensualidad relajada lo hizo ponerse duro otra vez.

—Amanecerá pronto. Debo irme. —Se puso de espaldas sobre la cama y la agarró entre sus brazos. La llegada del día le recordó el encuentro que había dispuesto para aquella mañana. No quería marcharse, y no sólo porque eso significara dejar a Bianca.

Ella suspiró malhumorada, como si las revoluciones de la

tierra hubieran sido diseñadas únicamente para limitar su tiempo juntos.

—¿Volverás esta noche?

—No.

—Nadie se enterará. Te has quedado esta noche y…

—Y si somos afortunados, todo irá bien. Repetirlo sería tentar la suerte. Nada ha cambiado, Bianca.

No le gustó oír eso. Lo besó con tristeza.

—Me parece que sería difícil tentar la suerte más de lo que ya acabas de hacer.

—Decidí que si iban a colgarme, mejor sería que fuese por una libra y no por un penique.

La apartó con suavidad y se levantó de la cama. Ella lo observó vestirse con una expresión soñolienta. Él trató de no revelar su aversión por aquel momento. La hora que marcaba el reloj, la fuga secreta, la discreción que ahoga… le recordaba demasiado a las visitas que reciben ese tipo de mujeres que nunca se convertirán en esposas, y ella aleteaba como una mariposa nocturna alrededor de la llama de una vida que a menudo conducía en esa dirección.

Se quedó de pie junto a la cama y la miró. Imágenes de aquella noche pasaron a través de esa mirada. Él se había tomado libertades que muchos hombres jamás se tomarían con sus esposas, y eso confundía aún más la forma en que él debía contemplar esa relación y sus derechos respecto a ella.

Le acarició la mejilla con el dorso de los dedos. Era tan adorable. Tan alegre e inocente en su pasión. Había conocido mujeres que podían degradar la sensualidad de un simple beso. El asombro de Bianca podía convertir el más exótico juego amoroso en un ritual sagrado.

—¿Lo decías en serio? Cuando hacemos el amor, dices a gritos que me amas. Todas las veces lo has hecho. ¿Eres consciente de que dices eso? —Al él le sorprendió oírse hacer la pregunta en voz alta.

—Si no lo dijera en serio, no estarías ahora mismo saliendo de mi cama. Sé que me arriesgo. Jamás habría hecho nada de esto sólo por placer.

Él supuestamente ya lo sabía. Sin embargo, era bonito estar seguro. Le daba un poco más de esperanzas sobre cómo acabaría aquello y el amor era una razón mejor que el puro deseo si su comportamiento acababa por destruirlos a ambos.

—Bueno, si piensas que me amas, supongo que puedo esperar un poco más, cariño.

Los ojos de ella brillaron con afecto y preocupación. Nadie lo había mirado nunca con tanta trasparencia como ella.

—¿Esperar para qué, Laclere? ¿Para renunciar a mí, o para decidir corresponder a mi amor?

Ella todavía podía dejarlo atónito.

—Ambas cosas, supongo. Probablemente pronto tendrá que ser una u otra.

Salió al pasillo oscuro y silenciosamente cerró la puerta tras él. Sólo una luz tenue penetraba a través de las ventanas inferiores. Encontró la barandilla y se deslizó escaleras abajo, después se dirigió hacia la escalera de los criados. Se hallaba de nuevo abajo, esta vez en la cocina.

Recorrió su camino con más inseguridad en el piso inferior y advirtió el ruido de sus pasos retumbando en las paredes. Cerca del sitio donde debía encontrarse la puerta tropezó con otro cuerpo que avanzaba a tientas.

—Qué es... Quién demonios...

—¡Maldición! Vigila dónde pones...

Ambos se quedaron helados.

—¿Witherby?

—¡Laclere!

—¿Llegando o yéndote, Witherby?

—Oh, Dios. Laclere. Esto es de lo más incómodo.

—Supongo que yéndote, a juzgar por la hora. La puerta está aquí arriba.

—Por supuesto. Jesús. —Cornell Witherby dio unos pocos pasos hacia atrás y se detuvo.

—¿Vienes? Creo que deberíamos discutir esto afuera.

Cuando se hallaron al aire fresco, Witherby intentó dar una explicación.

—Ya sé lo que esto debe de parecer.

—Parece que hubieras iniciado una aventura con mi hermana Penelope. Se trata de Penelope, ¿verdad? Porque si fuera Charlotte te mataría, y odiaría tener que hacerle eso a un viejo amigo.

—¡Charlotte! ¡Zeus! ¿Por quién me tomas? En cuanto a Pen, te aseguro que tiene mi más profundo afecto y admiración. Una diosa no podría recibir más adoración que la que yo le profeso. Posee un alma tan dulce, gentil adorable, y…

—Sí, sí. La puerta del jardín está por aquí, ¿o es que no reconoces el camino en la oscuridad?

—Te aseguro que nunca antes…

—Estoy seguro de que entiendes que la discreción es esencial. Si el conde descubriera este asunto, lo usaría para retirarle su ayuda, que ya de por sí es poco sustanciosa.

Las botas de ambos daban puntapiés a las rocas, puntuando el silencio.

—Estás siendo muy comprensivo con esto, Laclere. Me encuentro, por supuesto, lleno de alegría por tu aprobación, pero pensábamos que mostrarías menos simpatía por lo nuestro.

Vergil se detuvo cuando llegaron ante el camino.

—Hubiera preferido no saber lo bastante como para aprobarlo o desaprobarlo. Sin embargo, mi hermana ha tenido muy poca felicidad en su vida. Si ella te quiere, yo no interferiré.

Aunque fuera de forma sutil, la noche se había vuelto menos oscura. Vergil podía distinguir ahora con más claridad la alta y esbelta figura de Witherby, e incluso apreciaba algo de su expresión.

—Esto no es lo que esperábamos, Laclere. Me atrevería a decir que Pen estará tan asombrada como yo.

Vergil se dio la vuelta para regresar a la casa.

—Asegúrate de que no llegue a arrepentirme de mostrarme tan abierto de mente.

—La haré tan feliz como sea capaz —dijo Witherby—. Y ya que eres tan generoso me abstendré de preguntarte por qué salías de esa casa a la misma hora y a través de la misma puerta que yo.

La pistola sonó en aquel día de otoño. La bala dio en el tronco de un árbol del bosque que había detrás de la academia de esgrima del *chevalier* Corbet.

—No has practicado bastante —dijo Vergil.

Dante, que se hallaba de pie a su lado, volvió a recargar.

—Para algunos de nosotros es sólo un deporte, Verg. No tengo intención de matar a un hombre en un duelo.

Vergil apuntó a su objetivo.

—¿Y si algún hombre pretende matarte a ti?

—Me atrevería a decir que si ningún marido me ha desafiado hasta ahora, nadie lo hará.

Vergil disparó su pistola. La bala dio justo en el centro del papel enganchado al árbol.

Dante dio un silbido de apreciación.

—Ya veo que tú sí has estado practicando.

—Si algo vale la pena, vale la pena hacerlo bien.

Dante se rio.

—Estoy de acuerdo. Simplemente tú y yo preferimos hacer cosas distintas.

Volvió a ocupar su lugar. Vergil observó su postura descuidada. Sólo por la gracia de la Providencia Dante no había necesitado nunca poner en práctica esa habilidad.

Disparó la pistola. Dante se apartó a un lado.

—No habías vuelto a cargar.

—No.

A Dante le llamó la atención la respuesta. La mano que sostenía la pistola cayó a un lado.

—Tienes ese aire en la cara. ¿Qué ha pasado esta vez? ¿Ha vuelto a venir alguien a presionarte para que pagues alguna de mis deudas?

—No es eso.

—Bueno, sea lo que sea, suéltalo ya. Sugeriste que viniéramos a disparar, pero no creo que un par de balas justifiquen haber cabalgado hasta Hampstead, ¿no crees?

Vergil guardó su revólver en el estuche.

—Tengo que preguntarte algo. Es importante que me respondas con honestidad.

Dante ladeó la cabeza hacia atrás y cerró los párpados.

—Entonces pregunta.

—He estado tratando de descubrir la verdad acerca de la muerte de Milton. He pasado meses haciéndolo. Estoy convencido de que fue chantajeado.

—¡Chantajeado! ¿Qué secretos podía tener Milton? Sus ideas políticas eran radicales, pero las expresaba en cartas y esas cosas, todo el mundo sabía que era completamente inofensivo.

—No fue por cuestiones políticas. Creo que he descubierto por qué y cómo fue chantajeado, pero los detalles no importan. Sin embargo, todavía falta una pieza. Y creo que tú puedes proporcionarme esa pieza.

—¿Crees que tuve algo que ver en eso? Ésa es una insinuación terrible. Sería espantoso que el único hombre a quien tuviera que retar a duelo fueras tú, Vergil.

—No creo que tuvieras que ver con eso de forma intencionada. Confía en mí, si pudiera evitar esta conversación, lo haría. De hecho la he estado evitando durante demasiado tiempo.

—Quizá deberías continuar haciéndolo. No puedes conseguir que él vuelva.

—Esto va más allá de él.

—Diablos. —Dante frunció el ceño y dejó su pistola en el estuche—. ¿Qué necesitas saber?

—He estado haciendo algunas preguntas a los criados. Me dijeron que hace un año llevaste cierta visita a Laclere House en Londres. Una mujer de buena familia. ¿Quién era?

—No hablo de mis mujeres con otros hombres, ni siquiera contigo.

—Eso es encomiable, pero esta vez debes hacerlo. ¿Dejaste que alguna mujer pasara la noche en esa casa?

El rostro de Dante asumió una máscara de resentimiento.

—Si lo hice, puedes estar seguro de que no se trataba de una americana virgen.

—Esto no tiene que ver con nuestros defectos privados, Dante. Quiero saber si alguien más aparte de los miembros de la familia tuvo acceso a la habitación y al estudio de Milton antes de su muerte. ¿Estuviste en la casa de Londres con una mujer mientras él se hallaba en Laclere Park?

—¿Qué estás insinuando? Que ella…

—Que alguien, de alguna manera, consiguió cartas de amor dirigidas a Milton. Una mujer acudió hasta su pareja, haciéndose pasar por Pen, para confirmar lo que ya sospechaba, y después encontró la forma de conseguir pruebas que lo demostraran. Con esas pruebas chantajeó a Milton.

—¿Cartas de una amante? ¿Milton? Vivía como un monje en cuanto a mujeres se refiere. De verdad, Verg…

—Ya no somos muchachos, Dante. Y tampoco niños. No te hagas el ignorante. A pesar de sus cuidados y su discreción yo sospechaba. Y creo que tú también.

Dante le lanzó una mirada de odio.

—Si estás sugiriendo que yo pienso…

—Tú sabes lo que estoy sugiriendo. Fue una tragedia para nuestro hermano vivir en un mundo donde incluso su propia familia tenía que negar que era el hombre que era. Tuvo que esconder esa parte de sí mismo incluso ante nosotros, y por eso cuando crecimos se alejó de nosotros y de los demás.

Dante se dio la vuelta y contempló el papel enganchado al árbol.

—Maldita sea. Basta. No quiero hablar de esto.

—Nadie quiere hacerlo. Pero tampoco podemos permitir que los hombres se vuelen el cerebro cuando sus secretos sean descubiertos y se sientan amenazados. Es un pecado permitirlo. Y lo cierto es que el silencio y la vergüenza mataron a Milton antes de que lo hiciera ese revólver. Preferiría verme ahorcado antes que permitir que esa gente que lo acosó se salga con la suya. Ahora, dímelo, maldita sea. ¿Quién era ella?

Dante sacudió la cabeza, consternado. La ira y el asombro luchaban en su expresión.

—Un entretenimiento, lo llamó. Decía que siempre había sentido curiosidad por el viejo caserón, y que nunca lo había visto por dentro. No había habido fiestas allí desde hacía mucho tiempo, por lo que yo podía recordar. Me preguntó si podía mostrarle el interior de la casa.

—¿Se quedó?

Dante sonrió irónicamente con cierta repugnancia.

—Por supuesto.

—¿Toda la noche?

Asintió.

—Mientras dormías quizá ella estaba despierta.

—No lo creo. Estoy seguro de que te equivocas.

—¿Lo estás? ¿De verdad?

Dante se cruzó de brazos y miró el suelo.

—Su nombre, Dante.

Él suspiró y sacudió levemente la cabeza otra vez. Su mandíbula se tensó y una llamarada de furia apareció en sus ojos.

—Si estás en lo cierto, la muy perra me usó para destruir a mi propio hermano.

—Tú lo ignorabas. No te culpes…

—No lo digas —gruñó Dante. Furioso levantó una mano para interrumpir las excusas, y también en señal de advertencia—. Simplemente no lo digas.

Dejó caer la mano, y aflojó también su ira. Sólo el dolor permanecía en su expresión.

—Era la señora Gaston, Vergil.

Capítulo diecinueve

$\mathcal{N}$igel había dicho que planeaba volver a Woodleigh una vez más, por eso Bianca se sorprendió cuando fue anunciado varios días después de su secreto debut.

Él entró en el salón con una expresión seria. Charló durante un momento con Pen y Charlotte, pero era obvio que una misión importante lo distraía. Finalmente preguntó a Pen si podía hablar con Bianca a solas. Bianca se dio cuenta de que Pen temía que Nigel pretendiera declararse. De mala gana se marchó con Charlotte.

Nigel caminaba de arriba abajo frente a Bianca. Parecía un hombre a punto de regañarla, más que a punto de hacerle una propuesta.

—Confío en que no hayas repetido tu actuación en el escenario.

—Una vez más, la noche siguiente. Por algún tiempo no hay otras planeadas.

—Siddel ha estado diciéndoselo a la gente. Habla de ello como si se tratara del capricho inofensivo de una muchacha, pero me temo que para la sociedad será igualmente chocante.

—No te preocupes por mi reputación, Nigel. Ya tengo a todos los Duclairc haciendo eso por mí.

—Es precisamente la forma en que los Duclairc manejan tu reputación lo que me preocupa. —Se puso frente a ella y dejó escapar un profundo suspiro—. ¿Vas a obligarme a decir lo que no puede mencionarse sin ser poco delicado? Estás en poder de un hombre falso y peligroso, y que ha influido en ti de la manera más deshonrosa.

—¿De quién estás hablando?

—De Laclere, por supuesto. Había sospechado que te pretendía para su hermano, y eso ya era bastante inquietante, pues Dante sólo te habría traído infelicidad. Pero era una farsa, me doy cuenta ahora, para disimular un plan mucho más vergonzoso. Me maldigo a mí mismo por no haber visto antes su juego y por permitir que las cosas hayan llegado tan lejos.

—Esta familia sólo me ha mostrado amistad y afecto.

—Tú no eres uno de ellos. No eres de su sangre ni de su mundo. El honor que dan a sus mujeres no se extiende para ti también. Eres una extranjera y de una clase social inferior, y eso te hace vulnerable.

—El vizconde nunca se ha comportado conmigo de una forma que yo pueda considerar deshonesta.

—Interpretó el rol del protector de una cantante la otra noche. Que te haya permitido estar allí y después viniera a visitarte como amante...

—Su deber es protegerme. Soy su pupila.

—Lo cual hace todavía más deleznable el hecho de que se aproveche de ti. —Reanudó sus paseos—. Soy tu único pariente en Inglaterra, Bianca. Me corresponde a mí hacer todo lo posible por evitar esto. Había planeado esperar hasta tu cumpleaños para pedírtelo, porque sabía que Laclere no lo aprobaría. Sin embargo, creo que es imprescindible que te aparte de su influencia de una vez. Creo que será mejor que nos casemos ahora.

Se estaba cansando de que los hombres le hicieran proposiciones como ésa. Por tercera vez había habido algún tipo de coacción externa que requería que su reputación fuera salvada mediante un matrimonio precipitado. ¿Acaso los hombres ingleses no sabrían hacerlo de un modo normal? ¿Era necesario que hubiera acontecimientos que los obligaran a hacer esa oferta?

—Nigel, estás alterado.

—Escúchame, Bianca. Te tengo mucho cariño, y creo que yo a ti también te importo. Además, tenemos intereses similares. Estoy seguro de que tu abuelo vio la posibilidad de que existiera una mutua simpatía y esperaba que nos descubriéramos el uno al otro. Ésa era la única razón para convertir a Laclere en tu tutor y no a mí. Para dejar el camino libre.

—Puede que estés en lo cierto, Nigel, pero sería enfermizo casarse para cumplir con los deseos de un hombre muerto.

Él oyó el principio del rechazo en su respuesta. Eso provocó una mirada severa, al tiempo que detenía su paseo.

—Creo que deberías considerar mi oferta seriamente, prima. Es por tu propio interés.

Algo en la forma de mirarla la asustó. Una pequeña ráfaga de peligro revoloteó por su columna.

—La consideraré, y me siento halagada, pero me siento obligada a decirte que es improbable que la acepte.

La boca de él se torció en una mueca de desprecio.

—¿Es por él, verdad? ¿Crees que estás enamorada, no?

Ella quería negarlo, pero la mentira se ahogó en su garganta. Su expresión le dijo que él de todos modos no la creería.

—Te vi. Cuando él se encontró contigo detrás del escenario, yo estaba en el pasillo. Te vi cuando te diste cuenta de que él estaba allí. —Se acercó unos pasos y ella instintivamente se echó hacia atrás. Él le agarró la barbilla y le levantó la cara para poder inspeccionarla.

—No puedo permitirlo. Él no puede tenerte como una amante. ¿O ha prometido casarse contigo?

—No tengo intenciones de casarme con nadie por ahora. Quiero continuar con mi formación.

—Es lo que pensaba. Él ya te ha corrompido. Maldito sea ese hombre. Debemos sacarte de aquí de una vez.

—No iré a ninguna parte, Nigel.

La firmeza de su tono lo sorprendió. La observó con los párpados entornados. Esbozó una delgada sonrisa, que le dio la apariencia de un reptil.

—Debo insistir. Él sin duda te romperá el corazón, Bianca. Lo mejor que puedes esperar es que te tenga como un pájaro enjaulado que sólo canta para él. Y lo más probable es que te vuelvas tan ordinaria que acabes aceptando cantar para cualquiera que tenga suficiente dinero o diga suficientes mentiras.

—Tú eres el que se ha vuelto ordinario, Nigel. Reconozco un insulto cuando lo oigo. No consentiré que hables así de él ni de mí. Debo pedirte que te marches.

Su agitación se había transformado en una fría y maliciosa fanfarronería.

—No te hagas la grande y poderosa conmigo, prima. Eres la biznieta de un hombre que empezó vendiendo fruta con una carretilla, igual que yo. Tu padre era un estudioso del latín de tercera categoría, y tu madre cantó en tantas tabernas como iglesias. Tú no perteneces a Laclere, y él lo sabe, si es que tú no. Si te ofreció matrimonio, fue porque se dejó llevar por la emoción del momento. —Se sacudió una mota de polvo de la manga—. Ahora, tal como yo lo veo, no deberíamos ir a Escocia. El continente tiene más sentido. Podemos casarnos en Francia.

Su propuesta era presuntuosa, pero la confianza con que insistía la asustó. Actuaba como un hombre que sostiene en su mano más ases de los que la baraja debería contener.

—No tengo intención de casarme contigo en ningún país.

—Dejarás de estar atada a las leyes inglesas en cuanto dejes estas tierras. Eres americana, y la autoridad de Laclere se acaba en esta costa. Después de Francia, iremos a Italia si quieres.

—No voy a ir a Italia contigo.

—Yo soy parte del paquete, querida muchacha.

—Entonces me quedaré aquí.

—Si lo haces, lo destruiré a él. Le contaré al mundo lo que ha hecho.

Profirió la amenaza con tanta calma, con tanta normalidad, como si estuviera comentando que parecía que iba a hacer buen tiempo. Ella quiso amedrentarlo, pero su garganta se tensó. Parecía tan seguro de sí mismo. Demasiado seguro.

—Nadie te creerá. Estás haciendo suposiciones y no tienes pruebas.

—Con los rumores suele ser suficiente. A la gente le gusta ver la caída de los más rigurosos. Nunca has visto cómo esta sociedad puede matar gente con desprecio y con olvido. Imagina a la pequeña Charlotte de repente sin amigos o sin perspectivas de un matrimonio decente. Penelope siendo desairada por sus artistas. Y hasta el propio Laclere convertido en un paria desterrado.

—Si lo destruyes con rumores, también me destruyes a mí. Una fina prueba de tu afecto. Lo desmentiré todo. Regresaré a América antes de que puedas herirlo si empiezas a propagar historias dañinas.

—Un sacrificio encantador, pero innecesario. En última instancia, seducirte no es el único pecado que puede hundirlo. —Sonrió con engreimiento—. Verás, sé lo de Manchester. Sé lo del señor Clark. Para eso hay pruebas, y no habrá compasión si además ha deshonrado a una inocente.

Se sentía tan débil como si la hubiera golpeado.

—¿Manchester?

—¿Acaso no lo sabes? Te lo explicaré de camino a Francia. Es suficiente con decirte que tengo el modo de arruinar a Laclere y a toda su familia de un modo total y definitivo. No lo dudes, Bianca, y cuando sepas la verdad me lo agradecerás. Tu vizconde es falso en el sentido más literal del término. El interés que muestra por ti tiene que ver enteramente con la fábrica del norte. Quiere controlarte por la parte que tú heredaste. Necesita tener poder para darte órdenes.

—¿Y tú, Nigel? ¿Mi propiedad y mi renta no juegan ningún papel en tu oferta.

—Mi preocupación primordial es tu seguridad y tu reputación. La propiedad es obviamente interesante, pero al menos conmigo podrás disfrutarla. Una vez te cases conmigo podrás cantar si lo deseas, y practicar adecuadamente, y triunfar en actuaciones.

Ella no le creía. Dudaba que estuviera dispuesto a dejarla disfrutar de su herencia o a permitirle que la usara para estudiar en Italia. Él quería esa herencia. Era por eso que estaba allí.

La chantajeaba para obligarla a casarse y así quedarse con su herencia.

¿Habría chantajeado también a Milton? ¿Se hallaba ante el hombre responsable de aquello? ¿Habría visto u oído algo durante sus visitas a Woodleigh, y después habría usado esa información para intentar sangrar a Milton? Si Milton había tenido alguna vez una visita inapropiada por parte de un amante, las palabras podrían circular entre los criados o los arrendatarios, como ella misma comprobó que ocurría con la visita femenina de Nigel. Lo miró con nuevos ojos, ojos que percibían el peligro que se escondía bajo esa persona elegante. Lo único que buscaba en la vida era su propia satisfacción. Sí, él pudo haberlo hecho. Era capaz de exhibir la destrucción con una mano mientras con la otra aceptaba un soborno.

Era eso lo que estaba haciendo ahora.

La miró de la forma que uno examina una nueva posesión interesante.

—Creo que estarás de acuerdo en que esto está resuelto. No tiene sentido seguir alargando la discusión. ¿Vas a ir pronto a Laclere Park, no?

Asintió atontada. Había estado ansiosa por pasar varias semanas en el campo. Vergil le había prometido que estaría allí la mayor parte del tiempo. En una casa tan grande, con un terreno tan extenso, seguramente podrían encontrar tiempo para estar juntos a solas.

—Entonces saldremos desde Woodleigh. Te enviaré las instrucciones. —Se inclinó para rozarle la boca. Los labios de ella se apretaron contra sus dientes con desagrado—. Ni una palabra sobre nuestros planes, Bianca. No se lo digas a nadie, ni a tu criada, y mucho menos al vizconde Laclere. Que te quede claro que lo arruinaré si se entromete, y disfrutaré haciéndolo. Ahora debo dejarte, pero espero con ansia el momento en que podamos estar juntos para siempre.

La dejó aturdida y con una sensación de absoluta impotencia. No había tenido tiempo para recomponerse cuando entró corriendo Charlotte y se arrodilló a su lado sobre el sofá.

—¿Te ha pedido matrimonio? Se veía guapísimo hoy. Pen estaba segura de que vino para pedírtelo, y refunfuñaba diciendo que Vergil preferiría verlo muerto antes que permitirlo, pero yo no creo que mi hermano sea tan estricto e irrazonable. Al fin y al cabo, estás a punto de alcanzar la mayoría de edad. Si tú estás decidida, él no puede hacer nada en realidad. Entonces qué, ¿te lo pidió?

El rostro de Charlotte se ruborizaba de una manera muy hermosa cuando se ponía nerviosa. Sus ojos, tan marrones y límpidos como los de Dante, brillaron con luces profundas. Irradiaba pureza y dulce inocencia y no tendría ni la más mínima idea de cómo actuar si el mundo se le pusiera patas arriba.

Y era eso lo que sucedería si Nigel cumplía con su amenaza. En cierto modo, la discreción de Vergil se debía principalmente a Charlotte.

—No, no me lo pidió —mintió—. Vino para reprocharme las actuaciones del coro.

Los ojos de Charlotte se iluminaron con picardía.

—Es muy emocionante conocer a alguien capaz de atreverse a hacer semejante travesura. Es un poco como cometer la travesura una misma. Me sigue asombrando que lograras que Vergil te lo permitiera. A lo mejor estás empezando a caerle un poco mejor. Quizá algún día tú y él lleguéis incluso a ser amigos.

Bianca se rio para ocultar las lágrimas. Su mente galopaba, calculando el tiempo que le quedaba con el hombre a quien no debería gustar. Rezó para que la visitara, aunque temía su llegada.

Salvo por los días de ensueño en la finca, la sombra de la despedida final no dejaba de teñir sus emociones cada vez que él se acercaba. La gota de melancolía no amargaba el vino del amor. Lo enriquecía y lo suavizaba. Pero todo sería distinto a partir de ahora. El chantaje de Nigel aceleraba la separación. Eran pocos los días que quedaban, y podía imaginar la sorpresa de Vergil cuando descubriera que ella se había marchado. ¿Cómo iba a poder hablar con él sin que lo adivinara?

Lo descubrió antes de lo que quería. Llegó la tarde siguiente. Ella permaneció en su habitación, intentando recomponerse lo suficiente para esconder su malestar. Durante las últimas veinticuatro horas había experimentado el pánico de una mujer arrinconada por un depredador. Cada plan de escape que contemplaba le parecía irremediablemente condenado al fracaso.

Charlotte vino a buscarla.

—Ha llegado mi hermano. Se está preguntando por qué no has venido al salón.

—No me encuentro demasiado bien.

Era realmente cierto.

—Por lo visto, él tampoco está muy bien. Parece distraído y disgustado. Le preguntó a Pen dónde está la señora Gaston, y luego apenas escuchó su explicación de que ha dejado Londres para hacer una visita a unos amigos en el campo. Ahora me ha ordenado venir a pedirte que vayas a la biblioteca. —Charlotte enarcó las cejas—. ¿Has hecho alguna nueva travesura, Bianca?

Desearía de todo corazón tener que preocuparse sólo por haberse comportado un poco mal.

Vergil la esperaba en la biblioteca, con un aspecto pensativo y despeinado y devastadoramente hermoso. Un mechón oscuro le cubría la frente y ella anhelaba volver a colocarlo entre las gruesas ondas de su pelo con una caricia. Los pliegues de su pañuelo no estaba perfectamente centrados, y Bianca estuvo a punto de tender la mano para arreglarlos. Los ojos ardientes y la boca recta de Vergil la hacían temer que se hubiera enterado del chantaje de Nigel y pretendiera hacerle reproches por no haberle pedido ayuda.

Vergil cerró las puertas de la biblioteca.

—Esto no puede ser —dijo.

—¿El qué no puede ser?

—Esto. —Abarcó con el gesto de su brazo el cuarto, la casa en general, y de manera específica a ella y a él—. Tú. Yo. Tú llenas mis días, mis noches, mis pensamientos, mi corazón. No soporto la tortura de tu presencia, pero tampoco sé aguantar el infierno de estar lejos de ti. No puedo seguir viviendo de este modo. Debemos llegar a algún tipo de resolución.

«Laclere, no, por favor, no. Déjame disfrutar de los pocos días que quedan.»

—Me prometiste que podría tomarme un poco de tiempo.

—Me has entendido mal, querida. No he venido para consolidar mi ventaja, sino para confesar que no tengo ninguna. Mis sentimientos hacia ti han reducido todas mis otras preocupaciones a la insignificancia total. —Le tendió las manos—. Tú ganas. Lo haremos a tu manera. Con las condiciones que tú quieras. Si sólo me deseas como amante, procuraremos ser discretos y esperar que todo salga bien.

Bianca quedó petrificada y totalmente desolada. Anhelaba cogerle la mano y apretarla contra su corazón. El amor y la gratitud la desbordaban, pero no podía demostrárselo.

Ella había tenido ganas de fugarse y no llegar a ver jamás su reacción. Jugar con él ahora sería imperdonable. No le dejaba ninguna opción salvo la de rechazar su generosidad, arrojándosela en plena cara.

Vergil advirtió la vacilación de Bianca. Dejó caer su mano.

—Por supuesto, si has decidido que ya no me deseas de ningún modo, podemos hacer los planes para esa eventualidad, también.

¿No desearlo? No le cabía duda, dijera lo que dijese aquel día, él sabría que no podía ser cierto. Se daría cuenta de que ella no seguía su corazón y de que otra cosa la impulsaba.

Sí, a no ser que actuase con mucho cuidado, era claro que se daría cuenta. No se lo podía permitir. Tenía que inventar alguna historia capaz de convencerlo.

Recorrió amorosamente cada ángulo de su rostro. Sus ojos de azul cristalino la ponderaban atentamente, curiosos ante su reticencia. Bianca sentía ganas de arrojarse a sus brazos y contárselo todo. Pero ¿qué podía hacer él para lograr superar aquella situación?

Apartó la mirada.

—He estado pensando.

Vergil quedó totalmente inmóvil. Esperó con tanto silencio que era como si no se hallase en el cuarto. Ella se obligó a proseguir.

—Lo que ocurrió entre nosotros… Es peligroso. Ruinoso. Debíamos de estar locos. He estado pensando… tú sabes que siempre he creído que el matrimonio es un castigo demasiado permanente para un crimen tan efímero.

—Para mí no sería ningún castigo, así que no finjas que me estás perdonando, Bianca.

El tono de su voz la dejó helada. Cerró los ojos y apretó los dientes.

—No, no lo fingiré. Es mi vida la que cambiaría completamente con el matrimonio, de una forma que no deseo. Considerando esto, me parece que ningún arreglo servirá. Si quiero seguir con mi música, tengo que ir a Milán, tú y yo deberemos separarnos, y tal como están las cosas sólo estamos aplazando la pena unos meses.

Apenas pudo enunciar las palabras. El silencio quedó temblando en su estela. Seguía sin querer mirarlo, pero lo sentía detrás de sí, grande y oscuro y ardiente. Se dio cuenta de un movimiento suyo, pero no logró discernir si se había alejado o no.

No lo había hecho. Al hablar, el aliento de Vergil acarició su pelo.

—Ya que te he iniciado en el amor, tal vez debería instruirte en esto también. Es un acto de cobardía negarte a mirarme, y tú eres cualquier cosa menos cobarde.

—Yo no soy valiente. Soy terriblemente débil. Si te está hiriendo lo que digo, no quiero verlo. —Trató de controlar las oleadas de angustia provocadas por aquel estallido—. Y si no te hiere, tampoco quiero verlo. Soy así de egoísta, Laclere.

La mano firme de Vergil la agarró del hombro para darle la vuelta. Uno de sus dedos le levantó la barbilla.

Oh, cómo la miró. Sin ira. Sus ojos brillaban con los recuerdos de la intimidad. La observó tan directa y minuciosamente que Bianca se dio cuenta de que era la última mirada honesta que pensaba dirigirle en su vida.

—Le corresponde siempre a la dama el derecho de concluir una relación, Bianca. Un caballero no se lo reprocha ni le exige más explicaciones de las que ella elige ofrecer.

¿Cómo podía aceptarlo con tanta ligereza? Era como si en lo profundo de su corazón nunca hubiese creído que podrían permanecer juntos. Si así era, ella tenía la culpa, pero sólo pensarlo le producía una decepción feroz.

—Te estás portando con demasiada gentileza y generosidad y lo estás haciendo demasiado fácil para mí. Preferiría que me gritases y que me acusases de malvada e inconstante y perversa.

—No eres ninguna de esas cosas. Lamento que hayas tomado esta decisión, pero sabía que podía ocurrir.

Las lágrimas reprimidas ardían, anudándose en su garganta y su pecho. «No apartes la mirada. No me escuches. Tómame entre tus brazos. Hazme el amor aquí mismo, ahora, sobre el suelo. Niégate a aceptar esto, te lo ruego.»

Vergil se llevó la mano de Bianca hacia sus labios y la retuvo allí, cerrando a la vez los ojos.

—Mi querida muchacha.

Al momento siguiente ya se marchaba, alejándose a grandes pasos.

—Laclere. —El nombre se le escapó mientras las lágrimas se desbordaban—. No he sido falsa. No te he mentido. Es sólo que... es sólo que...

Él se detuvo ante la puerta.

—Sé que no has sido falsa, Bianca.

Las palabras la asfixiaban.

—No te he mentido. Te quiero, y... sólo...

La expresión de Vergil delató cierto enfado ahora. Inevitablemente, tenía que haber algo de eso también.

—Te creo. Me parece que es cierto que me quieres. Sólo que… no lo suficiente.

Capítulo veinte

*E*sta vez no se escabulló.

Esperó en Laclere Park hasta recibir la carta de Nigel, que le decía cuándo partir. Entonces preparó las maletas, entregó a Jane una nota para Pen, y la mañana siguiente, al alba, pidió un coche que la llevara hasta Woodleigh.

Se había mantenido encerrada en sí misma durante toda la semana después de su regreso a Laclere Park. Pen sabía que había roto con Vergil. La incomodidad de la situación hacía que le fuera fácil establecer una distancia. Charlotte andaba tan distraída por sus ensueños respecto a su inminente presentación en sociedad que no se percató de la reserva de Bianca.

En contra de sus planes iniciales, Vergil no las había acompañado a Sussex. Unos negocios inesperados le exigieron permanecer en Londres, según les explicó a sus hermanas.

En fin, ¿qué podía esperar ella? ¿Que le perdonara su inconstancia y se olvidara de la ofensa?

El coche dobló por una curva y se adentró en el camino que llevaba a Woodleigh. Una maleza gris y prados deslucidos caían en declive a ambos lados del camino. Unas nubes bajas apagaban la luz, quitándole el color al mundo, borrando las formas lejanas hasta convertirlas en una sola deprimente masa. Woodleigh surgió entre la grisura, su imponente mole apenas aliviada por el elegante clasicismo de su arquitectura. Un coche alquilado de cuatro caballos esperaba ante la entrada.

Nigel salió de la casa a tiempo para ver detenerse el carruaje. Un lacayo se encargó de su maleta, mientras otro la ayudaba a bajar. Al parecer, Nigel había contratado una plantilla de criados desde su última visita.

—¿Simplemente te fuiste? —le preguntó mientras el carruaje se alejaba.

—Me escribiste que partiríamos en cuanto llegara, así que me pareció excesivamente dramático escaparme por la ventana colgada de mis sábanas y atravesar a pie los bosques. Pen será informada cuando se despierte de que he venido aquí, pero confío en que entonces estaremos ya muy lejos.

—Sí, muy lejos, y de camino hacia Dover, donde nos espera el barco de vapor que lleva el correo.

—Debo advertirte que llevo muy poco dinero. Dejé casi todo lo que tenía con Jane. Ya que la estoy abandonando, me pareció que era lo más correcto.

—Laclere se encargará de que Jane regrese a Baltimore. Ya no es una preocupación tuya. Ya nada lo es. Yo cuidaré de ti a partir de ahora.

La acompañó a la casa. Otros nuevos criados estaban sacando baúles y atándolos sobre el coche.

—No voy a causar muy buena impresión en Francia, primo. No tengo más que la ropa de esa maleta —dijo mientras se calentaba ante la chimenea de la sala de estar.

—Estarás hermosa vistas lo que vistas, y te haremos confeccionar un guardarropa con prendas de las mejores modistas de París.

Sonreía y piropeaba como corresponde a un prometido, como si pretendiera que fingiesen que ella no estaba allí bajo coacción.

La actividad en el vestíbulo se detuvo. Nigel le tendió la mano.

—Deberíamos irnos, Bianca. Si puede ser, sería preferible evitar una carrera a la costa, perseguidos por tu guardián.

—Él ni siquiera se encuentra en Laclere Park. Pero sí, vámonos.

El coche era tan lujoso como podía serlo un vehículo alquilado, más nuevo que la mayoría y con cuatro caballos parejos. Nigel ya se estaba poniendo a la altura de su herencia, confiando por adelantado en sus expectativas.

Un lacayo abrió la puerta y bajó la escalera. Nigel ayudó a subir a Bianca. Ella se detuvo a medio camino.

Una mujer esperaba dentro del coche.

La señora Gaston le dio una sonrisa de bienvenida.

—Por favor, cariño, siéntate. Ya te lo explicaré —dijo Nigel.

Bianca se acomodó junto a la señora Gaston. Nigel se sentó enfrente.

—La señora Gaston ha tenido la gentileza de aceptar acompañarnos y servir como tu acompañanta hasta que nos casemos —dijo.

—Qué amable por su parte.

La señora Gaston le acarició la mano.

—Qué emocionante, ¿no te parece? Qué buena pareja formaréis. Dos músicos. Desde que os vi actuar juntos en la fiesta de la condesa, pensé que el destino lo ha querido así.

—No me di cuenta de que usted y Nigel fueran tan buenos amigos.

—Hemos tenido el placer de frecuentarnos en varias ocasiones durante estos últimos meses, desde ese primer encuentro en Laclere Park. Tu primo es un músico de mucho talento, y yo recojo a estrellas como él en mi círculo.

—La señora Gaston me ha propuesto una serie de conciertos para suscriptores la próxima primavera —dijo Nigel, dedicando una sonrisa ancha y lisonjera a su gran mecenas.

—Por Dios, señora Gaston, su generosidad hacia mi primo no tiene límites. Una oferta de patrocinio es extraordinaria. Desgraciadamente, esta fuga echará a perder esos planes. Estaremos en Milán por primavera. ¿No es así, Nigel?

La sonrisa de Nigel se torció un poco.

—Claro que sí.

La señora Gaston adoptó una sonrisa benigna y volvió a acariciarle la mano a Bianca.

Bianca se mordió la lengua.

Ella no creía que los dos se hubieran conocido en Laclere Park. Sospechaba que la señora Gaston era la mujer que había visitado Woodleigh en secreto. Era lo único que explicaba su presencia en ese carruaje y en ese viaje. La señora Gaston, mecenas de las artes, no interrumpiría sus planes para servir como acompañante a dos músicos desconocidos y sin ningún caché.

Nigel parecía contento, como era natural. El canalla la estaba chantajeando para que se casara con él y pronto controlaría su fortuna, y ni se había molestado en deshacerse de su amante para la fuga.

Nigel malinterpretó la expresión de Bianca.

—Todo saldrá bien, prima. Estamos a salvo. Laclere no se entrometerá.

Laclere. Ojalá Nigel no lo hubiera mencionado. Pen le enviaría un recado a Londres. Lo sabría esa noche.

¿Qué pensaría? ¿Que realmente lo había abandonado por Nigel? Si fuera así, cambiaría su forma de recordarlo todo.

El coche se balanceaba con un ritmo que acompañaba al compás su furiosa frustración. Enfrente de ella, Nigel se relajó y cerró los ojos. Unos cabellos rubios oscilaban en torno a su rostro. Podría haber sido un niño dormido, a juzgar por su aspecto totalmente despreocupado.

Lo dejaría disfrutar de su triunfo. Esperaría hasta que llegaran a Francia para hacerle saber que ella había hecho también unos cuantos planes.

Vergil se moría de ganas de propinarle un puñetazo a algo. El lacayo de Pen lo había intuido y se escabulló enseguida para que ese algo no fuese su mandíbula.

La pequeña bruja. Que un hombre de sus años, un respetado miembro de la Cámara de los Lores, un confidente de los consejeros del rey, un santo, maldita sea, hubiese sido puesto en ridículo por una mujercita de las colonias ya era de por sí lo bastante malo. Pero enterarse ahora de que su amor había sido un juego, una broma bien elaborada, y que durante todo ese tiempo… su cabeza parecía a punto de estallar ante la intensidad del ultraje.

El lacayo tuvo ganas de fundirse con la puerta.

—Maldita sea, vuelve a Sussex. No tengo ningún mensaje para mi hermana.

El lacayo apresuró su retirada. Vergil lo despidió de un portazo tan violento que los libros en las estanterías de la biblioteca quedaron temblando.

Volvió su atención a la nota de Pen tirada en el suelo, y luego a la carta de Bianca que había arrugado con el puño. Abrió la carta y la alisó.

Ostensiblemente estaba dirigida a Pen, pero Vergil oía la voz de Bianca hablándole a él.

Mi querida amiga:

Cuando recibas esta carta, estaré de camino hacia Francia. Pido disculpas por partir de esta forma, pero me parecía improbable que me dieses tu aprobación si te hubiera contado mis planes. Te agradezco toda la gentileza que me has mostrado, pero es la hora de hacer lo que ha sido mi meta desde que me fui de Baltimore, y no tiene sentido esperar más tiempo.

Nigel ha tenido la amabilidad de ofrecerse para acompañarme. Anticipa el matrimonio, pero no veo cómo una alianza de esa índole me podría beneficiar. Sin embargo, en la eventualidad de que me convenciese de lo contrario, he tomado medidas a través del señor Peterson para asegurarme de que semejante incidente no creará dificultades para ninguno de mis amigos en Inglaterra. Durante los próximos meses, no me quedará más remedio que vivir a la espera de mi herencia, a no ser que Laclere acepte adelantarme una cantidad cuando contacte con él. No tengo ninguna duda de que Nigel será un administrador excelente para el aplazamiento de los pagos a comerciantes.

Te ruego que expreses mi sincero agradecimiento y mi amor a tu familia, Pen. Espero volver a verte, si tienes lugar en tu círculo para una artista más y lugar en tu corazón para una muchacha tan problemática.

Por favor, convence a tu hermano de que no debe seguirme.

Tu amiga errante,

Bianca

Podía oír cómo enunciaba cada palabra. La imaginaba escribiéndolas. No sonaba ni arrogante ni emocionada. Aparentaba seriedad, determinación e inquietud. Más le valía. No tenía ni idea del peligro al que podría enfrentarse al ponerse en las manos y a la merced de Nigel.

¿Qué diablos estaba pasando? ¿Era ella la más desvergonzada de las mujeres, manteniendo una relación con un hombre mientras ensayaba con otro entre bastidores? Así lo sugería esa fuga con Nigel, sobre todo porque indicaba que posiblemente ni siquiera se molestase en casarse con él.

Volvió a leer aquel fragmento y experimentó un alivio delicioso, pero a la vez terribles recelos. Qué lista, qué astuta era

Bianca. Tenía toda la razón del mundo respecto al nulo beneficio de aquella alianza. Por el contrario, un matrimonio con Bianca arreglaría las cosas maravillosamente para Nigel.

Su primo estaría más que disgustado si ella se negara. Ese disgusto y las consecuencias que podría comportar no paraban de presentarse ante Vergil con despiadada nitidez.

No existía ninguna prueba de que Nigel pretendiera hacerle daño. Pero allí en Francia, si ella obstaculizara su camino hacia la fortuna… Nadie la conocía en ese país. ¿Quién tendría sospechas si le ocurriera algún accidente?

Con una nueva, calmada frialdad volvió a leer la carta. Todas las implicaciones se desplegaron ante sus ojos. Ella aludía a los arreglos que había hecho para evitar problemas. El temor de Vergil se hizo más profundo. Si eso significaba lo que él creía, Bianca podría correr grave peligro cuando Nigel se enterara de lo que había hecho.

Eso también demostraba que había hecho sus planes mientras se encontraba todavía en Londres, tal vez antes de poner fin a su relación con Vergil. Intentó no tomar demasiado en serio la idea de que Nigel la hubiera obligado de algún modo a tomar aquella decisión, pero un rayo de esperanza embriagador irrumpió en la oscuridad que llenaba su corazón desde ese día en la biblioteca de Pen.

«Convence a tu hermano de que no debe seguirme.» La orden sonaba como una advertencia desesperada.

Llamó a Morton.

—Ordena los preparativos para un viaje de más o menos una semana. Haz llamar también a Dante. Sigue en la ciudad. Necesito hablar con él.

—Ahora mismo. Supongo que vamos otra vez al norte.

—No, partiremos hacia Francia. Ahora debo ir a la City. Encárgate de que el lacayo de Pen coma y descanse antes de regresar. Y pídele que comunique a mi hermana que seguiré a la señorita Kenwood a pesar de sus instrucciones de que no lo haga.

—¿La señora Gaston se ha ido? —Bianca apretó la capa contra su cuerpo para protegerse de la brisa marítima que atravesaba el jardín de la pequeña casa. El gran abrigo de Nigel aleteaba en el aire.

—Se ha ido a Cherbourg para visitar a su amiga.

—A mí también me gustaría ir a Cherbourg, Nigel, en lugar de estar en esta granja tan campestre. En realidad, me gustaría estar en París. No veo por qué tenemos que detenernos aquí durante días por la enfermedad de una amiga de la señora Gaston.

—Sería inapropiado que viajáramos sin ella, Bianca. A menos que hayas cambiado de opinión respecto a un matrimonio inmediato.

Ella le arrancó la cabeza seca al largo tallo de un girasol muerto.

—Salgamos de paseo, Nigel. En realidad, celebro que no esté aquí hoy y que tú y yo tengamos la oportunidad de conversar un poco en privado.

Él salió tras ella a través de la verja y pasearon por el huerto. Cruzaron el prado de tréboles que conducía al paseo que había al borde de los acantilados. El viento abofeteaba aún más fuerte por ahí, helado tras su contacto con el agua, e hizo del pelo de Nigel una tempestad y enrojeció sus mejillas.

—He cambiado de opinión respecto al matrimonio, Nigel.

—Estás cansada del viaje, Bianca. Una vez instalados en París, verás las cosas de otro modo. Con más claridad.

—¿Quieres decir que recordaré tus amenazas respecto a Laclere? Pienso cada vez más que el vizconde es capaz de cuidar de sí mismo, mi querido primo. Y estoy viendo las cosas con absoluta claridad. La señora Gaston, por ejemplo. Veo que es algo más que una simple conocida tuya. Debes de creerme insufriblemente estúpida si pensabas que no me daría cuenta de la cómoda situación que te has preparado.

Nigel soltó una carcajada de derrota.

—Debo confesar que es una vieja amiga. Nos conocimos hace más de un año cuando visitó París, y... Pero eso es el pasado.

—Después de oír el ruido que salía anoche de la habitación de la señora Gaston, me cuesta bastante creerlo.

Nigel al menos tuvo la decencia de ruborizarse. Ya fuese por su franqueza o por su experiencia en el mundo, Bianca lo había tomado desprevenido, y era exactamente eso lo que ella quería en ese momento.

—¿Suponías que estaría dormida o que sería demasiado ignorante para comprender? Los dos habríais podido esperar a que no estuviera yo bajo el mismo techo.

—Fue impetuoso e indiscreto por nuestra parte. Nunca pensé que… Le explicaré que nuestra relación no puede seguir.

—Yo no me apresuraría demasiado en echarla.

—Entre tú y ella no hay punto de comparación. Suena como si esperaras que eligiese. Es muy provinciano por tu parte, Bianca. Muy americano.

—¿Me eliges a mí tan deprisa? Eso debe de significar que ella no tiene una fortuna y que sus ingresos son demasiado escasos.

—Ahora me estás insultando. Entiendo que estés molesta después de lo de anoche, pero mi primera preocupación es tu seguridad y la segunda el afecto que te tengo. Tus ingresos son lo de menos.

—Mis ingresos no son exactamente lo de menos, pero hay cosas sin duda más importantes. La fábrica de Manchester, por ejemplo. Estoy al corriente de la oferta del señor Johnston y el señor Kennedy. Una cantidad muy grande de dinero por tus pocas acciones. Con el cuarenta y cinco por ciento bajo tu control, no sólo podrías venderles una parte mucho mayor de la empresa, sino que podrías hacerte muy rico con el negocio. Mis ingresos anuales son insignificantes en comparación.

La expresión de Nigel se oscureció. Abajo, el mar se batía rugiendo contra la orilla. Las gaviotas planeaban sobre sus cabezas y las ráfagas de viento llevaban el aroma de la sal del océano.

—No negaré que sería conveniente para mí vender mi parte de la fábrica, Bianca. Tengo algunas deudas. Mi tío abuelo decidió dejarme prácticamente nada aparte de la hacienda y con unos ingresos apenas capaces de mantenerla. Esperaba algo más.

—Esperabas todo, y vivías en París como si ya fuese tuyo.

—Evidentemente, no esperaba que renovase una conexión rota hace tanto tiempo y que diese una suma tan importante a la hija de…

—De su único hijo y de la mujer que ese hijo amaba —dijo interrumpiéndolo—. Tú no lo expresarías así, por supuesto. Has estado a punto de delatar tus verdaderas intenciones respecto a mí, y al mismo tiempo tus prejuicios. Es por eso por lo que no me casaré contigo, más allá del hecho de que soy incapaz de enamorarme de un chantajista. Tú nunca permitirías que tu mujer cantase en público. Si estuviese dispuesta a convertirme en el pájaro enjaulado de algún hombre, como tú lo expresaste tan atinadamente en Londres, habría elegido con mucho gusto a Laclere.

Nigel se plantó directamente delante de ella, obstruyéndole el paso por el sendero del acantilado.

—Tus sentimientos por él son los de una niña enamorada por primera vez. Pasarán. Serás más feliz conmigo. Tenemos muchas más cosas en común.

—¿Cómo puedes saber tú lo que tengo en común con él? ¿Crees que nos conoces de verdad a cualquiera de los dos?

—Debo insistir en la boda, Bianca. No es algo abierto a la negociación. Si dudas de mi afecto o no encuentras en ti ninguno para mí, no hace falta que compartamos el lecho, pero deberemos casarnos.

—Tú no puedes obligarme a casarme, Nigel. Incluso en Francia la mujer debe estar de acuerdo.

—Tú te mostraste de acuerdo al acompañarme.

—Sólo he venido contigo para alejarte de Inglaterra.

—¿Acaso crees que las cosas cambian por el hecho de que yo esté aquí? Dije que lo arruinaría si no cooperabas y puedo hacerlo desde París con la misma facilidad que desde Londres.

—No te creo. Creo que hará falta algo más que una carta a un conocido para destruir su reputación. No se trata de su hermano. Él no se vendrá abajo con la misma facilidad. Tendrías que estar allí, revolviendo la ponzoña, divulgando los rumores.

—Si es así, volveré para divulgarlos durante la temporada alta. No juegues conmigo ahora, Bianca. No soy un hombre a quien convenga irritar.

La resistencia de ella suscitó los aspectos más hoscos de su temperamento. Tenía el gesto sombrío y el tono de su voz estaba crispado por el resentimiento y la amenaza.

—Yo no creo que seas capaz de divulgar esas historias, Nigel. Verás, estoy dispuesta a pagarte dos mil libras al año para que no digas nada sobre lo que sabes.

—Siendo tu marido tendría mucho más.

—Tú nunca serás mi marido, y si no aceptas este trato no tendrás nada. Si exiges aunque sea un chelín de más, no te daré nada y serás libre para hacer lo que quieras.

Se apartó de ella, furioso, para luego inspeccionarla con una venenosa mueca de desprecio.

—¿Quién habría pensado que una cara tan dulce pudiese ocultar una mente tan astuta, prima? La señora Gaston me dijo que no te subestimara, que no podrías ser tan ingenua e infantil si Laclere se interesaba en ti, pero yo sólo veía esos grandes ojos azules.

Volvió a su lado y la observó con una mirada peligrosa. Ella ni se inmutó. Al fin y al cabo, si se trataba de rondar en torno a ella, Nigel no podía competir con Vergil.

—Todo debería ser mío —ladró—. Tu padre había muerto para él, y yo era lo único que tenía. Si Milton no se hubiera adueñado de su afecto, se habría comportado más generosamente conmigo, pero en lugar de eso, lo único que hacía era hablarme de ese aristocrático Duclairc hasta que yo ya no soportaba visitar al viejo. Y después, al morir, lo que logró fue atarme a Woodleigh, pero asegurándose de que no tuviera dinero para disfrutarlo.

—Quizá su legado fuese un desafío, para obligarte a hacer algo de la hacienda y a la vez de ti mismo. Podrías contratar a un buen administrador y aprender. Laclere te ayudaría.

—¡Yo no quiero la ayuda de Laclere!

—Entonces, ¡acepta las dos mil libras que te ofrezco o vete al diablo!

Él se alejó unos pasos y volvió enseguida. La campiña invernal se extendía hacia el horizonte por un lado y el acantilado se precipitaba hacia el mar por el otro. Esta vez se acercó tanto a ella que casi se tocaban.

Ella escudriñó su duro rostro y un temblor le recorrió la columna vertebral.

Había pasado de la rabia a una furia fría, del resentimiento a la amargura. Ella miró de reojo el lugar donde se encontraba, justo en el borde del sendero del acantilado. Tratando de disimular, como si pensara en otra cosa, intentó alejarse de él y dirigirse hacia el campo.

El brazo de Nigel se levantó con violencia para detenerla. La apretó en un abrazo con su gran abrigo y estudió su cara como si ponderara un imponente juicio. A tres metros de distancia, el terreno desaparecía en el lugar donde el acantilado se desplomaba hacia el mar.

—Desgraciadamente, Bianca, dos mil libras al año no sirven ni para empezar a resolver mis necesidades económicas.

Ante el tono de disculpa, el pánico se apoderó del corazón de Bianca. El mar y la tierra parecían dar vueltas a su alrededor. Él la apretó aún más.

Ella se aferró a su brazo.

—Para, ahora mismo. Yo no valgo un asesinato, Nigel. La fábrica ya no está.

Él retorció violentamente su pelo con una mano.

—¿Qué quieres decir con que la fábrica ya no está?

—Vendí mi parte a Vergil antes de partir. Por cien libras. Los documentos quedaron en manos de mi abogado a la espera de que Vergil firme.

—¿Vendiste una sociedad que vale casi doscientas cincuenta mil libras por sólo cien? ¿Eres una imbécil redomada? —gritó con tanta rabia que a ella le zumbaron los oídos.

—Una imbécil redomada no —dijo ella—. Para empezar, no soy tu imbécil. Ya que me obligabas a casarme, no tenía ninguna intención de dejarte vender esa fábrica para quitársela a Vergil. Tampoco pensaba permitirte que gozaras de los frutos de su venta. Y si decidías delatarlo por resentimiento, me aseguré de que al menos fuera rico a pesar de su ostracismo social.

—No es legal. No puede ser legal.

—¿Y por qué no? Mi administrador y guardián estará de acuerdo, estoy segura. Y si no es así, me han asegurado que tus tribunales funcionan muy despacio en estos asuntos. Todos habremos muerto antes de que llegue la resolución.

—Eso es más que probable, mi dulce niña —ladró Nigel—. Yo contaba con vender esa fábrica. Me has puesto en una situación imposible.

Sus pies perdieron el contacto con la tierra al levantarla Nigel. Desesperada, se puso a patearlo y golpearlo y morderlo. Peleando como un loco, intentó arrastrarla hacia el acantilado.

De pronto dejó de luchar. La depositó en el suelo y la miró, asustado. Era como si mirara dentro de sí, como si lo que lo aturdiera fuese su propia alma.

—Dios, Bianca, no sé qué me ha sucedido. Nunca haría...

Algo lo distrajo. Giró la cabeza y frunció el ceño.

Bianca recuperó el aliento. Su corazón latía mientras seguía su mirada hacia la casa.

Un coche estaba llegando. La señora Gaston había vuelto.

Bianca se liberó del abrazo de Nigel y bajó corriendo por la cuesta. Salió a tropezones del huerto justo en el instante en que la señora Gaston descendía del carruaje.

El hombre que la ayudaba no era el cochero.

Bianca se detuvo a cien metros de la casa e intentó comprender el significado de esa visita inesperada.

Nigel la alcanzó. Llegó a su lado y su expresión indicó que para él también era un misterio.

—¿Qué diablos hace Witherby aquí? —masculló.

Capítulo veintiuno

*E*l caballo que Vergil había alquilado estaba cansado, pero él lo obligó a continuar. Su impaciencia no permitiría ningún descanso ahora. Había perdido demasiado tiempo en Calais. Había tardado dos días en rastrear la posada donde Nigel y Bianca se alojaron y en encontrar al criado que los había oído hablar de sus planes.

El descubrimiento de que Nigel y Bianca no continuaron rumbo a París, sino que se instalaron en una casa aislada en la costa normanda, sólo aumentaba sus recelos.

Dos mujeres viajaban con el hombre, había dicho el criado. La noticia no sirvió exactamente para calmarlo. Lo más probable era que esa otra mujer fuese la señora Gaston.

Estaban jugando a su viejo juego, pero esta vez el premio era grande. Demasiado grande. El valor de la herencia de Bianca, diablos, simplemente el valor de la fábrica, rebasaba todo lo que habían conseguido antes con sus chantajes. Si Bianca opusiera resistencia una sola vez en Francia…

Al fin y al cabo ya antes habían llegado al asesinato.

No le fue difícil seguirlos. Nigel había alquilado un carruaje majestuoso para el viaje, y algo así no pasaba inadvertido en los pueblos. En el último, algunos granjeros le habían indicado el camino hacia la casa al lado del mar que había sido alquilada por un inglés rubio.

Se dirigió hacia el bajo edificio de madera y argamasa que surgía al final de la cuesta. Un pequeño jardín se escondía detrás de un breve muro de piedra. El huerto abandonado obstruía su visión de la costa, pero el rugido del mar crecía a medida que se aproximaba.

Nadie salió a recibirlo. Desmontó y entró en la casa.

Las tres personas sentadas dentro no mostraron ninguna sorpresa ante su llegada. Bianca lo miró con temor, Nigel se limitó a esbozar una mueca y la señora Gaston sonrió con alegría.

Había también otra persona en la casa. Alguien cuya presencia Vergil no había anticipado y que sonrió al ver su reacción de extrañeza.

—Has tardado bastante, Laclere —dijo Cornell Witherby.

Bianca se levantó de un salto y se arrojó a los brazos de Vergil.

—No debiste venir —le dijo, besándolo.

—No le quedaba más remedio, señorita Kenwood —dijo Witherby—. ¿No es cierto, Laclere? No ibas a dejarla partir de ese modo. —Se volvió hacia la señora Gaston—. Ya te dije que vendría.

Nigel se levantó y se alejó de los otros dos.

—Quiero que sepas que no he tenido nada que ver con esto, Laclere. No me di cuenta de que estaban buscando una forma de atraerte. Ni sabía que Witherby era el socio de esta puta.

—Decir que no has tenido nada que ver es una exageración —dijo Vergil—. Es posible que la señora Gaston te haya engañado, y que esto no se esté desarrollando como tú esperabas, pero hiciste todo lo necesario para que Bianca te acompañara.

—Me dijo que sabía lo nuestro, y lo tuyo con la fábrica —dijo Bianca—. Me amenazó con hundirte.

Vergil tomó la cara de Bianca entre sus manos y se olvidó de los demás por un instante precioso.

—Debías haberle dicho que hiciese lo peor, amada mía. Si eso significaba que te tendría a ti conmigo, me habría arruinado de buena gana. —La apretó contra sí y observó a Witherby—. Sé cómo consiguió la señora Gaston las cartas de mi hermano, pero la forma en que se enteró de lo del conde de Glasbury… Eres el peor de los canallas, Witherby. Te ganaste el afecto de mi hermana y luego traicionaste su confianza. Sólo ella pudo haberte contado lo del conde.

—Ojalá no hubieras investigado, Laclere.

—Tú mataste a mi hermano. No podía no investigar.

—Yo no maté a nadie.

—A efectos prácticos, es como si tú mismo hubieras apretado el gatillo.

—En principio nadie tenía que morir —dijo la señora Gaston—. Pedimos un poco de dinero, y eso fue todo. Tampoco una cantidad excesiva. Unos cuantos miles. El hecho de que el vizconde y los demás hayan sentido la necesidad de matarse..., en fin, no es culpa nuestra que hayan reaccionado de una manera tan temeraria.

Parecía enojada por el mal comportamiento que aquellos hombres mostraron y la molestia que le causaron.

—Primero Milton y Dante, luego Pen. Y finalmente yo. Habéis utilizado a la familia Duclairc una y otra vez en estos crímenes.

Witherby se levantó y cruzó el salón hasta la repisa de la chimenea. Allí había una pistola.

—Tu familia lleva generaciones cojeando. La debilidad pedía a gritos que alguien la explotara.

—No fue la debilidad lo que tú explotaste, sino la confianza y el afecto. ¿Por qué no completaste el asunto? Tú sabías de mi relación con Bianca, Witherby. ¿Por qué no recibí yo también un anónimo chantajeándome? ¿Por qué este juego tan elaborado para traerme aquí?

—Habría sido un gesto típicamente tuyo aceptar la caída, Laclere. O peor aún, utilizarla para encontrarnos. Sé que llevas meses buscándonos. Tu hermana me lo dijo. Oh, ella desconoce el motivo de tus ausencias, pero yo entendí en qué andabas cuando me describió tus frecuentes viajes y tu interés tan profundo por la vida de Milton. Sabía que era sólo una cuestión de tiempo. Y aquel drama con el conde y Hampton... a largo plazo recordarías que hubo otra persona que conocía el secreto de Glasbury. Tu hermana. —Levantó la pistola de la repisa—. Lo más sensato habría sido que no investigaras.

Vergil observó cómo los dedos de Witherby se cerraban sobre el arma.

—Aquellos accidentes en Laclere Park. No era que Nigel intentara matar a Bianca, sino que vosotros dos intentabais matarme a mí, ¿no es cierto?

La cabeza de Bianca se giró rápidamente. Asustada, miró hacia Witherby y la señora Gaston. Vergil notó que un estremecimiento de miedo la sacudía.

Los ojos de Nigel se ensancharon.

—¿Pensaste que yo estaba intentando matar a mi prima?

—No finjas que eres incapaz de hacerlo —dijo Bianca suavemente.

Por algún motivo, eso detuvo la indignación de Nigel. Ruborizándose apartó la mirada.

—Se me ocurrió esa idea —dijo Vergil—. Sin embargo, si la señora Gaston estaba de visita el mismo día en que Bianca y yo fuimos a ver las posesiones de tu tío, creo que no me equivocaré si digo que los disparos que casi nos alcanzaron fueron suyos.

Nigel miró a la señora Gaston con una expresión de horror.

—Me dijiste que estabas en el parque cuando no te encontré al volver. Que te habías escabullido para que no te descubrieran en la casa.

—Es pura conjetura de Laclere, Nigel. Está acusando sin pruebas.

—El desprendimiento de las rocas fue cosa tuya, Witherby —continuó Vergil—. Acababas de llegar esa mañana. Viste cómo seguía a Bianca y tú me seguiste a mí.

—Te estabas acercando demasiado, Laclere. Supimos que habías ocupado el lugar de Milton en Manchester. A largo plazo te enterarías de la visita al señor Thomas. No fue fácil tomar la decisión. —Hizo un gesto hacia la pistola—. Tampoco es fácil decidir esto. Sin embargo, no veo alternativas. Creo que todos saldremos a dar un paseo. El mar es hermoso a esta hora del día.

Bianca se encogió sutilmente. Nigel se puso pálido. Vergil se mantuvo atento a la pistola y a la determinación que se dibujaba en el rostro de un hombre que había considerado su amigo.

—Witherby, no he venido a Francia solo.

—Has venido aquí solo.

—Me he adelantado a los demás tan sólo en media hora. El carruaje tenía que ir por los caminos, mientras que yo galopaba campo a través. En escasos minutos los demás habrán llegado. Aunque se demoraran y tú lograras arrojarnos por el acantilado y escapar, ya saben lo de la señora Gaston, y pronto se enterarán de tu papel en todo esto.

—Es un farol. Nunca correrías el riesgo de que alguien se enterara de lo de tu hermano, o de lo tuyo con tu pupila.

—Los hombres a quienes lo he contado tienen mi más plena confianza.

Witherby hizo un gesto más contundente hacia la puerta con su pistola.

—Si es verdad lo que me dices, no tengo nada que perder. Me arriesgaré. Vamos. Tú, también, Nigel.

La señora Gaston comenzó a levantarse.

—No —dijo Witherby—. Tú, quédate aquí.

Abrigando a Bianca bajo su brazo, Vergil salió de la casa detrás de Nigel. Witherby y la pistola rondaban a su lado.

—La idea fue tuya, ¿no es así? —preguntó Vergil, mirando hacia atrás donde la señora Gaston permanecía sentada en su silla.

—En realidad no. Al principio no fue más que un juego. Cuando funcionó con el primero, cuando el dinero apareció con tanta facilidad… vimos que resultaba tan sencillo. Lo asombroso es que no esté ocurriendo todo el tiempo. Todos esos secretos que la mitad del mundo ya sospecha pero finge no saber… diablos, lord Fairhall no era exactamente muy discreto respecto a su gusto por las niñas.

—¿Y tú también eres su amante Witherby, como Nigel?

Witherby negó con la cabeza.

—Mi interés por tu hermana no es fingido, Laclere. La señora Gaston y yo somos simples amigos, socios en nuestros negocios.

Se acercaron a aquel huerto estéril. Las ramas de los árboles formaban una intrincada red de líneas contra el cielo. Vergil miró el rostro de Bianca. Se comportaba con valor, pero sus ojos brillaban de miedo e inquietud.

La abrazó más estrechamente para consolarla y aguzó el oído por si llegaba el sonido de un carruaje.

No oyó más que el cercano rugido del oleaje.

—¿Cómo supiste lo de mi hermano, Witherby?

—Su vida de solitario. El hecho de que no se hubiera casado, a pesar de ser un vizconde. Es una situación típica. No cabe duda de que muchos más lo sospechaban. En cuanto a lo de Manchester y el señor Clark, eso fue un accidente. Lo vi entrar en una librería hace un par de años y dejar allí una carta. Yo sólo pregunté en la tienda por el nombre del señor que acababa de salir y me dijeron que era Clark. Con una libra obtuve la información de que sus cartas procedían de Manchester. En fin, era un misterio delicioso y tuve que ponerme a averiguarlo. Imagina mi sorpresa al comprender cómo había rebajado a tu familia con esa fábrica y ese amante.

—Y tu amistad conmigo no contaba para nada mientras te aprovechabas de aquello.

Witherby se ruborizó.

—Te hice un favor. Al fin y al cabo heredaste el título.

—Yo no quería el título, y mucho menos a ese precio.

Nigel, que caminaba por delante, de repente se detuvo y miró hacia el este.

—Gracias a Dios —murmuró.

Vergil y Bianca se volvieron. El punto lejano de un carruaje avanzaba por el camino, aumentando a cada instante.

Detrás de ellos, Witherby se tensó. Por un momento sus ojos parecieron presos del pánico. Luego dio un profundo suspiro y se recompuso. Bajó la pistola, dejándola colgar de su brazo a un lado.

—¿Quién es? —preguntó con la voz baja de un hombre que necesitaba saber a qué ha de enfrentarse. Era la petición de un amigo a otro, para poder hacer los preparativos necesarios.

—Hampton y Burchard. Saint John hizo que uno de sus barcos nos trasladara a Francia, así que es posible que esté también él. —Vergil echó un vistazo a la casa, donde la señora Gaston seguía todavía—. Me imagino que mi hermano también habrá insistido en acompañarlos, aunque le sugerí que se quedara en Calais.

—La Sociedad de Duelo casi al completo, entonces.

No sólo la Sociedad de Duelo. Cuando el carruaje se halló más próximo a la casa, vieron que Dante iba sentado al lado del cochero porque el carruaje estaba lleno. Una vez habían bajado Hampton, Burchard y Saint John, otro hombre permanecía aún dentro. El perfil de su nariz aguileña podía verse desde la ventana abierta al otro lado.

Los hombres de la Sociedad de Duelo no mostraron una gran reacción al ver a Witherby. No obstante, Vergil vio cómo cada uno llegaba a las necesarias conclusiones, y percibió la desolación en sus ojos.

Adrian se acercó y le quitó a Witherby la pistola de la mano.

—No volverás a necesitarla por el momento. Si eliges pistolas, entonces te la devolveré.

Bianca se tensó bajo el abrazo de Vergil. Levantó los ojos con un gesto de inquietud que a él le oprimió el corazón.

Witherby negó con la cabeza.

—Lo haré de ese modo sólo si permites que la señora Gaston se marche primero. De otro modo, habrá un juicio y todo se hará público, Laclere, tu hermano, el conde... todo, te lo juro.

Dante lo oyó. Se acercó a grandes zancadas y con los ojos encendidos.

—Ella no quedará libre, Vergil.

Vergil soltó a Bianca y apartó a un lado a Dante.

—Si ella vuelve a Inglaterra, si nosotros usamos las pruebas que tenemos en contra de ellos... no sólo quedará arruinado el nombre de nuestro hermano, sino también el de otros hombres. También el tuyo. No puedo permitirlo, y si el precio de su silencio es la libertad, estoy dispuesto a pagarlo.

—¿Y qué sucede con lo que yo estoy dispuesto a pagar? Yo no veo esto como una decisión exclusivamente tuya.

—Si lo piensas un poco, también a ti se te impondrá la misma decisión.

La expresión de Dante se endureció.

—Entonces, deja que yo me bata con él. Es mi deber hacerlo.

—No es el tuyo más que el de Pen.

—Maldita sea, claro que lo es.

—Dante, tú no eres un buen tirador. Y si él elige sables, no tendrás ninguna opción. Te matará.

—También es posible que te mate a ti.

Vergil observó a Witherby, cuyo rostro permanecía impasible.

—No, no lo creo.

Vergil hizo un gesto hacia Adrian y éste entró en la granja. Tardó un momento en explicar las cosas a la señora Gaston; Vergil se preguntó qué le estaría diciendo exactamente. Cuando salieron los dos, el rostro de ella estaba ruborizado, mientras que los ojos oscuros de Adrian brillaban.

Wellington descendió del coche y sometió a la señora Gaston a un examen cargado de desprecio.

—Confío en que no vuelva a verla en Inglaterra, señora.

Ella enrojeció aún más.

El duque de hierro señaló el camino.

—Le recomiendo que se dirija hacia el oeste. Si la alcanzo en el.camino, no puedo prometer comportarme como un caballero.

Recomponiéndose y adoptando una expresión de desdén, la señora Gaston se dirigió hacia el establo, donde aguardaba el coche alquilado de Nigel. No miró atrás.

Wellington dirigió su atención a Witherby y se convirtió en la viva imagen de la rabia apenas contenida.

—Dígale que escoja las armas.

Alarmado, Adrian se le acercó y señaló hacia Vergil para que también se aproximara.

—No debe hacerlo —dijo Vergil—. Si lo hace, ¿qué motivo dará? Sólo servirá para alimentar los rumores respecto al ministro de Asuntos Exteriores.

—Maldita sea, hombre… ¿qué motivo dará usted?

—El honor de mi hermana.

—Diablos, nadie se va a creer eso.

—Me da lo mismo.

—No debe ser usted, Su Excelencia —dijo Adrian, con fuerza—. Cualquiera de nosotros, pero usted no.

—No cualquiera de nosotros, Adrian. Debo ser yo —dijo Vergil.

Wellington estrechó los ojos, asqueado al contemplar a Witherby.

—Si usted fracasa, Laclere, será mío.

Saint John había estado hablando con Witherby. Se acercó a ellos.

—Sables —dijo. Entró en el carruaje y sacó dos espadas.

Vergil se volvió hacia Dante.

—Quiero que te quedes aquí con Bianca, para que no esté sola. ¿Harás eso por mí?

—Maldita sea, Verg…

—Te lo estoy pidiendo por mí, Dante. No por ti.

Dante no llegó a mostrarse de acuerdo, pero tampoco se negó.

Los otros comenzaron a avanzar hacia el huerto. Nigel, con el claro aspecto de alguien que ha sido sacudido, humillado y salvado, buscó la seguridad de la casa.

Wellington, Witherby y la Sociedad de Duelo desaparecieron detrás de los árboles. A veinte pasos de distancia Bianca se mantuvo recta como un palo.

Obligándose a contener las emociones que luchaban en contra de su sentido de la justicia y del deber, Vergil abrió los brazos.

Ella corrió hacia él.

—No digas nada —susurró, levantándose de puntillas para recibir su beso—. Nada. No pienso perderte hoy. Mi corazón lo sabe.

Esos grandes ojos azules podían crear un mundo que existía sólo para los dos. Él saboreaba la felicidad que ella sabía inspirar en él.

—Tengo que hablar. Tengo que decirte cuánto te quiero, Bianca.

—Ya me lo has dicho muchas veces, Laclere, de formas mucho más elocuentes que las palabras.

—No puedo evitar pensar que si hoy muero, el haberte amado habrá sido lo mejor que he hecho en mi vida. Así que es importante que sepas que te quiero, que lo sepas con toda claridad. No me gustaría que jamás tuvieras dudas sobre eso.

Los párpados de Bianca bajaron y se ruborizó.

—¿Las mismas dudas que tenías tú? —susurró.

Vergil le besó ambos párpados y luego una mejilla y le sujetó la cara para que sus labios llegaran a tocar los de ella.

—El orgullo de un hombre puede ser algo ridículo. Mi corazón siempre te ha comprendido. Es sólo que yo no quería aceptar lo que eso significaba para mí.

La estrechó contra su cuerpo, intentando absorberla para que formase parte de su misma esencia. No había tenido tiempo para celebrar que estaba a salvo y el alivio comenzó ahora a inundarlo, estremeciéndole el alma.

Bianca lo miraba con una expresión de amor y confianza que ocultaba el inminente peligro.

—Entra en la casa con Dante, Bianca.

Se alejó, pero ella no entró en la casa. En el límite del huerto, Vergil miró atrás y la vio todavía fuera, siguiéndolo con sus ojos.

Desde el umbral de la casa, Dante también miraba.

Vergil recorrió con la mirada el borde del acantilado y el vacío gris del océano. Había algo elemental dentro de la fuerza natural del océano. La violenta abstracción del mar, la desolación de los acantilados y las playas… la civilización parecía terminar con el comienzo del agua, y el hombre y sus leyes simplemente se desvanecieron en una ola.

Se unió a los demás. Witherby ya sujetaba su sable y Hampton se le acercó para darle el otro y coger su abrigo.

—Un lugar muy apropiado —le dijo en voz baja.

—Sí, tratándose de lugares para morir, un paisaje marítimo está entre los mejores.

Saint John se aproximó.

—Parece que el destino quiere que nos ayudemos en asuntos desagradables, Laclere.

—Parecería que sí.

—El *chevalier* no está aquí, así que me corresponde a mí recordarte su primera lección. Una cabeza despejada y la sangre fría. La mente debe dominar, no el corazón.

Vergil dudaba si su mente sería capaz de dominar del todo. La justicia de esta resolución no la hacía más fácil, y el hombre que aguardaba no era un extraño, y tampoco era una persona completamente malvada.

Hampton y Saint John se apartaron. Bajo la mirada contemplativa de Wellington y la Sociedad de Duelo, Vergil avanzó hacia Cornell Witherby.

—Qué asunto tan terrible —dijo Witherby—. Tantos años entrenando juntos y ahora nos encontramos batiéndonos en duelo de verdad el uno contra el otro.

Vergil repasó de pronto todos esos años. Su mente recordó a Witherby en la universidad, siempre dispuesto a bromear y siempre indiferente a sus estudios. Vio a Witherby emocionado por la publicación de su primer poema, y aportando vida y humor a las reuniones de la Sociedad de Duelo.

Unos recuerdos más recientes relampagueaban en su cabeza... los de Penelope, feliz por primera vez en muchos años gracias a ese hombre.

—Puedes consolarte sabiendo que incluso aunque gane, también perderé —dijo Vergil—. Yo seré el encargado de volver a Londres y decirle a mi hermana que he matado al hombre a quien ama.

La expresión de Witherby se desmoronó. En la luz pura y difusa de la tarde nublada, tenía un aspecto muy joven y triste.

—Terminemos de una vez, Laclere —dijo suavemente—. No hay nada más que podamos hacer.

Se saludaron con los sables y el rugido del oleaje se abrió paso en la cabeza de Vergil.

—¿No vas a obedecerle y esperar aquí, verdad? —le preguntó Dante mientras caminaba hacia ella.

Bianca contemplaba el lugar del huerto por donde Vergil había desaparecido.

—No, no voy a obedecerlo.

—Por supuesto que no. No hay razón para que empieces a hacerlo ahora. Al menos tu terquedad me evita tener que hacer el papel de niñera. —Dante la adelantó y se adentró entre los árboles—. Vamos, entonces.

Caminaron rápidamente a través del huerto. A medio camino, Bianca creyó oír el débil sonido del metal contra el metal. Ella y Dante echaron a correr al mismo tiempo.

Llegaron hasta el campo de tréboles. Arriba, cerca del borde del acantilado, las delgadas siluetas negras de seis hombres podían verse recortadas contra el cielo gris. Pequeñas motas de luz brillaban en las cuchillas de los sables.

Dante la tomó de la mano y avanzaron a tropezones a través del campo. Ella no podía apartar los ojos de esas figuras negras. Cuatro de ellas permanecían de pie quietas como estatuas, testigos estoicos de la danza con la muerte de los otros dos.

—¿Laclere es muy bueno en esto, verdad? —dijo ella—. Por favor, dime que es un espadachín experto, Dante.

—Es mejor con las pistolas.

Nunca había visto a Dante tan serio. Tan preocupado. No

parecía un hombre convencido de que su hermano ganaría ese duelo. Su expresión debilitó la confianza de Bianca y el miedo ocupó su lugar.

Fijó la vista desesperadamente en ese drama y corrió aún más rápido, sin saber para qué se daba tanta prisa. Dudaba que su mera presencia pudiera detener aquello.

Tal vez incluso empeorara las cosas, pues podría distraer a Vergil.

Ese pensamiento la hizo detenerse abruptamente en el medio del campo. De un tirón se liberó de la mano de Dante.

—Ve tú. Yo me quedaré aquí. Por alguna razón él no quiere que esté allí.

Dante asintió y se dispuso a continuar. De repente se detuvo. Su mirada se concentró en las figuras que se movían contra el cielo. Las expresiones de Vergil y de Witherby no alcanzaban a verse, pero el progreso del duelo estaba claro.

—Tampoco quiere que yo esté allí —dijo Dante—. Esperaremos juntos aquí.

Dio la vuelta y se quedó de pie al lado de ella. Hombro con hombro, desde aquel campo que había dejado de existir para los hombres que estaban en el acantilado, contemplaron en silencio el terrible combate.

De repente las dos formas pasaron a ser una. El corazón de Bianca se detuvo y se quedó sin aliento. Paralizada por la impresión, quedó esperando que uno de los dos hombres cayera al suelo.

A su lado también Dante había dejado de respirar. Las manos de ambos instintivamente se buscaron, y sus dedos se entrelazaron con toda la fuerza del miedo compartido.

Vergil y Witherby se separaron. Ninguno cayó. En lugar de eso Witherby seguía de pie allí, como los centinelas que eran testigos de esa antigua forma de juicio.

De pronto ya no estaba, y sólo cinco hombres permanecían de pie junto al acantilado

—Jesús —murmuró Dante.

Sonó más como una plegaria de gratitud que como una maldición.

Capítulo veintidós

—Mostró algo de honor al final —dijo Wellington.

Fue el primero en hablar después de que el silencioso grupo hiciera el camino de vuelta hacia la cabaña.

Vergil llevaba a Bianca abrazada, sin importarle lo más mínimo quién los viera. Nada de eso importaba ahora. Necesitaba sentir su calor y su vitalidad, y el mundo entero podía irse al infierno si ponía alguna objeción.

Ninguna de las personas que tenían a su alrededor lo hizo.

—Sacaré los barcos de Cherbourg —dijo Saint John—. Si encuentran su cuerpo no habrá heridas de armas. Podemos decir que fue un accidente, que se cayó del acantilado. De ese modo nadie sabrá que hubo un duelo.

Vergil apretó sus labios contra el sedoso cabello de Bianca y la abrazó más fuerte. Cerró los ojos y vio a Witherby en el acantilado.

El hombre había bajado su espada y abandonado su defensa deliberadamente, exponiéndose a la muerte.

Vergil no había querido aprovecharse. No embistió contra él.

Dudaba que fuera capaz de olvidar alguna vez los ojos de su amigo cuando lentamente éstos se encontraron con las miradas de los testigos y después con la del propio Vergil. Una última sonrisa triste y Witherby había dado un paso atrás, hasta que su bota se topó con el vacío.

—Una persona tendrá que saberlo —dijo Vergil, aflojando el abrazo pero sin llegar a apartar a Bianca—. Debo hablar con Pen. No viviré con una mentira entre nosotros.

—La condesa es más fuerte de lo que mucha gente sabe, Laclere —dijo Hampton—. Aunque perdonar al conde de los frutos de sus pecados... en fin, de entre todos los hombres que fueron chantajeados no lloraré por él.

Eso era lo peor de aquel asunto, y una triste ironía. Aquel día Pen no sólo había perdido al hombre que amaba, sino que además aquel que odiaba se había librado de los grilletes.

—Yo se lo explicaré —dijo Dante con firmeza, dirigiendo a Vergil una mirada que no le permitía poner objeciones—. De ese modo me aseguraré de que sepa la verdad de un modo completo.

—Se está haciendo tarde, y debemos marcharnos —dijo Wellington—. Hay un pequeño problema con el transporte. Con la señorita Kenwood y su primo aquí no hay lugar suficiente para todos en el coche.

—Yo montaré el caballo de Vergil, y Kenwood puede ocupar mi lugar junto al conductor —dijo Dante—. Vergil, tú y la señorita Kenwood tendréis que esperar aquí hasta que enviemos un coche para vosotros.

Wellington bajó los párpados y examinó a la pareja que se abrazaba con lo ojos entrecerrados.

Todos los demás adoptaron expresiones completamente insulsas.

—¿Su Excelencia? —dijo Adrian, haciendo un gesto hacia la puerta.

—Bien. —Wellington salió y una hilera de hombres lo siguieron.

—¿Por qué no hacer una visita a París, ya que estáis en el continente? —dijo Saint John al pasar—. Mi hermana, Jeanette, estaría contenta de recibiros.

—Quizá lo hagamos —respondió Vergil.

El resto de los miembros de la Sociedad de Duelo partieron, y sólo quedaron Vergil, Bianca y Dante.

—Ir a París podría ser una buena idea, Verg. No te preocupes por Pen. Yo cuidaré de ella. Es lo menos que puedo hacer.

—Gracias, Dante.

Dante se detuvo ante el umbral.

—Puede que el coche no llegue hasta mañana —dijo—. Confío en que serás un santo, Verg, y en que la señorita Kenwood estará a salvo contigo.

—Por supuesto.

Dante se marchó riéndose. Vergil y Bianca lo siguieron y vieron a los hombres subirse al coche.

Nigel se acercó a ellos.

—Me gustaría saber si vas a llamar testigos contra mí, prima. Me gustaría regresar a Inglaterra, pero obviamente no puedo hacerlo si tú decides prohibírmelo.

—No presentaré pruebas contra ti. Cuando tuviste que elegir, hiciste lo correcto —dijo Bianca—. El precio, sin embargo, es que no hables en contra de Vergil, que guardes silencio respecto a tu descubrimiento.

—Pretendía hacerlo de todos modos. He descubierto que el chantaje no me complace tanto como a otros. Saca a la luz partes de uno que es mejor dejar enterradas.

Bianca sonrió con aprobación, pero Vergil se sentía menos optimista. Nigel parecía bastante sincero, pero quién sabe lo que podría traer la mañana. El buen sentido y la constancia no eran las mayores virtudes de aquel hombre.

—Woodleigh es una buena hacienda, Kenwood. Con una buena administración puede ser lo bastante productiva para mantenerla. No para vivir como un duque, pero sí para vivir bien —dijo Vergil—. Cuando regrese a Sussex le pediré al administrador de mi hacienda que te visite. Podría recomendarte a algún buen hombre para que se ocupe de tus cosas.

—Te lo agradezco. Quizá es tiempo de hacer raíces en casa. Tal vez estabas en lo cierto, Bianca. Puede que tu abuelo tuviera sus razones para disponer las cosas del modo que lo hizo.

Nigel caminó hacia el coche y subió junto al conductor.

—¿Qué quisiste decir cuando comentaste que había hecho lo correcto en el momento de escoger? —preguntó Vergil.

—Digamos que creo que el demonio estuvo luchando por su alma pero no ganó. —Observó cómo se alejaba el carruaje—. ¿Crees que guardará silencio?

—Probablemente. Tampoco es que importe, ya que la señora Gaston sin duda estará dispuesta a contarlo todo a cualquiera que quiera escucharla. Con el tiempo, sus historias sobre mí llegarán a Londres.

—Oh, cariño, ¿podemos encontrar algún modo de detenerla?

Él puso dos dedos sobre sus suaves y cálidos labios.

—No me preocupa. Creo que debemos alegrarnos por esto.

Estoy cansado de llevar una doble vida Bianca. Estoy cansado de negar una parte de lo que soy. Eso hizo a mi hermano vulnerable, y finalmente lo mató. Yo no viviré así. Estoy orgulloso de lo que he hecho con la fábrica. Es importante para mí, esencial para mí, y no tengo intenciones de dejarlo.

—Creo que puedo entenderlo.

—Sí, puedes. Y yo puedo entenderte a ti. Entiendo que abrazar tu sueño y tu arte no significa rechazarme a mí, incluso si significa que no puedes estar conmigo.

Ella se apretó contra él. Era tan agradable sentir su femenina calidez. Sin embargo, su abrazo reconocía que era la hora de tomar decisiones. La belleza de su tristeza sacudió el corazón de él.

—¿Qué vamos a hacer ahora? —balbuceó ella.

Estaba pidiendo ayuda para seguir.

—Visitaremos París y después tú continuarás hasta Italia. He traído un giro del banco que puedes llevarte. Te vendrá bien hasta que podamos ponerlo todo en orden. Haremos traer a Jane cuando estemos en París y dispondremos los planes para vuestro viaje al sur.

Sus grandes ojos azules se abrieron de aquel modo tan inocente y tan erótico.

—No me refería a eso, Laclere. ¿Qué vamos a hacer nosotros ahora?

Su sangre se encendió inmediatamente en respuesta a su tranquila invitación. La atrajo hacia él y la besó con una ferocidad nacida del alivio y el arrepentimiento.

—Eres la más peligrosa de las mujeres.

Ella caminó de espaldas hacia el interior de la casa.

—Sólo soy peligrosa para ti, mi señor. Te lo prometo.

Él se dejó conducir hasta una alfombra de piel que había junto al fuego. Con unos ojos que anunciaban la pasión por llegar, ella se soltó la capa y comenzó a desnudarlo.

—Pensaba en ti a menudo cuando caminaba cerca del mar. —Dejó caer su chaleco y le arrancó el pañuelo del cuello—. El poder de las olas, su ritmo y su fuerza, la gloria de toda esa naturaleza indómita… pueden empapar a una persona del mismo modo que el amor y la pasión. Puro movimiento. Como la música. Sí, se parece mucho a la música. Quisiera contemplar el mar y hacer el amor contigo y dejar a mi corazón cantar.

—Lo haremos entonces. —Le agarró la capa y se la quitó—. En el acantilado. Haremos el amor allí y tú cantarás para mí, uniremos nuestra pasión a la de la creación y recordaremos este día para siempre.

Volando de deseo, hicieron su camino hacia el acantilado, acurrucados el uno contra el otro para protegerse del viento, a punto de derramar su amor en el huerto cuando se detuvieron para darse calor con un abrazo. Hicieron el camino de subida hacia el punto más alto, donde el sol del oeste todavía calentaba y una luz rosada y etérea bañaba las flores nacientes.

Bianca contempló el mar, tan cerca del borde del acantilado que uno esperaba que echara a volar. El viento azotó su capa, su vestido y su pelo hasta hacerla parecer el centro de una diminuta tempestad. Cerró los ojos y simplemente sintió, y él sintió a través de ella. Su voz trinaba arriba y abajo las escalas mientras ella se presentaba ante los elementos.

—Esto es divino —susurró.

Él se acercó unos pasos por detrás de ella.

—Canta el aria de Rossini —le dijo—. Canta como lo hiciste aquel día en las ruinas.

—¿Ésa es la que prefieres? ¿Sabe lo que dice la letra?

—La cantante explica que no se casará con su malvado guardián, sino que encontrará una manera de estar con su verdadero amor.

—Muy adecuado para ese día en las ruinas, excepto que el amor verdadero era en realidad el malvado guardián.

—En lo profundo de su corazón el malvado guardián deseaba que así fuera. —La abrazó—. Cántala para mí.

Al principio apenas podía oírla. El viento le robaba el sonido de los labios y se lo llevaba entre las nubes. Pero su aliento y su voz encontraron su potencia y la música salió a raudales de ella, otro viento haciendo volar su pasión, otra fuerza empapando su alma. Él la sentía a su lado, ella lo atraía hacia esa fuerza, enorgulleciéndose de la energía elemental de su voz y su feminidad.

La hizo bajar hasta el suelo y la tomó mientras cantaba. La unión la dejó sin aliento, incapaz de hacer sonar las notas, pero el aria continuaba silenciosamente en su cabeza, llena del rugido del viento y el mar. Su alma cantaba también. Expresó su éxtasis a través de sus besos, abrazos y gritos hasta que la culminación estalló fundiéndolos a los dos en la sublime furia de la costa.

Se aferró a la pared de la chimenea mientras un placer de una intensidad extraordinaria la dejaba sin fuerzas. Sólo porque él la agarraba conseguía permanecer de rodillas, mientras la lengua de Laclere hacía latir su vulva con sensaciones prodigiosas. Él alcanzó su cintura y la empujó hasta colocarla a horcajadas sobre sus caderas, en la alfombra de piel que había junto al fuego. Ella se recostó contra su pecho y parpadeó con sus sentidos alerta.

En aquel instante, con la solidez de su cuerpo debajo de ella y el calor de su pasión ardiendo, vio su futuro. Supo cómo debía ser. Ningún arrepentimiento teñiría la alegría que aquella decisión le daría. En los años que vendrían quizá experimentaría cierta nostalgia por aquello a lo que iba a renunciar, pero nunca se afligiría.

Lo sintió duro debajo de ella, su necesidad se había intensificado por los besos que acababa de darle. Ella se alzó para sentarse sobre sus muslos, y contempló al hombre que se había inmiscuido en sus planes sólo para convertirse en el centro de su vida.

—Quiero que seamos amantes para siempre, Laclere.

—Lo seremos, cariño. Viajaré a Italia a menudo y las separaciones no serán demasiado largas.

Ella le acarició el pecho, maravillosamente consciente de su piel y de su cuerpo.

—No quiero distancia. No quiero separación. No te dejaré, Laclere. Mi corazón no me lo permite. Quiero casarme.

Su declaración lo sorprendió. Apretó sus manos para detener las caricias y la miró a los ojos.

No había triunfo en su expresión. Ella sólo vio alivio y amor y sorpresa.

Después una comprensión más profunda ensombreció las radiantes emociones.

—Dijiste que renunciar a tu sueño significaría renunciar a la mitad de tu alma. Yo no quiero eso.

—Puedo cantar en cualquier sitio, Laclere. En mi habitación y en la tuya. En un castillo en ruinas. No necesito estar en Italia para que mi alma esté entera. No necesito formarme para actuaciones para poder practicar mi arte.

Su rendición parecía preocuparlo. Las yemas de sus dedos rozaban la hinchazón de sus pechos mientras pensaba, como si sus sombras lo ayudaran en sus reflexiones.

—Debes continuar estudiando, querida. Cuando sobrepases la destreza del señor Bardi, traeremos otro maestro de canto desde Italia, como te prometí.

La atrajo hacia él para abrazarla. Le dio un largo beso mientras deslizaba suaves caricias sobre su cuerpo.

—Entrenarás y actuarás cuando estés preparada. Si yo hago algo tan escandaloso como administrar una fábrica, tener una esposa que actúa es casi insignificante.

Ahora le tocaba a ella sorprenderse.

—No será tan simple, Laclere. Permitir eso tendrá un coste social muy alto. Yo no quiero que tu familia sufra por mi culpa.

—Pasarán algunos años antes de que actúes en los escenarios. Charlotte ya estará casada por entonces, así que no perjudicaremos su futuro. En cuanto a Pen y a Dante no son precisamente modélicos en cuanto al decoro. Quizá la gente simplemente pensará que me he vuelto excéntrico, como mi padre y mi hermano. Y si no, tampoco me importa. Tu felicidad no tiene precio, mi amor.

A Bianca le ardía la garganta y se le llenaban los ojos de lágrimas. Lo amaba tanto en aquel momento que ese amor llenaba su corazón de una forma espléndida.

—Gracias por querer hacer esto por mí, pero no estás siendo práctico. Cuando esté preparada para actuar ya tendremos hijos.

—Entonces tendremos un ejército de niñeras y tutores que vayan con ellos cuando tengas que viajar por tus compromisos. Cumplirás tu sueño, Bianca. Si estás conmigo, no permitiré que nuestro matrimonio te haga renunciar a nada.

Ella lo besó. La calidez de sus labios pareció forjar la más dulce conexión que jamás habían compartido. Ella sabía con la certeza de una mujer que ese matrimonio la haría renunciar a una parte de su sueño, pero no le importaba. Su deseo de dárselo todo era algo que siempre recordaría.

—No pretendo viajar mucho. No haré actuaciones en el continente. No quiero construir una carrera para la fama, Laclere. Sin embargo, sería bonito, a veces, tener la oportunidad de cantar ante cientos de personas.

Alzó su cuerpo y la atrajo hacia él para poder llenarla. Sujetándola contra su corazón la llevó de vuelta a la pasión.

Después ella quedó tendida y empapada por su presencia. Las dulces palabras de amor que él había dicho al final continuaban sonando en sus oídos, y lentamente se dio cuenta de que él aún las repetía. Hizo un esfuerzo por recuperar sus aturdidos sentidos.

Y se dio cuenta de que por primera vez él permanecía dentro de ella.

Se alzó sobre sus codos y lo miró.

Un amor incondicional fue rememorado.

Compartieron una unidad perfecta en esa honesta mirada.

Qué terriblemente maravilloso podía ser el amor, pensó ella. Uno se encontraba y se perdía a sí mismo en el interior de su silencioso poder. El amor tenía una fuerza transportadora mayor que la del éxtasis de la música y la naturaleza. Era más emocionante que el borde de un acantilado o que el estallido de la pasión.

Madeline Hunter

Ha desarrollado infinidad de trabajos diversos antes de dedicarse a la escritura. Es doctora en Historia del Arte, y da clases de esa asignatura en una universidad de la costa Este de Estados Unidos.

Vive en Pennsylvania con su marido, sus dos hijos adolescentes, un perrito tan rechoncho como adorable y un gato negro que, según dice su dueña, se cree importantísimo.

Se puede contactar con ella en la web www.madelinehunter.com.